MINGUO TONGSU XIAOSHUO
DIANCANG WENKU

雾中花

民国通俗小说典藏文库·张恨水卷

张恨水◎著

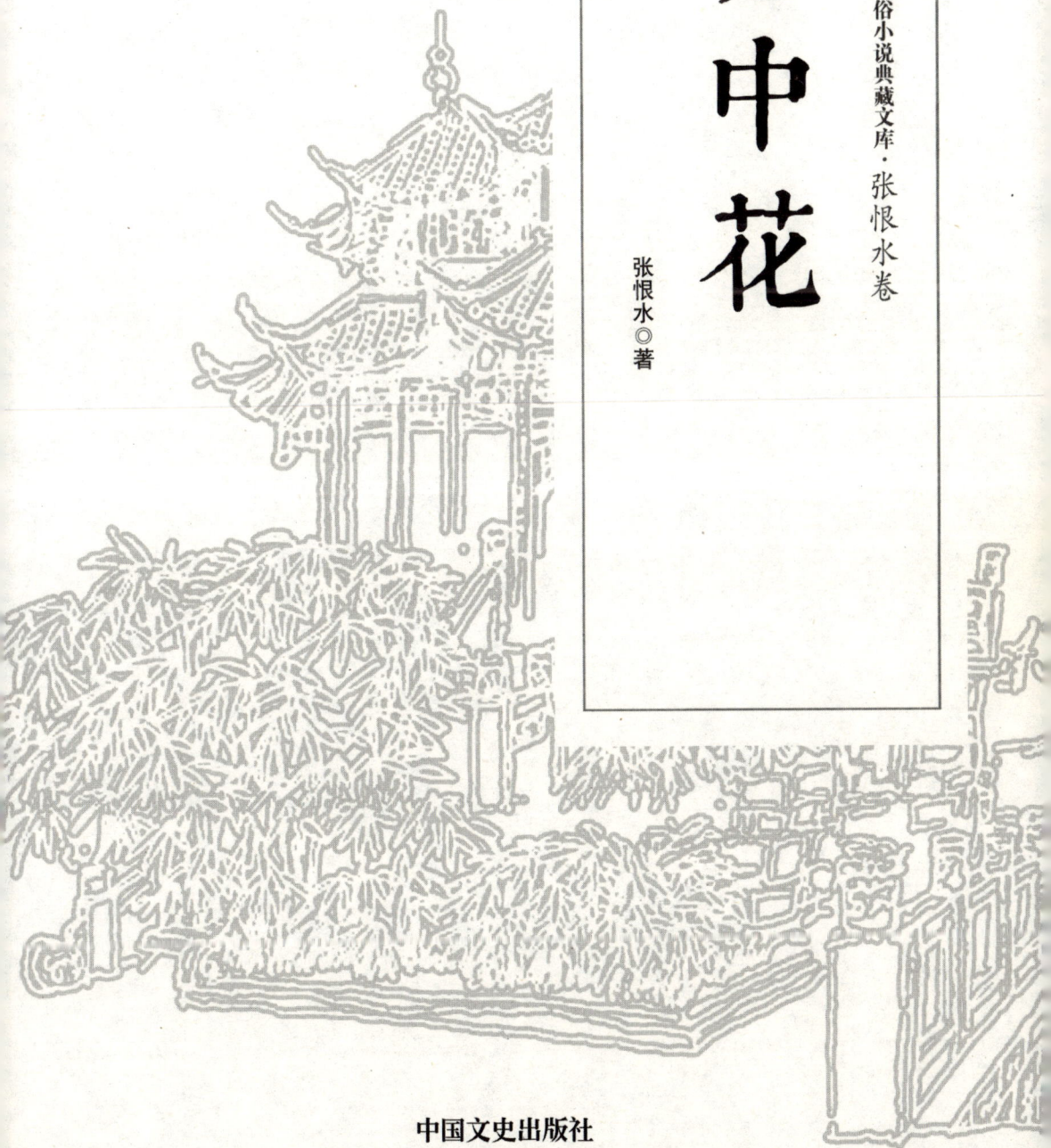

中国文史出版社

小说大家张恨水（代序）

张赣生

民国通俗小说家中最享盛名者就是张恨水。在抗日战争前后的二十多年间，他的名字真是家喻户晓、妇孺皆知，即使不识字、没读过他的作品的人，也大都知道有位张恨水，就像从来不看戏的人也知道有位梅兰芳一样。

张恨水（1895—1967），本名心远，安徽潜山人。他的祖、父两辈均为清代武官。其父光绪年间供职江西，张恨水便是诞生于江西广信。他七岁入塾读书，十一岁时随父由南昌赴新城，在船上发现了一本《残唐演义》，感到很有趣，由此开始读小说，同时又对《千家诗》十分喜爱，读得"莫名其妙的有味"。十三岁时在江西新淦，恰逢塾师赴省城考拔贡，临行给学生们出了十个论文题，张氏后来回忆起这件事时说："我用小铜炉焚好一炉香，就做起斗方小名士来。这个毒是《聊斋》和《红楼梦》给我的。《野叟曝言》也给了我一些影响。那时，我桌上就有一本残本《聊斋》，是套色木版精印的，批注很多。我在这批注上懂了许多典故，又懂了许多形容笔法。例如形容一个很健美的女子，我知道'荷粉露垂，杏花烟润'是绝好的笔法。我那书桌上，除了这部残本《聊斋》外，还有《唐诗别裁》《袁王纲鉴》《东莱博议》。上两部是我自选的，下两部是父亲要我看的。这几部书，看起来很简单，现在我仔细一想，简直就代表了我所取的文学路径。"

宣统年间，张恨水转入学堂，接受新式教育，并从上海出版的报纸上获得了一些新知识，开阔了眼界。随后又转入甲种农业学校，除了学习英文、数、理、化之外，他在假期又读了许多林琴南译的小说，懂得了不少描写手法，特别是西方小说的那种心理描写。民国元年，张氏的父亲患急症去世，家庭经济状况随之陷入困境，转年他在亲友资助下考入陈其美主持的蒙藏垦殖学校，到苏州就读。民国二年，讨袁失败，垦殖学校解散，张恨水又返回原籍。当时一般乡间人功利心重，对这样一个无所成就的青年很看不起，甚至当面嘲讽，这对他的自尊心是很大的刺激。因之，张氏在二十岁时又离家外出投奔亲友，先到南昌，不久又到汉口投奔一位搞文明戏的族兄，并开始为一个本家办的小报义务写些小稿，就在此时他取了"恨水"为笔名。过了几个月，经他的族兄介绍加入文明进化团。初始不会演戏，帮着写写说明书之类，后随剧团到各处巡回演出，日久自通，居然也能演小生，还演过《卖油郎独占花魁》的主角。剧团的工作不足以维持生活，脱离剧团后又经几度坎坷，经朋友介绍去芜湖担任《皖江报》总编辑。那年他二十四岁，正是雄心勃勃的年纪，一面自撰长篇《南国相思谱》在《皖江报》连载，一面又为上海的《民国日报》撰中篇章回小说《小说迷魂游地府记》，后为姚民哀收入《小说之霸王》。

1919年，五四运动吸引了张恨水。他按捺不住"野马尘埃的心"，终于辞去《皖江报》的职务，变卖了行李，又借了十元钱，动身赴京。初到北京，帮一位驻京记者处理新闻稿，赚些钱维持生活，后又到《益世报》当助理编辑。待到1923年，局面渐渐打开，除担任"世界通讯社"总编辑外，还为上海的《申报》和《新闻报》写北京通讯。1924年，张氏应成舍我之邀加入《世界晚报》，并撰写长篇连载小说《春明外史》。这部小说博得了读者的欢迎，张氏也由此成名。1926年，张氏又发表了他的另一部更重要的作品《金粉世家》，从而进一步扩大了他的影响。但真正把张氏声望推至高峰的是《啼笑因缘》。1929年，上海的新闻记者团到北京访问，经钱芥尘介绍，张恨水得与严独鹤相识，严即约张撰写长篇小说。后来张氏回忆这件事的过程时说："友人钱芥尘先生，介绍我认识《新闻报》的严独鹤先生，他并在独鹤先生面前极力推许我的小说。那时，《上海画报》（三日刊）曾转载了我的《天上人间》，独鹤先生若对我有认识，也就是这篇小说而已。他倒是没有什么考虑，就约我写一篇，而且愿意带一部分稿子走。……在那几年间，上海洋场章回小说走着两条路子，一条是肉感的，一条是武侠而神怪的。《啼笑因缘》完全和这两种不同。又除了新文艺外，那些长篇运用的对话并不是纯粹白话。而《啼笑因缘》是以国语姿态出现的，这也不同。在这小说发表起初的几天，有人看了很觉眼生，也有人觉得描写过于琐碎，但并没有人主张不向下看。载过两回之后，所有读《新闻报》的人都感到了兴趣。独鹤先生特意写信告诉我，请我加油。不过报社方面根据一贯的作风，怕我这里面没有豪侠人物，会对读者减少吸引力，再三请我写两位侠客。我对于技击这类事本来也有祖传的家话（我祖父和父亲，都有极高的技击能力），但我自己不懂，而且也觉得是当时的一种滥调，我只是勉强地将关寿峰、关秀姑两人写了一些近乎传说的武侠行动……对于该书的批评，有的认为还是章回旧套，还是加以否定。有的认为章回小说到这里有些变了，还可以注意。大致地说，主张文艺革新的人，对此还认为不值一笑。温和一点的人，对该书只是就文论文，褒贬都有。至于爱好章回小说的人，自是予以同情的多。但不管怎么样，这书惹起了文坛上很大的注意，那却是事实。并有人说，如果《啼笑因缘》可以存在，那是被扬弃了的章回小说又要返魂。我真没有料到这书会引起这样大的反应……不过这些批评无论好坏，全给该书做了义务广告。《啼笑因缘》的销数，直到现在，还超过我其他作品的销数。除了国内、南洋各处私人盗印翻版的不算，我所能估计的，该书前后已超过二十版。第一版是一万部，第二版是一万五千部。以后各版有四五千部的，也有两三千部的。因为书销得这样多，所以人家说起张恨水，就联想到《啼笑因缘》。"

不论张氏本人怎样看，《啼笑因缘》是他最有影响的作品，这一点毫无疑问，可以随便举出几件事来证明。《啼笑因缘》发表后，被上海明星公司拍成六集影片，由当时最著名的电影明星胡蝶主演，同时还被改编为戏剧和曲艺，在各地广泛流传；再有《啼笑因缘》被许多人续写，迫使张氏不得不改变初衷，于1933年又续写了十回，张氏在《我的写作生涯》中说："在我结束该书的时候，主角虽都没有大团圆，也没有完全告诉戏已终场，但在文字上是看得出来的。我写着每个人都让读者有点儿有余不尽之意，这正是一个处理适当的办法，我绝没有续写下去的意思。可是上海方面，出版商人讲生意经，已经有好几种《啼笑因缘》的尾巴出现，尤其是一种《反啼笑因缘》，自始至终，将我那故事整个地翻案。执笔的又全是南方人，根本没过过黄河。写出的北平社会真是也让人又啼又笑。许多朋友看不下去，而原来出版的书社，见大批后半截买卖被别人抢了去，也分外眼红。无论如何，非让我写一篇续集不可。"这种由别人代庖的续作，出书者至少有四种：惜红馆主《续啼笑因缘》、青萍室主《啼笑因缘三集》、康尊容《新啼笑因缘》和徐哲身《反啼笑因缘》。虽然远不如《红楼梦》续作之多，但在民国通俗小说中已经是首屈一指了。张氏在《我的小说过程》一文中还说："我这次南来，上至党国名流，下至风尘少女，一见着面便问《啼笑因缘》。这不能不使我受宠若惊了。"

《啼笑因缘》使张氏名声大振，约他写稿的报刊和出版家蜂拥而至，有的小报甚至谣传张氏在十几分钟内收到几万元稿费，并用这笔钱在北平买下了一所王府，自备一部汽车。这自然不是事实，但张氏当时收到的稿酬也有六七千元，的确不能算少。这样，他就可以去搜集一些古旧木版小说，想要作一部《中国小说史》。就在此时，日寇侵华的"九一八事变"爆发，张氏的希望随之化为泡影。作为一位爱国的作家，在国难当头的状况下自不会沉默，张恨水在1931至1937的几年间，先后写了《热血之花》《弯弓集》《水浒别传》《东北四连长》《啼笑因缘续集》《风之夜》等涉及抗敌御侮内容的作品。

1934年，张恨水到陕西和甘肃走了一遭，此行使他的思想发生了很大的变化。张氏在《我的写作生涯》中说："陕甘人的苦不是华南人所能想象，也不是华北、东北人所能想象。更切实一点地说，我所经过的那条路，可说大部分的同胞还不够人类起码的生活。……人总是有人性的，这一些事实，引着我的思想起了极大的变迁。文字是生活和思想的反映，所以在西北之行以后，我不讳言我的思想完全变了，文字自然也变了。"此后，他写了《燕归来》，以描写西北人民生活的惨状。

抗日战争全面爆发后，张恨水取道汉口，转赴重庆，于1938年初抵达，即应邀在《新民报》任职。抗战八年间，他除去写了一些战争题材的小说外，还有两种较重要的作品，即《八十一梦》和《魍魉世界》（原名《牛马走》），均先于《新民报》连载，后出单行本。抗战胜利，张氏重返北平，担任《新民报》经理，此后几年他写了《五子登科》等十来部小说，但均未产生重大影响。1948年底，张氏辞去《新民报》职务。1949年夏，他患脑溢血，经过几年调治，病情好转，张氏便又到江南和西北去旅行。1959年，张氏病情转重，至1967年初于北京去世，终年七十三岁。

张恨水一生写了九十多部小说，印成单行本的也在五十种左右。说到张氏作品的总特色，一般常感到不易把握，因为他总在不断地变。其实，这"变"就正是张恨水作品最鲜明的总特色。

张恨水是一个不甘心墨守成规的人，他好动不好静，敢于否定自己，这正是作为开创者必须具备的素质。读一读张氏的《我的写作生涯》，就会发现他总是在讲自己的变，那变的频繁、动因的多样，在民国通俗小说作家中实属仅见。……待到《金粉世家》《啼笑因缘》相继问世，张恨水的名声已如日中天，他在思想上的求新仍未稍解，他说："我又不能光写而不加油，因之，登床以后，我又必拥被看一两点钟书。看的书很拉杂，文艺的、哲学的、社会科学的，我都翻翻。还有几本长期订的杂志，也都看看。我所以不被时代抛得太远，就是这点儿加油的工作不错。"

追求人时，可说是张恨水的一贯作风，不仅小说的内容、思想随时而变，在文字风格上也不断应时变化。仅就内容、思想方面的变化而言，在民国通俗小说作家中也很常见，说不上是张氏独具的特色，但在文字风格上也不断变化，就不同于一般了。张氏在《我的写作生涯》中经常提到这方面的事例，譬如他曾提及回目格式的变化，他说："《春明外史》除了材料为人所注意而外，另有一件事为人所喜于讨论的，就是小说回目的构制。因为我自小就是个弄辞章的人，对中国许多旧小说回目的随便安顿向来就不同意。即到了我自己写小说，我一定要把它写得美善工整些。所以每回的回目都很经一番研究。我自己削足适履地定了好几个原则。一、两个回目，要能包括本回小说的最高潮。二、尽量地求其辞藻华丽。三、取的字句和典故一定要是浑成的，如以'夕阳无限好'，对'高处不胜寒'之类。四、每回的回目，字数一样多，求其一律。五、下联必定以平声落韵。这样，每个回目的写出，倒是能博得读者推敲的。可是我自己就太苦了……这完全是'包三寸金莲求好看'的念头，后来很不愿意向下做。不过创格在前，一时又收不回来。……在我放弃回目制以后，很多朋友反对，我解释我吃力不讨好的缘故，朋友也就笑而释之，谓不讨好云者，这种藻丽的回目，成为礼拜六派的口实。其实礼拜六派多是散体文言小说，堆砌的辞藻见于文内而不在回目内。礼拜六派也有作章回小说的，但他们的回目也很随便。"再譬如他在谈及《金粉世家》时说："以我的生活环境不同和我思想的变迁，加上笔路的修检，以后大概不会再写这样一部书。"诸如此类的变化不胜列举。

张氏的多变还体现在题材的多样化。他说："当年我写小说写得高兴的时候，哪一类的题材我都愿意试试。类似伶人反串的行为，我写过几篇侦探小说，在《世界日报》的旬刊上发表，我是一时兴到之作，现在是连题目都忘记了。其次是我写过两篇武侠小说，最先一篇叫《剑胆琴心》，在北平的《新晨报》上发表的，后来《南京晚报》转载，改名《世外群龙传》。最后上海《金刚钻小报》拿去出版，又叫《剑胆琴心》了。"第二篇叫《中原豪侠传》，是张氏自办《南京人报》时所作。此外，张氏还写过仿古的《水浒别传》和《水浒新传》，他说："《水浒别传》这书是我研究《水浒》后一时高兴之作，写的是打渔杀家那段故事。文字也学《水浒》口气。这原是试试的性质，终于这篇《水浒别传》有点儿成就，引着我在抗战期间写了一篇六七十万字的《水浒新传》。""《水浒新传》当时在上海很叫座。……书里写着水浒人物受了招安，跟随张叔夜和金人打仗。汴梁的陷落，他们一百零八人大多数是战死了。尤其是时迁这路小兄弟，我着力地去写。我的意思，是以愧士大夫阶级。汪精卫和日本人对此书都非常地不满，但说的是宋代故事，他们也无可奈何。这书里的官职地名，我都有相当的考据。文字我也极力模仿老《水浒》，以免看过《水浒》的人说是不像。"再有就是张氏还仿照《斩鬼传》写过一篇讽刺小说《新斩鬼传》。张恨水的一生都在不停地尝试，探寻着各色各样的内容及表达方式，他甚至也写过完全以实事为根据、类似报告文学的《虎贲万岁》，也写过全属虚幻的、抽象的或象征性的小说《秘密谷》，他的作风颇有些像那位既不愿重复前人也不愿重复自己的现代大画家毕加索。

张恨水写过一篇《我的小说过程》，的确，我们也只有称他的小说为"过程"才最名副其实。从一般意义上讲，任何人由始至终做的事都是一个过程，但有些始终一个模子印出来的过程是乏味的过程，而张氏的小说过程却是千变万化、丰富多彩的过程。有的评论者说张氏"鄙视自己的创作"，我认为这是误解了张氏的所为。张恨水对这一问题的态度，又和白羽、郑证因等人有所不同。张氏说："一面工作，一面也就是学习。世间什么事都是这样。"他对自己作品的批评，是为了写得越来越完善，而不是为了表示鄙视自己的创作道路。张氏对自己所从事的通俗小说创作是颇引以自豪的，并不认为自己低人一等。他说："众所周知，我一贯主张，写章回小说，向通俗路上走，绝不写人家看不懂的文字。"又说："中国的小说，还很难脱掉消闲的作用。对于此，作小说的人，如能有所领悟，他就利用这个机会，以尽他应尽的天职。"这段话不仅是对通俗小说而言，实际也是对新文艺作家们说的。读者看小说，本来就有一层消遣的意思，用一个更适当的说法，是或者要寻求审美愉悦，看通俗小说和看新文艺小说都一样。张氏的意思不是很明显吗？这便是他的态度！张氏是很清醒、很明智的，他一方面承认自己的作品有消闲作用，并不因此灰心，另一方面又不满足于仅供人消遣，而力求把消遣和更重大的社会使命统一起来，以尽其应尽的天职。他能以面对现实、实事求是的态度对待自己的工作，在局限中努力求施展，在必然中努力争自由，这正是他见识高人一筹之处，也正是最明智的选择。当然，我不是说除张氏之外别人都没有做到这一步，事实上民国最杰出的几位通俗小说名家大都能收到这样的效果，但他们往往不像张氏这样表现出鲜明的理论上的自觉。

张恨水在民国通俗小说史上是一位名副其实的大作家，他不仅留下了许多优秀的作品，他一生的探索也为后人留下了许多可贵的经验。

目　录

真假宝玉

话说袭人回家去了，宝玉一个人很是无聊，便拿了一本《京调工尺谱》躺在床上看。晴雯见了，便来推他道："仔细冷着呢。又要……"宝玉一翻身爬起来，笑说道："我倦了，躺一会儿就好，为何这般大惊小怪？"晴雯道："呀，我晓得了，没有这个人在屋子里，你就不高兴哩。我们的话，只是耳边风。"宝玉笑道："我这个人真是驮东西的驴子，一天总要你几鞭子绕好哩。"晴雯扑哧一笑，麝月听了，走进房来笑说道："当真的。倦了就出去散散闷来，不要睡凉了。"宝玉道："不错，我还要去瞧妹妹呢。"晴雯道："怎么样？我们的话一千句，还抵不了人家一句呢。"麝月咬着牙道："啊哟，晴姑娘又编排上我啦。"

宝玉听了一笑，也不和她们计较，就走出院来。刚刚走过沁芳桥，只见前面一个和自己一样的小子一闪。他身穿一套古装，把那衔的小玉化成蒲扇那样大，挂在胸前面。宝玉心里想道："我记得前回倒曾梦过这个。莫不是甄宝玉又来了？"想着便跟着那个人走，走到竹林子边，只听见那人放开嗓子唱道："花姐姐回家去使人眷念，闷沉沉在院中度日如年。无聊赖到潇湘闲游一遍，不觉是黄昏后月挂霜天。"

宝玉听了大骇道："这是什么人？怎么跑到这儿来放肆呢！"便追上前一步，看看那人到底是谁。只见那人虽是学自己的样子，精神却一脸滑气，有三十上下年纪，加上个钩鼻子，一点儿不像自己，心里想到，这一定不是甄宝玉了。谁呢？我听琏二哥和蓉儿说，上海出了一班拆白党，连京城里都有了，莫不是这一党的人吧。北静王那么一个清秀人，林妹妹还说他是臭男儿。这小子他也配学我来吊膀子吗？便喝道："是什么东西在这里胡闹？包勇呢，把这人撵了出去。"那人一听宝玉

1

发怒，抬头一看，真宝玉来了，自惭形秽，一溜烟就走了。

宝玉念佛道："还好林妹妹没看见，不然又要淘气了。"正在思想，只听见背后笑道："你又发呆了，妹妹在这里等你呢。"宝玉回头一看，只见一个大些的丫头，装作紫鹃模样，在那里叫唤，粉虽擦得很多，然而比较李妈妈年纪小得有限。宝玉以为是傻大姐，没去问，只见黛玉正站在栏杆边闲看，便走近来道："这几天才好些，又贪凉了。"抬头一看，不觉一惊，原来不是黛玉，另外是个人，黛玉是个国色，一双眼睛本来像秋波，这人却是近视眼，那面孔更不必说了，还不如小丫头四儿。

宝玉想道："我难道又走到太虚幻境来了吗？怎么妹妹的脸都变了呢？"一边想一边走，自言自语道："我去问问妙玉去。"刚到沁芳亭，只听见长叹一声，复说道："侬今葬花人笑痴，他年葬奴知是谁？"宝玉笑道："好了，这才是真的妹妹了。"走过亭子上，统统扎了五彩电灯。黛玉扶个小锄子，又在葬花。宝玉道："哎哟，大姐姐又要回来吗？你瞧上上下下又扎花灯了。"黛玉道："你不知道呢，现在凡是我出来的地方，总有灯彩的，这有什么稀罕呢？况且我也不是黛玉、麻姑呀，嫦娥呀。我喜欢哪个就做哪个。"宝玉仔细一看，果然不是黛玉。心里想道："就是白果眼和招风耳差一点儿，其余都好。这家伙装妹妹，还勉强对付过去。头里那位，就太不自量了。"宝玉是见一个爱一个的人，便想同这人说几句话。

这个当儿，谁知又跑出一个宝玉来。那人扭个不了，嬉皮笑脸直乐。宝玉笑了一笑，想道："这是哪来的宝玉，比那位薛大哥还要呆十倍呢？"宝玉虽是这样想，偏偏那假妹妹还亲近他，和他说话，宝玉气得不得了。不多会儿，这人走了，又来了一个，那个人也是学自己的模样，却是还胖些，把他放上屠案上去称称，足足地有二百四十斤。一双肿眼泡，一张阔嘴，却装着声音嫩声嫩气的话。那美人见他来了，说："宝玉你来了吗？"

宝玉惊讶道："怎么他学我不算，还要偷我的号呢？咳！想是我享多了艳福，他们故意糟蹋我了。"（谁曰不然）那美人一句话未了，只听见桃花石背后，破锣也似的答应了一声，说道："来了！"当时用目瞧去，又是一个宝玉，嘴里镶了几粒金牙齿，望之灿然。他怒气冲冲地跑了出来，哪里是文雅风流的宝玉，就像喝醉了酒的焦大一般。当时几个人吓了一跳，都跑走了。

宝玉好不明白，只得走回去，刚刚走到省亲别墅边，只见那省亲别墅牌坊上，对联却换了，一面是"欧风美雨销专制"，一面是"妙舞清歌祝共和"。"省亲别墅"四个字，也换了是"平权世界"。宝玉稀奇道："这是些什么话？我一概不懂。"这个当儿，有个管园子的婆子说道："二爷怎么不知道呢？这是去年双十节日里贴的纪念品，还没扯掉哩。"宝玉道："啊，是这个缘故。"

宝玉回转身来却见鲍二家的遥遥地来了，仔细望去又像是黛玉。宝玉晓得今日是做梦，便不敢叫。那人走近来了，身段原是鲍二家的，服装又却像黛玉。宝玉道："糟透了！林妹妹是个尊重人，记得那年凤姐和史妹妹说唱戏的小旦像她，她就恼了，何况这人是个风流卖俏的样子呢。"

宝玉正在疑惑，后面又来了一个宝玉，这人年纪还不大，一张和合脸擦着两腮胭脂，通通红的。宝玉想道："这人比我喜欢胭脂还很些哩，我是吃，他简直大花脸了。"又看一看，这人脚却没有自己的大，说道："啊是了，这是那唱花脸的葵官儿，怎么这些人，不男不女不老不少，都要学我呢？咳，宝玉宝玉你真遭劫了。"

忽然背后咄的一声，有人说道："夜深了，还不回去！"宝玉一看，却是芳官。宝玉道："我在做梦吗？"芳官道："胡说，明明白白，是什么梦！"宝玉道："要是梦倒好了，若不是梦，我连我这个身子名字都不要了。"芳官道："谁气了你？又说这些和尚的话了。"宝玉道："不是人家气我，是我遇着一样事。"因从头至尾说了一遍。

芳官笑道："这是假宝玉哩，你气什么？"宝玉道："这倒罢了，到底是些什么混账小子扮的？"芳官道："这都是蒋玉函一班朋友，你不认识吗？先那个钩鼻子的小子姓查叫天影。近视眼林妹妹是欧阳予倩，她扮林妹妹是因为有点儿学问，好在夜晚，姿色就不论了。后头葬花的那个是梅兰芳，人家还称他是旦角大王哩。"宝玉笑道："他比蒋玉函就强得多，原来是男人。要是一位妹妹，我也喜欢了。那两个小滑头又是谁呢?"芳官道:"一个是姜妙香。胖子是陈嘉祥,他太不要脸了,明儿叫柳湘莲把他杀了吧。那个破喉咙的是麒麟童,哪个不骂他?无如他不闻不问,也就没法了。最后的那个是个女孩子叫吴桂芳。虽然不如你,她生旦净丑都能来呢,身段也有些相近了。至于那个妹妹是碧云霞,本来胡闹演惯的,哪里能像林姑娘幽娴贞静哩。"宝玉道:"原来是这么一回事,由他吧。"

芳官道:"现在有哪个喜欢做宫里姑娘?我听见又弄出个小子来扮你哩。"宝玉道:"不必说。不是胖子,必是大个儿了。"芳官道:"你怎么知道?"宝玉道:"这两年我走的是肥运,还跑得了吗?"芳官道:"是非好歹,自有公论。谁是瞎子不成?我包有人向你打抱不平哩。管他去,去睡吧。"欲知后事如何,且等宝玉明日醒来再说。

(原载 1919 年 3 月 10 日至 3 月 16 日上海《民国日报》
副刊《解放与改造》)

小说迷魂游地府记

第一回　入阴曹茶楼逢旧雨　看报纸书店出新闻

小子这篇小说，叫作《小说迷魂游地府记》。看起来，好像是小子搞一阵子鬼，但是这个话，不是小子捏造得来的，一桩一桩，都有确实凭据。这话是何人对我说的吗？就是我书里的主人翁小说迷谈的。据他自己说，他平生最好看小说，所以就成了这个雅号；但是他自己很高兴，并不以为"小说迷"三个字是讥讽的名词，因此，朋友们倒喊顺口了。谁知小说迷借着三个字，却在外招摇，反得了一段不可思议的境遇，他过后谈起来，委实说得嘴响。小子闲着无事，便把他编出小说来。

据他说，他一天在家里正在看《小说参考》，忽觉眼花一昏，走进两个人来，手里拿着一张纸条儿，对他只一扬，说道："请你到案。"他心里一惊，想道："我又没有犯法，到什么案？"便笑道："你二位想是错了，我又没和人争讼，哪个传我到案？"一个人笑道："你做梦呢，谁和你打官司！阎王爷传你哩。"他一听是阎王爷相传，没得说了，便把胸脯一挺道："去吧。"那两人见他爽快，把大指头一伸，笑道："你倒是个硬汉。"便带着小说迷出了门来。

他四周一瞧，可不是平常所走的路，只觉得黄沙扑面、寒风刺骨，约莫走了一个钟头，只见前面一座大城，城门上写着"鬼门关"三个字。进得关来，却和外面不同了，三街六巷，非常热闹，看那些人往来，也有古装的，也有时装的，花花绿绿，和上海、北京的规模却差不多。（原来如此）走了一阵，那两个人说道："歇一歇脚吧。"便在附近找了一个茶楼，一同进去。

三个人拣了座头，堂倌泡上茶来，他才觉得透了一口气，左左右右一望，与阳间倒也无甚差别，却是那壁上的广告便发达得多了。留心一看，只见上面书店里的出版布告要占一大半。这一半里头，小说又要占三分之二。那广告的奇形怪状，惹人注意的地方倒也罢了。却是不论什么言情哀情的小说，它那书名写在壁上，总非常鲜艳。统算起来，只要有"花玉根泪"这四个字，都可包括得下，并且那广告上，花红叶绿，必定画上一个时装美人。他心里想道："东洋佬卖药的广告法子，总算中国人学到了，不料阴间里更快。这文明骗子，却一直地到了出版界了。"（言之慨然）

他一面呷茶，一面闲看，只见对面走来一个长袍马褂的少年，手里却拿着洋伞柄一般的手杖，看那面孔，好像他同学辛世茅。正想起来招呼，那人早看见了，便跑了过来笑道："这不是密斯脱迷吗？怎么来了？"他看见确是世茅，便也站起来欢迎笑道："辛兄，正是我。"那人一面笑，一面伸过一只手来，握着他的手摇了两摇，说道："久违久违，是今日才来呢，还是来了好久呢？"他道："才到的。这两位，便是传案的。"

这时，那两人早站起来了。世茅对他两人一望，说道："我这位朋友是什么案？"两人道："没有案子，是阳寿告终了。"世茅道："传票呢？"有一个人便连忙递上。世茅接了过来，吓的一声，撕个稀烂，便对那两人道："请你对贵上说，就说是我的朋友，我已经放了他了。"那两个人唯唯地答应了几个"是"。世茅在腰里顺手掏一个银角子，望桌上一丢，对二人道："茶账我还了，有劳二位。"挪着他便走。

他也不知道世茅是什么样神人，只好跟着他走，走出茶楼，辛世茅便问他道："现在迷兄的身子，终算恢复自由了，还是回去呢，还是在此游历游历？"他道："这阴间里是容易到的吗？既然来了，我自然是要观光的。但是我要请教，老兄是什么魔力，怎么阎王的传票，你都可以随便发付哩？"辛世茅一笑，说道："这算什么！回头我再和你说吧。"便在路上喊了两部黄包车，一阵拉到一家旅馆门口。他抬头一望，却是"世界旅馆"四个字。

下了车，进了旅馆，世茅便和他开了一个房间，对他说道："我现在还要到公署里去办事，有话迟一刻再说吧。你要闷得慌，可以看看报，切莫要一个人出去瞎撞。"说毕，回身就走。他拦住他道："你到底要告诉我在哪个公署里啊？倘然我有事，在哪儿找你呢？"世茅笑道："可是我忘怀了，你要找我，就是主战军参谋部吧。"说着，便行个礼走了。

他好生诧异，心里想道："且不管他，既来之，则安之，我还是探探风俗吧。"这个当儿，正有一个卖报的孩子过来，他就不问好歹，大报小报给他买了一二十份，就中有个地府《新闻报》《酆都日报》，都有五大张。他便先把《新闻报》打开一看，那电报要闻无非是登的阴间鬼抄糟的一些事，他只随便一看。他最留心的就是附张，便将各报的附张先扯出来一看。

说也奇怪，不管什么报，却都有新闻的小说，那上头什么夫妻吵嘴呀，家庭析疑呀，都把它编为小说来登，无论如何，那题目却编得奇奇怪怪，格外注人的眼帘，实在呢，哪有这多巧新闻，无非是投稿家的笔尖万能罢了。却还有桩事，比阳间不同，它附张里面，却不是纯粹的文艺品，每栏后面必夹着一段广告。（妙想天开。想不久，上海也要实行的哩。）

那广告十条倒有九条是书店里的，铺张扬厉，那法螺吹得是不消说了。他就中看了一条，倒反复沉吟了三四次，说道："奇怪，怎么就能这样珠联璧合呢？"原来那登的是预告出版一本小说《绝后录》。（这样牛皮，阳间人却不敢吹。）上面标名是王羲之题签，王维画封面，编辑人便是孔仲尼、庄周、屈平、宋玉、贾谊、司马相如、扬雄、司马迁、班固、陈寿、庾信、陶渊明、韩愈、杜甫、施耐庵、王实甫、关汉卿、罗贯中、曹雪芹，呵呵呀，上下几千年，这一班经史子集、小说传奇的作家，应有尽有，真可以说得绝后了。

他当时看了，心里就有好些不相信，想道："别人罢了，我这位夫子，他是述而不作的人，怎么也作起小说来了呢？啊，这个经理人，魔力却也不小，他就搜罗古今，能够邀请这多名人，怕也是个大角哩。"

一面想一面看，只见那附张后幅有一个碗口大的"艳"字，写得龙飞凤舞，非常遒劲，他想道："阳间里卖香烟的，有一个'烤'字的广告，就弄出什么孝呀、义呀这种不可思的广告名词，现在这儿居然也有了，这效仿的手段，中国人实在是特色。但是这'艳'字的范围很广，这想必又是哪个舞台，要唱连台三四十本戏的海报了。我倒要瞧瞧，看他说些什么。"

他望下一瞧，不觉扑哧一笑，原来并不是海报，是鄮都书馆新出版的一部书。他想道："这一班无知识的蠢牛，总只晓得贪便宜，走顺水船。你也想想，这纸灯笼是久蒙得住的吗？咳，外国人事事讲究里子，中国人却事事讲究面子，一直到阴曹，不信比阳间还狠哩。"（就是阳间反以为无以复加了。）

他一个人，自思自叹地正在纳闷，忽听得隔壁房里一个人喊道："三哥，你瞧，今天这报上的时评是一篇小说哩。"他听了奇怪道："怎么，时评都好作小说吗？我倒要瞧瞧。"便把各报重新一翻。果然那《新闻报》上有一篇，是陆九渊的手笔，题目《五伦不灭》，内容却句句是骂的朱夫子。因他朱猪音同，硬编着朱夫子的名字叫猪九戒。差不多你妈你姐，都要骂上了。正是：

口诛杨墨皆因党，
眼见圣贤不尽真。

第二回　谈技勇形容成怪话　悬披露骇目叹淫书

他看了这段时评，叹道："这党见之害，实在不小，我想陆夫子也是一位道学先生，平日是把两庑冷肉看得很重的，现在怎么不克自持哩？就是朱、陆异同，这也是道德文章的关系，难道是王妈妈寻鸡，打一阵爹妈会就算了吗？况且要骂人便骂人，怎么借着小说来暗射？（恨水自己打嘴，但我是无名之辈，打嘴又何妨？）自命道学先生的人，我看还不如放牛孩子了。"他一个人自言自语，就像很有味，忽吓的一声，一个人笑道："呆子，你又发迷了。"

他抬头一看，却是世茅来了。他很欢喜，便道："你来了吗？你们阴曹的新闻倒有看头。自从你去以后，我是手不停翻，目不停瞧哩。"世茅一面坐下，一面笑问道："你看了一天，我倒要请问，我们这阴曹的舆论，却比阳间如何？"他道："我只懂小说，我就照报上的小说论吧。"世茅道："很好，我就请教。"

他道："我留心一看，这报上小说，十篇倒有九篇是技勇的一门，提倡尚武精神，这可是很好的。但是中国人作小说，就是有个不讲情理四个字。你瞧古人说的筋斗云十万八千里哪，鼻子出来两道白光能杀人哪，试问世上，可真有这么一回事？现在人作的小说，不能说有这个毛病，但是形容力量的地方，也渐渐失之于荒谬了。就如你那《鬼国日报》上的《关中小桃》一篇，简直是开玩笑了。我就不信口（此字不雅，小子不敢用）口里面，能横夹一根烟枪，会武力军人都拔不动，后来那段公子拔起了，又被他弹出几丈外去跌了一跤，这还是海绵质吗？倒成强有力的弹簧了。"

世茅听了，不禁哈哈大笑，说道："你真是小说迷，怎么这些事你都注意到了呢？这篇小说依说起来，可算不经，但是作这小说的章先生，他是闹惯了怪话的，是不能代表一切的哩。"

他道："你们酆都地方，这小说的能手到底算哪个呢？难道就是这报馆里几位先生不成？"世茅道："这个我是外行，我不敢说。不过报馆里的人，名字是天天登在报上的，外面看惯了，也就以为从此以外，却是自郐以下了。"他听了点点头，似乎领悟了好多的样子。世茅道："我们吃饭去吧，不要只顾谈，把游历的事都耽搁了。"

他们便叫茶房锁了门，一路上街来。依世茅的意思，便要请他到万枝春去吃大菜。他道："我晓得世兄是不吃牛羊肉和那不煮烂的东西的，你去大菜馆有点儿不合意。"世茅道："现在都相信的大菜，我也只好从众了。"他笑道："世兄，这就不然，饮食嗜好各有不同，你要学时髦，却叫舌头肚子不舒服，这也是倒行逆施了。"世茅听了一笑，便引他在小半斋吃了饭，又在沧浪池洗了澡，才上街来游览。

他看那些街市铺设，都是洋不洋中不中的款式，却是有一层最怪的事情，统总不挂招牌。他好生不解，便问世茅是什么讲究。世茅听了，

9

先叹一口气道："这都是阴曹人无耻的缘故。若推原祸始哩，又要怪你阳间上海人了。譬如这糕饼店，起初原是稻香村的好，因为出了名，于是他阳间想图冒射，一家也是稻香村，两家也是稻香村，倒把'稻香村'三字成了个糕饼店的代名词。哪知道我阴曹更狠，大约七十二行，就是七十二样招牌，都是照那最有名的店仿造，还得加上几个老字，譬仿墨算胡开文的好，于是墨一行就都是真正老胡开文了。后来大家笑道，招牌原是分别门户的，既然都是一样，还要它做什么？不如不用呢，倒省了一笔小小款子。因此一来，所以就没有招牌了。"（未尝无理，试问上海之陆稿荐有招牌不等于无乎？）

他道："这倒也特别，为什么那书店的广告，我看它招牌又不同呢？"世茅道："这是书商到底有程度些。（未见得）所以不好意思模仿。实在内容也差不多。譬如你家出部《侠义大观》，明日他家便出部《技勇丛谈》，后日又有一家出部《剑仙传》，换汤不换药，也就是陆稿荐的酱肉招牌稻香村的糕饼招牌了。"他道："你这话不错，阳间也是一样呢。"

说时，二人早到了旗门街，远远望去，都是书店。他道："这是书市吗？我倒要参观参观。"便沿街看了去。只见头一家便是酆都图书馆，那四围窗子里摆得五彩辉煌，都是那些画了封面的书，门口摆着月份牌样子的披露，上面是用五彩笔写的最新出版的书籍名，下面便列着《韦痴珠诗集》《文素臣游记》《刘秋痕墨菊画谱》《贾宝玉情梦录》，底下便是"人人必备"四个小字，中间横夹着一行《家庭万事全书》的书名，右边又是一个加大的披露，上面画一男一女，赤着上身，并头接吻，下面是"情海慈航"四个字。再底下用红线栏住，一行行写着："老年人读之转老还童，少年人读之增长阅历，妇人读之丈夫无外遇，闺秀读之得情郎。"还有许多话头，恨不得把七十二行都写完了，并且旁边都加上了大而密的双圈。第三层便是价目，斜斜地写着："定价十元，特价五元，预约二元五角，十天内购约券者一元。"

他看到这儿，实在忍不住笑，说道："哈哈，阴曹里生意真滑头，定价十元的书一块钱就卖了，上海那些小说贩子虽然爱骗人，还见不到此哩。"世茅道："这算什么！怪的还在后面，你瞧吧。"

二人说着，便又走过了一家。那门口挂着一块黑板，用白粉写着《男女行乐指南》，旁边注着："内有行乐图一百幅，件件可实行试验。"他看了，大骇道："咤，（大惊小怪这算什么！）这简直是淫书了。四马路卖春宫的瘪三还要藏躲些，我不料阴间里卖淫书，却是光明正大的这般。"世茅道："你说它淫书吗？它还称是大医生选的，有益卫生哩。这种书的销路很好，早几年的《玉梨魂》和《孽冤镜》都不如它。"

　　他笑道："你说《玉梨魂》吗？这是一种时髦文字的小说，好譬扬州婊子装扮出门，恨不得把身子都浸在花露水里一样。至于那娘偷人，儿子带马，这是道德上的说话，和文字无关系，更不必说了。"

　　世茅道："我就爱它文字聚散兼用的好。现在我写信作文，不懂什么缘故，总爱硬套上两句（时髦少年通病），你说它不好，怎么家喻门诵，一版再版，又出一部《泪史》哩？我听说现在又有什么《孽冤镜别录》出版，将来一定是风行一时的了。"他道："《孽冤镜》虽然迎合少年心理，尚不至已甚。但是这种书，现在众人看淡了好多，除非卖那《孽冤镜》原有三个字罢了。"世茅道："你这话倒不错。譬如我，一瞧《孽冤镜别录》五个字，心就一动哩。"

　　他听了世茅的话，晓得这班少年总是喜欢香艳文字的，也不和他去辩，一顺脚又走过了两三家。说也奇怪，这些书店绝没有一本科学书出版的布告。大约除了小说外，都是些消闲无益事裹书。倒是什么《家庭百宝全书》，什么《日用必要录》，什么《家政大全》，十家却有九家在出预约。

　　他对世茅道："这一批一批的出版习气，阴曹也和阳间差不多哩。但是这种家庭日用的书没有什么稀奇，无非东抄一篇，西剪一段，就出一万部，也是容易事。"世茅笑道："你真是个呆子，他只要骗钱到手，问什么抄袭不抄袭。我就看见你阳世的小说大家，还整篇地在那秘本上抄来卖哩。就如那《后聊斋》一部，我就指得出几篇被人抄去了。"他笑道："我倒瞧不出你，还有独具慧眼的地方。"

　　正要望下说，世茅忽然把手将他一拐，说道："你瞧，小说大家来了。"他抬头一望，一部黄包车上坐着个二十多岁的人，手里拿着几本旧而又破的西装书，一面翻一面看，他眼睛并不斜一点儿，好像是没看见过这书的样子，一刻儿，车子过去了。

他问道："这是谁?"世茅道："这人大大有名，汉文不必说了，英文的精通，也算升堂入室。他名字叫单崔游，是鄞都报馆的主笔。"他道："怪不得呢，他手里拿着几本旧书了。"世茅道："怎么，这旧书拿着还有讲究吗?"

他道："我原不知道，因为我有个朋友是小说商，他对我说了，我方懂得，原来我们上海那些小说家的译著，并不是什么外国奇闻，都是在北京路旧货铺里收来的。这旧货铺的书自然是外国人不要的了，小说家却魔力万能，把角把洋钱买来，他只用着笔一挥，只要三四天工夫，不愁几十元不到手哩。刚才这位先生三回二页，怕就是这个路数。"正是：

花样无非翻旧套，
文章也要顺潮流。

第三回　游书市世茅谈译著　登演台圣叹骂后生

世茅道："啊，还是这么一回事呀，我却没留心。"他笑道："你自然不晓得的。因为你英文虽好，汉文经典是不研究的。他们译的小说虽是取材外洋，那题目无论如何总得嵌上中国一句典。加上他们因文字的构造不同，又不对原文，莫说你是于此道门外汉，就是内行没摸到底子，也不知道哪儿是他的水源哩。"

两人一行话，不觉又走过了几家，只见前面挂了一面很大的旧旗子，上头写着："《男女驻颜秘术》，预约只有一天了，快来快来。"他对世茅道："这个一天，大约是无穷尽的，你瞧，那旗子黑漆漆的，也不知挂了多少天哩。"

世茅一笑，正想说什么，忽然走来一个五十多岁的汉子，穿一件半西式的学生装，夹着一大抱书，对世茅笑了一笑。世茅连忙上前招呼，因对他道："迷兄，我和你介绍介绍，这是十年前小说大家我佛山人。"

12

他听了这话，很觉喜欢，便拿出名片递给山人，点了一点头。山人笑道："你这位尊兄，就是小说迷吗？好极！现在我们同志开古今小说评论大会，凡是看过小说五百部的，都有旁听的资格。足下是阳间人，不远千里而来，一定是要到的了。"他从来没听过这样一个会，随口答应道："去的，去的。"山人大喜，便在身上掏了一张入场券给他，说道："我还有事，再会吧。"就转去了。

他将入场券一看，却是明天的会期，此时觉得有些乏了，便对世茅道："我们回客栈吧，明日既要去旁听，不如今日早早休息。"世茅道："也好。我可不陪你了，你自己坐车子去吧。"他道："你不去倒意外了，那旅馆费呢？"世茅笑道："这是小事，我已经招呼了，莫说这一点儿费用，你就是杀上一个人，有我主战军的招牌挂上，都不要紧。"他听了，这才明白世茅的魔力不小，便喊了车子回客栈来。

此时已是八点钟了，一宿无话。次日清早，他用过了早点，问明了小说会的地点，便缓缓步行而来。到了会场，却是一重巍巍大厦，门口少不得编一些松枝柏叶，头门上悬了四个字是"张我三军"。进得门来，那人就像穿梭一般，招待员验了入场券，引入来宾旁听席坐下。

这时还早，他看那议席上却是空荡荡的，一排排的椅子摆下去，约莫有两三百席，正中也仿着议院的制度，列着议长的席。前面便是演台，演台两旁挂着一副长联。那长联写的道：

> 大雅将亡，吾衰谁起，愿聚今古英豪，扶出天空日月，共
> 见四库光摇，蛇鬼已焉耳，妖魔已焉耳。
>
> 法轮不灭，公理终存，请秉春秋史笔，阐扬地下文章，试
> 看一家言定，钟鼓呜呼哉，瓦缶呜呼哉。

头上也有一块匾额，是"小说万岁"四个字。他瞧了，心里想道："这不知道哪个手笔，好大话儿。"

再瞧来宾席里，可是人不少，也有男，也有女，也有老，也有少，并且他隔壁席上，一排就是一二十个外国人，心里想道："这是谁呀？"恰好右边有个老人家，他便低低问一声道："请问，此地外国人也好旁

听的吗?"老人道:"怎么不可以? 只要在小说行里就是了。"他便问:"这些外国人是谁?"老人道:"那衣服清洁一点儿的两个,就是大仲马、小仲马;那胡子多的,便是哈葛德;那个衣服不整的,便是圣乔治;那个是嚣俄,那个是达孚(圣乔治,即乔治·桑;嚣俄,即雨果;达孚,即笛福),那个华盛顿·欧文。"就一一二二说了一大串。他听了,骇得声息俱无,(小说迷尚能自爱,不若今之文学家藐视文言一致之外国人也。)才知道莅会的人物,都是鼎鼎大名的作者,越发不敢枉咳嗽一声儿了。

不一会儿,就有人来撒会场的秩序表:一、奏乐;二、议员入席;三、宣布开会宗旨;四、推选职员;五、提议案;六、散会。秩序表撒过,只听得一片丝竹管弦之声,悠扬可听,却不是咚咚嘚嘚的西乐。这个当儿,议员也就入席,济济跄跄,非常整齐。

乐止,就有一个三四十岁的汉子走上演台。这人头上戴着一顶洒须瓜皮帽,穿一件八团龙长袍,穿一双红缎云头鞋,袍子既没有领,并且衫袖又很大,却一脸都是滑稽样子。等他走到演台中间,会场中早是雷也似的起了一阵欢迎巴掌。那老人问他道:"你可认识这人?"他道:"这人是清朝服制,想必是曹雪芹一班老前辈了?"老人道:"正是的,他就是那姓张改姓的金圣叹。"他听了这话,便用全副精神对着演台上。

只见金圣叹笑嘻嘻地,操着一口苏州普通话说道:"本会今日开会,诸公光降,是很荣幸的。但是,本会为什么要成立呢? 只因这几年来,一班忤奴,做小说商弄坏了,若要再不整顿,龙蛇混杂却扫了我小说界的名誉。早年圣叹想子弟作得好文字,所以把《史记》《左传》《西厢》《水浒》批给他们读,不料现在人他倒不理会这些,却去吾爱吾爱,黑幕黑幕,弄出一些不堪入目的小说来。就像《西厢》一部书,圣叹说不是后人作得来的,就是后来作得来时,是千百年后锦绣才子的文字,不是现在的《西厢》。所以关汉卿是元朝一个作者,他自从续《西厢》以后,圣叹便骂了他一团糟。不料而今人胆更大,他却会把《琵琶记》《西厢记》作出演义来。诸位,这《西厢》是天造地设的文字(是圣叹口气不是作者私言),都可以加减得一个字? 我以为鬼丑矣,这比鬼还丑;痫臭矣,这比痫还臭。你说这样一班人不惩戒,还了得吗?(大家鼓掌）就像这样的人，不止百十个。所以同人为保存国粹、驱逐败类起见，有立会之必要。"正是：

> 小子还须前辈骂，
>
> 先生认看后人糟。

第四回　举会长施耐庵当选　骂腐历金圣叹发狂

金圣叹这番演说慷慨淋漓，总可以算得代表一般人的心理，复又说道："今天开会的头一遭儿，自然要讨论个大体，依手续办来，还是先选举职员呢，还是先发表意见呢？依兄弟的意思，就是先举职员为是。诸公若要赞成，就请起立。"这话说完，当时起立多数。

圣叹复道："诸公既然赞成，我们纯粹是学术上讨论，犯不着朱陆异同，新旧思潮的闹党见。依兄弟说，我们做良心上的裁判，就也做良心上的选举，就给他一个痛痛快快、坦白无私的记名投票法吧。"台下听他这话，早是噼噼啪啪一阵鼓掌。圣叹道："足见在会诸公都是君子，不像挂着那教育会的招牌弄饭吃了，这投票事情就请实行吧。"说毕，点了一个头下台。

会场里早如法炮制起来，忙着投票。不一会儿，打开铁匣，唱名宣布。这会长一席，却是施耐庵得票最多数。副会长就是罗贯中得最多数。其外如曹雪芹、吴敬梓，票数虽多，到底不足法定数。（试以四作评论之，自然是《水浒》《三国》最佳，阴曹里纸钱不值钱，谅非买来之票也。）众会员一见是施耐庵的会长，无不欢迎，早又是雷也似的，一阵巴掌恭贺。

这时他瞧着那旁边坐的哈葛德，回过头去问一个古装的人，说道："这个会长，可是写那杀人魔鬼李逵传的作者？"那古装人听他叽里咕哝一番话莫名其妙，正不好对答，他便插嘴道："正是。"哈葛德听见他能说本国话，便笑道："你贵国好人原来都在阴曹里哩，好极好极！（可叹可叹！）这位先生写的李逵和我那写的巴洛革，都是一样使蛮劲，我却觉得不如他说得入情入理。"

他听了一笑，正想接着说，只听鼓掌声响，这位施会长早已登台，他便丢了哈葛德的谈话来听施耐庵演说。只见施耐庵道："小子何德何能，却蒙诸位推做会长，（此宋江口头语也，今日之假惺惺者千篇一律，无不有这两句套话。）叫看着诸位火杂杂地，一团高兴，小子实在未便辞得。但是小子做个会长，不过是总名儿罢了。若要发表意见，小子不是的地方，会员尽管指摘则个。（众鼓掌）今日是开会头一天，自然要发表耐庵的主张，耐庵不才，就说与诸位听。"这时会场里静悄悄的，专等施会长发话。

耐庵道："小子的意思，头一项就是和似是而非的小说商宣战。（众大鼓掌）这班小说商，本来不能认是我们同志，无奈他挂了小说两个字的招牌，鱼目混珠，外行是不省得的。加上这些书业经理，大半的是生意人。（难道还有读书人不成？一笑。）他懂得什么鸟！只要能卖钱时，你就把他浑家秘史作上，他也只当是黑幕书当有的，就不问天高地厚，只管叫小说商自己做着广告，向那不顾道德的报上登去。若论报纸，我们阴曹里总算《神报》与《兴文报》招牌老，它们原是营业性质，算不得真正舆论，却好阎王爷管事。这种新闻投机，小说商借着他大报披露，他就借着广告收费，两人目的一达，这里头大宽转就把看报人勾上邪路上去了。诸位，你莫说广告不生效力，连那东洋仁丹和着函授学校，还靠报纸吃饭呢。像这内地销行的报，又登的是大法螺的广告，迎合社会心理的书，有个不能和我们对敌的吗？况且那小说商又老大不顾廉耻，自己做广告，却自己把名字安上，不是称文豪，便是称小说大家。你说他们果做了小说大家，叫我们哪里坐地？这要不惩戒时，我们枉做了前辈了。可怜，偌大的阴曹没个说正话的，直待我们出米。"

他听到此地，不由得点头点脑，一个人想道，我白看了一辈子小说，白叫了一世小说迷，不料真正公道反出在阴间里。早晓得这样，我就做短命鬼也值得。

再听施耐庵说道："我们对付的法子只有两层：一是组织一种言论机关，特地辟那邪说；二就是要求各报馆，不登那秽淫艳情小说的广告。至于什么《黑幕丛书》《化妆学》，这些外君子而内小人的书，只好我们笔伐的了。小子就是这条大主张，其余还要诸位主持。"便点个头退席。

接上便是副会长罗贯中演说，他道："兄弟和施君主张一般。另有取缔的，便是这些书内的批评。他且不说，就是敝作里面不知何年何月，却有个人，在文句中间瞎七瞎八，添上些什么后人叹曰赞曰的屁诗。知者呢，还道是这位自称后人的大作；不知道的，还说是兄弟献丑了。像这样诗，《聊斋》里面每篇一首，也是臭不可闻。依兄弟的意思，是要扫个干净，还我本来面目。不知诸位如何？"演台底下一齐鼓掌赞成。

罗贯中说毕，只见会员里头有个出席的，由一个十三四岁的孩子扶他上演台。这一来，大家可特别注意，仔细一看，原来是个瞎子。他看了想道："这是谁呢？倒要瞧瞧。"只见那人上了演台，站着不动，说道："诸位，我虽是个瞎子，瞎于目可不瞎于耳。近来听见言情小说日与月盛，并且还是不入耳之谈，我想这个罪，若要问到小说商一类人物，那是对牛弹琴，简直没用。不如根本解决，从《红楼梦》《金瓶梅》《西厢记》一直望下一烧，不是快刀斩乱丝，很痛快吗？至于要提倡的，最好是伦理讽刺一类的小说，如鄙人批的《琵琶记》，就可算得代表。"他这一番说话，会员赞成反对，意各不同，登时就鼎沸起来，这瞎目先生，便乘乱下台去了。

会长看见不对，连忙出席道："不要吵嘤，不要吵嘤！我们都是文明人，难道还学那些议员不成？有意见的只管发表，何必纷扰呢？"到底这班人还顾大体，就依然肃静了。这里首先一个反对前议的，便是金圣叹。他说："言情小说，是绝好的文章，不是淫书。《诗》三百篇，首重《关雎》，难道文王、孔子都错了吗？（这也是作言情小说的口头禅，孔子倒做了他们的护符了。）据这位毛声山先生的话，却只有《琵琶记》好，圣叹大大不以为然。北曲南曲，我们且不议，试问人生世上，还是情愿喝厚味的酒呢，还是情愿喝无味的水呢？要把两样东西一比《琵琶记》，那《琵琶记》的词句清谈，大约与水相隔无几了。况且一部好端端的世情小说，你这位先生，瞎了眼睛也就算了，偏偏要不辞劳苦，叫人批了出来，硬说是高君为刺王四而作。可怜这个姓蔡的，无缘无故代人做了一生的骂架子，真正冤透了。近来有人作什么《红楼梦考》《石头记考》，硬嵌硬凑，当也是学得你这位先的哩。"（亦凿凿言之成理。）

圣叹话一说完，台上早便来了一个人，这人戴一顶高提梁儿，穿一件琵琶襟窝龙袋，罩着八团鹰爪玄色袍，斯文一脉，就带有好几分道学气，一说话可是一口道地京腔，说道："金先生，要照你的话读书，那就把圣人的书给糟透了。古圣人'窈窕淑女，君子好逑'两句话，固然是言情，但是明媒正娶也未可知。我们虽没谁瞧见谁，未必文王就'待月西厢下'哩。你先生批着《西厢》，说是唯真才子、真佳人方有此事，我就不懂得很。譬如'逾东家墙而搂其处子'一句书，照先生论来，那就只有真才子可以与真佳人可以搂了？哈哈，这可是苏州人打京腔，不成话儿了。"这一席话正是：

> 从来狂狷偏锋走，
>
> 到底中庸大道难。

第五回　不平鸣版权翻旧案　堪笑事钟点仿阳间

他听了想道："你莫说这人腐败，说出来的话倒有几番理儿哩。"等到那人下演台，他从背后看去，见那人脑袋后面儿，扎着马尾巴似的一个大辫子。他想道："这是满洲人哪。满洲人作小说，只有一个燕北闲人，难道就是他吗？"

正在想，只听得一个福建官腔的声音，从人丛中叹了一口长气。（读者且试猜之谁耶？其亦古之伤心人叹。）当时出来一个人，丰姿潇洒，清瘦得很，走上演台，开口就吟了两句诗，是："放浪形骸容我辈，平章风月亦神仙。"接上便道："刚才这位燕北闲人先生说的话儿，兄弟不敢极端赞成，也不能极端反对。但是要像毛先生说的，将一切言情小说删却，我就敢说这是羯鼓三挝，不通不通又不通！何以呢？天生情钟，端在我辈，阳春白雪，几遇解人，万不得已，而寄情于泉石，万不得已，而寄情于花月，你教他这种牢骚，要不做两句文章，叫他哪里发泄去？（众鼓掌）就以敝作而论，韦痴珠之骄骨嶙峋，韩荷生之潇洒出尘，不但现在士夫中不可寻，就是青衫队里，也还交代不出几个。然则就把敝作做读书人的模范去，也还雅俗共赏，怎么说起毁了的话呢？"接上又朗朗地诵道："世之碌碌者，既不足以语之，而看磊落奇伟之人，又不吾听焉，则信乎命之穷也。"叹两口气，回席去了。

他一瞧这位先生，连文学话闹了一大套，倒叹了好几口气。若要是某大文豪编去做文章，倒起码有二十四个呜呼噫嘻。听那人自己说是《花月痕》的作者，自然是那魏叔敬，外号眠鹤道人的了。据他的文章命意，小说中自然不落下乘。但是末了弄出一个狗头、两个狐狸精，说得毫无意思，简直是金圣叹骂人的话，初咬是砂糖，再咬是矢橛了。头里那番演说，他就料着不能压服大众，再望下瞧，不料误打误撞，竟被几声长叹、两句诗文压下住了。

这时就有曹雪芹走上演台，说道："咱们是言情的独行儿，这删了和保存着的话，都不能说。不过事情有个分别，要搁着一块儿说，那就薰莸不分了。照着兄弟的意思，也不能说一概删，或者一概留，只要我们大家分别去取就是了。诸公若要以为语调和办法可以，就请表决。"当时大家赞成这个议论。就由会长指定了金圣叹、曹雪芹、王实甫、孔东堂、王凤洲、高东嘉、蒲留仙、余澹心、眠鹤道人、燕北闲人审查。

这个问题刚刚了，忽然曹雪芹又提起议案，却道的不是别什么，是单就《红楼梦》一书版权名誉而言。早有太平闲人出席发言道："本席对于《红楼》一书，有三项问题：其一，现在出的《红楼梦》与那原本秘本，是否一个手笔？其二，什么《红楼后梦》《红楼圆梦》《红楼重梦》《红楼梦传奇》，和那最近的《林黛玉笔记》，是否点金成铁，连累事主？其三，最不要脸的，就是袁子才。他却硬挪着大观园是他的随园，和近来一班霸出的考据家，割裂原书，断章取义，是否合曹君初衷？本席有这三样问题，不知道可能同附审查？"当时会场里一致赞成附带审查。

接着悟一子提议，说："《野叟曝言》既然是阐扬圣教，就不该蚌精熊怪老虎神，乌七八糟，说上一大堆，请审查。"二就是罗贯中提议，说:"《荡寇志》笔力平庸,是否可继施作?要不然,为什么口口声声说作《平四寇》的罗某是呆鸟呢?况且他作的陈希真,一样做了强盗,一样受了招安,这不是应该打嘴吗?最可笑的,胶柱鼓瑟,梁山有个什么人,他就寻个什么人对付。果然写得好也罢了,偏偏没一个人说得出色。我就不信活跳神仙似的智多星,却被一个平平常常的女诸葛捆住了。内中还有最可笑的,因为《水浒》大刀关胜,写的儒将风流,有些像关羽,他就硬生生的,把关字改作冠字,这样人连些小节目都打不通,还要作书,匡救人的不及,这不是蚍蜉撼树吗?兄弟实在被他骂得不服,颇提出意见,听候公决。"众会员表决下来,却是查办。

这时候已经五点钟了,议长宣告散会。一刻儿铃声响,众乐并作,这来宾会员流水也似的走了。他在人堆里挤了出来,便喊了一乘黄包车坐回旅馆。却是奇怪,一路上叫着卖号外的,一连就有几十起。

他掏了两个铜板买了一份,在车上打开一看,上面登的是:"顷接鬼门关电报,今日日落约早一点钟,据天文台报告,是上海拨快钟点所致,以后吾人出现,可提早一小时。旧有之午时四刻(即新未时四刻)便可实行云。"(有此事是趣事,无此事是趁谈。)他看了笑道:"村妪说鬼,势必至此,他们提早的是钟点,不是像鲁阳挥戈,真个的把太阳移动了哇。咳,阴曹里到底是不曾开化的,只要阳间人化个屁,都可以做香袋模仿的了。"想时,早到了旅馆,给了车钱,一直回到房间。只见那对面壁上的钟,短针长针一齐指在四点五点之间,到五点钟还有三十多分呢。他好生奇怪,想着刚才出会场已有五点钟,怎么人倒走上了前,钟倒走退了后呢?

这时茶房正进来泡茶,他便问道:"你那钟准吗?"茶房道:"准的。"他道:"我刚才出会场,已经五点敲过了,怎么此地五点还没到呢?"茶房笑道:"先生,你在桌上放的是什么东西?"他道:"是我买的号外。"茶房笑道:"却又来了,你先生不是知道拨快了钟点的吗?你先生看的那个钟,是新时刻,自然相差一点钟了。"他道:"我怕不知道。但是阳间上海的电报才刚刚到哩,怎么这儿钟点就改了呢?"茶房道:"我们阴曹和别处不同,若讲起骨子来,倒可以模糊。要遇着这种面子上排场,就学得顶快。不说别什么,就是酆都地方,那拿什么司

20

的克的棍子，一班人从前没见过几多，不料一阵风儿，就流行满街了。先生你说穿件长袍子，拿着一根打狗棍，像个什么样儿哩？可见得他们只顾模仿，不顾好歹的了。"茶房还要往下说，听见铃子响，便望别个房间里去了。

他想道："原来是这么一段事。从前人说死要脸，我以为是骂人的话，照这样说起来，中国人做了鬼，讲究排场更狠，这死要脸三个字，还有个出典呢！怪不得上海人喜欢大出丧，到底是死人要脸，不是活人作乐哪！"（胡说八道）

这时当当当那钟敲了五下，只见一个人拿着一个表，对住钟呆呆地想了半天。后面又来了一个人，说道："喂，你想什么哪？可不是那话儿失约了？今天是礼拜，那老头子回家了，不来的呢。"（难道阴曹旅馆中也有此等事？）那人道："胡说，我想我这个表，今日倒弄得我没法了，要对着普通钟一样，又太不开通了。（不见得）要照新点钟，我又是个善忘的人，必定弄得浑头浑脑，不是事赶了先就落了后，所以不知道开哪样钟点好。"

这个道："我倒有个法子，你还花两块钱，再买一个表就得了，一个搁在袋里，一个戴在手上。手上的开新钟点，做个面子，袋里的开旧钟点，照旧办事，这还不是一样吗？"那人道："还不好。总得要像中国历书，阴阳对照才方便。"（其实未必方便）这个道："有呢，这样表不久就要出现的呢。"正是：

痛我衣冠沦夷狄，
怜他燕雀事皮毛。

第六回 吹牛皮无非胡调党 论獭祭都是抄袭家

他瞧那两人说话，正在出神，只见辛世茅换了一套簇新的西装，引着一个华服少年说笑着走来。他瞧那少年时，穿的是月白湖绉夹袍、春纱夹背心，头上戴一顶软壳草帽，鼻子上架着茶青圆式克罗克眼镜，左手两个指头夹着半根雪茄，右手拖着一根白银包头的司的克，底下是散脚短而且大的白席法布裤子，穿着一双黑而且亮的尖头皮鞋，走起路来咚的咚的响，好像刘艺舟演新戏，带着一套铁鼓出台。

说时迟，那两人已经走到他面前。他连忙起身招呼，一面让座；那时快，世茅两人早就坐下了。是世茅先开口道："迷兄，我代你介绍介绍，这是密斯脱胡，台甫棹塘，别号乾坤第一闲人，现在是我们《小天堂》报馆的主笔兼总理。"（好头衔，偏是地狱偏说天堂，一笑。）他听了免不得说一番仰慕的话，彼此便换了名片。

这时世茅早拿出一根雪茄，在裤袋子里找出一个电石自来火，哧的一声点着，一刻儿，那张文明脸便埋在烟雾里头。那棹塘道："世茅，你太不懂礼了，在座有三个人，就算我手里有烟，你也该奉主人一根。"世茅听了，张开口一笑，那烟就像红孩儿出洞，火云涌了出来，说道："你不知道呢，我这位迷兄，除了小说以外，简直可以说没有嗜好。他哪里还吃烟哩？"

棹塘道："这就不错。烟酒本来是消耗品，并且还和卫生有碍，不瞒你说，我一个月里，这烟一样，就要花费一百多块钱。"他听了心里一惊，想道："那还了得，一年吃下来不是个中人产吗？"只见世茅把头一偏，说道："我却不很相信，常常见你买烟，总是一个铜板两根的小团牌，一二十文一买，连整包的都没看见过哩。"棹塘红着脸道："笑话了，我们都是知己之交，难道还说谎不成？"（勿要客气）

他见说着太不像话了，连忙用些话扯开，便问道："胡兄，贵报能销多少份哩？"棹塘道："本埠销一万份的谱子，出口却不过七八千。"他道："贵阴曹小报都有这样发达，那大报还了得吗？"棹塘道："这却不然。就以酆都而论，销不了一千份的大报，就有好几家。敝报销数得爽快，都是兄弟精神换来的，不可一概而论。"他道："这样说来，印刷编辑两部，人是不少的了。"棹塘道："住馆编辑却不过小弟和一位吴先生，倒是特约和名誉编辑有三四十位的。"他道："这平民一部呢？"棹塘道："现在因机器没买定，还是在一家印刷处付印。"（法螺吹破）

他听了棹塘这一套话，就认定了是《儒林外史》里脱胎的人物，就不往下问了，因对着世茅道："我还没吃晚饭，哪儿去小酌一次吧？"世茅道："很好，我也没有用过。胡兄是赞成的了？"椁塘道："三人行，则从二人之言，我也只好奉陪了。实在我刚刚和罗刹国领事同水晶宫书记，在八国饭店吃了大菜，饱得很。"他听了，越看越穿，不觉要大笑出来，便先走一步，免得椁塘瞧见不便。世茅二人也就跟了出来。

世茅知道他不讲究表面，便引到四海春苏菜馆里面去。三人照例拣了座头，照例点了菜，便浅斟细酌起来。倒是椁塘来得，一碗红烧蹄髈，一碗清炖鸭子，差不多一个儿报销了。（刚才大菜吃饱了，何必如此勉强？哈哈！）世茅笑道："胡兄，仔细伤食，人命要紧哪。"他正含了一口酒，忍不住笑，回转头来喷了一地。椁塘却不为意，反而笑道："薛仁贵一吃就是斗米，极是福大量大呢。"他也就假装一笑了事，怕再说叫人难为情。

这个当儿，只听见对门房间里一阵喧哗之声，一个全椒声音的人说道："不愧《长生殿》作者，这'虞美人'底下，接上个'妾甘就死，死而无怨，与君何涉'，可算得天衣无缝，我要搁笔了。"这话说完，又是一阵喧哗。那人接着说道："诸位既不准，我就献丑了。"便念道："谑浪笑敖，步虚声，一个南腔北调人。"说毕，有一个福建人道："吴君，东方曼倩之流亚也，我可不能。"念道："悠悠我心，醉花阴，一院秋心梦不成。"这时候，一个人说道："哈哈，两位都要罚，飞了韵了。"那福建人道："正是，我可忘怀了，同干一杯吧。咳，东堂兄，你说这飞了韵的话，又兜着我伤心话儿了。现在诗词一道，讲究的可少。本来呢，这科学时代，用不着酸溜漓地咬文嚼字，但是一国的国粹也得保着，这'国粹'两个字，是巩固民心一种团结力。但是我们又不能出鬼门关一步，也是白操心了。"那个全椒人道："魏兄，你还不知道呢，从前我说那些斗方名士，他的诗虽臭，不过是'且夫''然而'弄进五言八韵里去了，现在又有一种什么新体诗出现，不论韵叶，不论平仄，还不论长短句。至于什么自由平等，挪来就用。我还有些不懂的典故，什么安琪儿、主呀，上帝呀，弄得莫名其妙。"说到这儿，一个说道："敬梓兄，算了吧，我要挝鼓改秽了。"接上就是一阵哈哈大笑。

他听了这一段隔壁戏，就猜透了是一班小说前辈在此会饮，因悄悄地对世茅说道："你听，小说会的会员来的不少呢，我们何不做个沿壁虫，领教领教？"世茅虽是新人物，他于这班才子面前，却是极为佩服，便和他与棹塘点一个头，算是知会的意思，便听了下去。

只听一个人道："要说酒量好的人呢，总算兄弟写得出。就是文素臣和熊奇一场大饮，一个人一坛子直倒，这可以算得无以复加了。"说这话的是苏白。

就有一个京腔的说道："还说呢，尊作毛病就在此了。兄弟和阁下作小说，一样地喜欢请孔夫子，一样地提倡伦理。你瞧，兄弟书上安水心这几个人物，我却布置得绰如裕如。阁下因为好高骛远，把文家一家人简直弄成一个扫帚星的尾子，光就越散越淡了。况且开场一幕，就弄了一个文白擒龙。这不是《封神》《西游》的论调是什么？我说你不但不能闻异端，反是倡邪说了。"

这个苏白的说道："尊兄说我极是，但是尊作也未必顶好。菊花一宴，把两个如花似玉的一对双凤，却发出那一番腐论，真个是六月心里的馒头，馅子都酸透了。"

这个京腔的道："敝作虽然不好，无论如何不至于害人。你阁下是非礼勿言的人，试问连府和李又全家这几回书，可能寓目？幸而令爱懂事，给你藏了，要是献给康熙老，你就得打三百戒尺。况且你的大书，套《水浒》，套《三国》，套宋人语录，套唐人小说，这都罢了，为什么却套起《金瓶梅》来？你要做现在的黑幕，你倒是个能手哩。"

这苏白的忽然提高喉音道："你敢说我吗？请问你那运糟大人唱的'道情'是谁编的？你不是抄那郑板桥的吗？"两人越说越紧，他们听得很有味。忽一个杭州音的人道："先生醉矣，两贤岂相厄哉！"接上一阵哈哈大笑。连着一阵脚步响，那群人便走了。

他从门帘子里一望，只见杭州音的是个白胡子老头儿，笑着对一个人道："他们作小说的法子，差不多像我编诗话，越抄得多就越好。从前赵鸥北笑我愿祭文章，那要遇着现在的笔记小说家，却怎么样？所以人一见黄巢、李闯，才知道操、莽不是大奸贼哩。"

那人道："袁先生笑话了。"那老头儿道："我并不是笑话，抄袭文章不要紧的，只要不伤事主就是了。我那不肖子弟世凯，何尝不想做抄袭文章？可是伤了事主，所以把《陈桥兵变》的一出戏唱左了，才弄成个司马逼宫呢。"

那人道："我不料先生老当益壮，还是这样诙谐。既然谈起戏来，我倒发了瘾，今天是陆子美的《黛玉葬花》、谭鑫培的《碰碑》。何不瞧瞧去？"那老头儿道："我袁子才是个色鬼，除了我，谁配做宝玉？既然是《葬花》，我万不可不到。"

那人笑道："有两个老宝玉了。"那老头儿道："还有谁？"那人道："今世太白易哭庵不是吗？"那老头儿道："这位真和我对着，我打算打电报请他。"那人道："哎哟，你不请他也罢，他正在温柔乡里打得滚热哩。"那老头儿道："是时候了，也该来此了，还贪红尘做什么？王湘绮就等了两三年哩。"那人笑道："先生只管说笑话，同阵的走完了呢，快赶去吧。"两个便三脚两步走了。正是：

文人死没真言语，
名士生成老面皮。

第七回　小报纸花业载秽语　糟书室画镜供佳人

辛世茅见众人走完，对他道："这袁子才作了一部《子不语》，居然也是小说家了。但是他文笔弱得很，却比不上《邨斋》哩。"他道："袁子才不是聪明人。因为全在天性上发挥，而少人力的制造，所以就未免有点儿率易的毛病了。"世茅道："据你说，那文言小说必定要作得铁硬，方对的了。"他道："这也不然，挺硬有挺硬的好处，纤秀有纤秀的好处，不过不能把上海比较。他们为卖文起见，不能不照模范小说作去的。"棹塘听了，却不懂，便问道："这小说文字都有个模范吗？"

他道："怎么没有？上海那著名桐城文豪，便是一个榜样了。我有个朋友，最研究龙门笔法，有一年在上海蹩了足，便把平日译的小说去卖，心想措些川资，照他的文字，是千好万好的了。谁知这部稿子就像安了弹簧一般，投去便回。后来他急了，便找个认识桐城文豪的人，求他转请介绍。文豪毫不为难，把我们朋友稿子拿去，加了某某润文四个字，盖一颗鲜红的图章。到了第三日，我那朋友就得了一百三十块钱，据说是某某书馆的润金。照这个看来，你说不要榜样还行吗？"

世茅道："我就说现在没有理讲，混钱要紧。不然，我为什么进主战军办事哩？"他道："你不要吹。马上赵伯先叫你去当个团长旅长，我包你就连爬带滚哩。"世茅一笑，棹塘道："你这话不错，你瞧何大文豪，从前称是民党健将，却跟着张敬尧做了几年走狗，现在不是做那非法议员吗？"他道："算了，哪问国事！且食蛤蜊。"便端起酒来痛饮，三个人谈锋便断了。

一会儿酒足饭饱，堂倌开上账来，自然世茅会钱，偏是棹塘客气，倒抢着闹了一顿，那一只右手放在袋里乱掏，就像诚心诚意要做东一般，无奈世茅抢着把洋钱拿出来了，只得罢休。

三个人一路出了馆店，世茅有事，便告辞回去。棹塘道："我也要回报馆编校稿子，但是没有车费，辛兄可有零铜板，给我几个。"世茅道："你又开玩笑了，刚才你还要做东呢。"棹塘道："王八蛋开玩笑！我袋里是一张一百元的钞票，你说这一换，那不噜苏了吗？"世茅道："既然如此，我也没有零的，就给你一块钱，你自己去换吧。"棹塘接了钱，欢天喜地地去了。

不说辛、胡二位，再说他辞了二人走回旅馆，是疲倦极了，摸到床上便倒身睡了去。一觉醒来，已是红日满窗。茶房进房来倒水泡茶，忙了一阵。他漱洗已毕，自闲着没事，便买几份报披览。内中有个《小天堂》，纵横一尺多，上面花花绿绿倒也醒眼。他知道胡棹塘办的，便抽出来物色物色，见头一个栏便是小评，所作的文虽是署名闲人，他却恍惚在哪儿瞧过，仔细一想，笑道："是了，这不是从前《民立报》的《东西南北》吗？总算亏他，却一字没丢呢。"

第二栏，照例地，《无线电》。头一条便是"花国总统昨晚留某公子同梦，云雨春深，闻今日困倦非常云"。他一瞧，恨不得把报都烧了它。想道："岂有此理！岂有此理！道德沦亡，言论价值一扫而尽了。

以后便是'拆白党下动员令，磨镜党开紧急会议，某戏子某校书的话'，真个王奶奶裹脚，又臭而又长。"

第三栏便是戏评。他对于郸郐戏子，一概不曾理会，不知道说得怎么样，却是内里有一段，很可疑心。那文说道："某伶（姑隐其名）日来毫不卖力，闻一下装，便趋某旅馆（姑隐其名），与某校书（姑隐其名）秘赴桑中之约，寡廉鲜耻，无赖已极。记者已得有铁证，如不洗心革面，定当据实宣布，莫谓言之不早也。"他看了这段文，一总儿不上七八十个字，倒闹了三个姑隐其名的注解，要说讽刺，和他们有什么客气？要说造谣，有何趣味？那么了几个字跃跃言外，不必说，是竹杠生意了。

再后面便是《文苑小说》，好的却是旧相识不必再为光顾。顶末了便是一大栏《花丛调查表》，却和阳间登得格外仔细。最可骇目的，便是某校书大便几次、小便几次，和那些月满鸿沟、春潮约期的话，无不写在上头。还有许多，因为他怕秽了口，不肯对编书的说，编书的也只好从略。

当时他看了，一股少年暴气哪里按捺得住，哧的一声，把报撕了个粉碎，就将桌上的自来火把它烧了。（采子）正没好气，只见茶房带了一个小孩子来，指着他道："这位便是迷先生。"小孩子听说，便在身上掏了一张名刺出来，说道："我们先生听见辛先生说，迷先生来了，特来请过去谈谈。"他把名刺接过去一看，是他故人贾明士，心里很欢喜，便跟着小孩子走来。却喜路不很远，一会儿就到了。

走进屋来，是中西合璧的一所房子，三楼三底，楼下一个小院子，也栽了几棵花木，横七竖八摆着几钵盆景，倒有一大半是舶来品，可是找不出叫什么名字。走进正屋，中间摆着一张大餐桌，用一条白洋毯子罩着，屋两旁却摆了一顺八张紫檀太师椅，上面又是一张炕床，却没有炕桌，单单地放了一张炕几。那壁上的画，左边是王治元写的《朱子格言》，右边是四块玻璃装潢的巴黎风景画，正中横钉着一幅世界暗射地图，两边七言对联，是"太白万圣人按剑，小红低唱我吹箫"十四个字，落的郑板桥款。通屋子一瞧，新旧夹杂，可见得这位主人便是个极开通的人了。

这个当儿，屋背后一阵楼梯响，就像擂鼓一般，早是一个人笑了出来。这人三十多岁年纪，头上留一个西装，乱得像麻团一般，眼睛上罩着金丝托力克，却一边高一边低，斜架在鼻上，身上穿一件旧宁绸袍子，纸烟烧了几个蚕豆大的窟窿，底下又是西装裤子，赤着一双脚，踏着两只东洋木屐，呱啦呱啦走进客室。

他便抢先一步，迎着说道："明士兄，久违了。"明士笑道："好好好，又多一个同道了，快请楼上坐。"便引着转弯抹角，走上楼来。左右两边都垂着门帘，料是内室。中间屋子里，门儿大开，一张黄尖虎皮纸写了"青灯听雨楼"五个字，贴在门斗上。明士一面引进屋去一面让座，用人早捧上茶来。

他这时候抽出工夫来，一瞧这屋子窗前放了一张书桌，乱七八糟堆上一些书，也有西装的，也有古版的。那文房八件头样样俱全，可是毫没规矩，是随意位置。就以笔筒而论，里面的笔至少有七八十支，却有一大半没笔头儿的，也在里面充数。左壁下一张沙发椅、一张湘妃榻，上面都放了些衣服裤子。右边两架玻璃书橱，两扇橱门，一关一开，摇动不定。其余的家伙都乱糟糟地摆着。壁上字画新旧都有，只是一架玻璃镜，里面嵌着梅兰芳扮的《黛玉葬花图》，非常洁净，一点儿灰尘没有，并且镜框子上都是镀金的。底下摆着一张小几，几上一只古铜炉余香未尽，又是一只白瓷瓶，插着一丛新鲜花，真个说得香花供奉了。正是：

岂无梅毒传泉路，
早羡兰芳出外洋。

第八回　拟序言伟人皆黑幕　论译著作者没原文

他瞧明士屋子里这样的陈设，不觉微笑了一笑，便道："老哥别来无恙，这明士风流还是没改。"明士道："人各有性情，树各有枝叶，要能改的，就不是本来面目的丈夫，是个矫揉造作的小人了。"

28

他道："我们阳间那里班龙阳才子，把一个梅兰芳恨不得东洋大海都给闹翻过来了。怎么你阴曹里也染了这个梅毒呢？"明士笑道："你这话就不通了！譬如东洋矮子，他懂得什么皮黄，什么昆曲？他就肯花了整万的洋钱，把梅老板请去露脸。不是慕虚名儿吗？我们阴阳虽隔，总是一国呢。就供奉这梅老板的像，还不如东洋人'瞎摸海'好些吗？"（恨水按：前日小隐说刘翠仙用了"瞎摸海"三个字把位马二先生气得了不得，依我说，比东洋人总好些，倒不如把这三个字奉送木鞋儿还觉切当，所以我就套来用了。）

他道："你这话也在理，不过可染了一点儿明士习气。"明士笑道："有钱难买明士派，这习气就不足为外人道。"他道："我可是笨伯，不懂得风流韵事，但一定说要走走花丛，捧捧戏子，就算是名士，那也不得见。"明士笑道："快歇了你的嘴，腐败极了，腐败极了！原来你还想吃两庑的冷肉哩。"

他笑道："算了，我们久别重逢，只管谈这些没要紧做什么？我们还谈正经吧。"因便问明士在阴曹里做什么。明士笑道："你问我这个营业，我倒一刻儿说不出来。不过是个文明点儿的骗子罢了。"他听了心里一惊，说道："贾兄，我知道你是个老实人，怎么一死就变了心，却做起骗子来呢？"明士笑道："你说我真去做骗子不成？不过是文人狡猾伎俩，稍为加厉了一点儿就是了。我这个营业不是别什么，就是卖小说。"

他道："卖小说也是苦工文人，就很可怜的，怎么是骗子呢？"明士道："这个缘故很多，一时也说不尽。前去两年，上海有些什么《黑幕秘史》，就是这个一种了。我现在作了两部小说，已经脱稿，你一瞧内容，这骗子的话就深信不疑了。"一面说，一面便在玻璃橱里，拿出两本书来。

这书是毛边纸装的，就有两寸来厚，用三四老大的书钉子钉着，书壳子却是雪亮的蜡光纸，歪歪斜斜写了几个字，魏碑不是魏碑，老颜不是老颜，支手舞脚，爬在纸上一大堆，仔细一看，却是"情天恨海录"五个字，旁边落了一个"鸟道人"的款。他接过书来，对着明士笑问道："这字是谁写的？这个体不要说写字，倒老老实实说是做字还像些。"明士道："这人大大有名，还是清朝一个阔佬。"

他道："字写得好不好，和阔佬没关系，你评的字的，还是重他的阔佬呢，还是重他的笔力呢？要是重阔佬，不论他的什么都好，何必就硬捧他的字哩？况且字原是一种美术品，弄得乌七八糟，还有什么好处？诗画琴棋，都是一般天性，天性聪明的，妙手偶得，自然有那自然文章发出来。若要像这位鸟道人的字，我是个外行，好歹且不说他，这矫揉造作的架势，就断送了元气，算不得天性中的文章。"

明士笑道："书你倒没看，就批评上一大堆了。"他道："不是这么说。你们作书的，不是重封面吗？譬如铺子没开，店面前就摊上一个铁拐李，你说是神仙，人家可认作叫花子咧。"明士笑道："你这个譬喻却也确切，倒要请你逐一批评了。"

他道："你要不嫌烦腻，我就做个他山之石。"说着，便将书揭开来，头一页便是些目录，没什么看头。翻过来，却是序言，头一位，就是袁世凯，以后宋教仁、赵声、蔡锷、黄兴这班伟人，都有序言题词。顶末了一篇序文后面，落着"周人赵倜拜撰"的款，却被用铅笔涂抹过了，字迹还模糊认得出来。

他便问明士："这是什么意思？"明士道："头里几天，我听见这位督军来了，因他是个新到的人物，赶紧就拟了一篇序，是用他的名字，后来打听得是谣传，所以便把来取消了。"他笑道："哈哈，这样说来，你这些序都是蛤蟆跳进天秤里，自称自了？"明士笑道："那自然。他们这些伟人，哪里还有工夫和你作序？"

他道："你用他的名字，他就不问你这盗名的罪吗？"明士道："这里头讲究很多，绝没有事故发生的。况且我把序发稿以前，一面印刷，一面便已知会了本人，这还有什么盗名的罪？"他道："倘若是本人不愿意，那却怎么样哩？"明士笑道："所以你是外行了。我问你，谁人不爱名？你书上登了他的大作，你销路好呢，他就夹在里面出出风头也是好的。你要书销不行呢，他又没花一个钱，动一下笔，可损失什么来？这人情是落得做了。"他听了，恍然大悟，说道："哎呀，一篇儿序罢了，还有这多缘故，难怪说是骗子呢。"

再望后面瞧去，便是一篇骈体的自序，作得花团锦簇，足足有两三千字。中间有一段道：

> 言情则班香宋艳，笔生腕底之花；叙事则玉润珠圆，文似机中之锦。一只蝴蝶，梦化春风；卅六鸳鸯，魂迷峡雨。缘忆三生之石，月落鸟啼；幻穿九曲之珠，花明柳暗。真真假假，同归忉利之天；色色空空，独剩埋香之冢。

他看到此处笑道："不用得瞧了，这一定是一男一女有了爱情，因为横来压力，同归于尽的了。"明士道："是的，不过我这个特别些。"他道："不用说特别不特别，我就猜着了一半。这中间大约是两表兄妹，或者两同学和两邻居都不可知，一个必是妙丽女郎，一个必是青年秀士，他那两人接洽的地方，少不得还有一座花园，你说对不对？"

明士道："你把这些杂志上的小说来猜，那就不对了，我是译的呢。"他道："译的吗？这就奇了。为什么'情天恨海'的安上名字呢？"明士道："这四个字不能用吗？"他道："有什么不可用？不过太泛了。依我说，译什么小说，就用什么名字，就是原名有些不妥，只好就本人意思更改更改。若要情天恨海地闹，就译外国一万部哀情小说，都沾贴得上。"

明士把头一摇，说道："外行话了！你要用老老实实的名字，一来登在报上不响，二来搁在书店里架子上，人家也不注意。我们作小说是做生意，像这两个样子还行吗？"他道："社会心理都是如此吗？这小说是小，人心就不可问了。"一面说，一面一页一页揭着看去，也有诗，也有词，无非是道这书的好处。看到正文，是蝇头小楷，端端正正写的文言体，上面写着第一章旅遇，署名译者明士，并注明原著者却而司迭更。

他道："哦，是这位先生的手笔吗？一定好的了。"明士听了，笑了一笑。他道："你笑什么？"明士笑道："我这书虽是却而司迭更的大作，却没有原文。"他听了就好不懂，问道："这是怎么一回事？好像潘老丈的话，你不说我还明白，你一说，我就更糊涂了。"明士笑道："有这个缘故，我所以说我是骗子了。原来我们译小说并不是真的，糊里糊涂作一部小说，脱稿后随便说是谁人作的就得了。"

他道："既是你自家撰的，就是自家撰的，为什么要说是译的呢？"明士道："这都是一班图书馆不好，他指明着要译著，自撰的不收，所以我们就出此下策了。但是这还是第一个缘故呢。第二个缘故，就是译小说的，旁行文字未见得高明，若要照外国书一句一字译下去，不但不能透彻，反有些缚手缚脚，不能自由了。第三个缘故，我们的大名也有限，借着外国文豪的名字，书馆里收稿子也模糊些。"他听了这一套话，才明白了他这骗子的手段。再看那原文，是时髦体，写的是：

芳草连天，一碧万顷，平湖浅水之边，抹一片欲落斜阳，而竹篱挂网之渔家，一时都罩入胭脂天里。俄顷一村姑出牛乳，风韵丽都，飘飘若仙，虽荆钗布裙，而彼美之艳，愈觉以本色见美。时屋角垂杨狂舞，残絮乱飞，杜鹃频呼不如归去，村姑听之怅然。

他瞧到此地，哈哈大笑，说道："贾兄，你快点儿拿自来火，把它烧了吧。你要是印刷出来，就是大大一个笑话。"明士道："不通吗？"他笑道："岂但是不通，并且无理。"明士道："我是个粗人，倒要请教。"

他道："你到过外国没有？"明士道："岂但没有到过外国，连上海租界都没跑遍。"他道："可又来！古人说读万卷书走万里路，这是最有阅历的话，所以太史公编《史记》，半是游览得来的。这小说一门，现身说法，尤非有阅历不可，除了《西游》《封神》是自己造得出来，哪一部书不要有些根底哩？你这部书，我不知道你说的哪一国，但是竹篱挂网，外国可有这样一个渔家？荆钗布裙，外人可有这样一个装饰？屋角鹃声，外国可有这样一种鸟雀？你没到过外国，连外国地理都没瞧过吗？"明士听了，失惊道："啊呀，我作一辈子小说，还没留心到此哩。"（岂但阁下假名士，连桐城大文豪都常常有笑话呢。）正是：

井蛙哪知乾坤大，
河伯曾惊海水深。

32

第九回　提议案重惩卖国贼　说梦话请恕荒唐言

明士听了也不作声，一会儿到了会场，恰好在摇铃开会，他们俩人了来宾席，一瞧来的人可也不少，足见得这会一天兴旺一天了。会场里由施耐庵主席，首先是孔东堂提出禁止冒名模仿案。那原案文道：

> 查翻印书籍，本犯明条；割裂原文，更伤事主。咬人矢橛，有非好狗之讥；蒙马虎皮，本是黔驴之技。凡符合我辈名姓以图射利者，皆同人之仇敌，而立言界之蟊贼也。溯自某小说家偶然高兴，之著有《聊斋演义》后，乃一班无耻徒纷起效尤，观其粪著佛头，居然风行草上，此而可忍，孰不可忍！同人等为保护名誉计，特为提出议案，请付惩戒。是否有当，听候公决。提议人孔东堂。连署人曹雪芹、蒲留仙、俞曲园、高东嘉、王凤洲、魏叔敬、余澹心、金圣叹。

由宣读员照文读过，会员一致表决，公付惩戒。

第二起便是议长宣布外来函件，是外国小说家大仲马、司迭更（司迭更，即狄更斯）、哈葛德、毛伯霜（毛伯霜，即莫泊桑）这几位的联名信，道的是翻译人加减原文，更改命意，有伤原作而碍名誉的话。三便是吴趼人提议，现在小说界人类太杂，宜加取缔。正欲宣布案文，金圣叹早跳上演台说道：“本席赞成吴君的主张，诸公必须通过。”言毕，台下多数起立。

这时会员席里，一个红袍玉带连鬓胡子的人，扯着两个老头儿，出席就带溜带跑，就逃走了。金圣叹喊道：“不好了，阮胡子跑走了！”一言未了，有苏州音的，有河南的，有扬州音的，一齐喊道：“这斯文中的败类、卖国的奸贼，他也敢在这里露脸子吗？我们倒要惩戒惩戒他；不然，他就更猖狂了！”这一句话，比老君急符还灵，一会儿场人同出了议席，追了出来。

他见这一回事，非常佩服，也跟着看来。一会子到了裤子裆，马士英早带了一彪人马风掣而来，看见人多，也只得溜了。这一班人一见武人干涉，更加动怒，一阵风似的，涌到阮大铖家来。这时阮胡子已经得信，将大门关得铁紧。众人哪里还有分说，三拳两脚便把大门打开。早有几个人将阮大铖捉到，饱打一顿。阮胡子死命挣脱重围，坐着汽车，便逃往鬼医院去了。他正瞧得热闹处，忽然那班小说大家鸟兽纷散。

正想追问根底，只见前日那两个差役走上前来，不问三七二十一，便把他绑了。他想这班人横竖没有理讲，也不理他。一会儿解到一座衙门，却是军事执法处。他吓了一跳，想凭我这个人，随便怎么吃不上这个官司，为什么把我抓来呢？越想越稀奇，却摸不着一点儿根底。

一刻儿，只见辛世茅穿着一身军服，由上房里面走出来。他好生欢喜，以为得个救星了，便想招呼一声。谁知世茅瞧得清清楚楚，却睬也不睬他一睬，对那些武装兵士道："那班乱党，尽绑好了吗？伺候他吧。"说毕，兵士吆喝一声，把他推着跪在地下，拿着枪，对准了便要发，他喊道："世茅呀，我是冤枉呢！知己的生死关头，你也不作一句声吗？"世茅站在一边，哪里问他？（能卖国岂不能卖友？）

只听得砰然一声，他就觉得身上中了一弹，心里血如潮涌，比滚油浇着还痛。在那万分难过的时候，还觉有些知觉，睁开眼睛一看，原来是一梦，身子好好的还在书房里。那一本《小说丛考》掉在地下，捡起来一看，正是《南柯梦传奇考》的地方哩。

他自从有了这样一个奇遇，便细细对小子说了，事虽有些荒唐，用那姑妄听之的例看他，还略有可取。所以小子就做了抄书手，把它编出小说来。有人说，小子是安心骂人，小子也不敢辩。但是小子反问一句：我这几句胡说，是该骂的是不该的？要是不该，那就请教育部审定。把那《男女行乐秘术》和着《情海慈航》通令行销的好了。

现在的人，第一就是放顺水船，有个《西厢记》演义，便有个文言《红楼梦》，借人家招牌撑自己门户。我可不敢说他文笔如何，他就自己表示了一种依赖的性质。依赖的性质，是天然当淘汰的。莫说是小子一人，就是群起而攻之，都过得去的。我原是不登大雅之坛的人物，话虽不能以人重，却纯粹是良心上的裁判，和谁没怨也和谁没仇。诸位，你可别过用了心。

天气渐热，编书的人也要休息两天，再会再会。

啼鹃咽了胸头血，伤心两字为君说。水皱我何干，千秋吾道难。斯文真扫地，技见图穷匕。掷笔一长嗟，乾坤未有罪。

（原载 1919 年 4 月 13 日至 5 月 27 日上海《民国日报》

副刊《民国小说》）

怪诗人张楚萍传

序

"也应有泪流知己，只觉无颜对俗人。"此袁子才《随园诗话》所收入之句也。故友张楚萍，喜读《随园诗话》，犹爱读此联。每于酒阑灯灺之间，风帘月户之畔，漫声低度，回环展诵，凄楚婉转，泪随声下。吾尝夜雨联床，与之同住小楼，每一闻其吟此，辄愀然不寐也。吾侪揣摩于此十四字之间，楚萍之身世，楚萍之才情，楚萍之人品，已可想象得之。吾仅揭此一事以告世人，世人当有以知楚萍；然楚萍之遗言遗事，而犹有此十四字所未能囊括者，则吾后死之人，乃不能不表而出之。语曰：十室之邑，必有忠信，楚萍而不死，楚萍又安知不有以示于世也，作《楚萍传》。

斜阳一抹，随野烟笼罩于白杨衰草之间，时有缊袍布舄，披发临风，踯躅摩于残碑断碣之前者，则张楚萍是矣。楚萍之家，背山而临溪，流水潺潺，带柴扉而过。沿溪行，有平原方七八里，中有平坡，罗列野冢数十。野花零乱，有草不芳，日过牛羊之群，晚栖狐狸之伴，他人见而避之，而楚萍家居无事，则日徜徉于其间，有时依乱草而卧，不期昏夜。星光昏昧之下，人影憧憧，则楚萍归矣。顾楚萍漂流湖海，不常家居，常于客中读金圣叹赞刘断山曰："所读十万卷书，所走十万里路，所耗亦近十万金，则即拍案狂呼曰：'乐哉此人，是吾师也。书与路，是不足以困我，所困我者，钱耳。'"言至此，咨嗟不已。

既而起视其旅人之箱，则有友人新赠之棉袍，所以预为其筹御寒者。楚萍顾袍而笑，即送付质库，质所得钱，尽以市酒肉。即召人坐与饮啖，凡在熟识，初不问其谁何。醉饱已，拥被高枕而卧。明日，天大风，不得起，卧被中读唐诗，晏如也。楚萍爱读诗，亦善为之，顾其所作诗，皆信手拈来，绝不假思索，亦不愿思索也。清风明月之前，俯首拈带之际，偶然兴至，即成一章。设不能成，初不谋所以毕之。于是其所自书之飘零集中，一联者有之，二联者有之，一句者亦有之。诗集床头，好于夙兴夜寐之初，卧枕上把握之，绝不示人，人亦不能求得而观之也。至其所为文，流利婉转，绝似近人梁启超，常为汉口某报操笔政，人竟疑其抄袭梁氏所作。是可以知楚萍之文如何矣。顾不善填词，偶一为之，几无一是处。旋即绝之曰："事有能有不能，何必相强也。"

凡此种种，可以想其天资超迈，而不受梏桎。但其处人接物，则又反是。盖张情既趋于冷僻，于世所谓应酬者，落落不相合。而张浮沉湖海，在势又所难免，故其在大庭广众之中，无论与何人，皆为一微哂与一点头，人或嫌其傲，不以为礼，而张不计及之。对人曰："我固不欲与交。顾有奇趣，爱与小儿伍，跳浪叫号，杂群儿中奔逐无所忌。苟囊中有钱，必尽市果饵，与群儿分享之。"群儿乐，呼之曰："张好人。"某年与偕寓沪上，张尽识邻近小儿，日暮矣，群儿自校归，其来觅张好人者，户限为穿，嬉笑啼唱之声，达于户外。予不堪其扰，张则顾而乐之。尝曰："世间唯此辈无机械心，可与言交耳，言之冷隽，令人低回不置。故其谓男女之爱，绝不能在相识以后，盖非为图色欲，即图衣食耳；若男女之爱，在不相识以前，则唯有钦佩与恋慕，初不有若何私图也。"此言吾思之半生，不解所谓，而张则持之甚坚，且有事迹以佐证之。

当其安庆学校读书时，逆旅居停有女曰三姑娘，婉好宜人，顾配非所偶，逾期而未嫁，抑欲寡欢，终日埋首于刺绣中。张哀之，日发为诗，友朋知之，曰："是不难，今婚姻方主自由，可为撮合也。"张闻言，掩耳而走；无何，居停夫妇得其情，感叹弥已，待张甚厚，张曰："是不可以复居矣。"乃辞主人而去。或责其矫情，张笑曰："是不足为外人道也。"

观此事，可知张所以处男女之爱者，固极冷淡。而其于颜色之好，则又独爱桃花，春日既暮，苟尚乡居，必徘徊于桃花林下，尝供桃花于案，进而揖之，笑曰："天下安得美人如卿者乎？"既而大哭曰："便得美人如卿，亦只是薄命人耳。"乡人不解其意，诧为狂妄。隔村有千叶桃一株，娇艳无匹，张爱好之，既而主人拟建屋，将去其树，张闻而大戚，特访主人止之。主人哗然曰："此吾家琐事，何与君而劳过问耶？"张见主人不允，怫然而去，至千叶桃花下，抚摸枝叶，泫然欲泣。主人怜其诚，卒置之，而究不知张何所爱于此树也。

乡有文士某，酷爱名士风，时游幕于粤，闻张名，寄百金，函招之，张方神驰于岭南山水，未得一游，得此机缘，便治装上道。既至番禺，张行李方卸，即备只鸡斗酒，痛哭于黄花岗，时龙济光治粤，凶残暴戾，杀党人如草芥，侦骑四出，冰狱为旷古所无。张既行止可怪，侦者疑之，群尾于后，某文士张于逆旅，得其情，稍戒之，张曰："蒙君召，此行为岭南山水而来，不求升斗之禄，若如君言，则危机四伏，使吾为南面王，吾不就矣。"

某曰："无妨，吾固军中人也，彼或有所疑，一言可解。"张曰："邑名胜母，先哲回车，吾何求于是，行矣。"诘朝，张留书某文士，不辞而别，于是进取之志愈隳，漫游于吴越间。其行也，无行李，亦无定所，视身上所有钱，以卜行之远近。钱尽则返沪或寓宁，为短时间之佣书以糊口。沪宁故多张之戚友，时资助之，故张不以为苦也。张冬则一袍，夏则一衫，以外无长物，内衣亦仅一袭，自夏且冬，未尝更换，衣由垢腻而窳败，而剥落，袖自截断，从袍中脱出，张即拾而掷去之，略不为顾。张少时，故有洁癖，人诘其何以尽变？张笑曰："洁于内可以，奚必强自矜持洁于外耶？"友人怜其寒，赠白金请备衣履，明日忽失所在。越旬，与张遇，诘何所自来？则曰："方自西湖归。"则所有钱，荡然无存矣。

张好独游，未尝与人偕，其游西湖，酷爱孤山小青墓，不饮不食，卧墓侧终日，而于此时机，张必为诗，苟相询，即录出之。则蚊蟊蝼蚁，又极梦杂，初未尝稍加修饰也。张寓沪久，与民党游，渐从事革命，竟以莫须有事，锢死狱中，盖仅二十八岁耳。张于狱中赂狱卒，索报纸边沿之空白，撕之为条，以铅笔作书报家人，而犹时为小诗，书有句遗我曰："我自见君三载后，禁烟时节墓门前。"其语极解脱而极凄楚，盖自料必死矣，然于漂泊人尘，久未南旋，三载之约，实已负之，走笔至此，不禁泪之潸然也。

（原载1926年1月3日至1月17日北京《世界画报》）

难言之隐

李克勤先生办公回来，刚刚走进他的屋里，只见他的夫人慧如女士脸上含着愁色，两手交叉，抱着膝盖，眼睛一直向窗外望去，好像没有看见她的李先生回来一般。李先生道："济南有两封挂号信，预料今天应该到京，已经寄来了吗？"慧如女士把眼睛对望了一下，并不作声。李先生且自脱了他的大衣，挂上他的帽子，笑道："梅兰芳又打算唱全本《木兰从军》，这不是你爱听的戏吗？"慧如女士偏着头，依旧是不理会。李先生道："家里米快吃完了，要买米吧？"慧如女士一摇头道："不知道！"李先生到了这时，真是智穷力竭，一点儿办法没有了，于是擦了一根火柴，燃着烟卷，躺在一张沙发椅上慢慢地吸着。

这张旧的沙发椅，真是李先生的百宝囊，当他没有办法的时候，他就躺在椅子上去想心事，而且很是灵验，一想就得。到了这时，李先生又是适用这张沙发椅子了。约莫有五分钟的时候，李先生得了妙策，便自言自语地道："总经理又要加我的薪水，这一来，下半年许多不能解决的问题都解决了，让我来算一算看：女皮袄，四十元；女大衣一件，六十元……"慧如女士问道："你一个人算些什么账，在做梦吗？"李先生笑道："你说我做梦，就算我做梦吧。"慧如女士道："你刚才说公司里要加你的薪，当真的吗？"李先生道："真的，不过这次并不是普通的加薪，就只加了我一个人的薪。"慧如女士道："已经加了薪吗？"李先生道："不过经理这样对我说了。"慧如女士道："我知道你又是说谎话。"李先生道："你不信就算了，他约我今天下午在经理室里谈话呢。"

慧如女士于是也坐到沙发椅子上来，她那两只手虽然依旧交叉着抱住膝盖，可是抱得不那样紧张，很自然的，她那皮鞋不住地摇曳着，那脸上至少含有对成笑意，以至于两个小面孔腮儿，也鼓不起来了。李克勤见他所说的话已发生了效力，很以为得计，便笑着说道："这一加薪，许多事情，没有办的都可以办了，第一……"慧如女士不等他说完，接着说道："自然是客厅里我们得换一套家具，就是你也应该置一套大礼服。"李克勤道："这倒不是当务之急，一年能穿几次大礼服呢？我所想的，是你要添置些什么。"这一说，慧如女士不由得笑起来了，说道："这是我们结婚以后，你第一次对我这样说的话，你从来没有这样大方，这次大概加薪不少，我看这样子，也许超过原来的一倍，你说对不对呢？"李先生笑道："加薪是事实，但是加多少钱，我还不敢说。"慧如女士笑道："你又捣鬼，想瞒下几个钱来，到外面去应酬女朋友哩。"李先生道："这是你多心了，在经理没有对我说明以前，我怎能断定呢，也许他加个百儿八十的，也许加个三五块……"慧如女士道："胡说！你又不是公司里听差，怎么三块五块一加，我想你们的经理很明白的，不会这样加薪，若是这样加薪，那真是侮辱你了。"李先生道："我不过这样譬方说，你不要着急。"说时，一看手表，已经十二点半了，说道："我们快些吃午饭，吃了饭，我要先到公司里一点钟，好和经理去商量。"于是慧如女士很快活地帮着女仆，开出午饭来。

李克勤先生吃过了午饭，一路走着，一路默念着，心想："我是信口开河的，说要加薪，这无非骗太太的话，不料她对于这话，居然认起真来，这是怎样办呢？"

当当！电车来了，李克勤走上电车，坐下，买了票继续地想着："她认起真来，我若不加薪，我有一项欺妻大罪，那……"电车停住了，到了站，李先生抬头一看，糟了，自己要坐车到第二街，这到了第十八街，正好是南辕北辙，赶快再搭电车往南，来回已是四五十分钟了。

到了公司里，顶头遇见经理，经理板着脸说道："克勤，你又迟到了，这样下去……"李克勤道："今天家里内人有点儿不舒服，忙着请大夫，所以迟了。"李克勤负了夫人重大的希望，本打算今天向经理说明，要求加薪的，现在遇到经理，他第一句，就怪本人来迟了，看他脸色，全是不高兴的样子，怎样好对他说加薪的话。心想今天再忍耐一天，明天早些来，和经理再说吧。

到了下午四点半钟，公司里的事已经完毕，李克勤依旧搭了电车回家。一进门，慧如女士便迎上前来，笑嘻嘻地挽着李克勤道："你不要故意板着脸了，打算又冤我，说没有加薪让我生气呢。"李克勤道："别乐了，不但没加薪，反碰了一个钉子。"慧如女士偏着头傻笑，用手点着李克勤道："你是越装越像，我看这样子，一定还加得不少，你老是喜欢声东击西，和我闹着玩的。"说着，给他脱下大衣，挂在衣架上，又轻轻取下他的帽子挂在帽钩上，然后将他的手一拉，拉着他向沙发椅上一倒，自己就借这个势子坐了下来。

慧如女士一手伸了过去，挽着李克勤的脖子，一手抚弄他的领带，笑道："你告诉我，到底加了多少钱？你知道我为这个消息急了一天，你还忍心慢慢地难我吗？"李克勤正色说道："我真不冤你，并没有加薪。"慧如女士道："真的吗？"一撒手站立起来，也板在脸上说道："你有什么用，在公司里这些年，也不进级，也不加薪，街坊都知道你加薪了，现在你不加薪，我有什么脸面见人，我今日就回娘家去。"李克勤哈哈大笑道："我猜你要着急不是？你到底给我骗上了。"慧如女士指着李克勤的额角道："坏鬼，你真口紧，加了多少钱？"李克勤说话的声浪不低了，淡然地道："十五元钱。"慧如女士道："什么，十五块钱，一个月吗？"李克勤笑道："自然是一个礼拜，谁说是一个月呢？"

慧如女士笑道："我猜你就捣鬼，公司里对你很好，不会不加薪，而且加薪也不会少。现在我拿出一些储蓄来，给你叫一点儿好菜吃晚饭。而且请东隔壁王先生夫妇、西隔壁张先生夫妇、对门蒋老太太祖孙俩，在我们这里聚会，算是恭贺你加薪，而且我们叨扰人家太多了，也可以借此还礼。"李克勤道："请人罢了，就是自己随便弄一点儿菜得了。"慧如女士道："你现在一加薪，有二百多元一月了。还是这样吝啬鬼似的吗？"她不受李先生的命令，竟自在馆子里叫了一桌四元八的酒席，大请其客。

到了晚上七点钟，酒席和客陆续地都来了，慧如女士换了一套新衣服，喜气满脸地出来招待。蒋老太太道："李太太，今天又要你费事。"

42

慧如女士道："不算什么。克勤他加了薪了，快有三百元一月了，我的意思，要弄一点菜慰劳他。他说请大家同乐一乐吧。所以奉请诸位。"张太太、王太太听说李先生加了薪，都望了她丈夫一眼，满脸是欣慕的样子。慧如女士更乐了。

这个时候，公司里的信差送了一封专函来，因为是熟人，直走进来，送到李克勤手里，然后转身去了。慧如女士手快，接了过来，笑道："这一定是加薪的正式通知。"说时就要拆信，李克勤以目示意，意思说不要露了秘密。慧如女士一想，他怕加薪的数目和所说的不对，不公布也好，于是把信交还李先生。李先生拿信走到别一间屋子里拆开来一看，那信道：

克勤先生大鉴：

午间接尊夫人电话，谓公司中对先生加薪一倍，此款以后交尊夫人手云云，不胜骇异。吾辈商人，首重诚实，岂可如此招摇？且足下近来办事，似甚随便，大概已有高就，敝公司未便强人所难，自明日起，请勿到公司。薪水若干，即当结清奉上也。

总理宋怀信启

李克勤接了这信，脸色都变了，看看客厅里，他夫人很高兴地正在开话匣子以娱来宾哩。

（原载于 1927 年 11 月 27 日至 12 月 25 日北京《世界画报》）

张 碧 娥

张碧娥，镖师张希圣女也。希圣鲁人，以拳棒名天下，精内功，善运气，有铁布衫之术，一时无敌。后以瘵卒。

碧娥尽得其传，嫁某武员，亦精技击。一有暇辄相与研求。碧娥尤精枪技，能以左手握鸡卵，往空掷之，右手以毛瑟击卵，而贯穿之，百不爽一。甲午之役，其夫奉令出征，殁于阵。碧娥痛夫之亡，复悲中国之受凌于外人也。于是终日咄咄书空，以中国之不强为恨。久之见中国政府每一度受挫于外人，舍割地乞和苟延残喘外，未尝有远大之计划。一班官吏，依然文恬武嬉，歌舞于水深火热之中，日以宰割小民为事。

会其邻人某因欠缴田赋，为催科之吏捉将官里去，严刑榜掠，勒限缴纳。时值岁歉，邻某有母年八十许，两口之家，饘粥且不继，租税将焉谋？无何，限期届满，邻某以抗缴官租，判系狱中。其母耄耋之年，既无术谋食，复挂念爱子，终日啜泣，月余竟以忧馁而毙。

碧娥目睹斯状，愤然曰："吾国官吏，唯知与百姓为仇，横征暴敛，绝不一顾小民生计，驯致民贫国弱，外侮频招。一古人所谓国必自伐，然后人伐。外人之侮我，责不在外人，我国有以自取之也。然则所谓官吏者，诚亡国之利器，而吾民之仇雠也！"于是黄夜飞行入衙，杀其官，亡命走燕蓟间。所至诛除恶吏，以劫富济贫为职志。去来无迹，莫能弋获。贪官往往夜失元，一时官吏畏之如虎，小民则戴之若慈母焉。

无何，义和团起，酋某知女能，欲致女为己用，乃使人往说之。女惑其说，遂入其党，自提一军，即所谓"红灯照"者是也。义和团败，女不知所终。

（原载 1928 年 7 月 2 日北平《益世报》副刊《盖世俱乐部》）

战地斜阳

为什么去当兵

天上的红日，有澡盆那样大，慢慢地沉下大地去了。沉下红日去的大地上，有些如烟如雾的浮尘了，和天上一些淡红色的云彩，这两样颜色调和起来，把眼前望见的一些人家，都笼罩在那苍茫的暮色里。有些人家屋顶上，冒出一阵牵连不断的浓烟，大概是在做晚饭，厨房里已经举火了。在这个时候，有一个二十多岁的汉子靠了一扇乡户人家篱笆门，望着那炊烟出神。想到那烟囱底下的人家，有父母兄弟、夫妻子女，再看第二个烟囱下，也无非如此。但是家庭虽同，情形就不同。那厨房里，有煮肥鸡大肉的，有煮小米粥的。再回头看看自己屋顶上，正也有一股很浓很黑的烟，很有劲的样，如一条黑龙一般，直射过这屋外边一棵大樟树去。其实厨房里没有什么，只烧了一锅白水，预备煮白薯。自己正对面，相隔半里之遥，正是一家大财主孙老爷家里。你看他烟囱里的烟直涌上来，厨房里怕不是整锅的荤菜正在熬着。因为上午，我看到他们的伙计肩了一大腿肥牛肉去，像这样好的火势，牛肉不是煮得稀烂了吗？想到这里，仿佛就有一股烧牛肉的五香味，在半空里传递过来。

越是挨饿的人，他越会想到肥鸡大肉。这个在这里闲望的人看见孙老爷家里的黑烟，不由得吞了几口唾沫。只听见屋子里有人嚷起来了，说道："什么时候了，还不见顺起回来。二十来岁的小伙子，吃也能吃，喝也能喝，就是不肯找回正经事做。养了这样的儿子，不如出世的时候，就把他丢在茅坑里的好。不想享他的福，也不至于受累，也不至于受气。"这是个妇人的声音，说时走出一个老婆子来，蓬着一把斑白头发一直纷披到两只耳朵前面，有一绺头发还拖到嘴角。她的脸很黄瘦，两只眼睛落下去很深，身上穿的蓝布褂许多补丁之处，还添上好些个灰尘。她脱了身上的破围襟布，扑着身上的灰，走了出来。

她看见那人站在门边，便道："顺起，你站在这里做什么？等我煮好了饭，你就去端着吃吗？这个无用的东西，一辈子也不想学好。就像这个时候，你在这里白闲着，就给我扒些碎柴来也是好的，你就一点儿事不做，静在这里等着这是什么缘故？"说这话的是顺起的母亲刘氏，站在那里的就是顺起。顺起被他母亲骂了一顿，因道："你不是说了，让我在这里等着吗？等李先生送钱来呢。依了你的话，这倒不好！"刘氏呸一声，指着他的脸上骂道："李先生送了钱来没有？"

顺起道："李先生没有送钱来，和我什么相干？难道我还愿意他不送钱来。"刘氏道："就是为了你这无用的儿子，一点儿出息没有，人家瞧不起我，才不送钱来。若是我有一个好儿子，我哪里会到他家去帮工。就是帮工，该我一个，就得给我一个。"顺起知道他母亲一说起就没完的，也不作声，就溜进屋里去。只见他出了嫁的大妹，拿了一只生白薯，靠了厨房门，吃一口，吐一口。顺起道："这个年头儿，什么也难，别那样糟蹋东西！"大姑娘道："你管得着吗？这是我婆家带来的东西。就不是我婆家带来的，反正你也没有挣一个大回来。我若是一个爷们，随便做什么，也能挣几个钱花。绝不能像你，待在家里白吃白喝！"顺起被他妹妹这一场耻笑，又羞又气，便道："一个人都有走运的日子，也有倒霉的日子。我现在虽然倒霉，将来总有得法的时候，你不要老瞧不起我。"大姑娘口里咀嚼着白薯，冷笑一声，说道："你也打算走运吗？除非在大酒缸喝得烂醉，抹黑了脸抢人家的。"顺起说他妹妹不过，只得一声不言语，闷坐在一边。

刘氏进来了，便问道："谁扔了这一地的白薯，这一定是顺起。这东西吃了我的东西，还要这样糟蹋。雷劈了你这一个畜类。你嫌白薯不好吃吗？有本领，你去挣钱去。挣了钱回来，吃大米，吃白面，吃鱼，吃肉，都成。可是你有那个能耐吗？你这个雷劈的畜类！"

顺起见他母亲不分皂白乱骂了一顿，不由得在一边冷笑。一直等他母亲骂完了，然后才说道："您多骂几句，骂得毒毒的。你以为这白薯是我扔在地下的吗？嘿嘿！"刘氏听他这样说，回头一看大姑娘，可不是她手上还拿有半截白薯。心里这算明白，骂错了人了，便道："是谁扔的，我也能骂。不过是你扔的，我更可以骂。反正你是白吃白喝。你这样没有能耐的人，捡白薯吃差不多，哪里配扔白薯？"顺起道："就是为了我不挣钱，无论做什么也不好。为了在家里吃两顿窝头，一天到晚地挨骂。干吗呀，哪儿找不着两顿窝头吃去。得！我这就走。我要挣不到钱，我一辈子也不回来。"这顺起在气头上，一股子劲，跑出了大门，一直就顺了大路走。

原来顺起所住的地方，离着北京城有二十多里地，是一个小村子。他一横心，就由此上北京城来了。这个时候已是天色昏黑，只微微地有些昏黄的月色，照出一些灰色的大路影子。他一步一步地走着，心里一想，人是死得穷不得。没有钱，连娘老子也不会认你做儿子。我不信我就那样无用，一辈子也不能挣钱，凭我二十多岁的人到北京城里拉洋车去，也把一天嚼裹混到了。今天晚上这个时候了，那是进不了城，随便在哪儿，把这一夜混过去，明天就一早上北京找人去。

心里如此想，口里就不由自言自语地说了出来。忽然身后有人说道："那不是周大哥？"顺起回头一看，月亮影里看出是同村子里姚老五，便道："五哥，你上哪儿？"姚老五道："别提了。这一响子赌钱，老是运气不在家，输了一回，又输了一回。今天输得更是不得了，把我妈的大袄子都押出去了。这样子，村庄上是待不住，我想到北京找一个朋友去。"顺起道："好极了，我也是这样想。今天晚上怎么办？"姚老五道："我本来也不在乎今天晚上就走，可是把我妈袄子当了，我没有脸见她，所以连夜就走。前面观音堂的和尚我认识，我们在那里凑合一宿吧。"于是两个人走到观音堂里和庙和尚商量了一阵，借住了一宿。

到了次日早上，二人便相约一路进北京来。到了北京，找着姚老五的朋友就商量找事。这姚老五的朋友是个买卖人。他见周、姚二位是乡下来的游民，生意上哪里有位子来安插。就是有事情，也不能那样碰巧，说有就有。因此请他们吃了一餐二荤铺。另外送了姚老五二十吊钱做路费，还是请他回家。姚老五也不能勉强人家，只得告辞而去。走到路上和顺起商量，今天天气还早，好久没上北京，先到天桥溜达溜达。顺起这时闹到一无牵挂，随便哪里去也成。就是心里愁着，白天怎样才有饭吃，晚上怎样才有觉睡。姚老五要他上天桥，他就答应上天桥。姚老五忽然问道："周大哥，说到上天桥，我想起一件事，那里天天有人招兵，我们当兵去好不好？"

顺起用手将脑袋一拍，说道："我恨极了，什么也可以干。当兵就当兵。给大炮打死了，二十年回来还是一条好汉，我怕什么？"姚老五道："只要周大哥能干，我就陪你干。当师长旅长的人，由当大兵里面出身的多得很，就不许我们也闹一份吗？"顺起道："我要做了官回来，别的都罢了。我先得买几担白薯，满院子一扔，出一出这一口气。"姚老五道："别说做官，就是当个什么队长，我想村子里那班瞧不起咱们的浑蛋，就得改了笑脸见咱们了。"

两人越说越兴奋，就一直上天桥来。到了天桥，两个人先在小茶馆子里喝了一会子茶，回头又在把式场上看了看把式，又听了听相声，再看，太阳偏西了。姚老五道："周大哥，咱们别尽玩儿了，瞧瞧去，到底有招兵的没有？"于是二人走到大街口上，向四处一望，只见那十字街头，有七八起拿了白旗的兵，在那里东张西望，有朋友的，就站着说闲话。唯有警察岗位后面有一个兵站着在那里演说，有三四个闲人站在那里听。姚、周二人就走过去。只听见那兵说道："咱们督办，都是当兵出身的，现在就发几百万几千万的财。我们要发财，靠他妈的做小生意，等到哪一辈子？还是当兵去好。不提别的，吃喝穿都是官家的，坐电车，坐火车，都不用花一个大。他妈的，我没有当兵的时候，我就想清吟小班，这一辈子逛不了。现在算什么，我天天去，他妈的花姑娘，不能不陪着不花钱的大爷。"

当兵以后

那些听讲演的人都笑起来了。那兵接上说道："我们在外面混事，无论干什么，也短不了受人家的气。只有当兵，走到哪儿，人家都得叫咱们一声老总，受气就没有那回事！年轻力壮的人，有兵不当，还有什么可干的！"说到这里，一辆油亮崭新的汽车从身边过去。那兵一指道："你瞧这车子好不是？咱们要做了官，一样地可以坐电车，那算什么！"这些听讲的人，先就被他的话说动了心，如今有这两件事一烘托，大家都热心起来，打起一番尚武的精神。

那演说的兵见这些人脸上都有笑容，便问道："朋友，你们愿意去当兵吗？我们的官长待弟兄们非常和气，要去当兵，我们那儿是最好。"听演讲的七八个人，就有三个答应去的。就是没有说去的，好像有话说不出口，心里也是非常留恋。最后问到周、姚二人，他们自然一点儿也不踌躇，马上就答应去。那个兵在身上掏出一个日记本子，把各人的姓名都一一记在上面。到了日落西山的时候，新被招的有上十个人，就排成一班，跟了那个兵回营而去。

到了营里，第一天，还不觉得怎样，到了第二天，天还没有亮，就让起身号给催起身来了。草草地漱洗吃喝过，就和一班新同来的人上操。在没有当兵以前，以为这立正稍息开步走三样是容易了不得的事情，不料一练习起来老是不对，又挨骂，又挨打，还不许言语。

这样苦日子过了三个月，才算解除。以后都是大队操练，就不大挨打了。在这三个月里，虽然天天有饭吃，不过是黑面做的馒头、干炒臭咸菜、白水煮白菜、白水煮萝卜之类，钱呢？统共只发了两次，一次是一块大洋，一次是一块大洋和几吊铜子票。这样长的时间只有两块多钱，哪还能做些什么事？所以也就像没有见着钱一样。至于身上穿的，就是那套七成旧三成新的军衣，里面的衣服还是自己家里带来的，至于白瞧戏、白逛窑子、白坐电车，那倒是真事。不过在营里头，成天地关着，没有这个机会可以出去。是什么也白来不上。当日那位招兵的弟兄所说的话，可算一件也没有实现。自己在家里虽吃喝不好，几时也没有饿过一回；在家里虽然挨母亲的骂，可没有挨过打。究竟是自己的亲妈，挨两下揍那也不算什么。可是到了现在，动不动就要挨长官的打。不像对母亲一样，可以犟嘴，现在哼也不许哼一个字。这样看来，从前对于母亲实在是不孝之至。不过现在已经当了兵，要退出来，也没有别的事可干。况且当兵得久了，多少还有点儿出头的希望，已经干上了，也就只好干下去吧。于是又过了一个月，隐隐约约听到一种消息，说是河南在打仗，这边的军队也要开了前去。顺起心里一想："糟了，这岂不要上火线吗?"心里不免忧愁起来。

开赴前线

这个消息愈传愈真，过了两天，果然命令传下来了，限六点钟以内全部上火车，开到前线去。顺起私下和姚老五道："五哥，我们真去打仗吗?"姚老五道："自然是真的。不是真的，把我们整车的人老远地装了去干什么。"顺起道："我听说开出去打仗，要发一回饷的，怎么我们这儿一个子儿也没有见着?"姚老五道："那我就不知道了。反正要发饷，大家都有，不发饷，大家捞不着，我们为什么干着急?"顺起道："我们一个大子也不拿，就这样上火线，那是多么冤。"姚老五道："别说这种话了，你不怕要脑袋吗?"顺起也知道要饷的话，是不能乱说的，因此也就闭口不言。

不多大一会儿，就和同营的人上火车。顺起也曾出过门，坐过火车，知道最低的三等座也是有个椅子坐的。可是这回坐的就不然了。车身子是个黑棚，两边只开了两扇小窗户。车上也没有凳子也没有椅子，光有车板立着。车子又小，人又多，挤得转身的地方都没有。刚要坐下，一个中级军官跑来，将手里刀在空中乱挥，说道："快下来，快下来。"于是这一连的连长，带了兄弟们下来，上前面的敞篷车。顺起原是乡下人，不知什么叫敞篷车，及至上车来一看，这才明了，原来是平常在铁道旁看见过的，运牲口的东西。四围有栏杆，上头没棚，大家上车，在露天下立着。好在暮秋天气，太阳晒了倒不热，不过满车是碎草，还有一股马尿臊马屎臭。

不久的时间，火车开了。和着同车的人闲谈着天，看看风景，倒也不寂寞。无奈到了夜里，这初冬天气，风霜之下，实在受不了。这时，天上的月亮和星星都没有了。只有一阵一阵的晚风，向人脸上身上，流水似的穿将过去。人在这风里头，左一个寒噤，右一个寒噤，颤个不住。两只脚先是冷后是痛，痛得站不住。因此在车上的人，大家都嘀嗒嘀嗒，踏那车板响。有些人带跳脚带转着身子，不曾休息一下。因为这样，身子可以发一点儿暖汗出来。但是出的热汗没有出来的冷风势力大，身上总是不暖。慢慢地到了深夜，火车依旧在黑洞洞的荒野里走着。坐下去，人是很冷，站起来，人又疲倦得很。大家你靠我，我靠你，靠着合一下子眼，马上就冷醒。

这一夜冷过去，好容易熬到天亮。但是天色，依然是黑暗，不到多久，劈头劈脑下起雨来。但这一支军队是新招的，军用品一律不全。没有油衣，也没有帐篷，大家只好在雨地里站着。那雨打在身上，由外面直透进小衣里面去，小衣让水浸透了，直沾在身上。这一阵奇冷直射到心里去，内中就有好几个兵士中寒太深，倒在车上。顺起看在心里，以为这几个人总要救起来的。不料营长去回上司，上司回下话来说，前线一连打来几个急电，催我们赶上前去。我们救急要紧，几个兵士害病那算什么，不必管他，到站给他扔下来得了。

因为这样，车上的人尽管是雨打风吹，那火车却像和风雨对抗一般，拼命地向前奔去。一直奔到离黄河不远，火车才停住了。这个时候天气已然停了雨，不过半空中，依然是雾沉沉的。大家只半路上吃了一餐黑馒头，肚子饿得厉害。到了这里，所幸有人已经代为预备许多锅饼，车子一停，大家下车就坐草地上吃起来。这里原是火车一小站，也有些店铺。不过这个时候，店铺全是空的，一个人也没有，有些人毫不客气，就闯进屋里去。屋子外，也有人拆了窗户门板烧起火来，自烤衣服。

顺起这一天一晚，冻得实在够了，见人烤火，也去烤一个。衣服烤得干了，肚子也饱了，好好儿的人会疲倦起来，就靠了人家一堵墙睡过去了。也不知睡了多少时候，只听见轰通一声，把人震醒，不由得吓了一跳。正打算问人，接连轰通一声，又是第二响。顺起也曾操习过野战，知道这就是大炮响，因问同伴道："炮声怎么这样响，离着火线不远吗？"同伴道："听说过去一大站，就是火线了，也许今天晚上，我们就得打上去。"顺起听了这话，比刚才听了那两声大炮心里还要惊慌。接上那种大炮声，就因此轰通轰通闹个不歇。顺起想着，我从来没打过仗，现在干这个，知道靠得住靠不住？我怎样想法子逃走也罢。四周看看，全是兵，要说逃走，这往哪里逃去。得！干吧，打赢了，也许我做官。

想到这里，只管出神，手上的那一支枪不觉地落到地下。幸而不曾被长官看见，弯腰捡了起来。扶着枪呆立了一会儿。不到三分钟，枪又落到地下去了。这一回让队长看见了，便问道："周顺起，你这是怎么回事？"顺起原是靠墙坐着的，这就站立起来，刚要答应一句话，手上的又落下去了。因道："队长，我的身上有些不舒服。"这队长因为弟兄们坐火车来的时候，受了雨洗，身上中了寒，也是有之，所以也不深为责罚他。就这样算了。

可是这样一来，顺起只管是心慌意乱，坐也不是，站也不是。只是心口里，好像用开水来浇了一般。人睡过去，却是昏昏沉沉的，但是风吹草动，又都像有些知道。远远的那种大炮声，轰通轰通，到了深夜，越发是清楚。有时一阵风来，夹着噼噼啪啪的枪弹声。顺起想到，枪炮声是这样紧密，这若是加入前线，要说不碰上子弹，那真是命大了。一个人似梦非梦地这样想着，忽然集中号吹将起来，蓦地里惊醒，赶忙一脚高两脚低地跑上火车，一到火车边，天已大亮了。只见电线杆上，血淋淋的挂着两个人头。电线杆上贴着有写的布告，原来是逃兵。顺起一见，倒抽了一口凉气。他们这一队人，就站在挂人头的电线杆下排队点名。点过名后，团长却来训话。说是弟兄们上前，打赢了可以关饷，还有官升。不要怕死，生死都有命的，该活决计死不了。

炮火之下

团长这样乱七八糟地演说了一遍，就督率着军队上车。顺起上车，刚刚站定，车子就开起走了。车子如狂风一般，只管向前飞奔。顺起看看同营的兵士，一大半是沉默着不说话的。以为车轮子转一下，大家就离火线近一步，究竟不知道此去吉凶如何。所以都是抱着一根枪在怀里去想心事。只要火车震动一下，他们的头便是这样一点一点，就可以知道他们的心已飞走了，不曾在这里支持躯体。有几个人有一句没一句，哼着梆子腔。不过没有词，老是把一句戏，重三倒四，唱个好几遍。

这里到火线很近，不过三十分钟就停了。火车前面，正停住了两列铁甲车。顺起跟了大众走下车来，正是个很清明的早晨。不过这一片旷地，看不到一些人影。半晌头上只飞过只单鸟。有几处村屋被大炮打去屋顶，或者打掉半边，或者轰去大门，都只剩些乌焦的石柱和些光颓颓的黄土墙，杂在乱树丛里。这虽是战场，却鸦雀无声，沉寂寂的。约莫走了一里之遥，平地上挖了一道干沟，约莫三尺来深，这就是战壕了。壕里没看见一人，只有些人脚印。到了这里，大家就分开了，顺起和着一团人开向左边去。正有一班兵士向后开来了，彼此当头遇着，只见那些人浑身都是泥糊了，脸上是又黄又黑，各人将枪口朝下，倒背在脊梁上，大概是打得十分疲倦了。那班人过去，团长下了命令，大家就在这里休息，于是大家架了枪，坐在地上。

歇了有一两个钟头，后方送了冷馒头和咸菜来了。大家饱餐一顿，团长就下了命令，排了散兵线，向前面阵地里去，这时，大家不是挺着身躯向前走。大家都是提了枪，弯了腰，半跑半走。顺起走到此地，知道已是火线了，但是还不觉得有什么危险。不料就在这个时候，轰通轰通，大炮就响起来。去自己面前不到一二尺路的地方一阵飞尘，有一亩多地那么大，向天上直拥护起来，觉得所站的地方都有些震动，赶快伏在地上，头也不敢抬。等那阵地尘落下去时，只见前面已躺下两个人，血肉模糊，像宰了的绵羊一般软瘫瘫地躺在地下。

顺起真个心提在口里，糊里糊涂地向前走。所幸走不多路，已经有一道战壕。见了这个，比平常得着整万洋钱的产业还要宝贵，快赶就连爬带跳，向里面一滚。因为这个时候，敌人那边已经知道有军队上来，不住地向这边放炮，那炮弹落下来，只在这战壕前后，吓得人动也不敢动一动。越是不动，那枪炮越响得厉害，自己这边的炮先响起，后来大家也放枪。顺起拿了一管枪乱七八糟向外放了一阵，胆子就大了些。到了两个钟头以后，枪炮都停止了，也没有死伤什么人。顺起正歇了一口气，要伸头向外望一望，头不曾抬，枪炮又响起来了。约莫有一个钟头，上面忽然发下命令来了，上刺刀，冲锋。那团长在后嚷着道："好兄弟们，上呀，上呀！"在战壕里伏着的人，于是一拥而上。

妈！

顺起爬出战壕后，就看见同营的兵士接二连三地向地下倒。那敌人放出来的枪子雨点一般，打在面前的土地里，将浮土溅得乱飞。要不上前面吧，后面紧紧地跟着机关枪队、大刀队，有几个爬在地下，不肯上前的人，就让大刀队在脑后一手枪。到了这时，上前还逃得出命来，向后退，就非打死不可。人一吓糊涂了，也不管什么生死，手里托着枪，只管在烟雾弥天的弹雨里，向前冲锋，情不自禁，口里喊着杀。也不知什么时候，肋下让东西打了一下。一阵心血沸腾，站立不住，便倒地下，人就昏睡过去了。

及至醒了过来，已听不见什么枪炮声，一片荒地接住了天。那天却如一只青的大圆盖将大地来盖上。一轮红日向地下沉将下去。靠西的大半边天上全是红云，那红光一直伸到半天空，连大地上都带着红色。看着睡的地方，左右前后，完全是死人。靠得最近一个，浑身糊满黑土。看他的脸，咬着牙，微睁着双眼，满脸都是苦相。两只手扒着地，十个指头都掐入土地去多深。这不是别人，正是姚老五。顺起这才想起，自己是枪伤在战地里了。一看身底下，摊了一块血，已经都凝结成黑块了。于是感到四肢酸痛，心里烧热，一点儿也不能移动。自己虽然活过来，但这一片荒地，四处都是血尸，哪里有人来搭救。

看看远处，尘雾慢慢在地下升起，西边没有太阳，只有一块红天。周围的浮尘和红云相混，成了朦胧的暮色。忽然想到离家那天，也是这样的情形，再要回家，是万不能了。忽然一阵风来，吹起一股血腥。两三条野狗，拖着一条人腿在远处吃。好在那西方的红光也减退了，天色是昏昏暗暗，看不见这伤心的事。但是一想，我的腿，明天恐怕也是狗的了。一阵心酸，肝肠寸断，只叫出了一个字："妈！"以后就在这夜幕初张的战场里，安然长睡了。

（原载 1929 年 1 月 25 日至 2 月 8 日北平《世界晚报》
副刊《夜光》）

一碗冷饭

　　朱万有是富甲一乡的大财主，家中吃饭的人，每日总有十几桌，那厨房里的热闹，是不可以形容的了。他为大厨房用水便利起见，在老远的地方，就着山涧，挖了一条清水沟，直通到后院，由后院直通到厨房门口。门左有一个池，那是储水预备吃喝的。门右也有一个，预备淘米洗菜以及洗刷锅碗用具的。水由这池里流过，就钻出墙去，依然是一条小沟，好像一条长蛇，在碧绿的平原上蜿蜒而去。水沟穿过一所竹林，便又钻入一座红墙脚下。那红墙里时时有木鱼声和佛香味随风传出来，那只是一所古庙。

　　庙里的老和尚法空，是个勤苦的修行人，带着一个徒弟，种菜打柴，维持这所庙的香火。他每日做完了功课，总要走出竹林，背着手，看水沟里的小鱼逆水游泳。他不觉地溯沟岸而上，清风吹着面孔，很是清爽，正如小鱼逆水而游的一般快乐。

　　有一天，法空和尚又去闲步的时候，直走到财主的后门口才止。那厨房里的荤油味在空气里面散播，一阵一阵地向和尚鼻子里直钻。老和尚受不住这油味的冲动，往往掉转身去，低头一看，水全浮着薄薄的透明物质，发现红绿的色彩，随着水波纹荡漾，起着一丝一丝的微痕，倒是好看。这种水里的五彩纹去了一片，又来一片，这正是那厨房里洗鱼洗肉洗出来的脂肪质。

　　水面上固然是有一层红绿纹，水里面又是一串一串的小白点子，随着水势，向下游淌了下去。那正是厨房里洗锅洗碗之后流出来的剩碎饭粒。那一饭粒如此之多，厨房里糟蹋的程度也就可想而知。和尚看见，闭了眼睛，连连念了几声阿弥陀佛。自从这天起，他不忍再走沟边了，他说是眼不见为净。和尚想着，水里每天有这些饭粒流出去，一年下来应该有多少，十年下来又该有多少？于是决定了一个意思，亲自去见朱万有，请告诉厨房一声：而且自己吃素，上流头流来的水，老是带着血腥味，是出家人不能忍受的。因此，打听了朱万有可以见客的时候，去见他。

那是四月尾的天气，一片绿油油的几棵枣树下，枣花开到正是十分茂盛，半天里的空气都染得香香的。在枣树绿荫下，摆了一张红木桌子，有两个中年人在那里下象棋。一个略有短胡子的白胖子，穿着绸衫，背着两只宽袖，口里衔了烟卷，站在一边看下棋。那个人便是朱万有了。

朱万有一抬头看见和尚，便道："和尚，你又来找我来了，不久叫账房送了你庙里两担米、三斤油。"和尚合掌笑说："不是化缘来了。"朱万有道："什么事？你们找我，还有别的？无非是伸手要钱要东西。"和尚停住了步，想了一想，又笑了一笑。朱万有取出嘴里的烟卷，弹了一弹灰，对了和尚道："看你这样子就是和我要钱。"

和尚心想，他是这一乡有势力的人，我若说他糟蹋五谷，他不会嫌我管他的闲事吗？况且他家里这样有钱，要叫他珍重残剩的饭粒，他不嫌我小看了他吗？不能说，不能说。心里警告自己不能说，表面上依然是向着朱万有躬身合掌，只是装出笑脸来。

朱万有将头一摆道："你们这些人，不是好惹的东西。不给你们的钱，也不过如此；给了你们的钱，你们就要得更厉害了。"和尚笑道："朱老爷，我不是……"朱万有连连将手挥动，说道："去！去！去！"和尚偷眼看那两个下棋的，也怒目相向，似乎厌他絮聒了，只得念了一声佛，兀自掉头去了。

和尚先没有留心水里有饭粒，现在仔细看起来，每日由这沟里流走的实在不少，于是去用一个篾制的阔筐横沟一拦，水带着饭粒由上流下来，水是从筐眼漏走了，饭粒却留在竹筐里。每过十二个时辰，和尚将竹筐取了出来，把饭粒捞起，用碗盛着。每日所得，有时是一大碗，有时是大半碗，平均起来，总够一平碗冷饭。和尚捞起之后，就在太阳下晒干，晒干了，用个坛来盛着留下。和尚没有把这事对人说过，也没有说到过这一件事。本来一个富甲全乡的人家，每日糟蹋冷饭，那是值不得人去注意的一件事。

和尚每日将饭捞起，另用一个筐子盛了，放在太阳光下去晒。晒得干了，全倒在一个木桶里，就放在佛殿后一间小楼上。每日是一碗冷饭来晒干，每年就是三百六十多碗，这一统拢归纳起来，也就很可观了。有人传到朱万有耳朵里去了，朱万有好笑，只说是和尚穷疯了，倒也不为注意。

那个时候，朱家每日有一百上下的人吃饭，别的不算，每天要杀一口猪。他们家里的猪，和别人豢养的不同。别人喂猪都是秕糠，他却是用米和菜叶煮的汤饭来喂，因此上，猪吃得是格外肥大。到了五更鸡鸣的时候，万籁均寂，朱家的屠夫就开始在猪圈里拉猪去宰。附近半里上下的人家都在睡梦里，听到一种惨厉的声音破空而至。日子久了，他们不但不觉得凄惨，而且把它当为一种告诉时刻的标准。当那猪最后的呼声发现了，大家就知道快天明了，所以乡人常常谈起朱家杀猪的时候。譬如说有一个人问，你是什么时候醒的？有一个人答，醒了许久，才听见朱家的猪叫。

世上一切不人道、不规矩的事情，只要看惯了，也就不觉得不人道、不规矩。所以这乡下人不嫌朱家的屠夫残忍，只觉朱家主人翁富有，我们哪一辈子修到天天吃肉，不谈天天杀猪了。日子是这样一天一天地过去，倏忽之间，过了五年，有一天半夜，朱家的猪声不叫了。

和尚是不管闲事的人，从不曾打听朱家的情形，这一天忽然猪声不叫，将他最大的刺激减去。他不能不惊讶起来，以为这是偶然的事，第二天应该照常，但是第二天也没有叫，从此半夜里这凄惨的声浪就免除了。和尚心想，莫非朱万有忽然慈悲起来，他不肯杀猪了？有钱的人，一旦为恻隐之心，免掉了他的嗜好，这是不容易的事，我倒要乘机劝劝他，像他那样有钱的人，只要稍微肯看破一点儿，就能替社会上做不少的事。于是他这日又沿着沟岸，闲步到朱家去。

这是六月的天气，枣树叶子长得蓬蓬松松之间，倒又有纠成一团的。原来是长大了的青枣子，整球坠到叶子里去被风一吹，和树叶纠缠到一处了。那水沟里流出来的油腻，依然未减当年的程度。水底下流着的饭粒，零零碎碎，也不曾减少，一切平常；只是一层，屋顶上向有三个烟囱，那三个烟囱常常同时冒烟，现在变了，只有一个烟囱冒烟了。那一个冒烟的烟囱喷出来的烟，蓬蓬勃勃，直伸入半空，连连不断，如一条不见尾的神龙一般，它好像对那两个冰冷的烟囱，表示一种骄傲的态度。

和尚顺着院墙走到朱万有家门首，请人带着进去见了他。这时，他不是往年背手下棋那种落落不合的样子，横躺在一张床上烧鸦片。有三个人围坐在屋子里说笑，地下一片的黑白黄色点儿。黑白是瓜子壳正反面，黄色是吹落下水烟袋的烟灰。桌上摆了几个碟子，里面有些糕饼碎屑，碟子边有一堆骨牌、两粒大骰子。还有一只大碗，斜放着一只熟鸡腿，大半碗汤汁已凝结了一层白色的浮皮。

和尚进门来，朱万有只有将枕在叠被上的头歪了一歪，眼睛望着他，意思表示知道他来了。嘴里正衔着烟枪，却说不出话来。直待他稀里呼噜抽完那一袋鸦片，赶快就把烟盘边的一把宜兴茶壶，嘴对了嘴，咕嘟着两口茶。他坐了起来，用烟签子指着和尚道："你来做什么，有什么话说吗？"和尚合了掌，正有什么话待要说。朱万有又指着他道："你先坐一会儿，他们有话对我说。"因又掉过头来指着那陪坐的三个人道："你们和我办的事怎么样了？"

其中有个鹰鼻子勾嘴的人，躬了腰说道："朱老爹，你不知道，这一片田落在山坡上，水路非常之坏，除了邻庄，有谁肯要？现在不卖，错过机会，就没有人要了。"朱万有道："他出多少钱？"那人道："他出五千。朱老爹原该他六千，只要找他一千就行了。"朱万有偏了头想一想，问道："我该他的钱吗？"那人道："该！该！请你拿出账来查一查。"朱万有道："多少他总要找我一点儿，不能叫我白卖一庄田。"大家说来说去，找二百块钱，田账两消，立刻就有人在身上掏出文契来，请朱万有签了字。

那两个人拿了画过押的文契，就起身告辞去了。朱万有道："我是等着要四五千块钱用，卖了一庄田，只落个二百块钱，何济于事？"一回头对一个小白胖子道："王老四，哪里给我移一笔款子去，明后天要去。"王老四道："现在外面借钱，实在不大容易。朱老爹一借就是四五千，而且明后天就要，哪里来得及？"

朱万有道："那算什么，多出一点儿利钱就是了。"王老四眯着一双肉眼，笑道："能出多少利呢？能加二吗？"朱万有道："加二就加二，不过我要先拿五千到手，不能像上回一样，借五千块钱，七折八扣，到手只有三千零一点儿。"王老四道："既然如是，那就不能只拿一庄田的田契去抵押，至少要两庄田的田契才成。"

朱万有道："行！行！田契要什么紧，我又没卖田给他，多拿一张契，就能多拿我一庄田吗？还有一件事托，我还有五百担稻，打算先卖二百担，只要一把交现钱，便宜卖一点儿，倒也不在乎。"王老四皱眉道："现在粮食的行市最不行，你怎么要在这时卖粮食，真要卖，恐怕要必比平常的市价打七折。"朱万有道："七折就七折吧，二百担东西，又能吃多少亏呢？"

王老四道："吃亏是不大吃亏，据我看，粮食的行市恐怕是要一日一日望下落的，与其将来市价卖出去，倒不如现在落价卖出去。"朱万有道："行行，就请你代我办一下子，索性量稻的时候，也请你监督，我就不必分这一番心了。"说毕，他身子向后一倒，又在床上抽他的鸦片，那人也就笑嘻嘻地去了。

这时，屋子里还剩一个客，那人捧了一本账簿子，将手翻了一翻，口里似乎要说话，望着朱万有，又不敢说出来，那样子大概是来报账的。他咳嗽一声，接上一笑，叫了一声东家。朱万有就躺着把那夹住烟签子的手摆了一摆道："不用报了，麻烦死人。"那人道："店里生意不好得很，恐怕维持不住。"朱万有道："真维持不住，关了就算了。我心里闷得了不得，再不要和我提这种事了。"

那人见朱万有全副不高兴的样子，就不敢说了，夹着那账簿，站起身来，对烟床上望了一望，一手扶了桌子角，现出一种十分沉吟的样子。朱万有将头略昂了一昂，手一挥道："去吧，用不着你在这里。"那人于是垂首而去。

和尚见屋子里共四个客，两个是替他卖田的，一个是替他典田带卖粮食的，一个是报告店号要倒闭的。照说起来，这是很不幸的事情，但是朱万有坦然无事，只管抽他的烟，这种人真也是泰山倒于前而色不变，这样下去，他这一份大家产岂不崩溃了？心里想着，口里就不由得念了两声佛。朱万有这才一抬头，问道："和尚，你来做什么？好久不见你，你倒还是这个样子。无事不登三宝殿，你来了想必又是要化缘。我现在虽然手头穷一点儿，稍微出几个钱倒还不在乎。你老实说，要多少钱？"

和尚笑道："和尚不是来化缘的，是恭贺朱老爹来的。"朱万有道："我现在天天卖田卖地，家境非常之坏，还有什么可贺？"和尚笑道："稻田虽然卖了，你老人家心田可是种得厚了。我原先在夜里，总听到府上有宰猪声，阿弥陀佛……"说到这里笑了一笑，嘴里含糊了一阵子，然后接着说道："现在这猪声忽然不听见了，似乎你老人家慈悲为怀……"说着又笑了一声。那朱万有烟瘾过得十足，突然向上一爬，板了脸道："你说些什么？"

和尚本来说得就是吞吞吐吐，朱万有对他一发狠，把他要说的话索性吓回去了，只合了掌发出微笑。朱万有道："你笑我穷了，家里杀不起猪了吗？从今天晚上起，我还是照样地杀猪。我听说我这水沟里流出去的剩饭，你天天都给我捞起来了，你这是什么意思？"和尚笑道："我怎敢笑朱老爹呢？不过是说你老人家修善啦。出家人是慈悲的，水沟里的剩饭，我看着流出了怪可惜，所以捞起来，府上好歹是流出去的了，捞起来是不碍府上事的。"

朱万有道："我知道你的用意，你是故意那样，讥笑我糟蹋粮食。漫说天天糟蹋这一点儿粮食，就是再糟蹋多些，我也不会穷在这一点儿东西上面。你看我会不会穷在这上面！我就嫌你们这一班东西，假仁假义，说好话不做好事。"和尚看这样子，今天这一趟来坏了。世界上的恶人，是不许你劝他行善的，你若劝他，他倒以为被环境征服了是一种耻辱。于是和尚连称几声阿弥陀佛，竟自走了。

到了次日天明，那可惨的猪声依然叫起来，但是这次不很久，只有两个月，那惨声忽有忽辍，久之，到底停止了。和尚只好冷眼看他，不敢去劝说了。在村庄里所听到朱家的消息，不是花钱就是卖田，一天一天地这样过去，那水沟里的饭粒竟会慢慢减少。和尚捞起来的饭粒由一碗减到半碗，由半碗减到一小酒杯，三年之后，索性连这一小酒杯都没有了。和尚这次他明白不是朱万有不愿糟蹋粮食，乃是他的力量不够糟踢了。

有一天，在水沟上散步，太阳偏到西方，西方半边都变成金黄色，映着所有的人家金黄的暮色里。尤其是那树叶上罩着阳光，和那无光的一面陪衬起来，很是好看。大路上的牧童骑着牛背，背了阳光回去。人家屋顶烟囱上冒着炊烟，好像那炊烟在叫野外的人回去。然而回头看到朱家三个烟囱，除了两个固有的冷烟囱无烟而外，原来冒烟的一个也不冒烟了。

和尚看了，心里倒是一阵奇怪，朱万有家厨房里从前三个灶做东西吃还嫌不够使，现在一个灶，哪里有停火的时候？我只听到说他穷得很厉害了，难道穷得连饭都煮不成吗？一面想着，一面向前走，便走到朱家门首。不料那里是大门紧闭，在门环扣上斜插着一把大铁锁，有一只大瘦狗，蜷着身体睡在石阶上。和尚知道的，这狗是朱家的守门狗之一，非常厉害的，从前老远见着人来，就昂头翘尾巴，伸出獠牙对人乱喊。现在怎样瘦了，威风也减了，见了和尚来，目光灼灼地看着人来，把那尾巴在地下拂了几拂。

和尚用舌头卷着，呼了它一声，狗就摇着尾巴过来，低伸着狗头，在和尚的大腿上摩擦。和尚俯了身子，摸着狗的毛道："你从前靠了主人的威风唬人，现在没有主人没有家，你也软化了。畜生也是如此，何况是人？你的主子哪里去了？"狗似乎懂得和尚的话，极力摇着它的尾子，用鼻子在和尚满身来嗅。和尚看一看这房子，门角上都挂了蛛网，大概朱万有走了好久，怪不得这狗穷无所依了。

和尚徘徊一阵，还是走旧路回去。朱家的墙外空荡荡的，只有满地的碎稻草。倒是墙头上一排枣子树，正是果熟的时候，那红色的枣子结成了球，在斜阳里面，红得像血珠子一般，非常好看。有几个鸦鹊藏在凋黄的树叶子里吃那枣子。和尚忽然想到上两次见朱万有的时候，枣树是一次开花，一次结果，如今这一次人也走了，家也闭了门了，可是枣子树依然依着次序地生殖。巨万家财的人家，不如几棵树的生命耐久，人生在世，真是说不定了。

和尚低了头走回庙去，回头看时，只见那一只狗，一步一步跟了来，和尚一回头，它也停住了脚步，伸着脖子，昂了头对和尚望着。那一条助它喊人作势便翘起来的尾子，极力地垂下去，把两腿来夹着。和尚无意咳嗽了一声，它掉头就跑。跑了几步，它似乎觉得错误了，又回转半截身子，对和尚望望。和尚叹了一口气道："而今我才知道丧家之犬实在可怜了。狗，你来吧，我庙里还不多你一个吃的。"于是对狗招一招手，狗就慢慢地走近，贴近他的身边。

和尚摸着狗的脑袋道："我如今才知道古人说丧家之犬，那是很可怜的了。"狗似乎懂得人的意思，从此以后，便跟着和尚，在庙里度它残余的生活了。和尚师徒两人，每每吃饭之后，多下一碗冷饭，将剩菜汤一和，便倒给这狗吃了。约莫又两年过去了，有一天，两个老和尚都不在家，倒锁了殿门。一个烧火道人在厨房里打盹。这狗便睡在后殿廊上，和尚和它预备留着的一碗冷饭放在铁香炉下，还没有吃下去。

就在这个时候，来了一个叫花子，他轻轻地推开庙门，意思要找和尚说几句话，不料进门之后，一个人也没有，四周一望，门户全关上。无意之中，却看见香炉下那一碗冷饭，肚子里本是饥饿到了万分，看见这样一碗现成的饭，实在禁不住想拿起来吃。因此走上前去，便要端起那一只瓦碗来，但是心里只管踌躇着，这时和尚走出来碰到，有多难为情。因是遥遥地对了那碗饭望着出神，伸了手只去摸他那又黄又黑、乱发蓬蓬的脖子。最后，他忍不住了，想得了一个主意，伸手端了那碗冷饭，就要逃到庙外去吃。

当他正要走的时候，不知如何被那条所有权的狗知道了，它很知道护它的产业，便一支箭似的蹿将出来。它认定了叫花子的大腿，直扑过去，汪的一声，便扑到了身边。叫花子要来护腿，就顾不住那碗饭，无论如何，这碗饭是舍不得丢的，他便一缩腿，喝了一声。他这一声喝出去，比什么力量还有效验，那狗扑到身边，竟忽然停住了，不但不咬人，它好像发了狂似的，浑身扭摆起来，喉里发出咿唔之声，只将鼻子在叫花子上下去嗅。后两脚一立，前两脚便搭在胸前，它只管把它的头在叫花子身一阵乱擦，忽然又放下脚来，绕着叫花子周身乱跳。

叫花子定睛一看，认得它了，便叫了一声"财宝"。这狗被他一叫，更亲热了，只在他身上扑上扑下。这人不是别人，正是富甲一乡、这狗的旧主人翁朱万有。他因为本庄田也卖了，就离开了这庄子，结果至于穷得讨饭，不期这里遇到他的旧狗了。

朱万有穷了，穷到亲戚朋友都认不得他，他也不认得亲戚朋友。人家不认得他，是因为他穷了；他不认得人家，是因为人家的面孔变了。他因为认得的人都不认得了，再不肯到亲戚朋友家去讨饭，只是走到远远的地方去设法。

这个时候，正是夏尽秋来，他忽然想到故宅那几树枣子一定是满树皆红，往年在这个时候，坐在枣子树下，看着听差一筐一筐摘来，多么有趣；而今关在墙里，不知有谁来看守了？想到这里，他便在那黄黝的脸上，多多涂上些黑土，顺着小路走到旧家来。但是只图看枣子，忘了这个地方是不便讨饭的，所以看枣子之后，肚子非常地饿。

当他走到这庙门的时候，见里面冷清清的，所以探身进来看一看，不料倒遇到这一碗冷饭，他自然引为狂喜了。当时他在那狗的狂热欢迎里，坐在台阶上，端起那碗冷饭，慢慢地吃了。

饭正吃到半酣，老和尚回来了，他见一个叫花子捧着饭碗，用手来抓了吃，那条见人便咬的狗，却让叫花子去吃它的饭，而且伸出两只前爪，把头伸出去枕上，现出很柔顺的样子来。和尚未免引为很奇怪的事了。

朱万有看见老和尚进来，老大不好意思，放下那碗冷饭，转身就要走。老和尚明白了，这正是从前的邻居、大财主朱万有，连忙拦住道："朱老爹，好久不见了，一向住在哪里？"朱万有要不承认，已是来不及，便对老和尚拱了一拱手，接上长叹一口气道："一言难尽！老师父，我没有面目见你了；我想你当年劝我不要糟蹋粮食，不料到了现在，我竟会偷狗剩下的一碗冷饭！我万贯家财，会落到这一步情形，你想这不言之可耻吗？"

和尚很慈悲的样子，含着微笑道："银钱算什么？你不是嫌你的田产卖掉了吗？请问你的田产是哪里来的？"朱万有道："也是人家卖给我的。"和尚笑道："这就不必发愁了，你也是得了人家业，人家又得了你的，这也没有什么可惜。"朱万有道："而今也只好这样推开了想；但是现在连饭都没得吃，怎么办呢？"和尚想了一想，笑道："你现在还有几口人？"朱万有道："哪里还有几口人？我自己都不能养活我自己了；从前半辈子我曾养活许多人，只要他们每人养活一个月，我就足过一生了。但是……"

和尚笑道："你不要牢骚，你养活的人里面，在明处虽不能报答你，在暗地里给你留下一窖银子，可以养活你了。"朱万有好久不曾听说的银子两个字，忽然钻进耳朵来，不由他心里一动，连忙问道："哪个给我留了一窖银子？哪有这样的好人？"和尚道："有这样的好人，这就是你的厨子。"朱万有道："就是厨子老刘吗？这银窖埋在哪里，你何以知道？"和尚道："我不但知道，而且这一窖银子，就埋在我庙里。"朱万有道："什么？埋在你庙里，我不相信这话。"和尚道："你若不相信，我可以带你去看，这银子一厘一毫我也不敢动，都给你保存得好好的放在那里。你随我来，你一会儿就看到你所留下的银子了。"

于是和尚带他走进佛堂后面，上了一层小楼，小楼上打扫得很干净，一个挤一个，排着许多木桶。朱万有见了许多木桶，心里乱跳起来，心想银子莫非就在这里面？但是和尚何以说是埋的窖呢？和尚且不管他，便从从容容地去掀那桶盖；当他把桶盖往上一掀时，朱万有只叫得出哎哟两个字，原来是满满的一桶干饭粒。和尚指着饭粒道："这都是你家不用之物，我从沟里捞起来的啊！一桶，二桶……十四桶，十五桶。"他说时，将指头一个一个桶点着。

他这才恍然大悟，当年和尚在水沟里每天捞起的冷饭竟有这些，论起这些饭，不过是当年厨房碗碟上洗下来的饭粒，只此一点儿小事，就如此浪费。从前家里那样大的出入，比碗碟上剩饭的糟蹋何止千万倍！若是家里有一个像老和尚这样的人，也不会穷了；自己有财产不会用，只是暴殄天物，今天想起来，讨饭真是应该。想到这里不由双泪交流，双膝落地，对和尚跪着道："老师父，慈悲慈悲，让我做个弟子吧。"和尚道："你的尘缘未断，不能出家；但是你也不必再讨饭，这些干饭都是你的，物归原主，你还搬了回去吧。三年之后，我若是没有回去，再引你进我的门来。"

朱万有现在极端信和尚的话，就不出家了。是和尚替他出的主意，将这干饭粒炒焦，每天磨上一斗八升的炒米粉，到城里去卖。县城里忽然添一个卖炒米粉的，向来所未有，大家都奇怪起来，后来一打听，才知道是朱财主家里的一段事，人人有点儿好奇心，都争着买他的炒米粉尝尝。不到一年，庙里存的干饭都卖完了。

他本来是讨饭两年了，现在居然找到一种职业，如何肯放手？存的饭粒，现在虽然完了，他却另外去煮饭来晒来炒，磨了炒米粉去卖，一年二年三年下去，他每天所挣下的钱除了穿吃而外，又多剩下些钱了，总算了一算，有二百多块钱了。

他想卖这炒米粉不过小买卖，何日能够翻身？有了这二百块钱，我不如去贩卖烟土，只要会做生意，两块钱就可以挣一块钱。那么，二百变成三百，三百变成四百，四百变成六百，有几百十次，我就可以慢慢恢复故业了。他喜极了，马上不卖炒米粉，改做烟土生意了。

偏是他的运气不好，头一次就破了案，关在牢里一年半。他既无亲眷，又无朋友，每天只是享受官家一碗冷饭。他这才知道有钱时要安分，没钱时也要安分，不安分便是堕落之窟。吃了一年半的冷饭，好容易熬到出牢，幸而未死，他毫不踌躇地出城，直奔一条大路上，他是到何方处去，这也就不言而喻了。

（原载 1929 年 4 月 18 日至 5 月 12 日
《北平朝报》副刊《鹊声》）

滚过去

张王刘李四位先生，从一家清吟小班里带着满脸的笑容走出来。

张先生说："老王，你有些胡闹，今天这台花酒太阔了，花了二百多吧？"

王先生笑着说："面子问题。"

刘先生说："那都罢了。你私下又给老六一叠钞票，那也是面子吗？"

王先生说："赶花酒，她们是没有好处的，完全是面子，不过落几块钱而已。她的境遇很可怜，不能……"

"老爷，赏一个大买窝窝头吃吧，老爷出来玩儿来了，在乎吗？只当多抽了一支烟卷……"一个叫花子，在电灯光暗处弯着腰，哆里哆嗦的，带走带说，跟在他们身后。他身上没衣服，只前后用绳子捆了两块麻袋，胳膊上又由绳子缚了一些报纸，无情的西风吹着报纸一扇一动，露出他那枯蜡似的筋肉。脸是看不清，只有一头干燥蓬乱的头发，罩住半个脑袋。

王先生喝着说："没有没有！"

叫花子说："可怜可怜穷人吧！老爷哪里不花几个子，给您请安了。"

"滚过去！"四位老爷不约而同地喝了一声。

（原载 1929 年 8 月 27 日《世界日报》副刊《明珠》）

不得已的续弦

　　魏忠实的夫人去世了，他见了朋友就唉声叹气，说是和夫人感情太好，哪里再找这种人去，绝不续弦的，果然，在两个月的丧期中，他灰心极了，几乎绝迹交际之场。

　　暑天了，免不得到公园里走走。无意中和吴介梅先生遇着了。吴先生之后，还有他的夫人和一个清艳绝俗的女子。吴先生介绍，是他的姨妹鸾音女士。就此以后，魏先生和鸾音女士成了密友，三个月后，就宣布了婚约。魏先生说："前妻遗下，有一个七岁的女孩子，有一个五岁的男孩子，实在不便养之佣仆之手，要一个良好的继母来教育他们。不得已，只好续弦。"

　　大概又是一半年的光阴，所谓需要继母的两个孩子，已经到外祖母家里去寄居住了。人家问外老太太，外老太太垂着泪说："可怜这无娘孩子，我不放心他们终日在街上玩土，一下让车马撞翻，或者人贩子拐去了，怎么办？我为顾念我自己死去的女儿，把他们带来了。好在他父亲是十分同意的。"

　　同时，魏先生却和一位小千金做满月，大请其客。自然，就是他娶来要教育前妻遗下两个子女的新夫人生产的了。

　　（原载 1929 年 9 月 3 日北平《世界日报》副刊《明珠》）

死与恐怖

奈何生为了情场失败，决计自杀了。他走到一所渺无人迹的古城墙上，正想找个自杀之法。

城墙上的秋草乱蓬蓬的平了膝盖，中间略现出一条荒径，他在这里整徘徊了一个钟头，想如何死呢。斜阳正照在城楼犄角上，黄瓦现出一种奇光，但是他却好像是死色。草头上几只小白蝴蝶一闪一闪地飞，并不避人，又好是鬼变的小动物来勾引他。然而他却毫不介意。心里笑着说：死神，你来吧，我怕什么？他慢慢地走到口墙垛口，有了死法了，正想向下一跳。

呜的一声，一列火车风驰电掣而去，他忽然想道："这是最末一次见火车了……岂但火车，许大东西我都抛别了……这实在可惜，我多不值……且慢，我应当努力奋斗，创造一番世界，为什么要死……"低头，看到城下是那样低，吓得他人向后一仰，几乎摔倒。想这城墙上冷静静的什么也没有，太阳越淡了，城上暮色苍茫，风吹着草希希瑟瑟，心想，好像里面藏有鬼物。四望一个人没有，他几乎要叫出来，身上的汗如雨下，便连蹿带走跑下城去，这一件事，他半个月回想起来都怕。

（原载 1929 年 9 月 7 日北平《世界日报》副刊《明珠》）

以一当百

　　一片旷野中，横着一条铁道。铁道两边种着的槐树柳树，都凋落了一半树叶，未落的树叶在树上现着焦黄色，也是摇摇欲坠。向西有一带不长树木的小山，如一条大懒象，卧在地上一般。那关外偏西的太阳，罩了一层风沙，变成惨淡的颜色，离山顶不远。这周围并无人影，也无鸡鸣犬吠之声，这真是神州陆沉的惨象。

　　这时，一阵碌碌之声由远而近，有一短列火车，在地平线东端疾驰而来。由这里过去，便是北宁路的一个小站。这车站边有几户人家，人都跑光了，因为日本飞机接连扔了两天炸弹，炸毁了几栋房子，有一所小屋去了屋顶，只剩三方秃顶的土墙，这是表示这炸弹由上而下的威力了。一个小土坡上，上面砌着两片月台、一连几间西式屋子，那就是火车站了。这屋子的门窗，无论关着开着，都没有一些声影由里面发生出来。月台边有两棵凋黄的柳树，很远地相对生长着，被风一吹，树叶瑟瑟作响，这更可以显出这站台的荒落来。

　　当前面的火车声传达到这站台上来了以后，有个苍白胡子的老人，手拿着红绿两面旗，匆匆地由站里走出。他向东边望着，火车开将来了，连忙举着红旗，在淡黄的阳光里面，不住地摇撼。开来的火车，因红旗在空中只管招展，进站以后便停止了。这火车除了前头的机车以外，后面只挂了一截铁闷篷车，不像是兵车，也不像是客车与货车。火车停止了，一切声音也随之停止了。这个摇旗的老人站在站台上，只管向火车打量，不知道这一列车是为何而来。正注意着，机车上突然跳下一个中年汉子来。当他跳的时候，口里同时叫了一声爸爸。那老人啊呀了一声，迎上前去，执着他的手，叫了一声孩子。

　　原来这老人叫强守忠，是站上的一个伙夫，站上人都跑光了，他因为站西有一道桥，被日本飞机炸断了。他心想："假使不在站上报信，来的火车一定会出危险。"于是在桥之西电线杆上挂了好几面红旗，晚上又换上红灯。桥之东是车站，他就在站上守候着。当这列车开来的时候，他远远看到，不像是日本兵车，所以挥旗将车止住了，却不料跳下来的乃是他的儿子强国民。他以为他的儿子在新民站上生死莫卜，竟会无意中相逢了，所以喜出望外。

强国民道："爸爸，我们一同逃走吧，在新民站，日本兵扣了这辆车子，车子里有一千支步枪、二十架机关枪。他们不知道我是茶房，以为我是机器工人，强迫我开车。到了打虎山，日本兵全体下车休息了，我趁他们冷不防，把车子开了出来。这些军械送到锦州去，多少有点儿好处。快走快走！不要让日本的铁甲车追来了。"

本来这车子前面是铁甲车押着的。强守忠正想报告他儿子，西边大河上的桥断了，听了这话，忽然忍住，问道："日本铁甲车跑得比平常火车快，追来了，他们一定会把这车子夺回去的，至少他们也把这车子毁了。同时，你性命难保。"强国民道："你听，东边有火车声响了，走吧。刚才你为什么打红旗？"强守忠道："因为……因为……我想看看车上的情形。"强国民道："你看，铁甲车来了。"说着，用手向东一指天空，已有一缕黑烟向空中直冒。强守忠道："他们车子上有多少人？"强国民道："有二三百人，什么武器都有，还带有炸药，不定要炸哪里呢。"

强守忠一听，忽然笑起来道："那就很合算了。"强国民道："什么事合算？"强守忠道："我们很合算，你……你……你也很合算。但是你能说定后面准是铁甲车吗？"强国民道："当然是铁甲车……"一言未了，东方轰隆一声响，放了一炮，正是铁甲车放的炮。强守忠大叫道："我的孩子，快上去开车，我在这里设法耽误他们追你。没有说话的时候了。走哇！走！"强国民道："爸爸！再见了！"他跳上了机车，轮子一转，火车便开走了。

十分钟后，强守忠听到西边有一种巨声发生出来，心里扑通一跳。然而他手上拿着绿旗，很镇静地站在月台上。又过了五分钟，铁甲车开进站了。那车子正要得前面偷军械的列车而甘心，看到打了绿旗，便穿站而过。强守忠站在车上，望了铁甲车去的影子，发着微笑。十分钟附近，又是一声巨响，这一响，比先前那声音更大了。接着天上冒出一阵浓烟，强守忠拍着手哈哈哈大笑起来。

过了两小时，强守忠站在一条大河的断桥上，只见流水无声，汹涌而去，水里面沉浮着许多烂碎的车辆，岸上也有许多炸碎木片铁片，是铁甲车炸了。于是又拍手哈哈大笑，想道："我父子两个，打倒日本二三百兵，死也值得！死也值得！但是我的儿子，是个好儿子呀！"想到这里，不敢望着河里，转身就向火车站上走。他顺着这铁道，一步一步踏着枕木，低了头走。枕木上有的滴着水点，正是这位老英雄的老泪。他一抬头，只见火车站屋顶上，高高的树着青天白日满地红的国旗，于是向着国旗一鞠躬道："中华民国万岁！万岁万岁万岁！"他说完了，浑身抖颤着，又大笑着，人就伏在铁轨上不动了。那面国旗在斜阳中招展，好像说：杀身成仁，舍子杀敌的英雄，魂兮归来！

（原载 1932 年 4 月 24 日至 25 日上海《大晶报》）

无名英雄传

江湾送粥老妪

江湾小村中，有一老妪守家未行。炮火酷烈时，妪处地窖中，鼠伏不动。炮火小停，则以大洋铁筒，盛粥一筒飨壕中战士，习以为常，无所畏惧。一日，行至中途，遇日机投弹，相距仅丈许，人虽幸无恙，但受强烈震动，突扑地，粥筒远掷，倾其半矣。机旋去，妪拂尘而起，仍送半筒之粥至壕中始已。昔欧战德军迫巴黎，一炮弹毁一楼之半，楼下系理发店，理发匠为一人理发自若。而理发者亦安之若素，不计何在，事后人以为美谈。此妪视之，亦复何多让？陈公博北来，曾谓阵地有老妪送粥，不知是此妪否？惜不传其姓氏也。

汽车夫胡阿毛

二月二十九日《北平晨报》载云：南市救火会车夫胡阿毛，径（二十五日）在百老汇路，被日军拘至汇山码头司令部，搜出开车执照，因知胡谙开车。感（二十七日）晨押令开一卡车，赴杨树浦车站载军火，由四日兵押运。胡佯允上车，迨至浦江畔，开足速率，疾驶入浦，人车同殉，四日兵亦死。胡诚不愧为中华男儿！（恨水按：若稍事铺张，亦一篇好小说也。）

不歇劲

关外义勇军通电，有署名打日本，不歇劲者，见之颇堪一噱。然草莽豪杰署名如此，正见其赤裸裸的，情见乎辞也。据辽人云："不歇劲，确有其人，年三十许，短小精悍，颇似日人。有时即因以着日军衣蒙混日人，俟有隙，往往手持两手枪，故日兵四五人多至七八人无不利。至结队与日军战时，非日兵败不退，即子弹用尽，亦伏地等肉搏机会，故人均以不歇劲呼之。而不歇劲遂亦因此名以自豪云。"打日本，未知性格能耐如何，想亦一《水浒传》中黑旋风类似之人也。

神枪手

沪战初起，十九路军，有一营人守真茹无线电台。兵士某，有戆气，日机来掷弹时，不但不避，恒持步枪追逐之。一日，日机做低飞，某卧地，仰放一枪，适中机上。炸弹轰然一声，机毁，斜落地面，某无恙，人以神枪手呼之。此事上海曾一度盛传，颇近于神话。然事实未尝不可能，且可激起人大无畏之精神，故虽有神话化，亦乐得而述之也。在双槐别墅宴会中，晤陶希圣先生，先生适自上海北回，所云如此。

冯木匠

"九一八"后数日，沈阳某胡同中，死一日兵。日军警大愤怒，全巷搜索凶手。不得，则将所有住民，不问文弱老少，一律拘往司令部，逼询杀人者。然住民实不知，无以为对，日军当局下令曰："不招认者，杀无赦。"于是聚住民于堂前，任执一人问之曰："汝曾杀日兵乎？"答："未。"又问："汝知杀日兵者乎？"答曰："否！"问者不再问，即于众前杀之。住民掩面不敢睹。杀已，更执一人问之，问之不得，复杀之。

杀凡五人，将及一苍白须发之老人，突有一少年，离众而前曰："日兵我杀之，与他人无涉。"日军当局曰："杀人者死，汝不畏罪乎？"曰："大丈夫敢作敢当，予何连累他人为？"日军当局观其面，义勇现于色，双目尽赤，无怯色，似非杀人者。则挥众市民退，独留少年于司令部。夜，招少年更密审之，自言冯姓，执木匠业，年二十四耳。问：

73

"杀日兵何故？"则反问："日兵占沈阳何故？"日军当局壮之，令坐，谓日兵必非汝杀，汝恐我多杀华人，为众牺牲耳。冯曰："否！我实杀日兵，汝等杀我复仇可也。"

日军不能得其供，则派人四出侦察，以查冯之为人。复报，则其人杀日兵之夜适病，实未出门，且平常亦甚谨讷，当不至是。日军当局招之前曰："汝壮士，为吾日本武士道所难能也。吾不杀汝，可仍回家理汝业。"乃以金票二百元予之。冯却金不受，扬其一臂曰："吾将往投义勇军，后会有期耳。"遂扬长而去。由沈来平之姚君为予言之如此。

盘肠勇将

二月二十二日晚七时。上海红会救护队由江湾运回伤兵三十余，内有三军官重伤，特送入仁济医院医治，此院盖专治重伤者也。其一军官，浙之杭州人，于当日下午二时许，与日军肉搏，被日兵刺刀戳伤肚腹，大肠流露，血如泉涌，而某军官仍挥刀冲杀，砍毙日本军官一、日兵二，更以九龙带缚伤口，亲自掬肠纳腹中，匆促从事，两手沾血，衣袖尽赤，而某毫不知痛楚，犹大声呼杀，一跃而前。日兵见之惊为天神，望风披靡。部属见长官盘肠大战，亦精神奋发，以一当百。军医见某军官血流过多，强拽入救护车，载送后方医院，某军官在病车中，时欲挣脱军医之手，上前线作战，及至医院，仍复喊杀不已，中国旧小说，叙罗成盘肠大战，千古美谈，不图真见于今日也。（恨水按：事载上海新申两报，予此文盖根据报纸之文，略加删润，并未稍参己意，抹杀事实也。）

两兵士

十九路军以肉搏御坦克车，举世壮之。传有某兵士，身怀十余炸弹，当坦克车来攻时，于烂泥中滚地而前，人至车下，向车猛扑，炸弹爆发，骨肉横飞，车遂毁。又一兵士，滚至车前，以手攀车，由小玻璃窗中，掷进手榴弹。驾车者死，车遂被虏。掷弹兵死车边，两手犹攀车辕上也，呜呼，壮已！

却里张

上海《大美晚报》曾载一事：闸北火车站地方，有一中国机关炮之炮手，诨名为却里张，凡在该处租界防守之外国兵胥知其人，与之随同放炮者有二，均名炮手也。其人夜间衣黑色常服，日间则着军服，每日清晨，即于沙袋隙中露面，时作浅突，穆如也。历一月之久，不他调，亦无伤害，实非他处炮手所能及。盖凡机关炮者，一经敌军来攻，其寿命每不及三分钟，而却里张则为例外。彼不特善放机关炮而已，亦善于放炸弹。欧战之时，德国兵有善于掷炸弹之技者，人呼为丢山芋，而却里张则以丢山芋为本领，每日向日军沿线，随处掷之，花火乱发，成为奇观。

一日与一日本机关炮手两相对放，隔街而峙，相去仅十五尺，日兵死，张竟无恙而归。又一次，日兵用坦克车来攻，却里张并用机关炮及山芋应付之，支持凡半小时，坦克车不期而退，若照苏格兰俗语言之，必曰此人是大好老也。

大刀队七百名

淞沪战事，大刀队神勇，西人为之咋舌。据传言，每遇日兵冲锋时，壕中步兵，使其近三百米远，始以机枪扫射与手榴弹轰炸。再近，大刀队即从壕中跃出，一声大喊，刀光落去，人头乱滚，每一大刀队，必可砍日兵三四人。其横冲直撞，跳跃如飞处，日兵则为之魂飞胆落。

某次大雪，日以坦克车攻庙行镇，大刀队数百，悉换白衣，以做保护色，敌人既近，各从壕中奔出，右手握刀，左手握弹，禁口无声，于雪地上滚至车前，先以手榴弹击车玻璃窗，然后大呼杀贼，挥刀面前。白衣白雪，更映刀光，但见白气一团，纷扰敌阵。敌坦克车十七，陷泥者一，被俘者四，全线乃大崩溃，即沪战大获全胜中之一幕也。以是日人畏大刀队如虎，西人亦以中国人中世纪战法，于二十世纪枪林弹雨中，获此胜利，为不可理揣之事，除小说中，不能觅此等化腐朽而为神奇之伟举也。

此项大队刀，共七百名，非十九路军中士卒，乃从江北某旅中调来者。因军事秘密，某旅番号，谈者讳之，但知曾旧属于冯玉祥部下而已，此等军士，刻苦耐劳，富于抗日心，皆冯氏素所亲练者。其上阵，一手执大刀，一手执手枪，另挂手榴弹三五枚于胸间，稍远用弹，趋前用手枪，跃进则用刀。其人率能跳跃善国术，民十七年，冯氏解西安之围，出潼关，克河南，步兵每人所有子弹不及十粒，不足云射击，所以胜者，悉赖大刀队之力也。今上海之战，又建奇功，实为祖国光荣。且此七百人不但姓氏不传，并所属师旅团番号亦不详，谓之曰无名英雄，不亦宜乎！

（原载 1932 年 4 月 21 日至 5 月 6 日上海《大晶报》）

仇敌夫妻

"抵制日货,抵制日货!"在一个广大的会场上,群众里面不断地喊出这四个字来。在这种呼喊声中,演说台上有人用放声筒宣布誓死抵制日货委员会的委员姓名,那第一名便是教育界的桂有恒。他是一个化学教员,三十附近的汉子,穿了一套中国粗呢的学生服,黑布鞋,形容他是个俭朴的人出来。他秃着头,在他长圆的脸上,顶着高鼻子,将那闪闪有光的眼珠半藏掩着在睫毛里面,这很可以看出他沉毅的神气。

他被群众狂热的欢迎,走到台面前来,向大众一鞠躬道:"诸位!蒙同胞看得起我,让我做抵制日货委员会的委员,我在惭愧之下,更是要加倍地努力。这种爱国举动,固然在于宣传,但是大家都注意到宣传的一点儿,倒忽略了别的大事情,结果是这种宣传,突然增长了嚣张虚伪的习气。我以为办事不在多言,只要大家脚踏实地去做,就可成功。而且这种工作毫不费力,只要各人自己刻刻警戒自己,不买日本货就得了。一人如此,一家跟着他如此。一家如此,家家如此,自然全国一样了。我们对于这种运动,正不必唱什么高调,只要从自己不买日本货做起。我现在先宣誓。"说着,举起一只右手来,大声喊道:"桂有恒,今天当着许多同胞宣誓,我以后若买了日本货,愿同胞打死我。"他一喊毕,全场的会众啪啪啪就鼓起掌来。

桂有恒得着大众这样欢迎,心中自是二十四分的高兴,退到演说台后休息室里,身上一阵阵地冒着热汗,脸上也是微微地泛出一层红晕来。当时就有两个多事的新闻记者,跑过来要他发表谈话。桂有恒也得意极了,少不得又说一番激昂慷慨的话,在一个钟头之后,这会散了,参加的民众纷纷走开,桂有恒也就走回家去。

他在马路边上走着,脸上不时地发出一点儿微笑之意,觉得这样受民众的欢迎，是出乎意料以外的事情，自己说的几句话也很是得体，中国人心未死，于此可见。自己呢，当了民众宣誓，要实行做起来才好……然而，自己的夫人是个日本女子，一向没有公开到社会上去，社会上还不知道。现在连日本货都要抵制不用了，自己家里却容留个日本夫人，这话怎么自圆其说呢？要说和夫人离婚吧？夫妻感情，向来是很好，夫人已经嫁过来十年，添了两个儿女，漫说无缘无故，不应当离婚，就是有缘故，看在这两个儿女分上，也要原谅一点儿。离婚，这两个字如何可以出口？然而不离婚，社会上人知道了，那怎样办？不过自己夫人一向持着贤妻良母主义的，回家去，只要对她说明，跟着我爱中华民国，在报上登个启事，说明和我一致行动，那么，取这样公开的办法，社会上人不但不会疑心我，还要说我很坦白呢。对了，就是这样办。

由会场到家，要经过一条很长的马路，他并不坐车，只是步行，在他一人这步行的时候，正好构思来排遣无聊，所以此身以外无所用心，只是顺了脚走。好在这一条路是极平坦的，用不着去注意，会被什么东西来绊倒。当他正这样构思到很有趣味的时候，忽然两只大腿被一样东西紧紧地绊住了。自己低头看时，原来是自己两个孩子，由女仆带着在马路上树林子里游玩，彼此遇到了。他的男孩子今年九岁，穿了一套深灰色薄呢的裤褂，那裤子短短的，高过膝盖，露出一小截白腿来，下面黑线袜子和粗黑皮鞋，倒沾了许多灰。只这一点，可以看出这孩子是个活泼的。那姑娘只七岁，也是西式打扮，穿了一件绿色的套领长衣，蓬着垂到脑后的黑发上，簪上了一朵大红结子。那小小的鹅蛋脸儿，用黑发来衬着，真像她的母亲。这一对小孩，一个人抱了父亲一只腿，抬起头来，笑着乱叫爸爸。桂有恒先伸着手摸了一摸儿子雄儿的头，接着身子向下一蹲，两手举起女儿如子，向她两个小腮帮子各接上了一个吻。他将孩子放下地来，问雄儿道："妈妈呢？"雄儿道："妈妈到东城去了，说是给我们带日本鸡蛋糕回来吃。"

小孩子这一句随便的话，说出来不要紧，桂有恒宛如当头浇了一盆凉水。再一看这两个孩子的身上，又有哪一样东西不是日本货？不但是日本货，而且这种打扮，若是放到日本小孩一块儿去，简直会让人分不出谁真谁假来。难道这种情形公开到社会上去，社会上也可以加以谅解不成？这件事决计含糊不得，要和夫人去商量一个办法出来才好。他如此想着，便同着女仆，带了两个小孩子一同走回家去。可是一走到堂屋里，留心一看，大大小小，粗粗细细，家用物件，竟是十有八九是日本货。往常对于这些东西，因常是在手边动用的，不大留心，如今看起来，这个家庭因为日本夫人主持的缘故，几乎三分之二是日本化。一回想到刚才在会场上大言不惭的那番演说，不免连连打了几个冷战。

二小时之后，桂有恒的夫人榴子女士，手上提着大小包裹，姗姗回来了。她提的那纸包，是油光发亮的淡黄纸，上印着深蓝色的图案，图案旁边注着许多半像中国字形的字样。包上面有麻织的小条带绑着，上面也是斑斑点点，许多半截或半边的汉字。外表如此，这内容就不用提了，当然都是些日本东西，这样情形又不知道夫人提倡了多少日货。不过他夫人虽是日本人，第一是身材并不矮小，第二是他夫人剪了头发，老穿半欧化式的华装，很像一个摩登华妇，绝看不出她是个异国人种。她进门之时，满脸都是笑嘻嘻的，将东西向桌上一放，便笑道："有恒，这里头有好几样是你爱吃的东西。"桂有恒正着脸色道："你不知道现在抵制日货吗？你怎么还大包小包的，只管向家里提。"榴子微微笑道："什么？抵制日货？我们家怎么能……"

桂有恒原是坐着的，这时就突然站立，正面向着他夫人，瞪了眼道："你说出这缘故吧？为什么我们家就不能抵制日货？"榴子见丈夫有了生气的样子，才不能开玩笑，便道："并不是说我们家就不许抵制日货，但是你要知道，我是个日本人，日本人对于日本货，当然用惯了……"她说着这话，望了丈夫的颜色，走近桌子边一步，将那些纸包提到手上，悄悄地走向卧室里去了。这两个小孩子跟着那一包东西也跑了进房去。

不一会儿的工夫，一个人手上拿着一块鸡蛋糕，连蹦带跳地跑了出来，笑嘻嘻地只管将鸡蛋糕向嘴里塞进去。这自然是雄儿先说的日本鸡蛋糕。桂有恒一想，自己家里东西几乎无一样不是日本货，不说自己是个抵制日本货的领袖，不应如此，就以平常人而论，不应该连小孩子吃鸡蛋糕也是日本货。他如此想着，对着小孩子，就不能有什么笑容，瞪了一双眼睛，斜靠在一张椅子上，皱了眉毛望着。两个小孩子一看父亲在生气，挨着墙壁慢慢地走，直等转过弯去了，提起脚来就跑，一路叫着妈妈去了。

桂有恒听到这妈妈两个字，不免又发生了一种感触，一对天真活泼的中国小孩，怎么倒要叫个日本妇人做妈？当然，是她生的儿女，怎样不要叫她做妈？有一天中日宣战了，中国人和日本人就是仇敌。那时中国儿女和日本母亲，是不是仇敌呢？这只有两个办法，儿女跟着母亲降日本，或者母亲跟着儿女降中国。他如此一层一层推想下去，竟有些坐不住了，于是反背了两手，在堂屋里踱来踱去。归结的一个问题，便是最初为什么要讨一个日本夫人呢？嗐！为解决自己和子女的困难起见，只有离婚。他为表示决心起见，又顿了一顿脚。

至于桂有恒的夫人榴子，并不曾料到丈夫为了抵制日货，牵涉到夫妻感情上面来，到了亮上电灯以后，她依然整理着菜饭，陆续端上桌来，笑嘻嘻地请桂有恒入座吃饭。他坐下来，一看桌子上的碗碟，一律都是日本瓷，手上拿一个瓷勺子去盛汤喝，眉毛头上却是皱的。榴子正在和小孩儿盛饭呢，便笑问道：“怎么样？味不大好吗？是呀，我忘记了加上味之素了。”于是连忙在饭橱子里，取了一小瓶畅销中国的日本货味之素出来。桂有恒看到，不觉摇了一摇头。榴子误会了他的意思，以为不用，只好把原瓶子又送回饭橱去了，然后坐下来吃饭的时候，看着桂有恒脸上，依然是皱眉不展，她肚子里所含蓄着的一句话，就不能不说了，因望了他的脸道：“你今天有什么心事？总是这样烦恼。”

桂有恒已经是将饭吃完了，将筷子一放，突然站立起来，向榴子注视着，问道：“你不知道我是个抵制日货委员会的委员吗？”榴子点点头道：“我知道，你干就干，不干就不干，也用不着自找烦恼呀！”桂有恒在身上取出一盒烟卷来，慢慢地抽出一根，放在嘴里吸着，慢慢在屋子四周找火柴，在桌子抽屉里拿了一盒火柴出来，擦着将烟卷点着，坐在房边一张软椅上，架起腿来抽着，一口一口地向外喷出烟来。榴子道：“你这是什么用意？我倒有些不懂，看你好像有话要说，等着问你，你又不说了。”桂有恒道：“自然是有话说。等你吃完了饭，我们从从容容地再谈吧。”

榴子虽不知道丈夫要说些什么，但是看到他那样郑重的情形，料着也必有很重要的话说，于是急急忙忙收拾了碗筷，也在软椅上坐着，望了桂有恒。他正色问道："我问你，假使中国和日本宣战了，两国的国民算不算是敌人？"榴子觉得他这话问得有因，想了想道："据我想，不能一概而论，有抵抗心的是仇敌，没有抵抗心的……"他不等她说完，便笑着抢问道："你有没有抵抗心呢？"榴子笑道："我抵抗谁？"桂有恒将胸脯挺了一挺，正色道："全中国人，你都可以抵抗。我，你的儿子、女儿，都有抵抗的可能。因为你是日本人，我们是中国人。"榴子笑道："闹了半天，我以为你有什么要紧的事提出来讨论，原来是这样一句不相干的笑话。"桂有恒望了她道："怎么是不相干的笑话？我应当忠于中国，你当然也要忠于日本，各忠于各的国家，你我的行为，一定互相不利，意见也免不了冲突。请问，到那个时候，我要你不忠于日本，你反对不反对？反对，自然要抵抗我们了。"榴子笑道："闲着没事，找了这样不相干的问题来讨论。就依你说，意见或者有点儿不同，不同又怎么样呢？"桂有恒道："怎么是不相干的问题？我想，那个时候，我们就是仇敌，仇敌哪有做夫妻之理？所以为了解除彼此的痛苦起见，我主张……"

他说到这里，望了夫人的面孔，这句话有些说不下去了。榴子依然笑道："有什么主张呢？我也很愿意听听。"她说着话时，态度还是很自然的，觉得她的鬓发披到脸腮上来了，于是抬起手来将鬓发扶到耳朵后面去，表示她是十分镇静。桂有恒只管抽着烟卷，半晌不能答复她这一句话。榴子道："怎么不答复我这个问题呢？"桂有恒道："你想，果然有了那样一天，那有什么法子，只有……"榴子极力注视着他的面孔，问道："你说话，为什么这样吞吞吐吐的？"桂有恒道："你想，那有什么法子？只有……离婚了。"榴子道："什么？离婚！"她问着这话，面孔立刻板下来了，眼睛里充分地显着怀疑和恐怖，呆呆地望着人，一句话也不说。

桂有恒不觉嘻嘻地笑了起来，将肩膀耸了两耸道："你急些什么？我不过是一句玩话。但是从今天起，我有一件事要和你商量，就是我们家里不能再买日本货。我也知道你是日本人，有买日本货的义务，但是，钱是我的，我是中国人，你不能将中国人的钱拿去买日本货。"榴子想了一想，笑道："那总……可以的。"说时，随着点了点头。桂有恒道："你是很明白的人，我在社会上很有地位了，我做事必得顾全我的议论。现在全国这样抵制日货，我们家有位日本……"榴子道："有位日本太太，对不对？难道我还受抵制。固然，中国人快和日本人绝交了，决计没有在这个时候，还和日本人结婚的。现在你若是开始和我谈恋爱，预备结婚，那就不对。然而我们结婚在十年之前了……"桂有恒摇摇手道："这个我明白，只是日本人到中国来，人家看他都有些当侦探的意味，总要表示一番才好。我有个朋友，也是娶了一位日本太太。他的太太很知大体，在报上登了一段启事，表示她脱离日本国籍，绝不为……日本……"桂有恒望了他的夫人，最后一句话，把字音拖得极长，也放得极细，到了日本两个字，几乎是听不出来了。

榴子红了脸微笑道："你以为那个日本太太很知大体吗？假使日本人娶了一位中国太太，中国太太对于中国，也取这种态度，你觉得怎么样？"桂有恒望了他夫人，淡笑了一笑，不能答复，半晌才笑道："那也只好说仁者见仁，智者见智了。"于是桂有恒不能说什么了，榴子也不能说什么了，在彼此寂静无声的当儿，不了了之地，把他们的议论勉强地结束了。

榴子在日本女子师范读书，已经饱受着贤妻良母之教训的。她的丈夫既是十分坚决地拒用日货，她也犯不上一定用日货引起了丈夫的不快，所以自那日夫妻二人议论了以后，她家就没有新进门的日货。榴子也知道和日本人士来往，会更引着丈夫疑心，索性把平常的交际也断绝了，几乎是终日不出家门。

在桂有恒当选抵制日货委员以后，起初几天看到自己的日本夫人，那是总有些闷闷不乐的，过了三五天，气就平了一点儿，再看看夫人，又非常之服从，并没有什么意外的举动，社会上也不曾对日本太太有什么批评，他原来计划着离婚两个字，固然是不便再出口，就是要他太太登报启事一节，以为多一事不如少一事，也就不再谈了。可是在这个期间，社会上知道桂有恒的太多了，都以为他是个抗日实行家，报纸上不断地登着他的名字。因为报纸上不断地登着他的名字，大家心目中都有他了，关于民众团体反日的组织，大家总要举他做个代表。大家越是这样抬举他，报纸上越把他登得热闹，他天天在报上看到自己的名字，感觉得非努力干不可，要不然报上天天登着自己的盛名，不能相符，这更令自己坍台了。于是一天奔走几个会务，甚至日夜都不能归家，他的夫人也曾劝他，爱国虽然是天职，但也不可太累很了。他却回答着说："我桂有恒，不过是个平常的人，承同胞这样看得起我，我就累死了，也很值得！"

在他这样表示着，索性日夜工作，简直不问家事，最后，他就在抗日秘密工作委员会里，当了一名常务执行委员。这个会里的工作，是对日军事外交经济各问题无所不包的，重要也就可想而知了。会里因为接济义勇军的饷项，对于各路义勇军的组织，新制了详细的表册，这表格自是极秘密的一宗文件，不能随便放置。这委员会里是个公共组织的场合，总怕人多手杂，不免泄露，大家就公推了桂有恒保守这宗文件。他为十分的谨慎起见，就把这文件带了回家，锁在保险箱子里。

这天在他回家的时候，已经是深夜一点多钟，走回自己的屋子里，先推了隔壁夫人卧室的房门，探头一望，她在床上睡得十分甜，兀自嘘嘘地打着细微的鼾声，他于是轻轻把门掩上，就来开保险箱子，把带回来的文件送到箱子里去。也是自己太疲倦了，急于要去睡觉，匆匆地就轰通一下关上了箱子门，这一下响是否惊动别人，也不曾加以考量，脱下衣服，就在自己卧室里，登床就寝了。

他自己也不知道是睡了多少时候，却听到自己的卧室门，吱呀一声响，睁眼看时，屋子里漆黑。这很奇怪，自己睡觉的时候，清清楚楚记得是开着电灯，何以这个时候，电灯却是灭了，莫非是有贼？第一个感想，不过如此，第二个感想，立刻就记起保险箱子里的秘密文件，于是突然由床上坐了起来，正待去扭电灯，一抬头向窗子外一看，却见东边书房里放出一些亮光。那地方在半夜里绝不会亮电灯的，真奇怪了。赶快爬了起来，轻轻地走到窗子边，掀开一角窗纱向外张望，书房虽是有了亮光，却不是那样通明的电光，一种淡黄的光线只管摇摇不定，大概是点的洋蜡。心知有异，也不敢亮电灯了，摸了自己一根粗的手杖，轻轻地开了房门，向外走去。走到书房窗子外，在一条破纸缝里，向里面一度张望。这一下子真把他吓了个够，原来这不是旁人，却是他的夫人榴子。

她并不坐在桌边，却点了一支洋蜡，放在方凳子上，她半蹲着，伏在方凳上，把那份义勇军的表格放在手边，另拿了一张白纸，用铅笔如败风扫落叶一般，一阵风抄了下去。他看到这种情形，只觉胸中一阵热火由腔子里直喷出来。自己相信自己的夫人，不会破坏自己的事，不料她却下这样的毒手。待要闯进门去叫将起来，却怕街坊听到了，老大不便，这只有暂时忍耐一下，看她究竟干些什么？于是两手轻轻扶了窗格扇，将一双眼睛紧紧地向里注射着。然而这时候，胸中没有了火气，却慢慢地变成寒气了。胸中一有了寒气，浑身便跟着颤抖起来，自己疑惑抖颤过甚，会带着窗扇都抖起来，于是将身子一闪，远远离着窗子微向里望着。一张表格自用不着多少时候抄写，而且榴子抄得那样快，更容易完事。呼的一声，屋子里的洋蜡吹灭了。桂有恒连忙轻轻地大开着步子，走回自己卧室里去，扶着床便躺下了。不多大一会儿工夫，听到他夫人在隔壁屋子里步行，息率有声，一会儿工夫，卧室内有点儿响动，在黑暗中，屋子里有个人影摇动，似乎是他的夫人溜进来了。他静静躺着，而且还放出一息微微的鼾呼声。

那人影子在屋中间停了一停，然后就慢慢走近保险柜，听到有些拨动的声音，那行动也很快，不到两三分钟，她就离了这里的卧室，悄悄地带着门走了。她走了不要紧，自这时起，桂有恒就前前后后构思起来，一直想到天色大亮，却听到隔壁床上有人身辗转之声，于是他重重地哼了一声，接着还哎哟一下。他夫人在那边问道："你怎么样了？"桂有恒道："这几天我太忙，大概是忙得太累了，遍身骨头疼。我今天要休息一天，不出门了。"

说着话时，榴子已经走进房来，她的眼光首先所射到，便是那保险箱子，其次才注视到床上来。她态度很镇静，走到床边，将他遍身上下抚摸了一遍，问他吃什么喝什么，她除了料理家务之外，整个早上都在这屋子里。直待吃过了饭，她才笑着对桂有恒道："我有点儿事，要出去两三个钟头，你要吃什么东西，我可以和你带回来。"桂有恒抢着道："什么？"停了一停，又很从容地道："我今天在家里休息，你就陪着

84

我，不要出去哩。"榴子道："好！但是……我出去一会儿……"桂有恒皱了眉头道："你就无论有什么大事，今天也不能走。"榴子笑道："你这人有点儿不讲理了。你在家里休息，为什么还要我陪着，有大事都不许去办呢？"桂有恒道："你有什么大事，说明了，我也可以让你去的。"榴子笑道："我有什么大事呢？"她说着这话，脸上可就有些红晕了。然而她也只说了这句，并不表明一定要出去，也不说就此不出去，坐在床沿上，脸向外看着。

桂有恒伸了手握她的手时，觉得她的手有些抖颤，而且指尖上还有些冰凉。桂有恒将她的手捏了两捏，问道："你怎么样？身上也有些不大舒服吗？"榴子一缩手，突然笑了起来道："好好的，我有什么病，我又不像你，是累得过分了。"说毕，她坐到旁边一张椅子上去，斟了一杯茶，两手捧着喝。桂有恒躺在床上，望望那保险箱子，又望望他的夫人，情不自禁地叹了一口气。榴子道："你叹什么气？"桂有恒道："不幸，我们做了夫妻，不幸我们又做了仇敌，不幸我又知道爱国……"说着，依然望着他夫人。

榴子很镇静地笑道："你这话我明白了。你说不买日货以后，家里我就没有买日本货呀。"桂有恒道："那很好，但是……"榴子脸色有点儿青白不定，颤着声音道："但是什么？"桂有恒道："但是我爱中国，强迫你不爱日本，我很抱歉。"榴子脸色定了，站起到洗脸架边，扯着凉手巾，擦了一把脸，向镜子笑道："我来中国十几年，被你同化了，我也是中国人了。"桂有恒笑着点点头道："对了，除非是你说话的时候，舌头音不大清楚，此外也找不出哪一点你是日本人了。小孩子又在隔壁屋子里闹，你瞧瞧去。"榴子笑道："对了，我还得瞧瞧中国的小国民去哩。"说毕，她就走了。

桂有恒一人躺在床上，将牙咬着下嘴唇想了起来："秘密文件是让她抄去了，和她说明，她能拿出来吗？她或者可以……然而那种表格，记到心里去也很容易，她要报告她本国人，口头也是一样，纵然是和她离婚，也无济于事，那正也是纵虎离山。不离婚又怎样？难道留一个女间谍在家里养活着吗？她正要出门去一趟呢，假使让她去了，就有无数的义勇军，要被她拿去送礼了。好！我杀了她！"

想到这里，由床上直跳了起来。正是如此，榴子带了那两个可爱的小宝贝进来了。她见桂有恒穿了单衣站在床面前，赶快在衣架上取了一件长袍，向他身上一披，笑道："你正不舒服，不要又着了凉。"于是一手捏了他的手，一手又摸着他的额头，低声问道："还好，不发烧热。你躺下吧。要吃什么？我和你做去。"桂有恒呆站着，摇了一摇头。榴子将他扶着坐到床上，弯腰和他脱了拖鞋，将他两只脚扶到床上去，牵被给他盖上。而且背了两个孩子，匆忙地在他额上吻了一下。在她这一吻之后，觉得她实在是个贤妻，如何能把她杀掉，于是向枕上一倒，一个翻身向里睡了。

他并不是睡觉，他是在这里想着，要如何对付夫人。夫人实在太好，为了爱情而嫁我，嫁我之后，又极是恩爱，我怎能杀她，我还是劝劝她吧。他如此想着，榴子已经悄悄地离开了这屋子。不多大一会儿，女仆送上一大叠信来，桂有恒坐在被头上，且拆且看，多半是会务上的信，拆了几封之后，却拆到一封匿名信，一看之后，心中乱跳，背上直透出汗来。其中有一段说：

> 你是做反日工作的人，你是受群众爱护的人，你是受全国
> 同胞信托的人，你怎能瞒着人，藏一个日本太太在家里呢？这
> 种行为，你不怕全国同胞疑心你是汉奸吗？纵然瞒得住了人，
> 你不受良心的谴责吗？你参与一切反日的秘密运动，假使你在
> 床笫之间，稍微泄露一点儿，你知道那情形，有多么重大？甚
> 至于可以亡国！

桂有恒简直不能将信看完了，手里捏着信，只是抖颤。他静静地坐在床上有二十分钟，他夫人进来了，笑道："你好些了吗？"桂有恒点点头。榴子道："那么，我可以出去一趟了？"桂有恒心里乱跳，没有作声。榴子走到床边，抱住他的颈脖子，向他额上又亲了一个吻道："我实在有点儿事，要出去一趟，我告诉你，因为……"桂有恒握了她的手道："好，你就出去一趟吧，不必告诉什么原因。但是也不忙在一刻，你陪我吃点儿东西再走，行不行？"榴子道："行！你要吃什么

呢?"桂有恒想了一想道:"冲两杯热咖啡吧?"榴子很欢喜,连连点头道:"我去做,我去做!"桂有恒等他夫人走了,由床上跳了起来,抢着打开箱子,拿出一小瓶东西来,就塞在被褥底下,依然坐在床上。

二十分钟之久,榴子端了两杯咖咖来了,床头边有一张小茶几,就将两个杯子都放在茶几上。桂有恒道:"放了糖吗?"榴子道:"我去拿去。"她回身走了,桂有恒看定了那个红花茶杯,在被褥下拿出小瓶子来,就向咖啡杯子里倒了下去,然后又急忙把小瓶子塞在被褥底下。刚刚把小瓶子藏好,榴子笑嘻嘻地把着个镀银的糖罐进来了。桂有恒看见妻子进来,兀自心里一阵乱跳,脸上红一阵白一阵,沁出粒粒的汗珠。榴子见了,便道:"你怎么啦?脸色不好,不要是病了吧?"有恒强自镇静着道:"可能是累了,休息一下就会好的。"榴子正要用铜夹子去夹糖块,有恒忙拦着道:"平常都是你伺候我,今天让我来伺候伺候你吧。"说着就把糖罐和铜夹子拿过来,夹着糖块就向咖啡杯子里放下去。

榴子接过杯笑着道:"多年的夫妻,干吗还这样客气?"桂有恒也向自己杯子里放了糖块,望着榴子道:"你不是有事要出去吗,趁着咖啡热热的、甜甜的,我们一同喝下去,然后我就要休息了。"说着还向榴子举了杯,榴子也举起杯道:"好,热热的,甜甜的,我们一口喝下。"桂有恒喝完了咖啡,对榴子道:"我喝完了,你喝吧。"榴子笑嘻嘻地举起杯子一饮而尽。

桂有恒瞪着双眼,看她一口喝干,颤着声道:"榴子,你喝完了这杯咖啡,可以走了!你是一个好妻子,十几年来你对我照顾得无微不至,我是很感激你的。但是,我更痛恨那些侵略我的国家、杀害我同胞的刽子手,我也决不能和一个日本间谍终生为侣,我不能做一个民族的罪人!现在你可以放心地去了……如果我有对不住你的地方,你也会……明白……"说着说着有恒哽咽着说不下去了,泪水也夺眶而出。

榴子顿时收起满脸的笑容,十分惊异地道:"你怎么这……样,哎哟!"说时向地下一滚道:"痛死我了!"桂有恒蹲在地板上,垂下泪来道:"你……上床……"榴子两手抱了他的腰,望了他道:"你!你……放什么在咖啡里了?"桂有恒道:"你有什么遗嘱吗?"榴子突然坐了起来,瞪眼问道:"遗嘱?"说毕,人又向地板上一倒,闭着眼睛,睁开来道："好！我明白了，你为国家牺牲了我。但是，我也是为我的国家。孩子呢？"

两个孩子喝完了咖啡，站在一边，都吓呆了。桂有恒一手拖过一个过来，送到他们母亲怀里。榴子一手搂着一个孩子的头，痛得没有气力了，继续着道："你的父亲杀了我，我们……是夫妻……也是仇敌……"眼望了桂有恒，桂有恒跪在地板上，扶着身子抱住了榴子的脖子，向她脸上亲了两个吻，眼泪水滴在她那惨白的脸上。两个孩子有点儿明白了，在娘怀里乱钻着大哭。桂有恒伸手到她怀里去摸索一阵，摸出一张抄写的稿纸，头一行有禀报司令官几个字，正是那份义勇军的表格呢。然而他尽管拿着，他夫人已不抵抗了。

两个月后，义勇军里出了个骁勇善战的队长，很是有名。他每次对民众演讲，都说："抵抗日本，不必唱什么高调，只要各人切实从本身做起。"他一说时，每流下泪来。人家还以为他这是爱国之泪，故意流出来刺激听众的，哪知道他有说不出来的苦处呢？这个人是谁，也就不必明言了。

（原载 1932 年 4 月 1 日至 5 月 8 日上海《福尔摩斯报》）

风檐爆竹

　　一天晚上八点钟，正在斜风细雨的时候，天空漆黑如墨，一点儿什么看不见。扬子江岸边有一所茅屋，是打鱼人家住的。屋子在黑暗的夜色里，犹如死了过去的人一般，一点儿响动没有。只那扬子江口的风浪声，啪嗒作响，传到窗子里面来。屋子里矮桌上，点了一盏小煤油灯，让窗子缝里冷风袭来，摇摇不定。

　　一个五十多岁的老婆婆伏在桌上打瞌睡，心里不时地做梦，梦见她两个儿子在闸北打了胜仗回来。门猛然响着，她抬头一看，果然是穿军服的人进来了。然而不是她的儿子，也不止两个，在一个挂指挥刀的军官之后，跟随着上十名兵士。听那兵士话音，完全不懂，她心里明白，这是兵舰上的日本兵绕道登岸了。她站了起来，很从容地一手掩了灯光，向门外看去。虽然看不见人多少，只听那人脚溅着的泥浆声，叽叽喳喳，可想人不少。

　　其中有个日本兵会说中国话，便向前问道："老婆子，你这屋子里还有人吗？"老婆子摇头道："没有，我两个打鱼的儿子，为了打仗，到上海去了，回来不了。"他问道："这里到则河镇有多少路？"老婆婆道："二十里路。"日本兵道："不能有那多，你不要胡说。你知道中国兵在哪里？"老婆子道："我不知道。"这位老婆婆口里如此说着，眼睛就不住向这些日本兵身上去打量，身上接着便有些颤巍巍的。

　　那日兵道："老太太，你不要害怕，我们不害你，我们是去打浏河的。明天得了胜，我们还有钱赏给你。你告诉我到浏河去要怎样走？"老婆婆点头道："谢谢。请你各位坐一坐，我到屋里去拿点儿茶叶，灶上有热水，我泡一壶茶你们喝。"说话时，扯了右手的袖口，揉了揉眼睛，向大家微笑着。她也不待日本兵的许可，就避进那黄泥墙的卧室里去。

　　她在黑暗中在床底下摸索了一阵，摸出一包东西来，这正是她儿子预备过旧历年，在上海买来的五千头爆竹，还不曾放呢。她将爆竹拿在手，由床头边一个破木窗户钻了到屋后面去。将爆竹挂在屋檐下，在身上掏出一盒火柴来，擦了一根，将茅檐点着。这茅草上面虽然是湿的，然而细雨未曾湿透，下层还是干的，加上斜风一卷，立刻将一排屋檐都点着了。

　　前面的日本兵看到火着，狂叫起来。老婆婆也不理会，磨了一根火柴，索性将爆竹头点着，立刻如机关枪一般，响了起来。这一响不打紧，这后面五里多路的地方便是中国军战壕，以为是敌人开火了，便机枪步枪对了这火烧的茅屋回击过来。她拍手笑道："我儿子在那边战壕里，知道日本兵……"一语未完，她倒下地了。

　　日本兵一阵慌乱，来不及救火，立刻排成散兵线，向华军进攻。这茅屋火烧得更大了，火光烛天，将黑暗里偷渡上岸的一群日兵，照着一个个黑影子在平地上摇动。中国军队都看见了，正好向他们射击。这样一来，日军已泄露偷袭的阴谋，布置难周。而且中国军队早有了准备，日军绝对不能上前。

　　鏖战一夜的结果，上岸的日兵一千人，除死了一半而外，其余都已被俘。在俘虏口里说出来，他们这回失败，不是败在中国军队手里，只是败在一个打鱼的老婆子手里罢了。中国军官听了这个消息，就赶到江岸去谢这老婆子。到了那里，看那茅屋，也是一堆焦土。焦土前后有几个大坑，正是炮弹打的。至于这位爱国的老英雌，却是渺无踪影了。

（原载 1932 年 4 月 23 日上海《大晶报》）

九月十八

  灿烂的太阳由东向一排玻璃窗射进广大的教室里来，照着满堂的白粉墙壁都光亮夺目。李百全老教授站在讲台上道："诸位知道振兴中国的责任，在谁身上？依我看来，不是国民政府主席，不是各院部长，更不是许多司令指挥。实在是在你们这些青年们身上。你们现在读书，是为着将来在社会上服务，替代现在一班做事的人做事。现在做事的人，老实不客气说一句，他们是不行了，希望你们这候补的，好好地预备一些本领，把他们的错误纠正过来。若是你们不好好地预备些本领，将来拿什么能力去做事？所以对于你们失望，就是对于中国前途失望……"老教授养着一部长黑的胡子，衬着他那博大的灰布袍与青呢马褂，显出一种岸然道貌来。他戴着一副大框眼镜，挡住了他那精锐逼人的目光。然而这是避学生注意，其实他已在一群学生里，看出谁是有用与无用的了。他如此说着话时，说到了失望两个字，将语音说得更沉重，望着一个学生身上。

  这学生是辽宁人，年方二十一岁，身上穿了一套紧俏而又平贴的西服，在小口袋里露出一小角花绸手绢来。他的黑头发一把向后，梳得溜光，没有一根乱的。在那长圆的脸上又加了一副玳瑁大框眼镜，更得了衬托之美。不过他虽是修饰得如此之好，精神很是不济，两手臂平扶在桌上，他似乎有些打瞌睡呢。他叫王有济，是个大财主的儿子，父亲在沈阳城里办了许多实业，还和政界有很密切的关系。他不但是有钱用，而且要参与什么政治上的活动，也很容易。他到南京来读书，完全为了取得大学生那个名义，至于功课如何，他绝不注意。因为把功课做好了，也无非为了升官发财。现在钱有得用，官也有机会去做，读书有什么用呢？他对于李百全教授，向来取厌恶的态度，背后绰号李讨厌。讨厌的理由有二：其一，别人的课可以不上，李百全的课不能不上，他就不客气要罚人，甚至于开除；其二，他上课，绝不敷衍学生，甚至于骂人。王有济在无可奈何之间，上了他的课，不爱听，又不能不听，只得以打瞌睡来消磨这两个钟头。

当李百全眼光射到他身上，他这还不知道。李百全就叫道："王有济君，你昨晚上看书看得太夜深了吧？怎么今天上课要睡？"王有济红了脸，站起来道："我并没有睡。李先生何以单注意我？"李百全笑道："单注意你？你以为我是有心和你为难吗？好！你不了解，我也不大多说，你坐下吧。"王有济坐下去，李百全将脸向着别人，把这一堂课上完了。

王有济随着许多同学拥出教室的时候，用一个食指指着鼻子尖道："大爷不在乎这大学文凭，我不干了，看你这李讨厌，有什么法子对付我？"他的同学张可为抢了过来，拍着他的肩膀道："这李老头儿又跟你干上了。"王有济一扬脖子道："咱们东北人不含糊，干上就干上，也许能砸了他的饭碗。"二人说着，迈开大步，就在人群里面挤了出去。同学们少不得都把眼光射到他们身上，尤其是那些穷弱少帮助的学生。但王、张二人绝不在意，以为有了同学注意他，才可以现出自己的威风呢。他二人都是有钱的学生，不住在学校宿舍里，却住在旅馆里，因为如此，既舒服又便利。

二人走回旅馆来，同进王有济的屋子，张可为一看床上的绿绸被，翻乱着拥在一头，枕头边横着一柄女子用的假钻石别针。走近床边，兀自有一股浓厚的脂粉香味。桌子上放着香蕉、白梨以及陈皮梅口香糖。便笑道："怪不得你今天上课打瞌睡。"王有济笑道："什么事怪不得？"张可为向床上努嘴道："她今天早上什么时候走的？"王有济微笑着道："少胡说，她没有来。"张可为将床上的那根别针捡到手里，直伸到王有济面前，笑问道："这是什么？你还赖！"王有济笑道："这算什么？这种东西我多着呢。"张可为笑道："好！你遇事还瞒着我，以后还想我帮忙吗？"王有济笑道："谈得太晚了，没有法子。她约了今天晚上去点她十个戏，你去不去？"张可为道："我可以去。不过我又要奉陪几块大洋。"王有济道："啐！几块大洋又算啥事。"张可为笑道："不是几块大洋的话，我是把钱白扔了，一点儿好处没得着。"王有为道："你捧角不在行，又怪谁？要捧角就捧一个人，别今天捧这个，明天捧那个……"

他说着话，眼睛射到床上，忽然想起一件事，于是一按电铃，把茶房叫进一个来了。他也不等茶房问什么，用手就先将桌子一拍道："浑蛋！这样一早上，也不和我们叠被，也不跟我们归理桌子。"茶房低声道："刘老板刚才才走。"王有济喝道："你还犟什么嘴？她一走了，你就该办，为什么等到这时候？"茶房不敢说了，只得低了头去和他叠被。原来这里茶房，每天都免不了挨王有济几顿臭骂，有时骂得实在令人难受。不过他给起小费来，却比别个客人特别优厚，看在钱的分上，也只好罢了。王有济见他已不作声，算是软化了，便向他道："和我去叫一笼包子和一碗鸡丝面来，越快越好！"茶房哪敢多驳回一个字，答应着去了。等茶房将面和包子送到屋里的时候，他已经横着躺在床上，呼呼地打着鼾声，原来是睡了。茶房知道他的脾气不小，他睡得极香，若是把他叫醒了，他更会发脾气，因之只好让面和包子在桌上凉着，望了床上一阵，自退出去了。

王有济这一顿大睡，一直睡到下午两点钟才醒，不但是点心凉了，连午饭也耽误了没有去吃。自己一站下床来，看到桌上放了一碗凉面，而且又是一笼冷包子，想起早上叫了点心没吃就睡着了，自己也有些好笑，就按铃将茶房叫进来问道："人家都说南方人刁滑，我就不相信这句话。你瞧，桌上摆了面和包子，让它们凉透了，你也不端了走。难道我睡着在梦里，还会吃点心不成？"茶房道："王先生，拿去热一热，再送来吃吧？"王有济道："你也真不开眼，这几个点心又算什么，不要了，我一会儿就要出去吃饭。"茶房一看这情形，简直也不用得再让，于是将包子和面一齐拿走，伺候他早起一般，重新送茶送水。等着他用过茶水以后，已经是三点钟了。他心里这倒有点儿为难，吃早饭吧，就得马上接连着吃晚饭。不吃早饭吧，晚上这餐饭非提前吃不可。自己这样有钱的人，每天只吃一餐饭，这事让人知道了，也未免笑话。只得告诉茶房，就把旅馆里一块钱一客的饭，开一客来吃。

茶房将饭菜开来，他正拿了筷子扒了两口饭，茶房就来报告，说是有电话来了。放下筷子去接电话，却是同乡董治平来的电话。他在东北旅京学生里面，是个交际最活动的人，无论是向哪一方面走的学生，他都认识。男朋友多，女朋友也就多。这时他在电话里笑道："老王，这可难得，怎么今天你没有出门呢？"王有济道："睡午觉睡得忘了。"他道："请我们瞧电影吧。"王有济笑道："凭什么要我请呢？你打电话来找我，应该是你请我才对。"他笑道："若是我一个人，我就请你。但是这里有好几位女士，你约了好几回请人家，都没有履行，我是代人家催你履行前约的呢。我们现在摩登咖啡馆，这里有密斯王、密斯韩、密斯邓，假使你……"王有济道："我来我来，你稍微等一等，我就来。"放下电话，看了一桌的饭菜，也不要吃，整了一整西服的领带，又找一把刷子，在身上刷抹一阵，在箱子里取了一沓钞票放在身上，匆匆地也走到摩登咖啡馆来。

这里果然有三位女宾和董治平在一处。其间的密斯韩，便是他追求的一位。这密斯韩是苏州人，相貌清秀，皮肤嫩白，都不用去提，只是她说着娇滴滴的那一口苏州话，让人听着不由得不回肠荡气。王有济在她面前肯花钱，也肯下水磨功夫，只是密斯韩桂兰，对他却淡淡的。这因为她是位书香后代，喜欢看些文艺上的书。王有济对于这一道，却有些格格不入，密斯韩有时高兴起来，和他谈上几句，总是由文艺方面谈起。王有济对于这事，十回就有九回对答不上。密斯韩对人说，这是个绣花枕头，和他来往没有什么意味，因之对于他很是冷淡。王有济起初还恋恋不舍，依然追求，后来看到没有什么希望，他就变更了宗旨。心里想着，大爷外表不错，又有钱，要找什么女人找不着？何必低心下气去看她的冷脸。于是他就丢开了找女友的这条大路，专门去捧歌女。歌女虽是卖艺的，十有八九，不能维持她的道德地位，王有济到这些人里面来寻爱，自然是事半功倍了。不过歌女既然很容易和人谈爱，捧歌女的，都有追求的可能，她的爱未免又太不专一了。回想到可以专一，而且可以永久的爱人，当然还是到女学生里面去寻找，所以在他花钱很多，耗费时间很久，突然又遇到别一个捧角家来争艳的时候，就感无意思，很想再和韩桂兰去接近接近。

今天董治平代觅三位女士和他来相会，他认为是个好机会，一见面之后，且不理会别人，首先取下帽子在手，就和密斯韩行了个鞠躬礼。韩桂兰笑着点了点头，他再和别人打招呼。密斯邓笑道："我们怕密斯脱王不肯来呢，不料一个电话，马上就来了。"王有济道："我为什么不肯来呢？"密斯邓笑道："来了就要请我们看电影，而且这里的账……"王有济连忙在身上掏出那沓钞票来，口里连道："我会账我会账！"密斯王笑道："谢谢。"密斯邓向他丢了一个眼色道："我们谢什么？人家是请密斯韩的呢。"韩桂兰也不说什么，只是微微一笑。王有济听了这句话，就好像喝了一碗鲜汤一般，说不出来心里有一种什么痛快之处，就拿了一张十元钞票交给了茶房会账，将钞票揣到袋里去，顺便就掏出那扁平的金壳子瑞士表来一看，笑道："看电影是时候了，让茶房先去叫好五辆车，好吗？"这句话本来是问大家的，可是他的眼光就单射在韩桂兰的身上。韩桂兰今天却不怎样冷淡，就回复了他一句道："何必这样客气呢？"王有济笑着连点了两下头道："这不算什么客气，朋友会个小东，也很平常的事。"

韩桂兰踌躇着道："你们要到哪家电影院，先去好了，我要去买一支钢笔，迟一二十分钟，我准来。"王有济道："有自来水笔用，为什么还要另买钢笔呢？"韩桂兰道："我原来一支自来水笔坏了。现在金子太贵，买一支好的自来水笔，总要好几十块钱。"王有济听说，就把衣袋口上插的一支自来水笔取了下来，双手递着交到密斯韩手上，笑道："我还是新买来三天，不十分旧，我就送给密斯韩吧。"韩桂兰一看那自来水笔是最名贵的，约莫要值华币四五十元。只一句话，就得了人家这样的重礼，真是想不到。情不自禁地对着他一笑，也道了一声谢谢。王有济这一下子，真欢喜极了，真觉得站在这里，都有点儿站不住，非倒下去不可。还是茶房跑来说，已经叫好了车子，大家才一阵风地出了咖啡馆。

到了电影院里，王有济为特别加敬起见，就包了两个厢。董治平和王、邓二女士先进了一个包厢，剩下一个包厢，王有济便不再踌躇，向她道："密斯韩，我们这边坐吧。"韩桂兰自负是个文明些的女子，也不能装出那忸怩的态度来，干脆就跟着他进了包厢一同坐下。在看电影的时候，密斯韩身上仿佛有一种轻微的脂粉香气射进人的鼻孔。这比歌女身上那种浓烈的香气，却另有一种动人心魄的感觉，他虽在看电影，却不知银幕上是些什么情节。若是和歌女在一处看电影时，早就伸过手去，摸索一阵了。现在却没有那种胆子，只是很沉静地坐着。有两次密斯韩的衣襟略微相触，自己便心里乱跳起来。这样糊里糊涂地，混过了几个钟头，电影也就完了。

这已是七点多钟，正好吃晚饭，他就先对她道："密斯韩，我请大家吃晚饭，赏光不赏光呢？"她低声笑道："不要客气。"凡是一个女子，对于男子的招待，非到十分亲热的时候，是不肯坦然受之的，所以能说句不客气时，就含有可以接受的意思在内。王有济终日研究妇女问题，对于这一点当然也很明白，就笑道："我也并不怎样大请，有什么客气呢？"董、王、邓三位知道他的请客，本是另有目的，三个是陪考的，不必领他的情。但是这种陪考的，却非到场不可。若是不到，连累了韩女士也不能去，主人翁就要大为扫兴。所以对于这事，大家学着韩女士的样，也说是不要客气。既然大家都说是不要客气，换句话说，就是大家都愿意去吃这一餐饭，于是很欢喜地引了这一大群人上夫子庙去吃馆子。

夫子庙一带的菜馆，价钱都贵得可观，王有济难得韩女士赏光，又不愿稍微现出一点儿菲薄来，叫了一圆桌的菜在电灯下面摆着。而且开了一瓶威士忌，每人面前放一杯威士忌苏打。他自己高兴，连喝三杯，将一张脸灌得通红，鼻子里呼呼出气。吃完了饭一算账，却共是三十多元，将那一沓钞票拿出来，又掀了四张，交给了茶房去会账。密斯韩是个聪明人，如何不明白，觉得人家这种钱都是为自己花了去的，究不能就如此好好地享受，一点儿也不表示出来，因之向他道："今天密斯脱王太客气了。"王有济看她脸上，很自然地流露出笑意来，绝不是作假，心里高兴极了，便道："很小的事。过一天我再奉请，不知道密斯韩能不能赏光？"说着，依然望着她的脸。韩桂兰虽知道这话中另有原因，然而也不便在人家大请之后，怎样地拒绝人家，便点点头道："还要客气吗？"王有济听了这话，简直高兴到十二万分，自己表示很知趣，便道："三位女士大概是要回学校的了，我让茶房叫好车吧。"他于是先预付着车钱，雇好了车，送三位女士回去，自己却邀了董治平到茶楼上听歌女唱戏。

到了温柔乡茶楼，正是丝管齐奏，张可为一人在一副围满了人的茶座上站了起来，向这里乱招着手。王、董二人走了过去，张可为皱了眉，低声道："你怎么回事？让我一人老在这里等着。"董治平在他上手坐下，笑道："他请女朋友看电影吃饭去了。"张可为望了他，点点头道："你这倒好！"王有济坐在他对过一个椅位上，正待有所申辩，只见隔座上有四五位穿黄呢制服的青年，似乎是军事学校的学生，正对了小台上一个唱玉堂春的歌女，笑嘻嘻地提了嗓子叫好。叫完了好，又是全副精神注射在那歌女身上，假如大家都谈起话来，声浪高张，吵得人家听不到戏，少年军人是不大好惹的，非生出是非来不可，只得向董治平丢了个眼色，又微摆了摆头，表示不必作声。董治平也明白了，就不作声。

他们在许多桌椅缝里得着座位，他们在许多人头的空当子里，向那小唱台上望着，桌子上虽陈列着那角钱一碗的茶，但是也并没有人去喝。他们全副精神都在台上一个穿浅红长旗衫的歌女身上，原来那个歌女，正是王有济所捧的刘蕴秋。到了此时，他们都不能静默，齐叫了几阵好。有个穿蓝布长衫的汉子，悄悄地走到他们的桌子边，王有济就拿出两张五元钞票，由桌子腿边向那人垂下来的手上一塞，可就轻轻地笑道："点刘老板十个戏。"那人捏着钞票点一点头就走了。过了一会儿，是张可为捧的歌女上了台，他也是照样地暗塞了十块钱出去。原来南京市政府，以为客人点歌女的戏，有侮辱女性和轻慢艺术之嫌，早禁止了。但是茶客要捧歌女，不点戏无以拉交情，犹之乎茶客叫条子式的请歌女吃饭，歌女不到无以吸收茶客。所以市政府尽管不让点戏，歌女也不必为了点戏唱戏，可是茶客点戏的钱，反要偷偷地托人转送了去。这种冤，当学生的人也能大花，这非东北大财主的儿子是不能办到的了。

他们在温柔乡送过二十多块钱之后，又到别家茶楼去送了两笔钱，一直到十一点多钟，方才兴尽回寓。茶房中有个李四，是个很机灵的人，但是伺候张可为房间的，不大伺候王有济。今天因人少，也就到这边来伺候。等他进了房之后泡上茶，端四个碟子来，乃是一碟切的梨片、一碟香蕉、一碟糖果和陈皮梅、一碟瓜子。王有济笑道："你为什么办下这些东西，想抽头吗？"李四笑道："不是的。王先生昨天吃了剩下的东西都放在抽屉里，我不敢糟蹋，整理一番又拿出来了。"王有济一看，碟子里东西都干干净净的，点头笑道："很好，你很会办事。"于是留着董治平、张可为在屋子里谈了一个钟头的话。他斜躺在沙发上，昂了头抽烟卷，微笑道："今天晚上，三差一，要不然……"

正说到这里，屋外面有高跟皮鞋响，门帘子一掀，却是刘蕴秋进来了。大家不约而同地叫一声"妙极了"。刘蕴秋皱了眉道："这样夜深还要我跑了来，回头又回去不了。"王有济道："今天我没有说叫你来呀。"刘蕴秋挨着王有济在一张椅子上坐下，问道："刚才是谁打的电话呢？"李四在屋子外面答道："是我打的电话，我说刘老板有工夫就来一趟，这里三差一呢。"王有济道："这家伙真行，猜到我心眼里去了。但是这样夜深，怎么不和我预备一点儿吃的，还是美中不足。"李四答道："还预备下稀饭了，不知道是不是就吃？"大家都觉饿了，同答应着吃。李四将稀饭开来，乃是雪白稀烂的，还配了八个荤素碟子，王有济吃得很香，连说大可奖赏，吃过饭之后，就赏了他一张五元钱票，然后让他铺好场面，打起麻雀牌来。打到六点多钟方才完事，董治平同张可为向他和刘老板告别而去。

到了下午一点多钟，刘蕴秋要预备唱白天的戏，匆匆地去了。李四这才敢进屋子来收拾屋子，只是那壁上挂的日历，今天是中华民国二十年九月二十了，上面还是九月十八的那张，心里一想，也许他有心留着的，却不敢去撕。

王有济醒了过来，随手拿起床面前凳子上的报随便翻看，忽然有杯口大的题目字，乃是前晚日军突占领沈阳。看到这样一行题目，不由得他心里扑通跳了两下，赶紧睁开眼睛向新闻的内容看去。大体是记载着九月十八日，沈阳驻屯日本兵攻击北大营，占领沈阳城和飞机场。哎呀！完了！日本兵这样干，算是白白丢了故乡这座大城了。这就睡不着了，头枕在枕上，呆呆地傻想，难道日本真有这样大的胆？不怕列国干涉吗？九月十八晚上，今天是……抬头一看壁上悬的日历，也是九月十八，这就不对了，今天还只到下午，怎么晚上日军占领沈阳的消息就来了。哦，是了。前天晚上，刘蕴秋在这里闹了一晚上，昨天又闹一天一

98

晚，忘记撕日历了，今天正是二十，故乡失守三天了。

正如此在床上呆呆地设想，张可为在屋子外面，叫了进来道："老王，糟了，大事不好了，奉天省让日本鬼子占了。"一脚踏进屋子来，见王有济已是披衣下床，他皱了眉道："你看这件事靠得住吗?"张可为道："事情当然是真的，不过我们奉天有那样大地盘……"王有济道："别的罢了，兵工厂、飞机厂都让人家占领去了，真是可恨。"

王有济一面谈话，一面洗脸喝茶，接着街上又有卖号外的呼声，叫茶房买来一看，都是辽宁的日本兵占据哪里，进攻哪里，哪个要人被捕，哪个要人被杀的消息。沈阳失守的事已是千真万确的了。这样一来，自己家里的财产恐怕有些靠不住，就是和自己相识的那些要人，一定也是坍台大吉，这非落个势尽财空不可。

想到此处，心里更加一层的难过。当然这一天也无心吃馆子，也无心捧歌女，只是和几个同乡来往周旋，讨论关外的事情。他曾和朋友说："我这人太无心肝了，当九月十八夜家乡失守的时候，我正在南京取乐，直到三天后才知道，这固然不是我一人的错误，然而为什么忙着日历都没撕，这不是造化警告我，留着这张日历让我去注意的吗? 好了，我保留着到收回沈阳那天再撕它。"

但是他这种希望是不容易实现的。一连过了七天，消息一天比一天坏，家里也没有信电前来，直到第十天头上，由天津同乡方面转来一封信，才知道打虎山以东，已是整个归入日军掌握，沈阳的情形依然是不大明白。凡是在沈阳做官的，或者拥有资产的，都逃往了天津和北平。各大学的学生也一齐逃难入关。完了，家里的事还有什么希望? 于是他一切无益消费的事情都停止不干，好在身边还有二三百块钱，住在旅馆里，维持了现状再说。所幸各学校里士气都十分激昂，抗日会、救国联合会、东北旅京同乡会纷纷地成立，自己是个有切肤之痛的人，当然也就加入，而且想到日本那样横暴，也十分痛恨，每次开会都有痛快淋漓地演说。

那个密斯韩也是一个热心爱国的女子，在抗日会宣传股办事，正和王有济同股，见面的机会很多。她写字的时候，有时是用自来水笔，这正是王有济送给她的那一支。王有济看到，心中说不出来是有一种什么愉快。韩桂兰现在也觉得他是爱国健儿，当他十分献殷勤的时候，也给他几分笑容，因之两人间的交情就慢慢地浓厚起来了。

九月十八日，那张日历纸上有点儿灰尘了，不知不觉，到了一个月以后，王有济算是得着沈阳确实的消息了。家中除了商业停止而外，大部分的家产倒没有什么损失，只是金融周转不灵，钱不容易汇到南京来罢了。他觉着只要外交和缓了，家产依然存在，自己依然可以读书，可以取乐，这一个多月以来，谨小慎微，一个钱也不敢乱花的情形，现在变动了，旅馆饭菜不好，也偶然添两样菜吃。课是更无心上的了，有时不做反日工作的当儿，感着十分无聊。在报上看到动人的电影广告，便想一个人看看电影去吧。花几角钱，本来有限，而且看看电影，与爱国思想也没有损害啊。

他如此想着，就情不自禁地开始看了电影。在电影院里银幕上，看到几行预告，说是本星期日开演一张最好的香艳片子《乐不思蜀》，主角和导演都是鼎鼎大名的。心里也就预算好了，那天非去看一看不可。过了两天，似乎是个星期日子，在忘情之下，就一伸手去摸着日历，打算查考查考。手一按着纸上，却在薄薄的灰层上，留下手指头五个圆光印子。啊呀！这还是九月十八那张日历，沈阳不但不能收回，日军已是进占锦州了。缩回手来，坐在椅子上，对了那张日历出神一会儿，不觉叹了一口气，心里便想着道："人民团体没有办法，政府也没有办法，许多许多人都没有办法，靠我一个人爱国爱民，又有什么用处？"这算是没有撕日历，也没有打算去看电影，静默默地在屋子里坐了两个钟头，这个观念就打消过去了。

张可为走进屋子来，笑问道："一个人在屋子里发什么呆，打算发明死光，照死日本兵吗？"王有济指着日历道："你看看，多少天了？我看这样子，东三省是永久亡了。"张可为皱了眉道："亡就亡了吧，叫我们又有什么法子呢？老刘家里请我们去吃晚饭，去吧。"王有济道："去了又是打牌，我真没有那个兴头。"张可为道："就是打牌，也不过么半铜子，消磨半夜的光阴，以解烦闷，也输不了三块两块的。"王有济道："我实在没有那种兴趣。"张可为拉了他一只手臂就向外拖，笑道："什么兴趣不兴趣？咱们也不定哪一天做亡国奴，乐一天是一天吧。

坐在家里生一阵子闷气就好了吗？大家说着笑着，解个闷儿也是好的。"王有济笑道："你别胡拉，也等我戴上帽子再走。"说时，伸手在挂钩上取下帽子向头上一戴，口里喊着茶房锁门，就走出去了。

自"九一八"而后，他真有两个多月工夫未曾打过牌，自这晚打过牌之后，觉得一夜之解闷，也不过二元三元的关系，像从前那样挥霍，当然有天地之别，这也就不必再拒绝朋友的邀请了。只是这样一来，既看电影，又要打牌，每日消磨于无益事业的时候很多，所有爱国运动的集会自然也很少参与。不过为了接近密斯韩起见，每日还到宣传股去坐一坐。可是韩桂兰在一旁看他的态度，总不能像以前那样发奋有为，只是找着自己说闲话，这分明是醉翁之意不在酒，借了这个机会来联络女朋友的，这不但是轻薄，而且也太没有心肝，还和他交个什么朋友，因之对于王有济除了一点头之外，绝对不和他说什么话。宣传股里，当然不止一个人办事。王有济屡次献殷勤，得不着人家的颜色，自己也感觉无趣，就不天天到会。他有个两天不去，韩桂兰更瞧他不起，索性正眼也不看他一下，那些宣传股的人看了他这副情形，也觉他来了别有用意，就不大爱理他，于是乎王有济要去，也不大好意思。干脆就写了一封信到会里去辞职，不再到会了。课既不能上，会务又停止了，王有济便这样一天一天地消沉下去。

壁上悬的那张日历，依然是九月十八，但是事实上，时期已经三个多月了。原来以为沈阳像济南一样，日军不能久占，终究是要退回的。但是这三个多月以来，日本兵在东三省的行动，是一天比一天横蛮，中国军队打是退让，不打也是退让！所靠得住的，只是失地求和的消息，要说中国军队打倒日本，是不可能的了。王有济一看到这张日历，就会这样一步一步地推想下去。而且家里已来了信，虽是全家人口无恙，但是财产方面，一点儿也移动不得，全被日本人和汉奸监视住了，除非将来中日交涉妥协了，还有一线希望。王有济简直不敢向这一方面想，想到了这一方面，自己也不知如何解决。自己虽然不愿像沈阳那班国贼一样，只要得保守家财，就可以投降日本。但是果然中国受一点儿委屈，和日本妥协，自己倒也赞成。因为与其无办法这样干等着，倒不如早早了事的好。

他有了这样的思想，行动也就渐渐变动，除了唉声叹气而外，看电影打麻雀更是厉害，他持着这样消极的态度，决定了过一天是一天。只是上茶楼捧歌女的那种行为，却不敢恢复，根本上就因为现在没有那些闲钱，不但点戏和送歌女的私款无力担任，就是邀三朋四友一上茶楼，三角钱一碗的茶，泡上好几碗，也可考虑。箱子里存款，只剩一百元上下了，要像以前那样用，一晚上就可以用完，现在哪里能再荒唐呢？所以他一到了歌女卖唱的茶楼门口，头也不抬，一直就走了过去。

这天，一个人又步行到温柔乡门口过，远远地看到刘蕴秋来了，自己好久没去捧场，而且许下送她的东西也没有买去，见了面倒有些怪难为情的，于是只当没有感觉，和她隔了一条马路，在马路另一道边沿上走。偏是刘蕴秋不肯麻糊，老远地就向他招了一招手，叫将起来道："王先生，好久不见了。"王有济只得笑着迎了上前道："你大概知道，我们家乡出了事，我心绪太恶劣。"刘蕴秋笑道："这个我也明白，但是不能到茶楼上去捧场，难道我们家里也不能去吗？"王有济踌躇了一会子，笑了起来道："实在说起来惭愧，我现在经济恐慌得厉害。"刘蕴秋笑道："你就那样瞧我们歌女不起，就只能共富贵不能共患难吗？漫说我们以先很有交情，就是没有交情，我也不能见了面就和你要钱。为什么那样怕见我们呢？"王有济无话可说了，只好答应改日一定前去探访，然后告别而去。王有济虽是如此说，但是想着，总不便到人家家里去，说完也就完了。

不料次日上午，刘蕴秋倒先来了，而且还提了一蒲包水果来，坐着谈了许久的话，先问问东三省情形如何，然后又问他家里人可还平安，极力地宽慰了一阵，告辞而去。这一来，他心里受了极大的刺激，觉得风尘中的人还有良心，自己再要不去回看人家，真说不过去了。也不等次日，当晚便带了十几块钱在身上，再到温柔乡去听戏。因为不愿朋友知道，所以就是一个人来的，自己预算着，茶账连小费共给五毛，至多点五块钱戏，就是今天这一次，也没有多大关系。如此计划，很大方地上了茶楼，可是一上茶楼之后，他的思想立刻就变了。因为这茶楼上的提开水壶的、卖瓜子花生的和歌女传书带信的，哪个不知道王大少爷。王大少爷无论对什么人，没有花过次一等的钱，那么，今天还是点十个戏。

当他未入茶座的时候，已经是如此想，及至一入茶座，茶房早过来，点头笑道："王少爷，好久不见了。"王有济随口答应了一句道："北京去了一跑。"同时，各方的人对他都加以注意，就是戏台上绣幕后面，也有许多白脸子在缝里张望，王有济心里想着，本人在这地方，总算是有面子的，岂能少花钱？于是花十元钱点戏的意思，更加坚决了。等到刘蕴秋上台，就把身上带来的钞票，分出三分之二，塞到那传书带信的手里去。等到她下场，照例不再坐，以表示非捧别人而来，连茶账带小费又丢了一元钱。这才心里安安帖帖地下了楼，在消夜馆子里吃了一点儿东西，便向刘蕴秋家来。

她是上海人，在南京无家庭，母女二人住在小旅馆里，进出尚属方便。王有济一到她家，她早在家里等候。她母亲刘奶奶一见面，笑脸相迎道："王少爷，好久不见了。我猜着你一定会来的，没有让蕴秋出去，在家里等着你呢。"刘蕴秋更是手携了他的手，让他在床上一同坐下，刘奶奶便避了开去，让他们谈话。一直谈到深夜两点钟，王有济才告辞回旅馆，这样一来，他又更加一层为难了。人家相待如此，是不是恢复原状，继续地向下捧呢？捧是情理上应该的，但是箱子里已没有多少钱，花光了又何以为继？不捧呢，露了一会儿面，以后又不见，也是难为情。想来想去，总没有个了断之法。

到了次日，就把这话去问张可为。张可为的钱已经花光了，现在朋友方面移挪过日子。他一听到王有济又捧角的话，便跳起来道："你还有许多富余钱，借几十块钱给我用，好不好呢？旅馆里开了结账单子来了，我正是没有法子应付呢。"说着，就从袋里掏出一张单子，交到他手上去。他一看，共是三十多元。自己在旅馆里的耗费更大，当然要超出这个数目，拿着账单子在手上沉吟了一会子道："你的单子到了，怎么我的单子没有送来呢？"张可为道："恐怕……"一句话没有说完。这旅馆的账房先生却走进来了。手上捧着账簿和他半鞠了一个躬，笑道："王先生，你的账……"说着话，望了他的面色，又笑了一笑。

原来这里账房，知道和王少爷来往的一班东北青年，都有很大的脾气，虽然南方人做生意，不知道和气生财，但是对于王有济这种气派宏大的人，就不能不将就一点儿。王有济虽是一个爱使脾气的人，不过现在借人的钱，没有款子去还，总是短理的事。而况自己是个亡省之民，不像从前，有家宽出少年的资格，于今是一点儿靠山没有的了，可用不着势力来压人。账房既是客气起来了，也不能不和他客气两句，便道："是我的账？该多少钱呢？"那账房也不敢说出是多少钱来，放下账簿，翻着页数在里面找出一张账条子来，笑嘻嘻地递到他手上。王有济接过来一看，却是四十多块钱，惊道："给钱不多久，又欠下这些个钱。"账房笑道："半个月了。从前哪期结账至少也有六十七十，这就是最少的了。"

王有济一想箱子里的钱，不过剩下八九十元了，会了这次旅馆钱，再住两天就要精光，如何是好呢？手上拿着账单子，半晌说不出一句话来。账房先生道："王先生，这款子什么时候付出来呢？"王有济静静地想了许久，点头道："好吧，回头我再答复你。"账房去了，他和张可为皱着眉毛望了一会子。还是张可为道："事到于今，我们还顾全什么面子，我看都搬回宿舍里去住吧。你先借三十块钱给我，让我付了旅馆钱，以后我再设法子还你。"

王有济平常对于这二三十块钱的要求，早一口答应了，但是现在自己的钱有限，给了别人用，自己怎么办呢？张可为见他踌躇着，有话不说出来，便也不再说。他心里可就想着，我们既同乡又同学，而且同在患难之中，你有钱到茶楼上去捧歌女，就没有钱接济患难中的朋友，这是什么用意？难道说以后我就没有还你这三十块钱的能力吗？心里如此想着，脸上虽没有表示出来，也就愤恨极了，拿了一支烟卷，坐到一边去抽。王有济明知是自己的话得罪了朋友，但是仔细想来，实在慷慨不得，只要一慷慨，马上就要断锅了。只得很随便地笑道："不怕，等我慢慢来想法子吧。"说毕，抽身回房去了。当天愁着没有钱用，已是不高兴，而且得罪了一个朋友，自己也怪难为情的，于是坐在屋子里，就不曾出去。

这样百无聊赖的时候，那刘蕴秋恰是知趣，不先不后，走来和他解闷。刘蕴秋每次来，他总是拿出两块钱去买水果点心，现在一想，花一块少一块，这可要忍耐一下，只好斜躺在椅子上，皱了眉毛，装着有病，有气无力地很从容地道："我现在身上不大舒服，你要吃什么吗？我叫人买去。"刘蕴秋当然不便那样直率，只好说是不吃，于是乎他因装病，省下了两块钱。但是他皱着眉，刘蕴秋也没有什么喜容。坐在桌子边一张椅子上，抬起一只手来，靠了桌子撑住头。闲闲地也谈了几句打日本的事情，后来谈到茶楼受时局的影响，生意不好，自己常是两三天没有人点一个戏，账牌子上老是空着，也很是不好看。而今可以帮忙的朋友，也找不出几个。说毕，就叹了一口气。

在她如此说着，虽没有明明指定请王有济去帮忙，可是把这一套苦话说了出来，当然是有用意的。假使王有济还承认是个好朋友的话，下文如何，就不必说，当然是要和她帮忙才好。他很沉静地想了一会子，微笑道："在我们这种交情之下，要帮忙是不成问题的。只是这两天，我的心绪不大好，不能到茶楼上去，稍迟一两天，我可以捧捧你。"他这样说着，觉得自己的话是很周到的了。可是她索性也公开着说了，便道："就是这一两天我难得过去……"以下她就不说了，等着王有济去想。他只得答道："好吧，今天或者明天晚上我去点几个戏，大事不能办，和你做做小面子，自然也是推辞不了的。"

刘蕴秋这才微笑道："哟！就是这样一回吗？"王有济也觉固定一回不过是十块钱的事情，未免太小气了。便笑道："当然！当然不止一回。若是我只去一回，你打电话来也好，当面来说也好，可以尽量地质问我。"说毕，放声哈哈大笑。在这种大笑之中，表示他的豪爽出来。刘蕴秋也很知道他以往为人是非常之豪爽的，既然这样的说法，以后他一定是很能极力捧场恢复原状的了。当时又坐谈了一会儿，然后告辞而去。

但是她去了以后，王有济仔细算算自己箱子里的钱，除了付了旅馆费之外，恐怕不过只三四十块钱，这一点儿钱，要过着以后渺无涯岸的时日，何时可以得着金钱的接济，现时实在没有把握，怎能够答应和刘蕴秋捧场呢？若是真要办，恐怕三天就光了。我虽然答应了她，这也不要紧，今天和旅馆里结清了账，明天一早就走，以后她到哪里去找我？丢人是丢人的事，现在是日暮途穷的关头，可就管不得许多了。

如此一想，心中立刻倒空洞了许多。到了晚上，让账房算清了账目，次日起了个绝早，将铺盖行李一齐搬到学校寄宿舍里去。所幸学校当局念他是东北学生，随便地让他搬进去，并没有要他缴款。他钱虽是用光了，行李并不萧条，在寄宿舍里忙着安排了一下午，心里却好像有一件事未曾办，可是一刻又想不起来，未办的是什么事？检点检点东西，便又坐在一边呆想一阵，想过之后，依然摸不着头绪。直到次日睡在枕上，想一想，今天是什么日子了，哦，这才明白了，旅馆房间里悬着的一卷日历，忙着未曾拿来。因为这日历还记着是九月十八的日子，当着一个纪念品，是不肯把来当寻常月份牌看的，居然丢了。这远的路，丢了就丢了吧，还去拿回来做什么？这也并不值多少钱。这样远的路，跑去拿一组日历回来，也让旅馆里茶房笑话，说我用钱那样慷慨的人，一旦穷了下来，连一个月份牌都舍不得丢下，岂不是笑话吗？他如此想着，把这九月十八有关的日历，毕竟是丢下去了。

卧室里别个同学，也挂有一组日历，逐日起床之后，一张一张地撕去，又过了若干日子。王有济箱子里有限的钞票也像这日历，逐日地减少，直至民国二十年，那组日历撕完了，王有济箱子里的钞票，也花完了。以先是向朋友借个三块两块的，借不着，也就只好将衣物去当卖。在当卖的时代，家里始终不曾有钱来接济，所接到东三省的消息，只是东三省的闻人联合卖国。就是眼面前南京的府局，不是某人要上台，就是某要人要下台，决计听不到什么收拾东三省的好消息。他心里想着，这简直是绝望了。要我回沈阳去，在卖国贼政治下吃碗受气的饭，未免太没有人格了。老住在南京，肚子恐怕都弄不饱，还念个什么书？虽有些同乡在此，只是为了没借钱张可为，他放出许多谣言来，闹得同乡都不高兴。而且各各同乡也都是不得了，谁又能替谁想法子？皮袍子、大衣现在都当了，几套西服也托人变卖了，现在就剩一套当不了卖不掉的旧西服。皮鞋早也通了底了，找着街上的补鞋匠，在底上钉了两块硬皮，走起路来只是硌脚板。每天只愁着前路茫茫，上堂听课也不知所云。走上街去，自己向来好胜，这种落魄的样子简直惹人好笑了。于是终日无事，只向人借了些言情小说躺在床上看。心里闷得慌了，只在学校附近冷静的街上兜两个圈子。

有一天，一时高兴得很，只管顺着大路走了去，不觉走到了夫子庙。中国虽是丢了三大省的地盘，首都各种娱乐依然不曾停止，那马路两边卖唱的茶楼，照样地还是弦管并奏、锣鼓齐鸣，非常地热闹。王有济耳里听到这种声音，想起往日有钱的时候，在这里进进出出，多么快活，于今不但是不能进去取乐，而且遇到了那里面的人，还要早早地躲了开去，免得难为情。心里如此想，就把脚步加倍地走快，要抢过这一带伤心之场去。不料事有凑巧，当自己走到温柔乡茶楼之前，恰好看到刘蕴秋和一个西装少年并肩走了过来。王有济一想，既然彼此正面遇着，若不理会她，未免寡情，于是抬起手来扶了帽檐，待要向她点个头。不料她比王有济的心肠还硬，当王有济和她要点点头的时候，她倒掉转脸去和那个少年说话，只当不认得王有济了。

王有济一见，大气之下索性迎面走过去，看她怎么样？不料走到她身边，她只将身子一侧，把王有济让了过去，眼睛不瞟他一下，而且还只管向那少年说笑。王有济这一下子真气得心火如焚，恨不得追上前去打她几拳。心想："我在你身上，总花钱不少，漫说还有各种关系，就是以我花了许多钱而论，也不应当见面不相识。"她自然是恨我没有答应她的要求就不辞而别了，其实一个捧角家，也不能对于歌女负有求必应的责任，她知道我穷了，又看到我穿了这一套破西服，所以不爱理我。若在往日，我就当真这样穷，也可以找几个朋友质问她一下。于今朋友都没有势力了，只好白受她一顿气。一人想着，甚感无味，两手插在破的西服裤袋里，一步挨着一步，向自己寄宿舍里走。不料来的时候，是不知不觉到了，回去的时候，走了大半天，依然离家还有大半程路。这一个多月来，人力车都不曾坐过，袋里还有两角钱，说不得了，只好坐了车子回去。

不料到家之后，又受了一遍激刺，原来同宿舍住的韦德铭君，他是一个广东人，因言语的隔阂，向来就不大爱和王有济说话，而他又是个好动的青年，每日忙着请愿开会，看到王有济终日躺在床上看爱情小说，越发不足与语，趁了王有济不在家，他搬到别号宿舍里去住了，那意思简直不可与同群了。王有济对于这事心里很明白，走进屋来自己冷笑了一声。往日在学校里的东北同学，西服穿得漂亮，花钱很不在乎，给予同学一种深刻的注意，人家要和他们交朋友，他们还不愿意呢。不料人一穷了，同学都不愿同室，真是世态炎凉了。然而事已至此，有什么法子可以振作呢。倒在床上，只有闷着睡觉罢了。

如此又过了若干天，因为屋子里广东同学的日历也拿走了，究竟是什么日子了，自己也不知道。这天下着细雨，阴云几乎压到屋顶上来，屋子里又没有火炉，虽然关着门和窗户，身上只是冷飕飕的。自己在屋子里，叫斋夫泡了一瓷壶开水，两手抱着取暖。人伏在桌子上，对桌上一本讲义爱看不爱看的，将下巴颏放在壶盖上，有一下没一下地碰着。正在如此万分无聊的时候，房门咚咚敲了两下响。他头也不回，随便答道："进来吧。"一个人嚷着道："老王老王！找到一点儿路子了。"那人跑了进来，回头看时，却是董治平来了。他手上托了张禀帖，笑嘻嘻地交给王有济看道："我们东北同学今日到赵部长那里去请愿，请他救济救济我们，他答应了助我们一点儿款项。这是大家联名上的呈子，你签个名，也可以闹一份。"

王有济看看那呈文上，前面用的敬呈者的字样，后面署名的地方，是某某等敬禀。文字中间说的求生不能，欲死不得，饥寒交迫，求人家救命。王有济叹了一口气道："我们怎么说出这些无耻的话？"董治平道："说了这种话，能得一点儿款子就算不错，还有些人，东上一张呈子，西上一张呈子，都碰了钉子回来呢。怎么，你不打算要吗？"王有济一想，自己全是当卖过日子，既然有便宜钱可捡，又为什么不要？看了那呈子后面，许多以前的阔同学都写上了名字，这也就不必怎样考虑，提起笔来也在许多名字之间，添注了一行字。董治平将呈子拿去，用手在他肩上轻轻地拍了两下道："你瞧着吧，明后天准有回信。"笑嘻嘻地去了。王有济看那样子，似乎可以得着一笔款，心里也就想着，多不想要，假使可以得着三十块钱的话，稍微赎一两票当，就搭三等车北上，到天津、北平去想法子。那里东北同乡较多，总不至于在南京这样困难的了。

他抱了这个目的，有两天困守在家里，比较地就安心些。到了第三天，董治平果然来了，他在身上掏出三张一元的钞票、五张一角的小票，一齐放到桌上，还用手按了一按，向王有济道："你开一张收条吧。"王有济望了桌上道："多少钱？就是这个吗？"董治平道："可不是？一人三块半。"王有济道："三千五百块，我也用过。于今用三块半钱，先要和人上禀帖，钱来了，又要写字据，我们一跌价，就这样不值钱。"董治平道："怎么着？你不要吗？这个我也不勉强。"说着，手就要按着了桌上的钞票。王有济道："我为什么不要，不要也签了名在禀帖上的了。有三块半钱，我再混两天再说。"董治平道："这算你明白了。你写收据吧。"王有济叹了一口气，只得写了一张收据，上写兹收到赵部长周济费三元五角，年月日东北避难学生王有济押，另外还盖了一个章，钱收到了，可是三天来的计划又归泡影了。

这个时候，日海军图谋上海的风声，一天紧似一天。最后，日本提出了最后通牒，有四个很苛刻的要求，学生在报上看到，都替上海市政府着急。不答应吧，非战不可。答应吧，中国人真丢脸。然而过了一天，报上登的消息，上海市政府是完全答应了。王有济对于这件事，除了愤愤不平，他又有一种想法：以为不抵抗，不是东北一方面的事，东南也是一样不抵抗。在这样微弱的国家做国民，着急又有什么法子？只有过一天是一天吧。三块半钱，只用了零头，不如买点儿酒菜，自己先开一开心，喝个烂醉如泥吧。他于是打了两瓶酒，买了一只咸鸭子，又买一大包落花生一齐拿到寄宿舍里来。

晚上电灯亮了，将鸭子用裁纸刀割成八大块，用一张白纸托着放在桌上，打开一瓶酒倒了一茶杯，右手端了一杯酒，左手拿了一块鸭子，喝一口吃一口。两手放下，捧一大捧落花生在桌上，慢慢剥着，倒吃得很香。自己也不知吃喝过了多少时间，觉得头上有些沉甸甸的，竟是坐不住了，将冷手巾擦了一擦嘴圈子，摸了一摸手，鞋也不脱了，拉了被条，就蒙头睡起。在迷糊之中，仿佛听到人说，中国军队打胜了。自己心念，这是在梦里，不怎样注意，后来越听越清楚，睁开眼一看，天已大亮，跳下床来，满地是花生壳。桌上摆着一只酒瓶，倒着一只酒瓶，咸鸭子骨头连书本上墨盒里都是。听听外面，依然是人声喧嚷，跑出来仔细调查之下，才知道十九路军在闸北和日本人开了仗，而且打赢了。只有那些同学跑来跑去，脸上都是精神焕发，满墙满壁贴着新标语，无非都是主战一类的语。自己心里也不知是何缘故，快活极了，好像自己得着一笔意外的收入一样。

学生们三个一帮，五个一团，都散站在各处说话，所谈的无非是上海战事，大家都说中国军队实在能打，老早就这样打，东三省何至于失掉？说话的，有的主张投军，有的主张募捐，有的主张请政府宣战，议论都是积极的。王有济这一群里站站，那一群里听听，终日就这样胡忙，自己也不知如何是好。次日一早起来，就跑到街上去买了报回来看，报上所载的，都是十九军打胜仗，越看越有味，看完了报，就找着同学们议论一阵。

　　到了第三天，自己正在看报，号房递进一张名片来，说是有人来相会。看那名片是甄觉民，却并不认识。那人似乎也知道他会疑心，在名片上用铅笔批了几个字道：有要事面谈，务请出见。王有济疑是东北来的人，便到会客室来相见。只见一个穿军服的人，胁下夹了一个报纸包，在屋子里站着等候。一见面就伸手握着道："你是王先生了，我来还你一样东西。"说着，透开那报纸包，却是一组日历，第一张是九月十八，正是自己留在旅馆里的。他先笑道："王先生搬出那旅馆之后，我就搬进去了。我看到这张日历，很是奇怪，怎么没有撕呢？后来向茶房打听，说是前住的王先生故意留着的，我就明白了。我是个退职的团长，实不相瞒，手上还有几个钱，本来还可以取乐。只是每日对着九月十八这张日历，我就受着一番刺激，就不想什么了。现在上海开了仗，我要去投效，所有的衣服我都交给了朋友，表示我不回来的决心。只是这张日历，我受教很多，我非常之感激，我打听得先生住在这寄宿舍里，特意送回给先生，请你留作纪念吧。"说着，将日历交过来，挺着胸立正，还行了个军礼。王有济接到这个月份牌，佩服人家之际，自己是二十四分地惭愧，也不知道要说几句什么才好，只是和人家点头拱手而已。

　　他将这月份牌挂在屋子里，坐了也对着想，睡了也对着想，我原来打算收回东三省以后，再撕去这张日历，后来以为不能够，于今看起来，又有什么不能够呢？事情还不曾做，就怕它不成功，如何又成功得了？自己愁着无家可归，无书可念，无事可做，无地可托足，只要去投军杀敌，一切都解决了。请想，无家，不正是无后顾之忧吗？投了军，也就对得住书本子，不然，自己是个纨绔子弟，读了书又有什么用？至于说做事，这正是好事，前线去托足，又极光荣呀！别人对我这张日历，都激动了爱国之心，我自己保留着的，自己倒无所动吗？多谢上海日本兵的大炮，算把我的人生问题解决了。本来嘛，天下许多走上绝路的人，给他一个破坏的机会，他就活动了。中国人处处顾虑，中国所以不强。我处处顾虑，所以我快成了废物。九月十八这张日历呀！我可以揭下你了。想到这里，就一伸手按在日历上。心里一个转念，慢来，我的问题解决了，我的事情可不曾成功呢。那么，还是应当保留，于是他就不撕了。这天，他下了决心，就自己写了一张字条，贴在学校布告处。写道：

> 我的师友们，我现在要去投军了，我为了赤条条地杀上前线，无挂无碍起见，将我所有的东西，除了一身之外，在第一寄宿舍完全拍卖。卖得的钱，我拿一部分做随身用费，多的捐到红十字会去。我的东西没有什么值钱的，不过是借这点儿物质，求师友们帮忙，以便把我这颗头颅，掷得前线去罢了。今日，下午四时在寄宿舍恭候台光，见义勇为的师友们务请驾临。
>
> 东北学生王有济谨启

这张字条贴出去以后，把全学校的人轰动了，以为这是个创举，大家都要看个究竟。到了下午四时，第一寄宿舍拥了三四百人看拍卖。王有济把自己的东西，全放在大院子里，搬了一张桌子放在中间，请两个同学替他拍卖。一个同学站到桌子上，先演说了一番，然后道："现在开始拍卖了，不过这里还有两种东西是特殊的，有人承受，可以奉送。"说着，拿了五张相片，用手一举道："这是王君的五张小照，平常人小照不值钱，爱国志士的小照是值钱的。据王君说，有一个女同学是他所敬爱的人，只是那个女同学并不敬爱他，这也很有理由，因为他以前不学好哇。现在他要去杀身成仁了，他要把相片送给爱人。只是爱人自己不承认是爱人呢，他送得就无意味。所以，我先要问问，这里女同学之中，有人自问有这样资格的没有？有就出来接受。没有，我就先拍卖这样。"

他一番演说，全场大笑起来。一群女同学挤在一堆，咕噜了一阵就有人喊道："密斯韩，密斯韩！"说着，就有许多人把韩桂兰拥了出来。她红着脸站在桌子边，咬了下嘴唇，低了眼皮笑。拍卖的学生道："密斯韩，你承认有接受此项小照的资格吗？"她点点头，男同学们便鼓起掌来。又有人喊着道："点头不行，要答应出来呀！"于是全场大笑。拍卖的回头向王有济道："王先生，是她吗？有错没有错？"于是又大笑起来。拍卖的将相片交给她，她一挤，由人丛中走了。

拍卖的又把封面是九月十八的那组日历，举了起来道："这日历，是很有意义的。因为去年九月十八、十九两天，王君忘了撕下，到了二十，就知道沈阳失陷了。王君要纪念着这国耻，始终不曾撕下，所以激起他今日这片爱国心。他认为这是个很宝贵的东西，要送给他一位可敬的先生。不过这位先生，王君现在才觉很可敬，以前是很讨厌他的。有人承认是讨厌的先生吗？"这时，在人丛中举出一只手来，有人嚷道："是我！"说着，人挤了出来。他一部长黑的胡子，衬着他那博大的灰布袍子，青呢马褂，显出一种岸然道貌来。正是李百全教授。大家一见，都哈哈大笑起来。李先生就在大笑之中，接受了那月份牌。

这一幕趣剧之后，开始拍卖，卖完之后，李百全在人丛中招呼："本校投军的学生已经有五十人了。今天晚上七点钟，在礼堂上开送别会，大家一律穿白衣服，仿着那易水送荆轲的故事。大家都要到哇。"大家都答应了一声到。

到了晚上七点钟，礼堂上开送别会。五十个投军的学生一律穿了军服，其余的都穿着白衣服，电灯之下，真个满堂如雪。李百全教授也穿了一件白罩袍，他站在讲台上，身后悬了一面国旗。他道："为政不在多言，这五十位同学上前线去，我们心里又敬爱又哀悼，心里很乱，也说不出什么。他们热血早沸腾了，也用不着我们鼓励。我们在后方的，何必说那些风凉话呢。我主张请韩女士打着钢琴，我们同唱易水之歌七遍，以壮行色。"全堂听了，都鼓掌。

于是韩桂兰去打琴，李百全领导着唱道："风萧萧兮易水寒，壮士一去兮不复还。"唱到第四五遍，大家都十分难受，唱到第七遍，韩桂兰伏在钢琴上，讲堂上一大半人都哭了。李百全等人声静了，对大家道："王君送我的月份牌，用意很深，我不敢自私，转送给学校，挂在礼堂上，大家自勉吧。"说着，扯下国旗，露出九月十八封面的月份牌来。他道："这月份牌永远留着，暂时挂在礼堂上，等王君得胜回来，送到图书馆去。"全场大鼓掌。说是如此说了，但是王有济明天到上海投军去了。礼堂上的日历，一月也好，十二月也好，一日也好，三十一日也好，却永远是九月十八，这就因为还等着王有济回来呢。

（选自《弯弓集》，1932 年 8 月北平远恒书社出版）

最后的敬礼

　　（民国）二十一年一月二十八日，日本对上海市政府发出最后通牒的日子已经满了，中国也完全屈服了。但是日本的海军陆战队，依然现出很凶野的样子，将坦克车开到北四川路，穿街而过，车头上架着的小钢炮，对着街两边的楼房，左右转动着，做那射击之状。街两边的行人，外国人仅有千分之一二，其余的都是中国人。中国人看到这种情形，都有一种说不出的苦处，只觉心里对日本人愤恨极了。

　　行人之中，有个陈阿得，他是个中年木匠，他望了那马路中间蠕蠕而动的坦克车，咬着牙微微地点了两点头，鼻子里又呼的一声，喷出了一道气，于是他也低头走了。

　　他正想向西走进大厅里的时候，一个穿黄呢军服、身挂指挥刀的日本军官，站在马路边店铺屋檐下。他斜伸出一支穿了马靴的腿，用手捋着菱角式的小胡子，斜着眼睛四顾，微微地发出笑容来。那意思就是看着大街上这些中国人，惊慌失措，犹如热石上的蚂蚁一般。那坦克车就是他们日本饲养的吐雷怪兽，来吃中国人的。他站在这地方，真足以自豪了。经过这街上的中国人，远远地都避着他。

　　陈阿得因低了头走的，这时抬头看见，要躲开也来不及。那军官对他瞪了双眼，抬起腿来，向他腿弯子就是一脚。陈阿得待要和他理论，看他身上除了指挥刀而外，还挂着一支手枪，争吵起来，就是白送了性命，于是低了头，转到弄堂里去了。

　　阿得住在小土库门房屋一个亭子间里，除了老母之外，还有一位带三个孩子的老婆，都聚居在这里，自然是很受挤的。他走到屋子里，坐在床上，两手撑了大腿，低了头，脸上由黄变红，由红变青，鼻子只管呼呼出气。母亲和他老婆问他话时，他总不作声，向床上一倒，就翻身向里睡了。由这时起，阿得就病了，既不烧热，也不寒冷，只觉是坐卧不宁、茶饭不思，老是闷闷不乐。但是到了第二日，闸北的枪炮声已经是开始轰击起来，满弄堂的人，儿啼母哭，狼奔豕突，大家都纷纷逃命去了。

陈阿得家里这些老小，当然也是急于要逃命的，他让妇孺先走，自己一人留在屋子里收拾东西。然而等自己将东西收拾好了的时候，天空上呜呜唰唰作响，已是子弹乱飞了。在这样子弹乱飞的时候，如何可以在大街上逃走，只得下了楼在堂屋地板上坐着。所有同居的人这时都跑了一个干净，他一人守了这所房子，靠墙斜躺着，在惶恐万分中，度过了一夜。到了次日早上，枪炮声稍微停止，自己刚刚要昏睡过去，忽然大门扑通通一片声响，非常之急。陈阿得知道来意非善，越是不敢上前去开门。

那敲门的似乎非进来不可，哗啦啦门向下一倒，七八个日本军人突拥了进来。当头两个兵手里端了枪，做个要向人射击的样子。其余的兵，在两个端枪的大兵之后，就一拥而进。陈阿得看到他们都是带有枪刀的，心里早是一惊，站起来靠壁，动也不敢一动。最先进堂屋的一个，嘴上养了一撮菱角胡子，一双三角眼向屋子四周先扫了一遍，那不是别人，正是在北四川路所遇到的那个凶恶日本军官。自己正觉得恨这个人，比恨一切日本人还要厉害，不料偏偏是他来了。

这些进屋来的日本兵，如狼似虎一般，各拿了安上刺刀的枪，向屋子四处乱戳。他们全部的人分作两批，一部分端了枪拥上楼去，一部分人就在楼下将陈阿得围困着。有两个日本兵，在屋子四周找出许多短绳子，上一根下一根，乱七八糟，将他的两手一齐绑住。那个军官向他喝了一声，又叽叽呱呱说了两句。阿得又不懂日本话，知道他说的是些什么！翻了一双眼睛，只管向着他发呆。不料这军官不原谅他不懂日本话，在日兵手上夺过一支步枪，反着将枪拿了，对了阿得腰上就捣了一枪把。

阿得也不知道这一下痛，痛得有如何的深，只觉眼前一黑，身子站立不住，人就向下一倒，这一倒之后一切都不知道了。待回醒过来的时候，已经是深夜，睁眼向前看时，只觉一片黑洞洞的空间，略略露了一二十点繁星，这就是天井外露的天空了。静心一听，四周的枪炮声依然十分紧张，这分明是中日两方的军队已经开始激战了。心里可就念着，中国军队努力快杀呀，最好是把那个日本军官先杀了。

他初听枪炮声，心中十分害怕，但是到了想着日本军官可恨的时候，自己也兴奋起来，两脚在地上一顿，自言自语地道："活一百岁也是死，怕什么？拼着这条性命报仇去！"说毕，又是一跳。这样兴奋着，终于是把捆缚的绳索挣脱开来，恢复了自由。在屋子里静静过了两天，遇着工部局来救护，就转到了法租界，而且在亲戚家找着老老小小，全家团圆了。

在一间窄狭的堂屋里，正中一张桌子靠壁，壁上挂了一幅关羽的像，像下设着香炉烛台，以及茶壶茶碗、酱油醋瓶，还有一堆报纸，桌子角上，乱堆着许多铺盖行李。屋子里乱放着许多高低椅凳，还有衣服袜子等件乱放在上面。地板上更是放着网篮木桶，连插脚的地方都没有。陈阿得就是在这样凌乱的屋子里，和家人坐在一处，说那虎口余生的事。

他母亲坐在一张矮凳上，昂了头问道："那日本军官打你，你不会躲一躲吗？"阿得道："哪里还让我躲？我只有闭了眼睛让他打。因为他们手上都有杀人的枪，只要一转念头，立刻就可以把我打死。我只有装出可怜的样子来，他们骂了不回嘴，打了不哼，让他可怜可怜，或者可以逃出性命来。"

他表哥是个洋行里工人，坐在桌边椅子上，手撑了头，正望了他报告，听了这话，皱皱眉道："中国人就是这样怕外国人。"他母亲道："你长了这样大，我没有重手敢打过你一下，不料现在让日本兵打得要死，你还要望他可怜你。"

他表嫂是个会说话的人，嘴里斜衔了一支烟卷坐在对面椅子上，斜望了他微笑道："表弟向来要充大好老，于今也让日本人白打了一顿！"

阿得脸上一红，沉思了半晌，突然站起来直着腰杆子，向关羽的像道："当了关神菩萨在这里，我发一个誓，我若不报这个仇，我枉投了娘胎！"说毕，一抽身子就跑出门去了。

五日之后，日本兵进攻北站，让便衣义勇军由北四川路后方抄出，在夹攻中死了一大半。阿得就在这冲锋的义勇军军里做了一名健儿。当抄出日军后方的时候，他两手端了枪，口里喊着道："杀呀，报仇呀！"他一直冲上了前，向着那跌跌倒倒的日军直扑了过去。

他追着一个日本军官，直逼到大德里口。那人被旁边一颗冷弹射来，扑通向前一栽。阿得追到后面，倒抓了枪，正待用刺刀向他胸前一扎。只见他在地上滚了两滚，举了两只空手起来，做个求饶的样子，胸面前让血染了一大片，连指头上也带着有血。呀！他是三角眼，小胡子，正是一次被他脚踢、一次被他枪打的日本官。天下真有这样巧的事，今天又遇见了。阿得如此想着，他的手不免停了一停，刺刀就未曾插下去。

那个日本军官依然摇着两手，那闪闪有光的眼睛现在变为眼泪汪汪的眼睛，只管望着人。阿得看他可怜的样子，便停了枪蹲在地上，向他问道："你认得我吗？"说着，指了自己的鼻子尖。那日本官虽不懂话，却明白他的意思，略点了点头，又用手摸了摸嘴唇。阿得看他嘴唇皮都渴干了，大概是一夜鏖战未息之故，更有些不忍了。自己身上正带有水壶，于是拔开瓶塞，弯腰向他嘴里灌去。

在这时候，他眼睛射到阿得的胸前，那里组了一条白布，上面写着四个汉字："愿为国死。"他点了点头，好像表示佩服。阿得见他目光发呆，有些不行了，于是放了枪，将他移到路边，站起一立正向他行个军礼。他也半举着手回礼，眼睛缓缓闭上。他似乎知道中国人虽然和平，却并不怯懦，以前藐视中国人有些错误。然而在日本，就他个人而论，已经是迟了。

据上海来人言，此为一件事实。不过著者从中略加描写而已。古人说"骄兵必败"，其信然乎？

（原载 1932 年 4 月 26 日至 28 日上海《大晶报》）

117

证明文件

　　靠着山腰的人家，半隐在树叶里。顺着一条穿过菜园的小路，可以到这人家去，墙是用石块砌成的，空着一个二尺见方的木格窗户。山上人家，窗子没有玻璃，也没有纸糊，就是这样一个大窟窿。那里一个穿草绿色军衣的人，伸出半截身子来，向墙下人行道，招了两招手，笑道："张先生请进。"一个穿灰色短衣的壮汉，手上拿了麦梗粗草帽，坐在树底下，随了这一声请，绕着墙角上坡，推开石椎边一扇黑板门，走进屋子去，屋子里极简单，只有一张方桌，两条板凳。但是桌上堆满了地图文件，还有两架电话机。

　　宾主见面，隔着桌子先握了一握手。主人说："竞存先生，来得很早，才六点钟，你赶了山路三十里。"竞存和他对面坐下，笑道："既穿上了武装，不得不模仿军人生活，而且不敢向赵参谋长失信，约好了六点到七点会谈的。"勤务兵端了两饭碗开水来，放在桌上自退下。赵参谋道："张先生走了一早山路，先喝点儿水。"竞存果然两手捧了那麻瓷饭碗一口气将水喝了二分之一。放下碗，向赵参谋道："军长的意思怎么样，不使兄弟失望吗？"赵参谋皱了两皱眉道："军长看了张先生的履历，说张先生热心是很可佩的，但张先生是一位纯粹的艺术家，实行作游击战，恐怕不适宜。"竞存脸色一动，问道："那么，军长是不准了。兄弟的的确确练过两年国术，赵参谋没呈报军长吗？"赵参谋道："说过的。张先生也不必失望，军长的意思，是要张先生做点儿成绩看看。张先生既是本地人，我想不难办吧？"竞存突然站起来，点着头道："我明白了。是要敌人的头还是要军用品？"赵参谋笑道："只要是能证明由敌人那里夺来的，什么都可以。"竞存道："好的！请给我三天的期限，今日八号，至迟十二号这时候，我来见军长。"赵参谋道：

118

"好！张先生说得这样有把握一定成功，我先祝老哥胜利。"说着端起饭碗来笑道："把这个当酒吧。"于是两人捧起碗来，将水喝过还像喝酒一样，彼此照了一照碗。

张竞存出得这所山屋，已是太阳如白铜盘，翻过了东边的山顶，于是抬着头向太阳微笑道："希望过三天我们能在这里再相见。"由路旁一棵大松树下，转出来一个二十多岁的汉子，迎着上前来问道："二哥，怎么回事，军长不要我们干吗？"他立着身子，红了两块脸腮，向竞存翻了眼望着。竞存笑道："也还没有完全失望。他说我们能干不能干，他没法知道，要我们找一张证明文件。老五，你能找不能找？"老五道："我一个庄稼人，哪里去找这文件，不过跑腿的事我能干。无论几多路，你叫我拿去，我都能拿，请问，向谁要？"竞存笑道："谁能给我们证明，只有东洋鬼子。"老五听了这话，却是一怔。竞存道："不用说，我们回去再打主意。"老五虽然有些莫名其妙，见竞存已是开着大步子走，也只好跟了去。

经过了二十多里的路程，在一个小山谷里，踏进了一所庄屋，一个城市装束的年轻妇人手提蓝布长衫下摆跑出门，随了台阶迎上前来笑问道："就回来了，军部的消息怎么样？"说着，伸手接过他手上的草帽。竞存笑道："消息很好。敌人都走了，少数退进了县城，一两天也要退走的。我想下山到家里去看看，顺便带人挑些东西上山来。在家里吃东西马上就走。"说着话，一路向里走。走到山居人家堂屋厨房共用的那间屋子，一位慈祥的老太太正靠了矮桌子抽水烟，笑道："孩子，你回来了。等你吃饭呢。你女人静茵说，你是找游击队去了。"竞存笑道："我拿两只拳头去干游击队吗？请妈放心。静茵你是哪里得来的消息？"静茵在东角灶口，掏出个黑灰罐子，斟了一大碗马尿似的苦茶，送到矮桌子上，笑道："喝茶吧，但望你不要过于冒险。"

竞存含着笑，靠了母亲坐着喝茶。那同去的张老五怀里抱了一瓦钵子煮山薯，将一根筷子戳了吃，走进厨房来笑道："二哥吃点儿山薯好吗？我家预备得很多。"竞存道："我要陪着我母亲吃顿中饭，你还看看有谁在屋里？"老五道："祥大叔同杨老伯下象棋。大狗子兄弟和二和尚老表在门口稻场上谈天。他们说愿意下山一趟。"竞存沉吟着道：

"只是四个人?"老太太便望了他道:"你打算干什么?"竞存道:"山下东洋鬼子跑了,晚上回去挑些粮食上来。我们厨房屋檐下还挂有好几刀腊肉,我想吃呢。"说着哈哈一笑。老太太道:"敌人可是真走了?"老五道:"敌人是没走,天一黑,他们都躲到老岭头寨子里去,杀他也不敢出来,下山去怕什么?何况我们的村子又在山脚下。他们不敢在那里停留的。"静茵在灶上盛着饭菜向矮桌上端,笑道:"你们弟兄们胆子都不小。"老太道:"老五倒是一个本分人。"老五道:"是啊!我都敢下山,婶娘和嫂子还有什么不放心的?"竞存扶起桌上碗筷,将筷子拨着菜碗道:"吃饭吃饭。两个孩子呢?"

只这一句,菜园通厨房的门,跳进两个孩子来,虽然那白色短裤褂上糊满了泥土,竞存也不见怪。抱着三岁的在额头上接了一个吻,牵着七岁的摸了一摸头,于是围了小桌子吃饭。吃饭的时候,竞存是不住地说笑,眼光时时射在老娘身上。见老娘瘦削的脸高撑了两个颧骨,半白的头发根离着额头很远。他不敢看了,夫人坐在对面,那苹果似的脸也不敢看了。很快地吃完了饭,起身扯下横梁下竹竿上的湿手巾擦一擦嘴,笑道:"我到大门口找老表谈谈话去。"不等他母亲和女人一句话,他出来了。

他约着和老表谈话的大门口,不是屋外的大门口,是山下自己村子的大门口,这时,一钩月亮横在树梢上,显见村子三面的大山只有半环黑影。稻场上围着的树木,晚风吹得瑟瑟有声,老五、大狗子、二和尚坐在大树兜上,竞存坐在对面石磙上,黑暗里一星火光,是二和尚吸着旱烟。竞存道:"我们四个人,都是瞒着家里溜出来的。干,没有人知道;不干,各人挑了粮食上山,也没有人知道。现在听三位最后一句话。"老五道:"二哥,你还问什么?我是跟着你走的。"二和尚将旱烟袋敲着石磙,把烟灰敲下来,因道:"二表哥不干,我还要干呢,我家五口人,现在只剩了我和那条牛。我不管,难道让我那条牛去报仇不成?"大狗子道:"我更不用说了,你还有那条牛,我就是我。我房子让东洋鬼子烧了,儿子让鬼子杀了,女人让东洋鬼子抢了。有道是人生三不让,祖坟不让人,老婆不让人,声名不让人,我剩了光杆一个,还怕什么?"竞存道:"我也看定了二位是要报仇的人,所以要二位合作。

既是这样说了，我们生死不顾，决定了干，再无二言。"老五、二和尚、大狗子三人同声答道："绝无二言。"竞存道："好！我们干一场吧。可是靠我们四个人想做点儿成绩出来，大刀矛子当然不行，就是手枪步枪也不成。我在赵参谋面前一口答应下来有把握！把握在哪里呢？请三位随我来看。"说着引了三人向屋后牛栏边走。

牛栏是靠着屋子土墙的，竞存弯下腰去，在墙下搬开两块砖头，陆续掏出几项东西放在地面，然后在身上掏出手电筒来，对地面照看，笑道："三位请看。"老五道："啊！这是七颗手榴弹，哪里来的？"竞存道："两星期前，有几个落伍的兵士在老岭头经过，丢在饭铺里。我用钱买来，放在这里的，今天用着它了。我带四个，老五干过军队的带三个。"二和尚道："对了，由你二位玩吧。我们弄不来不要白糟蹋了。"竞存拍着背上道："我还有这把刀够了，你三位去找称手的家伙吧。我在稻场上等着你们。休息一会儿，我们该动身了。"二和尚扑哧了一声，笑道："老表，我们带的干粮暂不要动，刚才我到庄屋里去一看，柴米油盐现成，园里又有新鲜菜，煮顿饭吃再走，好吗？"在月亮影子里，晃着一个长个子，两手同搔着大腿，有些难为情。竞存笑道："好！你们去做饭，我在庄子外给你们巡风。"那三人听说有饭吃，大家哄然地笑了一声。

一钩月亮偏到西边树梢，大家吃饱了饭，走出村庄，细窄的田埂路，四人作一行走。二和尚走前，肩上扛着自卫队的一根长枪，又是把铁铲，那影子显得很大，正好做个标志引路。第二是竞存，手里又添一把锄子。第三是大狗子，喝的一声，又喝的一声，打着饱嗝。肩上扛了一把叉稻草的双股叉，走路脚带拔草着表示着他心里清闲。"姐在房中梳油头呀"，不时地轻轻唱上一句。第四个是张老五，他也是扛了自卫队的长枪，但在围腰的板带上，另插了一把劈柴的斧子。他道："大狗子兄弟，你带一把稻叉不够用吧？我这把斧子让给你。"大狗子道："哼！你想得那样周到。若是我这把叉让日本鬼子打断了，再去从腰里拔出斧子来砍，我就向黄泉路上追我爹娘去了。二哥说，我们就是要打鬼子一个冷不防，统共四个人，还打算大战三百回合吗？"竞存笑道："狗子兄弟，一肚子好鼓儿词啊！"狗子不打饱嗝了，笑起来道："你说吧，二哥，《三国》上何人有名无姓，何人有姓无名，何人无名无姓，我全知道。"竞存道："你好好干吧，将来我们也许都能上鼓儿词。"大狗子笑道："只是我的名字不好，我号国柱。以后，二哥传扬传扬。"竞存道："你多出点儿力，这事包在我身上。将来让你当一位排长呢，能叫大狗子排长呢？"这一说，大家全笑了。竞存道："别作声，上山岗了，钻过松树林子，就是公路。"

于是四人全停了声音，踏着没有路的山坡，斜了向上走。膝盖以下全在乱草里，走不多久，两腿凉阴阴的，这是露水湿了衣服，夜深了，但腿上虽感到凉意，各人背上都一阵阵地向外冒着热汗。在月光下，远远看到山岗上一个大黑影子，知道那是老马驿古树。竞存现在走在前面了，横着两手，拦了去路，轻轻地道："有买卖了，没有白来。"老五近前一步，低声道："二哥怎知道？"竞存扯着他的衣，手向前一指道："你看到树底下那丛火光吗？"老五道："看见了。那是怎么回事？"竞存道："余家井老岭头隔着十五里的长山岗，距离太远了。敌人在老马驿常常驻有联络兵，这里地面宽，也常常停着汽车。到了晚上，他们在路上放哨，怕我们军队袭击，就在步哨前面烧着火。可是，这也告诉了我们那里有了人了。"二和尚将头向前一伸，低声道："这目标很清楚，我们爬了过去，赏他一手榴弹。"竞存道："那样干，我们就完了，怎能摸到什么东西？现在是这样，我和大狗子兄弟爬了过去，我用刀，你用斧头，先砍倒他两个回来，剥下他们的衣服，有了证明文件，我们再做别的打算。"四个人说着话，在深草和松树林里不分高低的，对了那丛火焰，一步步地向前走去。

四个人翻过了一条长岗，钻进了小山谷里一片稻田地里来。稻穗子被敌人的马吃了精光，根根稻茎直立着。田是早干了水，爬着也不十分困难。竞存由稻茎底下伸出头来张望，看到那丛火光，烧在大树荫下。离着火，堆了些桌子板凳，预备加火的。一个全副武装的日兵，背了上刺刀的步枪，在火光附近来回走着。还有一个兵，背却靠在一张椅子上打盹。这地方，靠北是山岗脚下，由东到西有七八家残破的房屋，有的关着门，有的半掩着门，不知道哪家有敌人。人家面前是公路，靠南是田冲，长遍了没人收获的稻子。竞存四人，就藏在这田里。公路正中，停留一辆大卡车，将油布罩了全车，车头上插了一面小太阳旗，整个荒落的山庄都显在野火光里，要上前颇感困难。

竞存静伏着约有十分钟之久，心里有了主意，就爬着各人面前，对耳朵里咕噜了几句，于是拔出刀钻出稻田来，缓缓地在地上爬着。这是一个山脚的斜坡，在斜坡半中间有个牛栏。恰好刮了一阵大风，将那堆野火卷成一阵阵青烟，那个巡走的敌人口里咕噜了一声，闪到下风头去，竞存蹲起身子赶快一蹿，就蹿到牛栏后去，牛栏前面有一块敞地，便是公路了。竞存紧握了刀，站在牛栏角上，回头看山冲的稻稞，并不曾有些摇撼，心里总算稳定得多，还是静静地站着，去等一个机会。但是那个打盹的敌兵依然坐着，这个走着的敌兵怎样也不走近前来，实在无从下手。

抬头看看天上，已没有了月亮，暗空里布满星斗，临头两粒亮星一闪闪，似乎在替自己心房写照。这实在忍不住了，就在地面上捡了一块小石头在牛栏前面一丢，在树叶瑟瑟响中添了扑的一声。那个走路的日兵在二十步路之外咦了一声，回声向牛栏面前走，而且低头对地面看。这时竞存用力一跳，就跳到他的身后。他回转头来，看到一把雪片似的大刀已伸在长空，这一骇非同小可。两手举着枪就向刀口拨去。但是枪尖上去，大刀已是斜斜落下，扑通一声，敌人的身子和手臂已经跌在两处。那个打盹的日兵，啊哟一声，拿起抱在怀里的枪，向竞存直奔过来，竞存本也向他迎去的。见他端了枪，远远地就把刺刀直搠过来，且把身子向旁边闪着，让他直奔过去。跟着回转身来，举刀向他后脑勺砍下去。可是他跳远了，却砍了个空，倒过他也来不及回身。藏在稻田的人，当第一个敌人倒地的时候，他们已经奔上公路来，现在已同到敌人面前。敌人慌了，将步枪对了三人乱扎乱打。二和尚手里的长枪，对准了他当胸直扎过去，也就倒了。竞存轻轻喝道："抬了尸身快跑。"于是二和尚同老五抬着第二个敌尸，竞存和大狗子抬着第一个敌尸，赶快奔下山冲，钻到稻田里去。两支步枪也带进了稻田。

前后不到十分钟，大家在稻田里将敌人衣服帽子一齐剥下。看看公路上，还没有动静。竞存道："敌人睡死了，我们还可以占点儿便宜。老表同大兄弟，顺了山冲在西头岭后面藏着。听到我这手榴弹响过，你们就放几枪，不要耽搁，绕着路回到村庄门口会齐。走吧，我同老五去毁着这部车子。快来，敌人醒了。"于是四个人分着两路跑，竞存同老五再奔上公路，伸手先拨起车头上那面太阳旗子。老五却在车头上扳下一块号牌，竞存再待上车去看时，忽听到右边屋里已有喝口令声。更不打话，扯着老五，飞就向山岗上跑。奔进一丛矮松树里，回头来看，已有一群敌兵站在公路上。于是看得准，拔起手榴弹，朝着人密的所在，连丢了两颗过去。轰然两响，火焰和尘灰涌起丈来高。那些敌兵除了倒下的，全向屋角上跑。竞存拿手榴弹再对了汽车丢去，因为太忙却落在空地里。所幸老五跟着一手榴弹，哗啦一声，车子在火光里粉碎。竞存叫一声跑，径直向东奔。虽然身后的步枪声机关枪声，已是噼噼啪啪乱响，但是他们和敌人隔了一条小山岗呢。

"姐在房中梳油头呀"，寂寞洞黑的田原上，有这小曲子声音传来。竞存和老五走了五里路的田埂小路，远远地听着，便喝道："大狗子，你疯了。"隔了一条马路，另外一条交叉的小路上，二和尚同大狗子走着。他笑道："二哥也回来了？老五呢？"老五道："你这东西，胡来，让鬼子听到了，你没有命。"大狗子笑道："我们听到他放机关枪，我们就在山头上放了几枪。真的，他们就对了西边岭头上乱轰。刚才才停，你们没听到吗？他怎么会知道我们回来了？"说话时，踢踏踢踏的脚步声在黑洞洞的平原上走近了竞存。竞存问道："谁穿着皮鞋了？"大狗子笑道："长了这样大，没穿过皮鞋，我把草鞋脱了，穿了那鬼子的皮鞋。二哥，你就送给我吧？"竞存笑着说了一声这家伙。平原上一切已寂寞了，面前的大山在星光下矗出伟大的影子。四个黑人影子对了那大山影子走去。大狗子脚下的皮鞋卜突卜突响着，引着大家回味老马驿那一刹那的恶战，犹如一梦，大家一句话都没有。"姐在房中梳油头呀"，寂寞得久了，大狗子又唱出来。老五道："你还会第二句不会？"大家全笑了，这笑声打破了大家的回味。

太阳如大铜盘翻过了山顶，张竞存又由那山边屋子走出来。这回不是一个人，后边还有二和尚、大狗子、张老五。竞存抬了头向太阳望着笑道："没有失信。"老五道："二哥，军长很客气，和你握手有五分钟之久呢。"大狗子道："别叫二哥，要叫支队长了。也不许叫我大狗，我是张国柱排长。"说时，挺了一挺肚子。二和尚伸出大巴掌来，看了一看，笑道："朋友，你今天和军长握过手。"竞存笑道："你们太没有出息。"老五道："真的，二哥，不，支队长的话很滑稽。见着赵参谋说，带了证明文件来了。然后就叫我们把步枪、子弹、军衣一齐送过去。其实，赵参谋看到你手里拿的那面太阳旗子，他就笑了。"竞存道："他做梦没想到我们办得这样快。不是这些证明文件，说破了嘴唇皮，人家相信吗？"大狗道："支队长，你那委任状，可收好了？"竞存拍了一拍胸。大狗子道："支队长你拿出来，让我见识见识。"竞存道："不要让人笑话，回去再看吧。"四人说笑着，经过二十多里的路程，又到了山谷里那小屋边。

在山腰上，又老远地看到静茵迎出来了。走到门口，问道："我真急了，怕你们碰到敌人，怎么这时候才上山？"竞存微笑，回头看看同行的人，因道："散队，回头在我家吃中饭吧。"回到家里，老太又站在大堂屋里捧了水烟袋等候，笑道："他们早看到你从对面岭上下来了。挑了多少粮食上山来？"竞存笑道："昨天没回家挑粮食，找了几项证明文件，交到军长，换回来这么一样东西，妈！你看。"说着，在身上掏出一封公文，交给老太，接过她的水烟袋。她抽出公文来看，上写着：兹委任张竞存为××县第一区游击队支队长，此令。军长徐××。

老太太愕然，望了他。他笑道："妈，你坐下，我把经过告诉你吧。"于是扶着老太太坐在竹椅上，自己坐在小磨架上，报告经过。在屋里人全惊动了，拥了一屋子的人。话说完了，上山来避难的男女一齐鼓掌。静茵笑吟吟地捧了一碗马尿似的浓茶，送给他喝。竞存笑道："大家不要单贺我。我决计委老五当队副，大狗子和二和尚当排长。"大家哄然一声，队副来了。老五抱了一钵子煮山薯，将一根筷子戳了吃，也走到堂屋里来，笑道："队长，不吃根山薯？"大狗子和二和尚笑嘻嘻地来了。他道："队副，我饿了，分点儿我吃吧。"竞存笑道："大狗子，你几辈子没做过官，在家里这样喊。"大狗子道："二哥，你许了我不叫大狗子的。"竞存笑道："啊！我很抱歉，张国柱排长。"在堂屋里听故事的，有四五个逃上山的初中和小学生，便向大狗子和二和尚笑，乱叫排长。二和尚晃着长个子道："怎么样，不配吗？军长还同我握过手呢。"说时，伸出大巴掌来，摇晃几下。一个小孩子叫着敬礼，一群小孩子立了正，向他两人举着手，胸脯笔挺，眼光直视。大狗子道："这些小家伙淘气。"扭转身，扑突扑突，踏着那双胜利品出去。"姐在房中梳油头呀"，他搭讪着唱起来。全座人哄堂大笑，连老太太也捧着水烟袋，笑得弯了腰直咳嗽呢。

人心大变

　　这是一片丘陵地带，在较宽敞的区域里，靠小山脚下，白粉墙围了一丛翠竹，其间高低几棵树，映掩着两三个屋角。在这屋外面有一垄水田，夹了一条石板面的人行路。当行人在那石板路上走着，很自在地闻到阵阵的桂花香。对了这白粉墙里的这丛青翠，像煞是幽人所居。只看这白粉墙外两丘水田，秋深的荷叶疏落地撑起绿色破伞，还有两三朵红色莲花临风翻动，象征了这里不会住着忙人。四川种的小白鹭鸶，虽然其小如鸭，也展开白的翅膀，悠然地由秋荷里飞出，在水田里站着，悬起了一只脚。看着景物的幽闲，令人忘了战时首都去此不远。

　　这屋子的主人翁，另向内地一个小县份里去住了，也许为着这地方多少还有些火药气吧？但四郊也是闹着屋荒的时候，当然不会让它闲着，新佃了一批"下江人"在这里住着。这所谓下江人，从川俗，在四川境外的，都包括在内。白粉墙内统共有二进屋子，并不算挤，一共住四家。最后一进共是五开间一排，面前小院里，左边栽着两株丹桂，四川百花都早熟，这时正开得茂盛，把天空变成了香海，屋子便在香海里。右边十几株芭蕉，叶干肥大，高过屋檐，那几十面绿旗在空中招展，把屋子头映绿了。屋外一带窄廊用栏杆掩住了，想当初主人翁这番设施，也算是为了赏月用的。但现在新来的主人，他口角里衔了一支纸烟，斜倚了栏杆，紧紧地皱着双眉，要说他是赏花，在推敲诗句，这诗人用心也就太苦了。

　　这主人穿了件半旧的青灰湖绉长衫，多少在上面染了些油渍，幸是并没有什么墨点。他秃着一颗和尚头，尖削了两腮，腮上青痕两片，透出方剃而尚有痕迹的胡桩子。他先是出着神，看看抖乱着的芭蕉碎叶子。再回过头来，看看这屋子窗户，紧紧地闭着，他倒是展开了愁眉，有点儿微笑。

有人顺着他这视线向这窗子缝里看去，那也觉得他这微笑是当然的。那里并没有住人，也没有家具，地面支起许多木棍架子，架子上堆了成捆的货品，估计着大概有一百五十包上下，其中全是衬衫袜子手绢之类。这个日子的新光衬衫每打是十一二万元，由此类推，便是这间屋子里所有的，主人翁的财产已够四五千万元了。况且这五间屋子有四间堆着棉纱，而这间又是堆货最少的一间。当主人翁由沙市雇木船入川的时候，棉纱价格最高也不过三四百元，费着力量将几百包棉纱搬了来，不上十万元的资本。货变货，只七年多，成了拥着万万元的富翁了。当初搬家入川也不过是保留这点儿货物，预备将来换饭吃。想不到塞翁失马未始非福，于今竟发了一笔大财。

可是有了钱的人，忧虑也就比平常人来得多，这几天听到外面的谣言，说是棉纱这样有涨无跌，官方要严加取缔，派员下乡来搜查存货，这一所房子就在大路边，而且有这雪白的粉墙和绿森森的竹林子，最易惹人注意。假使来搜查存货的话，岂不让人家来查抄了去？他越是看到这满屋子的棉纱，越是怕有什么不可抗逆的意外。

虽是纸烟也在逐日涨价，而每日为了对这些百货和棉纱，计出万全，倒要消耗两盒纸烟，而自己就在吸烟的时候去转着念头。于是这样一个幽静房屋，竟会住着这样一个如坐在愁城的大富翁。其实，这屋子里有钱而又整日发愁的富翁，却不止他一个。便在这时，前进院落里有个同志走了来。那人穿了灰绸短棉袄，正显着他住在这清凉的院落，他比别人容易感着凉爽。他一般地秃着和尚头，却是脸上多了两撇八字胡须。他手捧一支水烟袋，在扎脚夹裤下面，踏着一双拖鞋，慢慢踱到这院落里，他老远地叫道："黄老板，吃过午饭没有？"黄老板取出嘴角上所衔的那大半支烟卷，忙点点头道："早吃过了。今日天气好，早一年的话，怕有警报，现在不要紧了。李老板今天没进城？"李老板道："昨晚上进城去的，今天一大早就回来了。据城里传的消息，这两天美机又炸日本，再有一年，日本要完了，我们生意还好停一年吧，有机会要休手了……"说着，皱起了双眉，呼着了纸煤儿，唏里呼噜，吸了两袋水烟。黄老板摇摇头道："不会有那样快吧？我黄崇仁料事，这七八

128

年来没有错过。美军不在中国登陆，外国货是来不了的。"李老板又吸了两袋水烟，因道："虽然……我们这些货也应该……万一消息再好些，也许近来百货要看跌，我李有守这个名字也就成名副其实，守成倒也有余，凡事总讲个万全。"黄崇仁道："再看两天机会吧。"

黄崇仁将纸烟头扔了，在身上重新拿出纸烟盒与火柴盒来。他取根纸烟衔在嘴角，把纸烟盒一面向衣袋里揣着，一面向李有守道："李老板换根纸烟抽抽，好不好？"李有守抱了烟袋拱拱手道："多谢多谢，不客气。"黄崇仁擦了火柴，将烟点着喷了一口烟道："这个计划我也有的。今年春季，计大成先生和我说，抛出货买黄金美钞更合算。幸而没有那样做，不然金子跌到五六万，大家跳河了。"李有守抽着烟点点头道："这重大翻戏可也让我们做生意的没奈何。我想能再熬两三个月，我们也可以脱手了。多少预备一点儿回家之计。"说着，两手抱了水烟袋又呼吸了几下。黄崇仁道："脱手？我们把法币换了进来，干什么呢？除非我们知道有另一笔生意好做，如其不然，我们把钱存到银行里去放大一分。"李有守笑道："真是话又说转来了。我看存什么货也没有存棉纱好，何必把棉纱脱手了，再去买别的货。你看我们这一笔熬出了头吧？"黄崇仁将手拍了拍栏杆道："上月为了要钱用，卖掉一包纱。真是可惜，至少吃了五万元的亏。"有的话不曾说完，忽然前进屋子里有人道："两位老板都在后进。吴信仁先生来了。"随着这话，是一阵皮鞋踏地响，一位穿深灰色西服的汉子，手上拿了帽子，匆匆地跑了进来，只看他汗珠子豌豆大一粒，由额角滴将下来，可想知他已十分受累。

黄崇仁拱拱手操着家乡话道："我们的事，总是你家操心。"说着，赶快在身上掏出纸烟来敬客。李有守昂着头向前进屋子叫道："吴先生来了，泡茶来，打洗脸水。"吴信仁摇摇手道："不要客气，我和二位报个信。这两天敌人要垮的消息，闹得很厉害，二位知道吗？"李有守道："我们这里，总要到晚半天才看到报，有时候还要隔上一天，哪里会知道什么消息？"吴信仁道："报上还没有登出来，据许多人说，敌人知道打不赢我们了，越打越不得了。最近这几天之内，他们要总撤退……"李有守将指头抢着那烧成小半截的纸煤儿，静静地听了出神。

黄崇仁却忍不住了，抢着问道："这两天棉纱价钱怎样？"

吴信仁看到走廊里放了一把破旧藤椅，便坐在上面，仰着靠了椅子背，两腿向外伸长，表示他那份失意，摇摇头嘘了一口气道："据我看来，可以抛出一点儿罢了。今天早上跌了两万多了。下午大概还要跌。"李有守的水烟袋放在栏杆上，扭转身来要问话，那水烟袋恰不曾放稳，啪的一声落在栏杆外阶沿石上。但他也来不及去顾那水烟袋了。睁了眼问道："什么？一包纱跌二万，那我们今天就是四五十万的亏蚀！"黄崇仁道："这……这……话不得假吧？下午也许会回涨。"说着，将手乱搔了他那和尚头，搔得头发桩子唏唆作响，吴信仁将手捏的毡帽当扇子，在胸前连连摇撼了几下，淡淡地道："回涨？不跌破大关，就算幸事。"

黄崇仁站在他面前，有点儿发呆，对了吴信仁怔怔望着，仿佛他这周身就是数目字，要在他身上找出一个答数来。李有守在地面捡起水烟袋来，见烟袋管子上已经跌了一道裂痕，便连连地点着头道："跌坏了好，一齐都不要了。"说着，两手只管抖。吴信仁道："李老板，不要发急，这事情赶快要想个应付的办法。二位的事向来托我，稍微一点儿出入，我就和你们做主了。这回来势很猛，一开始就是二万元的跌风，我不敢和你们拿主意，所以也不等下午的行市，我就下乡来了。我看，大家还是一路进城去吧。报界里面我还有几个要好的朋友，今天晚上，打听打听实在消息如何。假如大局真有转机，我们就把纱先抛出一半去，尤其是百货，一天也留不得。"

黄崇仁道："大局有转机，我们还抛出去做什么？"吴信仁笑道："哦，我这话没有细说得明白，我说的大局是中国大局。若是敌人真不能支持，败退下去，无论什么东西要落价，恐怕也像涨价的时候一样，一天一个行市。"李有守道："我看，时局不会那样快有转机。报上常登载着，敌人陷在泥坑里，既是陷在泥坑里，他要退也退不了，敌人还在湖南呢，我不相信大局有转机。"

正说到这里，一个穿童子军服的小孩，约莫有十四五岁，两手捧了一只搪瓷面盆来。面盆里有水有线绒手巾，手巾上放了一把茶壶，三个茶杯。这小孩由前进屋子来，刚踏入这个院落，便听到了李有守的话。

他板着脸，偏了头道："为什么大局不会有转机？学校里的先生常常告诉美机炸日本，炸得比日本炸我们还厉害十倍。我们胜利到来已是不远。敌人败退了的消息一定是真的。我们立刻打回武汉去，快活不快活？"他说着话，把脸盆放在椅子上，将茶壶茶杯送到茶几上来，要斟茶待客。李有守两手推了他的肩膀道："侄少爷，走走走，这不是大街上，要你演说。回武汉去？快活？棉纱要像这样子跌，你讨饭回去！"那小孩子被他推到前进壁门子里，还扭转头来道："三叔，你难道不……"李有守身子向前一栽，直把他推了出去，不容他再说。

这走廊上的空气立刻沉寂而又紧张起来。吴信仁低头在洗脸，黄崇仁靠了栏杆，使劲地吸烟卷。李有守两手抱了那支跌坏了的水烟袋，悬起一只脚来颤动，把全身都颤动了。黄崇仁的太太，倒是认得字的一个妇人，在商人家算稀有人物。她手牵了一个三四岁的孩子站在堂屋门边，靠了门框，眼望着吴信仁。前院李有守的兄弟李有为，匆匆地跑了来，站在桂花树荫下，本待开口，却以他们在沉默中，又突然地站定。他们家还有两位逃难入川附食为生的人，站在前院转壁门前，探头探脑。

吴信仁洗过了额角上的汗，站在茶几旁，斟了一杯茶，捧着喝了一口，因道："二位老板的意思怎么样？还是今日一路进城去呢，还是明天早上去好呢？"黄崇仁把那支烟卷一口气吸了一半，才沉住了气道："跌风来得这样猛，也怕是投机的人在暗里造谣生事。我们总得把消息打听得千真万确了，再拿主意。好在大路对面，那就是乡区电话站……"吴信仁道："这个我已经和二位安排好了。我已经交代我办事处那个书记，让他有特别消息随时来电话。"李有守道："那么我们明天一大早进城吧。免得今晚上开小旅馆又要上小馆子里吃饭。"在桂树荫下的李有为拢了那件灰长衫的袖子，举了一举，表示他的见解是对的，因插嘴道："只要不失掉机会，倒也不必计较这点儿费用。"黄崇仁吸了一口气，望着院子里的天空，他总还怀疑着这消息的突变，在那里沉吟。

"两位老板都在家？吴先生也在这里？那好极了！"随着这话，是一个穿花格子哔叽西服的人走了进来。看他衣服的两个抬肩，要比肩膀

131

阔上两寸，而腰摆也晃荡晃荡的，显然是由旧货公司里买来的东西，所以不合身。再看他领带的结子歪到一边，白领子也离开衣领一条缝，又分明是一位新穿西服的朋友。然而他口袋里露出一截金表链子，手里倒拖了一支银子包柄的手杖，也可以表示他有钱。

他胖胖的脸，左腮上长个黑痣，痣上几根毛。正配合着他两只肉泡眼睛，透出了滑稽。他一般的额角上流着汗，湿透了他的分发，手里倒掖了帽子。吴信仁迎着道："柴新发先生也回来了，听到城里什么消息没有？"

他一手举了帽子，一手举了手杖，摇着头道："这简直是想不到的事，下午的衬衫行市落到八万二了，我是九万六的行市，买进二十打的，再往下跌我就吃不消了。因为报上登着，中美英苏限日本人一个礼拜内投降，行市变动得太厉害，没有人敢买进，我特意坐了滑竿赶回来的，二位看有什么法子挽救没有？"说完望了黄、李二人。李有守道："好了！这消息算不假了。"黄崇仁皱了眉道："我想大家都做抛出，这越加是叫行市望下跌，应当和有现货的商量一下，非得大家稳住一下子不可！谣言过去了，这……"

柴新发道："不是谣言，不是谣言！据银行界的消息，美国发明了一种原子炸弹，一个炸弹下来把一座城池炸成灰，鸡犬不留。自己国都亡了，在中国打什么？敌人马上就要溃退。广州、宜昌正在大火，敌人都有溃退的现象。"他一面说着，一面奔向放茶壶的茶几边，忘其所以地，左手将帽子交给了吴信仁，右手把手杖交给了李有守，腾出手来，连斟了两杯茶喝了。回转头来看到，忽然省悟，大是难为情。吴信仁却也不曾理会，两手各拿了自己和他人的帽子，只是向胸扇着，大家谈来谈去，抛货舍不得，不抛货又怕日本人真会失败。大家喝喝茶，吸吸纸烟，只管座谈下去，也忘了吃晚饭。屋子里亮上了灯，那个穿童子军服的小孩跑进来，向他招招手道："吴先生，城里来了电话。"

吴信仁向大家点了头道："有了新消息了，我去接电话去。"说着，两手拿了帽子跑着走去。大家听说城里有了电话来，也不知是祸是福，倒是停止了议论，各默然坐着。黄崇仁靠了栏杆吸着纸烟，不断地低声道："打仗五年了，什么风浪我们没有经过，日本人投降？那是梦话！

就是敌人退出中国，不会这样地快。"也没有人附和或驳他，静等吴信仁的回话。半小时后，他跑回来了，站在院子里叫道："日本鬼子投降了。这回真不行了！城里报馆，已经贴出了号外。"那个小孩跟着他后面一路走进来，听了这话，把童子军帽向半空里丢着，然后举双手接住，大声叫道："中华民国万岁！中华民国万岁！我们回老家了！"李有守横着眼瞪他道："小孩子瞎闹什么？出去出去！"

小孩子走了，黄崇仁怔怔地站着望了他的后影，淡淡说道："他倒很高兴，吴先生，这消息不会假吗？"柴新发两手插在衣袋里，耸了肩膀道："吴先生这消息一定靠得住了，都出号外了。真没有想到，日本人会投降，我们怎样办？"黄崇仁倒在那藤椅子上摇摇头道："完了完了！出了号外了，这消息谁不知道？我们赶到城里去抛货也来不及。"柴新发叹口气，在椅子上坐下，在身上掏出银子烟盒来，取了一支烟卷，在盒子上顿着，沉吟了道："也好，我们抗战八年，熬个出头之日了。早知道，今天上午就把货卖光！希望不要再比这进一步的消息才好。胜利了，我们空了手回家吗？"那李有守有点发急了，背了两手在身后，只管在走廊下走来走去。

吴信仁望着大家，口里便吸了一口气，因道："我虽是和诸位帮忙，我也是当我自己的资本一样看待。这消息真是叫人哭也不是，笑又不是，各位发急，我心里也不好受，但是在乡下着急，总是没有用的。柴先生坐滑竿来的，我就坐了他这原滑竿进城吧，明天若是消息不好……"黄崇仁道："你说的是时局消息不好，还是行市消息不好？"吴信仁道："当然是行市消息不好，那么我就不等二位到城，先把货抛出去一半，好吗？"李有守和黄崇仁都皱起了眉头子彼此相望，并没有答复出一个字来。柴新发由椅子上跳起来捏了手道："抛出去一半，鬼要！"吴信仁这时已把两顶帽子都放在藤椅子上了，两手插在裤子袋里，也晃荡了大步子来回地走。因问道："那怎么办呢？不能望了这堵大墙倒下去。"这院落里的空气，益发紧张而沉寂了。大家都把眉头子皱起来，日本人投降的消息给全国人带来一种欣慰，唯有给这院落里带来一种焦虑。那个在桂树荫下的李有为吓得腿软了，没有移步上台阶。这时看到大家为难，便道："我刚才在门口，看到对门刘家院的沈先生回来了。他消息最灵通，不妨请他来问一声。"

吴信仁道："沈浩然处长？我也认识他的，他家眷也住在这里，那可以请来问。"李有为真有事可为了，不到二十分钟，便把沈浩然请来。他穿了一身草绿色制服，大步跨着皮鞋响。进了院子，令人早就看到是十分高兴，因为他满脸全是笑容。他高兴得忘其所以，抱了拳头拱手道："恭喜恭喜，给各位带来一个最好的消息，现在我们已经证实日本人投降了！"吴信仁点点头道："是！日本鬼子不行了。"黄崇仁站起来点点头道："沈先生由城里来，还得着了什么比这好的好消息？"沈浩然笑道："好消息，有好消息！我们得着消息，敌人无条件投降。不但是东三省，连台湾我们都要收回。最后胜利终属于我们呀！"说着他跳了一跳。大家听了这话，都像很关心似的，静静地望了他的脸。沈浩然见大家都感到兴趣，越是说得有劲，便笑道："这样一来，我们可以回老家了！"那孩子跑到院子来了，笑着问道："沈先生，真是我们胜利了？"沈浩然笑道："怎么不是？你听我家里那几个孩子拿着爆竹放了。"大家听时，果然，噼噼啪啪一阵爆竹声，顺了墙外的风吹将进来。

小孩子笑道："大叔二叔，我们也买个爆竹来庆贺庆贺吧！"李有为将脖子一伸，向他脸上喝着道："去！大人说话，小孩子不插嘴！"沈浩然向李有守笑道："你们这位令侄很天真的，很热心爱国的，倒不可拂逆了他的好意。你二位也该庆祝庆祝，时局这样好转，祝你们今年可以回家过年了！"柴新发直迎到他面前来问道："这消息都的确？"沈浩然道："的确之至。柴老板高兴不高兴？"柴新发道："高兴之至。"但他虽是这样说了，然而那声音非常地低弱，语调和字眼太不相称。沈浩然虽感觉有点儿异样，只疑心他们以为自己过于乐观，唯恐消息不确。正想强调自己言语的真实性，他的十八岁的女儿却笑嘻嘻走来道："爸爸回去吃饭吧！已经和你预备下了一壶酒，知道你今天是太高兴了！"沈浩然哈哈笑道："谁又不高兴呢？得着这种好消息而不高兴，除非是人心大变！少陪少陪，回头再谈。"说着，他和他女儿走了。"糟糕！"柴新发当这位报告好消息的人走去以后，情不自禁地喊出了这两个字。

黄崇仁的太太始终是靠门框站定，看看他这堆棉纱的几间屋子，好像有无限的法币变成了一阵清风，由门缝里吹了出去。再看看她丈夫的脸色，像有了重病沾身，突然由苍白转到青暗，坐在椅子上，口角里衔了一支未燃的烟只管颠着两腿，便向他道："据我看，你还是进城去过夜吧，我早就劝你卖掉一批货，你还等着看涨。"黄崇仁默然只是颠腿。李有守还抱了那只水烟袋在怀里，在廊檐下来回踱着，突然向吴信仁望着道："这些消息，总算来得太奇突，恐怕是谣言？"柴新发将脚上皮鞋踏了地啪啪作响，皱着眉道："总希望还是谣言才好。"

那位沈小姐二次踏进这屋子来，恰好听见了这句。不免怔了一怔。黄崇仁的女人便迎上前笑道："沈小姐有什么事吗？"沈小姐笑道："我折两枝桂花去。"黄太太笑道："多得很，请随便折吧。晚上不看见吧？"沈小姐走到树下攀了桂花枝，回转头来和她说话，因笑道："人家说米珠薪桂，于今看起来，一捧桂花未必比一捧木柴值钱呢。这么时局一好转，那就好了，东西全要落价。"黄太太微笑着，只低声说是。沈小姐折着花，见这一家男女全是愁眉不展，站在走廊好像魂不守舍。正想主人发愁罢了，为什么一家也发愁，难道这日本人投降的消息，他们听了难受？那真是我爸爸说的，人心大变了。我且故意试他们一试。于是手拿桂花，走到走廊上笑道："庆祝胜利，你们不买挂爆竹放放吗？"李有守道："乡下买不到爆竹。"沈小姐道："走一里路，拐上很多。"黄崇仁把两条眉皱着联合作了一条，情不自禁道："我们生意买卖人……"

他不曾交代完，跑进来一个人，连叫"完了完了"，他将一件长夹袍的纽扣全解开现了胸脯子，将一条白布手绢擦了脖子上的汗。因向他问道："计大成先生，你像很着急，和他大家带一个什么消息来了？"计大成摇摇头道："我们做生意买卖的事，你不知道。一打胜仗，货就要落价。于今是整个胜利了，落价货也没有人要。我们还不发愁吗？谁不是几千万的资本变成了灰？我们都要去跳嘉陵江呢！"沈小姐笑道："你们不愿国家打胜利？"计大成没有话说，只是抖着衣襟。沈小姐心里想着："怪事，做买卖人都不愿国家打胜仗？"在这个愁人的院子里，她也站不住了，拿了几枝桂花忙忙地走出去。

她走到石板路上，回头看那白粉墙，围了一丛青翠影子，微风扇动着一阵阵的桂花香。而这屋里面，却堆了几百包的棉纱与百货和几个愁眉苦脸的人。她心里还是想着怪事。咯咯呛呛噼噼啪啪一阵响，路对过乡区小学正放着爆竹敲着锣鼓，一群小天使远远举出二三十支火把群聚在操场上唱歌喧笑。这屋子里匆匆地跑出一个人来，正是计大成。沈小姐道："计老板进城去？"他一面走着，一面答道："不！请医生去，黄老板晕过去了。"

（原载 1943 年 2 月 16 日至 2 月 26 日南京《新民报》

晚刊副刊《夜航船》）

三十六岁

　　这是一幢北方式的建筑，四周带着灰色瓦的平房，包围着一个空阔的院子。入了冬了，院子里的砖地白惨惨地空着，犄角上一只脏水桶被冻玉色的冰块堆着，稍傍北层的屋檐有两棵小树，叶子全落了，只剩了几枝枯条在屋檐下摇摆。此外是破桌椅板凳、旧煤炉子、煤渣子，乱七八糟，各处散开了。西北风在半空里刮着呼呼地响，那小树的枯枝正像那瘦小的病人，在波涛汹涌的人海里挣扎着。

　　东边厢房里一排三间，是入冬而不大为阳光照顾的所在。纸窗格扇中间嵌有四方的小玻璃。阴暗暗的，在外面看里面有个人影。这人是个壮年人了，他穿一套七成旧的青呢中山服，坐在临窗的一张小三屉桌边，面对着桌上的一份日报。那窗户格子边木柱上，就悬了一份一张未动的日历。封面第一张白纸印着通红的字。字面有杯口大，楷书得清楚明白，两个大字"一日"。由那日历和桌上的报纸配合，让这位壮年人发生了无穷的感慨，昂着头长长地叹了口气。随着这声长叹，隔壁屋子里有位苍老的声音叫道："壬子，你今天放假也不出去玩玩，在这家里闷坐着唉声叹气做什么？"这位壮年人站起来了，他在屋子里来回地徘徊着。两手插在裤岔袋里，一面地答道："嘻！放假玩玩？假是人家的，玩更是人家的。我就不希望有这个假。在机关里，不问有工作没工作，鬼混就是一天。在家里，住着这太阳照不到的屋子……"说到这里，他低头看到屋子中间放的那个白炉子，里面是奄奄一息的，留着淡红的火光。炉子里的煤球，有一部分变成了赭色的死煤块。看到这种火光，他就立刻给予了一种屋子里并不暖和的印象。他把自己要说的话忍住了。

　　这苍老声音说话的人走过来了，是一位六十来岁的老太太，她穿着组了两三个补丁青布棉袄，蓬了一把苍白的头发，战兢兢地扶着门框，望了他道："我也不管是阳历年阴历年，反正是个年吧，何必这样地垂头丧气？"壬子道："妈，你不要提过年。提到过年，我是满肚子牢骚。真有这么巧，不迟不早，在民国元年，你就把我生下来了，自我出世的日算起，一直到今日为止，算是三十六年。这三十六年，过了几天舒服日子？"老太太道："孩子，这怨我吗？我不能在你出世以后就把你掐死呀！"壬子笑着点点头道："当然不能怪您，我这里有篇账单，念给您听听。"说着，在他的中山服口袋里掏出了一张字条。字条是横长的，好像是一张账单子，他两手拿着横纸条的两头捧着念道：

> 民国二年，我两岁，在江西，遇到二次革命的内战，我逃到广东。
>
> 民国三年，我三岁，广东滇粤军队内讧，我逃往湖南。
>
> 民国四年，张敬尧踞湘，我逃往北平，日本向我提"二十一条"，人心惶惶，怕要做亡国奴。
>
> 民国五年，我五岁，袁世凯称帝，云南独立，全国大乱。
>
> 民国六年，我六岁，张勋复辟，段祺瑞马厂起义，打进北京。
>
> 民国七年，我七岁，广州开非常会议，中国实行分裂。
>
> 民国八年，我八岁，五四运动起。
>
> 民国九年，我九岁，奉直战争，湖南自治。
>
> 民国十年，我十岁，四川刘湘自治，湘鄂战争。
>
> 民国十一年，我十一岁，奉军入关，直奉二次战争。
>
> 民国十二年，我十二岁，曹锟贿选成功，天下讨曹，国事更糟。
>
> 民国十三年，我十三岁，苏浙内战，直奉三次战争。
>
> 民国十四年，我十四岁，奉军南下苏皖，苏浙又内战。孙传芳复向奉军开战。

老太太站在旁边听到，连连地摆着手道："别向下念了，反正一直到今天，你没有过着好日子。可是你这能怨我吗？"壬子点头道："您太仁慈了，变成了太不仁慈。假使我一出世，您不费许多心血把我抚养成人，我也就不受这三十五年的罪了。"老太太哼了一声道："你这孩子，发神经！"

壬子先生不再去理会他母亲的申斥，把那张生平大事记展开在桌上，自己从头到尾地逐行向下默念着。念到了：

> 民国三十四年，我三十四岁，我在四川，抗战胜利，我卖掉我的衣被行囊，预备将卖得的钱做川资，赶回北平，去见我十一年不见的老娘。但是走不了，船没有我的份，车没有我的份，飞机更没有我的份。
>
> 民国三十五年，我终于到了北平，但是什么全没有带回来。带回来的，是八年抗战的一些故事。我来晚了，什么没有接收到，接收的是人家叫我一句重庆人。
>
> 民国三十六年，我三十六岁，今年是……

他将手捶了一下桌子，突然地站了起来，叫道："我就这样窝囊地过了三十六岁。"

"恭贺新禧！"窗子外忽然有人叫了一声。随着这声，进来一位中年人，他身穿旧灰布棉袍，头上戴的带掩耳小帽和颈上围的粗围脖，将他的头部完全包围住了。他摘了帽子，去了围巾，现出他黄瘦的面孔，兜上了满脸的胡桩子。壬子拱拱手道："恭喜恭喜，君斋兄。"客人笑道："恭喜我什么？要说我们沦陷区的人民恢复自由了，那是去年的事。要说我的生活去年比前年穷，不成问题，今年会比去年更穷。我们穷是活该，谁让我八年间不到后方去。"壬子道："那么我该是恭喜的，我在后方八年。妈，炉子火快灭了，搬出去添点儿煤吧。"老太太在隔壁屋子里答道："大概没有了煤球吧？"主人向客人惨笑着道："你该是恭喜我这一点吧，家母不知道家里来了客，干脆说了出来了。你冒着冷来给我拜年，我不能给你一点儿吃喝，连一点儿温暖也不能给你。"客人笑道："不要紧。我们冷惯了，不需要温暖。"客人这样说了，主人自然也不能再拿出什么现实的来安慰他，只有怔怔地呆望着。

就在这时，一阵叮咚呛啷的音乐声由院子外传了过来。随了这声音看去，在院墙外面有一幢红砖墙的三层大楼，配着白漆框子的玻璃窗户，第二层楼里的玻璃窗口里不断地经过着人影，男子自然是西服，女人都是飞毛缤纷华丽的衣服。但都很单薄，可想到这里面暖气如春。这另外有个证明，紧贴着壬子先生家院墙的地方，便是对过大楼的锅炉间，那正是为全楼烧暖气管的所在。只看那预备为锅炉用的烟煤，堆积为一座假山，那假山正俯瞰着这院子呢。客人站着向那边望着，笼着两只袖子颠了两颠身体，因道："那对楼是什么人家？"壬子便道："和我一样，抗战分子，重庆客。"客人道："飞来人，接收大员。"壬子笑道："不，也不，我说不上了。后面这两个称呼，你是说对了的。不过你承袭我上面说的一句话和我一样，那就不同。我是滚到北平来的，也没有接收任何一点儿东西。"客人道："这样说来，抗战也有人不白费劲呀。他们现在家里干什么，音乐是这样地悠扬。"壬子道："你想吧，今天是什么日子？人家开跳舞会欢迎新年呀。他们家不像我，是肯给予人家以温暖的。你看，那锅炉的烟囱多冲呀！"说着，他回看自己屋子里那个煤炉子，却是一丝火都没有，只是一炉子的死煤球。他和这冷酷的社会一样，不能给予人丝毫温暖。

这位壬子先生，在这种情况下，走上他三十六岁的道路。

（原载 1947 年 1 月 1 日北平《新民报》元旦增刊第四版）

雾 中 花

　　科学家往往会迷信，迷信者往往也很科学。这个矛盾故事产生在两个患难朋友身上。其中一个朋友是赵子同先生，他是个中学的数学教员，而且也兼教授一点儿物理学。他的脑筋里无非是牛顿定理、爱因斯坦的相对论。他为了生活的反映，也很爱讲辩证法。在他脑筋里根本没有迷信两字存在。然而事实很奇怪，在他的寄宿舍里，壁上用八行纸写了这么八个字贴着，乃是"死生有命，富贵在天"。同事们看到这个腐败的标语，都觉得和他为人不合。若要问他什么缘故，他却含笑不言。直到胜利以后，他离开那个学校，重回故乡，他才宣布了这个哑谜。

　　赵子同和郭宝怀是小学的同学。赵先生小学毕业以后，按着次序，进了大学，终于是走进了最崇高的教育之路。郭先生家贫，小学读完，就学徒经商了。为了所学不同，彼此也由疏远而至于断了友谊。民国二十八年，赵先生抗战入川，在重庆郊外仍理旧业。是个冬日的雾天，轰炸的危险期业已过去。在郊外苦闷而又寂寞的人，也就偶然进城去逛逛，目的是购物会朋友，找点儿起码的娱乐。赵先生穿起那件五年相伴的青大衣，踏了一双两年有半的黑皮鞋。帽子没有，也不需要，拿了根土产的白木手杖，在重庆最热闹的一条街小梁子一带闲遛。迎面来了个青布棉袄裤的中年汉子，向他注视着。他戴了顶旧鸭舌帽，脸子是黄黑而削瘦，两腮还长满了胡桩子。

　　赵子同并没有这样一个像工人的朋友，他对于这人的注视感到诧异，也就停脚向他注视了回去。那人赔了笑道："对不起，请问你先生，你贵姓是赵吗？"他说着很浓的镇江乡音。这至少可认为是同乡，绝非无关。赵子同便点头承认了。那人道："老同学，你不认识我了。我是你小学同学郭宝怀。同班，而且座位还相连呢。"赵子同啊哟了一声，伸手和他握着，便问在哪里工作。郭宝怀叹了口气道："我流落在重庆了。你老兄若还念起同学之谊的话，请你告诉我的住址，我愿到你寓所，尽情地把流落经过告诉你。街上不是谈话之所，我也有点儿事情，暂时没有工夫细谈。"赵子同笑道："你穷，我也不阔呀，我怎么能忘了这老同学呢？我在南岸求仁中学当教员，到江边大概是五公里，你若有工夫的话，除了星期日以外，任何一天到学校里去找我，我都在学校里。"郭宝怀说了一定去拜访的，就握手而别。

在五日以后，是个细雨天，郭宝怀上半身遮了把纸伞，下半身全是泥浆，来到了求仁中学。在重庆的雾季极爱下雨，雾天就像傍晚，下雨更阴沉，让人说不出一种什么苦闷。城里是满地黑泥浆，乡下却是满地黄泥浆。泥浆铺在石板人行路上，其滑如油。若非有重要的事情，在这种气候下，由城下乡或由乡入城，都是艰苦的工作。郭先生这时来访，赵先生是很感到他老同学的感情。传达报告之后，赵子同亲自到大门口来迎接。看到他赤脚穿了草鞋，黄泥点替他裤脚上加了金漆，一直涂到大腿缝里，便道："老兄，你太辛苦了。学校里是没有什么可招待的地方，我引你去坐小茶馆吧。这家小茶馆带着客店，也正是为着我们学校的师生而设的。"说着话，冒了小雨，引他走上小茶馆。这里沿着人行路，有两家面馆、两家茶馆、一家杂货店。另外一棵东川特产的黄桷树和一所土地庙，凑合着一个把路的小镇市。倒像是为这乡间的学校而设的。

小茶馆是木板子支着的楼房。楼下店房里摆了四张大小茶桌，三面环绕着几把粗线布蒙面的支腿睡椅，空洞洞地过着雨天，正不曾有个人。赵子同且不忙招待客人喝茶，先叫店伙打了盆热水他洗脚，向店家借双便鞋他穿了。再和伙计要了竹子小火笼，给客人烘衣服。然后才泡了茶和客人对坐谈话。他首先便道："我们是自小的同学，老兄有什么困难之处，只管对我说，只要是我所能帮助的，决定尽力而为。"郭宝怀早是被他的温情把心里温暖过来了，预备一肚子诉苦的话，全觉得难于出口。因扶了面前的茶碗盖，和缓着声音道："老兄，你这盛情太可感了。我想四处和亲戚朋友凑点儿款摆个香烟摊子。目下情形（按是民国二十八年），多则二百元，少则一百元，我就可以借此糊口了。我想和你借二三十元，你若筹不出，十元八元也是好的。"赵子同并没有加以考虑，因道："那没有问题。你放心吧。"

说着话，郭宝怀将裤角上的湿泥都已烘干。赵先生便引他到隔壁店里请他晚餐。虽是这里只有回锅肉可吃，主人还是要了四两酒，和他冲寒气。饭后，便引他到小茶馆里来投店。这小茶馆楼上是个通楼，只另外隔了一所单间。虽是俩人上楼，将这木板架子的大厦，走得全体咯咯作响，而有点儿震撼。但主人和客人要了那个单间。在那单间里仅有的一张小窄床上，要了两床被。而且还在那窄小的床前，加了个方木凳子，上面放着一壶茶、一盏菜油灯。诸事妥帖，方才告辞回校。

郭宝怀走了十里远的泥浆路，却是相当疲劳。展开被来，睡在那宽仅两尺半的床上，睡着睁眼望了屋顶，去人不过三尺。这屋子之小，就是一床一凳，已抵了门。他想着人躺在这里，是睡在棺材里了。为了怕挨饿，把十年不见面的儿时同学都找到了。幸而是赵子同念旧，要不然这阴雨再赶回重庆去，那也更累得不堪。纵然睡棺材房间，这盛情也是可感的。那么，他借十元八元，那是没有问题的。这样，他心里得着满足安然睡去。次晨起来，向店伙胡乱要了一木盆热水漱洗过，就在楼下茶馆里泡碗茶等候赵子同。他预计着学友有早课，总在两小时以后才来，然而他刚喝两口茶赵子同就来了。他很匆忙的样子，站着说话，因道："我早上是一连三堂课实在不能陪你。路还湿着，你吃了午饭再走。我凑到三十元钱，先交给老兄。稍过两天，也许我再能凑一点儿。二百元现在已买不到什么东西，我看，你当多凑一点儿资本。"说着，便在身上掏出一小叠钞票交给了郭宝怀，而且还将他的手一把握着，又道："客店钱我已付了，你不必管了。"郭宝怀只是推着他的手摇撼着，连声道谢。

赵子同安慰了几句，告别去上课。郭宝怀又喝了二十分钟茶。觉得实在不能再打搅这老同学。他知道这个时候，赵子同正在课堂上，也无须去告别。和茶房要了纸笔，写了一张道谢的"字条"请茶馆留交，穿上草鞋，夹了雨伞踏着泥滑的路走回重庆。一个人寂寞地走着，不免想着心事消遣。他觉得在重庆的亲戚朋友可以告帮的，都已经请求遍了。若是有办法，何必跑来找这十年不遇的老同学。赵子同的情谊太好了，不能再去找人家。换句话说，这帮助的三十元，是自己的最后谋生之路，要怎样地来利用这三十元呢？这个数目也实在是太渺小了，他想着想着，实在感到很发展的路子很少，脚下走着也感到没有力气。他想："回重庆去？那百万人口的都市人挤着透不出气来，哪里是我容身之所？话又说回来了，这百多万人个个都有法子找饭吃，何以到了我身上就不能？"

他自己把问题难住了自己也就不想走了。看到前面三岔路口上有棵大黄桷树，遮了半亩地，树下有幢桌子面大的土地庙，庙前倒有两块干净石头，并无泥痕水渍。于是坐在石头上，对树外的天色看着。那多雾的重庆气候积久了，便会变成雨天。雨下过之后，空中的水蒸气下坠了，不能变成一个晴朗的天气。这时天上雾气消失，全是白色的鱼鳞云片纹，在那每个鱼鳞云片的中间露出了金黄色的光，这是太阳埋藏在云片后面的象征。他想着自己的生活也就是云后面的太阳一样，露不出面目，这三十元就算是那云片缝里的一线光了。他颇想抽支香烟，壮壮自己的情绪，然而伸手到衣袋里去摸索着，却是没有。甚至疑心自己的鸭舌帽里藏着有烟卷，取下帽子来翻了一遍，这里面也还是没有香烟。他戴上了帽子低头看石头缝里长了几根青草，拔了出来，在手上一段段地撅着，只管出神。

这就有人在身边哼着。那哼的声音非常沉浊，倒让他吃了一惊。回头看时，一个斑白头发的老人，穿了露出许多处棉絮的破袄子，坐在土地庙的墙基上。他背后背着背篼，放在庙的矮墙上，肩上挂背篼的粗索，还没有脱下来呢。那老人头垂在肩膀上，背还靠着墙。只见脸色苍白，似乎突然地有了病，便向前问道："老太爷（川人尊称之词）你背不动了？"老人摇摇头道："好好的脑壳，竟发起昏来，硬是走不动了。老板，请你帮个忙，把我这背篼放下来。"郭宝怀依了他的话，帮着将他的手臂，由索套子里取出，将背篼落肩放在地上。看那里面，有大半背篼番薯，这个东西川人普通叫作红苕。穷人是拿了当饭吃的。便问道："老太爷，你是背到哪里去的，还远吗？"老人道："我是背到重庆去卖的，现在去不到了，你要不要？我卖把你。"郭宝怀笑道："你要是三斤两斤的话，我就买下了，这大概有四五十斤，我两只手捧了走吗？"老人道："红苕下面，还是十来斤冬笋，和下江馆子四季春送去的，红苕是我家里的，送你都不生关系。"他顿了一顿，又道："你若是肯要的话，连背篼都送给你。你只出冬笋钱就要得，我是十五元钱买来的。你送到四季春，怕他不出你二十元钱。"他说着，又哼了一声，微闭了眼，靠坐在石头上。

郭宝怀听了心中一动，这倒是现成一笔生意。在城里，寄住在同乡家里的楼梯下面，就是有个放身子的所在，两顿饭却是每日到处打主意。在这四五十斤红苕，搭在同乡锅里蒸着，也可以凑付十来天的伙食。望了那老人，正踌躇着，坡子下面来了两个粗人：一个散手走，一个扛了空滑竿。（此物以两行竿为轿杆，中间挂了一串绳子穿的竹片兜子。抬人时，人半卧半坐在竹片兜子里，不抬时，一人轻便地扛了走。）走到前面那散手的望了老人道："彭老板，郎个的？"老人开了眼望着他道："脑壳痛了，周身发冷，怕是打摆子（疟疾之谓）。"那扛着滑竿的道："你脸色都变了，我们抬你回去，要不要得？"老人道："我没得钱，我那背篼，又郎个办？我想相因点（便宜也）卖把这个老板，他没有答应喀。"抬滑竿的道："熟人吗？你把不把钱不生关系，这背篼硬是不好抬。"说着，回首望了郭宝怀道："你帮他个忙，要得？"老人道："我把背篼都送把他，里面还有十多斤冬笋，我只要十五元。"两个滑竿夫同声连说，相因相因。

郭宝怀看那老人，已是坐在那里发抖，闭着眼直哼，便道："好吧，我试试。你们住在哪里？下次过江来，我顺便把这背篼送还给老太爷。"滑竿夫道："走过前面这个垭子（川语小缝之谓），是个坝子（川语平地之谓），那里叫汪家坝，你到那里间老么的老汉（父亲之谓），就问到了。要不，你问他儿子彭老么，也要得。"郭宝怀看看这一背篼东西，仅仅要十五元，实在是便宜，就照了老人的要求付了十五元。滑竿夫抬着老人走去，郭宝怀背了这个背篼也就向重庆走来。

他正知道这个下江馆子四季春在什么地方，扛着那个背篼，径直地就找了去。又恰好这柜上管账的是镇江人，彼此操着家乡音，搭话之间先有三分投机。郭宝怀放下了背篼，说是里面有十来斤冬笋，愿意出让，管账的不加考虑，就答应收买。问他要多少钱一斤。郭宝怀对这一问倒为难了，到重庆城里来以后，连青菜豆腐都不容易吃到，知道冬笋多少钱一斤呢？就说道："都是家乡人，你随便给吧。"

那管账的在红苕堆里清出了冬笋，将称一称，共是十六斤，就照二元一斤，给了他三十元。郭宝怀便问道："若是我明天还送来的话，你们要不要？"管账的道："十来斤冬笋，那太不成问题了。只要你肯这样少赚一点儿同行都肯买。"郭宝怀道："若不是这四五十斤红苕没有主顾，我今天过江，明天就可以和你们再送来。"管账的向店对面街头一指道："啰，那巷口上就是个卖烤红苕的，你可去问问他。那也是个乡下人，我给你们介绍一下。"郭宝怀连声道谢，扛了背篼，随着他走向对面巷口。那里有个穿短衣的汉子，正站在木桶炉边烤红苕。管账的介绍，他伸手拿了根长形红苕，一撅二半，看到红苕肉中心是鸡子黄色的，便笑着点点头道："这是我们下江人说的红心番薯，货倒不错。多少钱一斤？"郭宝怀又答复他都是家乡人随便给钱吧。那人道："现在大行大市是二十元一百斤。我也不欺你。"郭宝怀道："我拉你一个买卖，就是吧。"于是在四季春借了把大秤，将背篼一秤，共是五十六斤。郭宝怀道："也不用除背篼的重量，你就照五十斤给钱吧。"这么一说，就很容易地成交了。

郭宝怀花了十五元的本钱，只一度扛着背篼过江之劳，就净赚了二十七元。他忽然又转着念头，这种生意却是可做，漫说每天赚这一次，就是两天赚这一次，也很可维持生活了。不过今天是碰到这个生病的老贩子，遇到这么一个机会，天天哪里找这机会去呢？他脑筋里转着念头，身体就不是平常那般坦然了。他想着身上已有了五六十元的现款，太犯不上去看同乡的脸色，在人家楼梯下缩蜷着，马上就可以去找个地方把身子安顿了。他想着走，走着想，无意中发现了街边一个茶馆，也就无意地走进去，要了一碗沱茶，坐在临街的一张小桌子边，休息半小时。他休息的不是这个身子，休息的是昼夜不安的那颗心，这可以不必发愁今日的晚饭，也不必发愁明日的早饭了。

这是临长江的一条马路，茶馆在到江边去的一条岔口上。他看到了背了背篼，挑着空箩筐的人由面前过去，走上过江的渡口。看到那空背筐里，也有些纸包或者一刀肉，可想到是进城来的小贩子卖掉了乡下贩来的土产，带些城里东西回家去了。无疑地，他们明天又会贩了东西进城来。这绝不是学不到做不到的事情，自己何妨就顺了今天做小贩这条路走，他慢慢地喝着那碗茶，看了回家的小贩陆续不断地过去，他终于把计划决定了。这茶馆的对门有家小小的西药房，他按着当日的牌价将两元钱买了五粒奎宁丸，将纸包着揣在身上，背起那个空筐，由今日过江来的路再走了回去。他记得滑竿夫所说那个老贩子，住在汪家坝，他问着路，在天还不曾黄昏的时候，就找到了那个老贩子家里。

那是三间一排临着街路边的草屋。门外是一片三合土铺的打麦场，场上扫得干干净净的，在一个角落堆了好几百斤的红苕。有个小伙子在邻近的青菜地里挑了一担青菜过来。郭宝怀道："请问，彭老么的老汉是住在这里吗？"他对那个背筐看看，已经明白了，因道："我就是彭老么。这个背筐，你还送转来。我老汉打摆子，睡了。"他歇着担子，和来人站在打麦场上谈话。郭宝怀在袋里掏出那个小纸包，交给彭老么道："这是我在城里买的奎宁丸，送给你老汉吃吧。这个背筐，我还有用，请你卖给我吧。送你两元钱。"说着，便又掏两元钞票给他。

彭老么拿着钞票笑道："你这个下江人要得！"郭宝怀笑道："下江人到贵地来避难，无非是言语隔阂，其实不会言语要不得的。老哥，我和你打听一件事。你老汉今天背的冬笋这地方还有出卖的吗？"他道："那要有大竹林子的地方才有啰。由这里进去三十里，那地方叫桥坪，出这个家私。你下江人走不到。那里的冬笋硬是相因。十元钱怕不让你背一背筐。"郭宝怀道："真的？只要有路，为什么走不到？"彭老么道："路倒是有路咯，就是那里没得下江人去。你若是愿去的话，这坝子前面垭口上，有两家卖烟酒草鞋的小店，也可以住人。你在那里睡一晚，明天鸡叫动身，半上午就到了。买了家私回来，你还可以赶到重庆。"郭宝怀看他脸上的表示很诚实，道了谢，就照他的指示行事。

桥坪这地方，在重庆南岸南去三四十华里。山峰重叠，竹木森森。本地人因为这是纯粹的山间小路，走起来寂寞，把里程叫长了为六十里，因此很少人向那里去。郭宝怀这晚投宿在一个摆烟酒摊子的乡下人家里，恰好有位邻居李老板要到桥坪去烧炭。郭宝怀请他喝了四两白酒、一个咸鸡蛋，他很是高兴。次日起个早，二人就一路同行。天还没有亮，宿雾笼罩着大地，抬头也看不到星点。那李老板举着一个竹条竹编的火把，在前面行路。走了半小时天才发白，雾却来得更重。像是天上的云落到了地面，面前两三丈路就有点儿模糊，只是有些树木的影子更远，就一切埋藏在白云里了。好在脚下是一条石板面的路，低了头，只管看前面的青石板，移着步子走去。他身上带得有起码价值的纸烟，不断地送给李老板一支烟，走着路说着话，友谊也就加深起来。

两小时后，红日高升，云和雾全已失散，发现走在一道平原上，面前两三里路外一排大山树木绿荫荫的，像刺猬似的散密。这山排左右伸着两手，伸着很长的山脉，把这平原稳稳地环抱在怀里。李老板指着道："这就是桥坪了。"郭宝怀看脚底下这条石板路，屈曲地穿过平原上一片水田，直通到那大山上去。山麓上有个凹下山的坡子。郭宝怀道："李老板我们在云雾里摸着走了两三小时，一口气没歇，高高低低，好像爬过了几个山坡。你贵处的地方就是这样有趣。走过有水田的坝子就上山。翻过了山又是田坝子。我看眼面前这排大山，不会在里面藏着坝子了。找个地方歇歇腿，我们再一口气爬山，好不好？"李老板道："要得嘛。对门山脚下有个卖酒的棚，我们在那里歇下稍。"

于是两人开着脚步，穿过这个大田坝子。到了那大山脚下有个瓦盖的风雨亭子，旁边配合了一幢土地庙。另一边，却有三所草屋接连着，一家是住户，另外两个都敞着大门，各在门口列了破旧的桌子，上面堆了橘子、蚕豆、香烟和一瓦罐酒。郭宝怀晓得，川东乡下的拦路小店，向例是卖酒而不卖茶，且在第一家草屋门口歇着。桌子旁有两条宽板凳，他横跨着一条，让李老板坐一条。这铺子里就是一位老太太坐在靠里的一张没有被褥的床铺上。手上拿了片鞋底拉着麻线。郭宝怀道："老太婆，给我们来二两酒，我吃两个橘柑，一共算钱吧。"说着，就拿了摆着的橘子吃。这位老太太对这位不问价的行人颇表示好感，立刻放下鞋底，将一只小粗碗来打酒。她掀开盖罐子的布垫子，不见酒端子，便叫道："杨家妹，舀酒的瓢瓢哪儿去了？"

随着话，屋后侧门边出来个十五六岁的小姑娘，蓬松头发，脑后用布带扎了两个小辫子。身穿一件旧蓝布长衫，袖子是左长右短。圆圆的脸，一双大眼睛。下面光了腿，打着赤脚。乡下人向来不施脂粉，脸子黑里带黄。但皮肤还是相当细腻。她在床头边的干草里找出了酒端子，带打着酒，将碗送过来，带了三分羞涩的微笑，问道："哪个喝？"郭宝怀指给李老板，因道："还有啥子下酒的没得？"杨家妹又笑了，指着桌上碗底改的碟子道："就是胡豆（即蚕豆）。"她笑时，竟是透着两排雪白的牙齿。乡下人是不刷牙的，郭宝怀觉得这是个奇迹。然而，她终于是赤着双脚。他不免向她脚上望着。李老板因酒碗放在面前，向郭宝怀道："郭老板喝吗？"郭宝怀道："你请。"李老板端起酒碗，道声谢，喝了口。见杨家妹撑了门框，对门外望着。便笑道："杨家妹，这样漂亮的人，光脚杆，朗个不搞双皮鞋穿？"杨家妹笑道："穿皮鞋，哪来的钱？说得撇脱（干脆也）。"郭宝怀道："你们认识？"杨家妹道："他是烧炭的李老板吗？朗个不认得？"说着，她又是一笑。然而，她终于感到打赤脚是辜负了她那表人才的，低着头走了。

李老板喝着酒道："胡老太婆，你儿子有信回来没得？"老太婆又在拉鞋底，摇摇头道："没得。出川去就来了一封信，在啥子长沙。前后两年没得信了呢，晓得还有人没得。"李老板道："你儿媳妇不错咯。"她伸头向屋里望望，见人不在这里，便叹了口气道："她总是和我割孽（争吵也）。猪草不打，活路也不做，她娘家和我要人。我儿子是打国仗去了，又不是跳了（跳读条，逃也），为啥子和我要人？"郭宝怀这就明白，人家是童养媳，而且是抗战眷属。

他吃过三四个橘子，李老板喝完了那碗酒。他会了东继续向前，开始上山。这里石砌的坡子山路，随了山峰的角度屈曲了上去。越进是两旁的树木越发丛密，路上走着，除了两人谈话，就没有声音。周围的松树林子，映得满眼绿荫荫的，微风经过了无穷无尽的松针，发出一种哗哗之声，活像是长江里的水浪在流动着。约莫是上山五六里路，四面山峰环抱着一个深谷。深谷中有个方寨门，是砖砌的。寨门两旁居然有上十家人家，像是个小镇市。走进寨门，倒是石板面的街道，两旁人家虽是店铺式，关了门，却没有经商的，十有九家开了门。街中间居然有个野茶馆，店堂是空的，并没有顾客。李老板将他引到了店堂里，大声叫泡茶来，店堂后面才有一个长了八字胡的么师（即茶房）慢慢走出来。

他头上扎着的布巾，穿了蓝布长衫，打着赤脚，十足的川东农人作风，慢条斯理地笑道："等一下，等我烧开水。"李老板笑道："郭老板，你就等一下吧。我去找几个人。"郭宝怀知道人家要找生产，自让他去了。那么师拿了一捧干柴棍子，就在墙角土灶里烧开水。

郭宝怀闲着无事，和他打听这里出些什么土产，他却是不知道。郭宝怀索性问他外面人到这里来，是贩些什么东西去卖。他这才明白，答应是粮食、药材、木炭、猪、鸡、鸡蛋。这些东西，都比重庆便宜一半。问他有没有冬笋。他说这里出得不多，贩得人不多。但要买的话，茶馆老板家就有。再问老板在哪里，他笑着告诉就是自己。问问价钱，他竟只要每斤一元。郭宝怀倒吃了一惊，就凭这价钱到城里也对本对利了。他学点儿生意经，和这老板而兼职的伙计，攀了二三十分钟交情，由老板搬出一箩冬笋来，看货谈判成功，是六元钱十斤。郭宝怀估量着自己力气有限，花三十元本钱，背了五十斤冬笋走。当晚赶回了重庆，正赶上馆子缺货，卖了一百二十元。

这给予他莫大的鼓励，索性当晚过江，住在南岸码头上小客店里，次日一早，再上桥坪贩货。一个星期以后，他由三十元的资本滚到了一千多元。他又知道乡下人需要些什么，在城里带着纸烟、火柴、粗肥皂、棉线、粗布之类，用行市八折的扣头，卖给沿路的小店里，连川资也出来了。他经着多日的训练，力气也慢慢地练出，那背篼的重量，由五十斤增加到七八十斤。同时，在重庆城里，已认识很多菜馆子，凭了他的信用，人家肯先交给钱向他订货。他扩大了生意网，长雇两个乡下人给他搬货。这已不限于冬笋、鸡蛋、水果，其他的山货他都贩，他都也卖得出。

一个月工夫，他的本钱再由一千滚到近一万。他至少是两日一次，由城里赶到桥坪。山口那个胡老太婆的小店，是他的歇伙的所在。日子久了，彼此相熟，不仅是歇伙，也可以在胡家借火煮午饭吃，胡老太婆的丈夫是个做瓦匠的，常在七八里外做工。因之煮饭烧火也必是那个杨家妹。郭宝怀除了给老太婆的柴水钱而外，也偶然给杨家妹几个小费。有一次杨家妹在灶房里烧饭，郭宝怀去讨火吸烟。她看看外面无人，向他笑道："郭老板，你在城里跟我带一尺青布鞋面子来，要不要得？"

她笑着低头，看了她的脚。因为自郭宝怀常来，她已不打赤脚，不知道在哪里找了一双旧鞋来套在赤脚上了。那鞋子是江布的，都打了几个青布补丁。郭宝怀道："那没有问题，你还要袜子吗？"她手上拿了柄断火钳低头在地面画着字道："怕不要？我没得钱还你咯。"郭宝怀笑道："谁要你的钱，我当然送你。"杨家妹望了他笑道："郭老板，你做生意很发财。"郭宝怀道："托你的福，挣了几个钱。"杨家妹一撇嘴道："我啥子福？苦命人喀。你把我的钱，老太婆都要去了。二天你……"她笑着低下头去，又将火钳来画地。郭宝怀笑道："二天我私下交给你可以吗？"她点点头低声道："要得。"说着，红了脸，将嘴向灶房外一努。

胡老太婆已提了一篮青菜由外面进来。郭宝怀迎出来道："好极了，你们这里的新鲜菜非常好吃。老太婆，常来打搅你，二天由城里来，我送点儿东西给你，你要什么？"老太婆听了这话，且不答复，首先地嘻嘻笑，点头道："送我家私？要得吗？"郭宝怀道："我不但送你的东西，我还要送你们杨家妹的东西。"老太婆道："那个娃儿，不懂好歹喀，你送她家私她也不晓得见情。你把送她那份都送我就要得。要吃啥子新鲜菜吗？我家里没有，我也和你找得来。"郭宝怀在这里来来去去多次，已很了解这老太婆是哪一种人，当时把话放在心里。

第二天再由这里经过，就由城里带了五尺平价布送给她，又拿出两尺青布鞋面来，笑道："这鞋面，你一双，杨家妹一双。还有两双女袜子，朋友送给我的，我不能穿……"一言未了，杨家妹已在里面屋子里跑出来。郭宝怀在衣袋里掏出两双袜子，和那尺鞋面布都交给了她。老太婆虽然瞪了她两眼，可是领了姓郭的这份人情，也不好说什么。郭宝怀望了她的面色不自然笑道："老太婆，二天我生意好一点儿，我再送你东西。你那双半大脚，这袜子穿不得，我送你别的。"老太婆听说他又要送东西这才笑了。

这次，郭宝怀带了两个挑夫同行，他们坐在门外石头上歇伙。有个叫老唐的笑道："老太婆，你们儿子胡家娃，我认得。他喜欢赌钱咯，怕是鞋面子都没有和你买一双。"老太婆道："怕不是？儿子在家里，我也没啥子好处。"郭宝怀坐在栏门板凳上吸烟，向她笑道："你有我这样一个儿子，你就不发愁了。"她笑道："郭老板，你折死了我。"他笑道："我拜你做干妈，要不要得？"老太婆把那件送的布正自翻来覆去地看，听了这话笑着一抖头，把那布笑着跌落地下来了。因道："拜我做干娘？笑人（川话此二字与普通相反，正谓我可笑）！"郭宝怀道："有什么不可以呢？我也不过是个难民，难道你还生养我不出？"老唐和另一个挑夫老刘一齐叫起来道："要得要得，我们还要吃一杯喜酒。"胡老太婆笑道："生是生的出喀，那郎个敢当？"郭宝怀笑道："好吧，老太婆，等胡老板回来了，你和他商量着，我们若认了亲戚，往后彼此有个照应。"老太婆道："我就能做主。他倒管不到喀。"

　　他们正说到热闹，恰好那个烧炭的李老板由山上下来，也在这里休息。见他们都带了笑容，问是什么事？老唐将原因告诉了。他笑道："要得，我先讨郭老板四两喜酒。"郭宝怀倒真的请他喝一碗酒。他把酒碗放在栏门的桌子角上，要了一盘蚕豆，伏在桌上削着皮，他把一只右腿蹲在坐的板凳上，喝着很得意的样子。向郭宝怀笑道："你请喝这碗酒，我不白喝你的，我要和你拉拢一笔发财的生意，不晓得你相不相信我？"郭宝怀道："我走这条路都是李老板介绍的，怎说不相信的话？"他端起酒碗来，呷了一口，右手五指伸开，对他扬着巴掌表示了大发财的意味。因道："山上两窑炭明后天就出货。那烧炭的张树清，家里打官司，等了钱用，你若是肯倒过来的话，只要你三万元。只要出了货，怕不值四五万。我是没得钱，要不我就倒过来。一窑炭，总要百十担、二百担炭，三万元，哪里去买？"郭宝怀道："此话是真？"那杨家妹正躺在隔壁屋子里听郭宝怀拜干娘的话，却没有听到这个结论，正自奇怪。这就走出来接嘴道："真的真的。今天上午，张老板到这里来吃酒，还提到这话。他家就住在前面山口。"说着，她还指门外的一列小山。郭宝怀道："我倒有意做这笔生意。杨家妹能不能和我跑一趟路，把那张老板请来谈谈。"她笑道："就是嘛。你挣了钱请请我嘛。"说着，她真的走了。

　　三十分钟上下，杨家妹就把张树清请来了。他一般的是蓝布长衫罩着棉袄，下面赤脚，头上没裹白布帕子，是一顶半新旧的盆式呢帽。川省下层人习惯，虽然是西式帽子，却当了中国小帽戴，终日不摘下。这种打扮至少是富农阶级，而且他手里拿了一支三尺长的旱烟袋，象征了他的悠闲。李老板从中一介绍，谈起出倒两窑炭的事，他果然只要三万元。郭宝怀在城里打听得清楚，炭价是五百元一担，加上运费，这钱就赚多了。当时就由张李陪着，上山去看过炭窑。张树清并保证出炭二百担。大家依然回到胡家起了一张草约。郭宝怀尽其所有的，付了一万元定钱。

当付了定钱的时候，主人胡瓦匠回来了。他破旧的蓝袄子束了根青布带子，破碎麻子的尖脸上挂了两撇八字胡，透得脾气有点儿别扭。他到了门口，把肩上盛了工具的小背篼，向空竹床上一扔，瞪了眼睛道："杨家妹，你做啥子不去打猪草？别个吃酒，你站一边看啥子？"郭宝怀认得他，起来一阵张罗，并告诉他，借这里接洽一点儿生意，先请他喝一碗酒。他道："我卖酒，郎个要你请我吃？"郭宝怀笑道："卖酒的人不吃自己的酒吗？那我到隔壁打一碗你来吃。"他有笑意了，跨着栏门的板凳和李老板同坐，笑道："那倒是不拘。"郭宝怀立刻请老太婆打了一碗酒，放在桌边，请他同吃。他吃着酒，见张树清收着郭宝怀的大批定钱，心想这姓郭的在这路上跑来跑去，倒不是个小贩子。郭宝怀道："胡老板，以后我在这里收炭，少不得多来打搅，凡事请照应一点儿。"胡老板端着酒碗喝着人家请客的酒，笑道："不生关系，都是熟人。"李老板笑道："不但是熟人。你老婆还要收他做干儿子哩，你们是自己人。"胡老板听说，红着麻子脸，胡子一撇，却不作声。郭宝怀赶快把话扯开，谈些运炭的事。

这胡瓦匠听了李老板的话，未免憋着一点儿心事，看到太婆儿牵了猪到屋后空草地上去晒太阳，便跟了过去。借了三分酒意瞪了眼睛道："那李老板说，你要收姓郭的做干儿子，这是啥子话？你家里有这样一个年轻儿媳妇，收这样年轻的干儿子？"说着话，他两手插腰带里，兀自带了股子劲。

胡老太婆自把猪牵紧，慢慢地缚在矮树桩上，慢慢地道："要啥子紧，你生不到这样一个好儿子。"说着在怀里一掏，掏出一卷钞票，高举了一举，沉着脸道："你儿子交过一百钱给我？"（此犹上海人言一个铜板也。）胡瓦匠看到了那卷钞票，就抢近了她身边问道："好多钱？

把我看看。"胡老太婆依然将钞票揣到怀里去,沉着脸道:"一百元整数,多不多?你做十天工也挣不到这样多的钱。把你看,没得郎个撒脱(干脆也)。"胡瓦匠道:"啥子,他把一百元送你?啥子意思?"老太婆道:"不管他啥子意思。钱也不咬手,我为啥子不要?他说是说,哪天拜干娘请我办做酒席。"胡瓦匠道:"办酒席,十成要不到一成。"老太婆摇着手道:"不要吼,他悄悄儿地送把我的。你说吗?答应不答应。不答应,钱要退还别个。"

胡瓦匠插在腰带里的两只手,未免垂了下来。同时,抽手搔了白布帕子包着下面的鬓发。同时,也就不免带点儿笑容,因道:"你分我一半。"她道:"你答应不答应?"他道:"不把我钱我不答应。请我吃一碗酒,就认我做干老子,我也没得郎个撒脱。"她数了二十元钞票,丢在草地上,轻轻地喝道:"拿去。不管你答应不答应,我硬是要收他做干儿子喀。"胡瓦匠在地面上捡起了二十元钞票慢慢地数了一数,因笑道:"就是嘛,收一个有钱的干儿子,我吃啥子亏。你再分十元把我,要不要得?他又在做炭生意,这是发财的事。将来他挣了钱,你和杨家妹,怕要不到他的大钞票。你怕我不晓得。大家搞他几个钱,我也不反对。"老太婆道:"死砍脑壳的,你又在吼。再把你五元。"说着,在衣袋里再摸出了五元钞票丢在地上。他当然含着笑,将钞票拾起。这一百元四分之一的贿赂,把这老瓦匠就软化了。

前面酒桌上的生意经,比这老两口子的生意经,更谈得白热化。到了黄昏,一切都已谈妥。郭宝怀向张树清借了一床被,当晚就住在外屋那张空床上。而且晚饭是郭宝怀出的钱,在乡下买了一只鸡,就买了半斤酒,又是三老升白米,将干爹干娘干妹请着吃了个酒醉饭饱。这时,李老板和两个挑夫都借住张树清家里,所以这里无外人。大家同桌共饭的时候,胡瓦匠不断地喝酒吃红烧鸡腿,和郭宝怀谈得很投机。郭宝怀并允许了他一件好处,将来炭出了窑,请他包工送到重庆。对干娘也许了两个条件,运炭的时候,借这里做个山脚下堆栈,每担炭都出个相当的栈租。只有对杨家妹却没有许下什么。但她很高兴,当郭宝怀吃完了一碗饭的时候,她立刻接过空碗去盛饭。背过身去,她也悄悄地隔了破旧棉袄按按她的里面口袋。她总怕那向来没有装过二十元法币的衣袋,会把袋里的东西漏了。

郭宝怀也自是十分得意。次日早起，带两个挑夫空手回到重庆。他当日分向几家老主顾兜揽炭生意，照市价按八折给人订货，先收三分之一的定钱。到了第二天，他就收入三万元。因为市价猛涨，比山上的订货已超出两倍了。他不敢耽误，在城里买了三斤肉、两瓶酒，又是几尺布、斤多棉花，一小背篼背着，到了胡家店。酒肉是送干老子的，布是送干娘做棉袄里子，棉花自不必提。胡老夫妇眉开眼笑，又打了一次牙祭（即开荤之谓）。胡老自告奋勇，次日不出门做瓦匠了，陪着干儿子上山，再定一批炭。山上人并没有知道城里的市价，依然是贱卖。七天之后，山上的炭完全出了货，郭宝怀向城里一送，这趟生意，竟是挣了六七万元之多。

他有了这些钱就有办法了，一面在山上陆续办货，一面在南岸海棠溪街上，挖了个店面子开炭行。一个冬天，资本就滚上了二十万。这样一来，他就不是以前小贩子的身份了，买了两套西装、一件旧大衣，全身更换。脚下不是草鞋，换了皮鞋。而且上山订货已不走路，改坐了包来回的滑竿了。胡瓦匠始终包着他的运炭工力，也挣了一两万元。郭宝怀对他全家，又是始终不断地送礼，弄得胡老夫妇由心窝里喜欢起，比着自己儿子还要亲热。到了旧历正月初二，郭宝怀趁着炭行休息的机会，带了两大包礼，坐着滑竿，下乡给干爹干娘拜年，顺便也看看山脚下堆的货。他们全家也过的是肥宝年。掩上了大门，屋子里用石头支着一个地灶，将炭堆上的炭生着大火烤火。那杨家妹却不安心坐着烤火，因为她已有郭宝怀给她做的花布棉袄、青布灰裤、阴丹士林大褂，全都穿上了。在乡下阴丹士林布是最珍贵的材料，等于上海小姐穿灰背大衣。她有这样好的穿着，不忍埋没了，总是在大路上站着。郭宝怀坐了滑竿来，老远地就看到她了。见她除了那一身新而外，头发将一根小红辫带由头顶心圈到脑后，梳得清清楚楚，不是平常一团蓬草了。脚下穿着柳条布的鲇鱼头鞋，套着大红的线袜子。这透着乡下姑娘的气氛，十分浓重。他先笑了，在滑竿上抱着拳头道："杨家妹恭喜恭喜。"她不晓得怎样回答拜年的礼节，只是嘻嘻地笑。

胡瓦匠早得了信，知道郭老板要来拜年的，听到这声音，双双迎出大门来。郭宝怀跳下了滑竿，取下帽子，先连道着恭喜，到了屋里，又道："干爹、干娘，我拜年。"胡瓦匠早看到滑竿上带了两包礼物，笑得满嘴唇胡直竖。因道："我们乡下人不懂礼喀，来了就是。"胡老太婆急了，使出了三十年前的老套，两手按住了左衣襟，来几个万福，口里连道着："今年子大发财。"郭宝怀本也就预备了致最敬礼，这就朝着二老，各行了三鞠躬。杨家妹带着滑竿夫，正把两个包揪向里送，郭宝怀又向她一鞠躬。她笑着身子一扭，把布包袱提到空竹床上去。胡瓦匠道："这个娃儿，硬是不懂事。郭大哥和你拜年，你礼都不晓得回一个。"胡老太婆道："她哥哥喜欢她嘛，她就是这样不懂事喀。"郭宝怀见两老已毫无顾忌，心里也暗高兴，打发滑竿夫到灶房里歇稍。这就打开两个布包袱，将礼物几件连吃带穿全有，指着哪个送干爹，哪个送干娘。二老笑着，连说："郎个做？郎个做？太多了。"

杨家妹靠着灶房门站住，将右手食指微钩着白门牙，瞪眼看呆了。因为还有两件礼物还不曾分表呢。郭宝怀打开纸盒子，先提出一双紫色皮鞋，笑道："杨家妹，现在你穿得起皮鞋了。这个送你。"他放下，又拿起了个扁红纸包，笑着拍了两拍，因道："这是九尺花布，你拿去做件大褂。"郭宝怀这种公开地送东西给她，还是第一次。她又是高兴，又是害羞，又是害怕，红着脸，笑着低了头，但手扶了灶房门框，却不走开。胡老太婆道："哎呀呀，道谢嘛！"胡瓦匠也道："这娃儿不懂事喀。哥哥送把你的，你接过去嘛。"郭宝怀本也料到二老无问题，但想不到是这样地凑趣，也越发地向二老献殷勤。当日，胡家就把郭宝怀带来的酒肉招待他，自己也杀了一只鸡添着。

晚间围了炭火，点起三根灯芯的菜油灯，吃着郭宝怀带来的椒盐花生闲话。郭老板和杨家妹对面坐着，他抓了一大把花生给她，笑道："吃吧。难得过个快活年，乡下又没有什么可要的，只有吃一点儿了。"她接着花生放到衣兜里笑道："过年，城里好耍不好耍？我还是去年子到过一回城里头，好多人啰！车子挤得走不通人。我还看过一回电影，那是郎个的？那上面啥子都有，人也会说话。"郭宝怀且不答她的话，向旁坐的胡老太婆道："干娘，我有一件事和你商量。我不瞒你，我现在手上有二三十万本钱了。南岸店里的事都交给两个店伙，我一出门，锁了账房，真不放心。就是吃口菜饭，也没有好的吃。你这个家没有什么了不得，把它暂时放下吧。我想请干娘和我管家，柴米油盐都交给你。干爹呢，和我管账，干爹每月做工，三天打鱼，二天晒网，也不过每月挣个斗把米。若是干爹肯去和我管账的话，我就每月送干爹一百二十元。不知二位老人家的意思怎样？"老太婆笑道："有这样好的事？笑人！"胡瓦匠一抹胡子代答道："确是，他那样大的家财没有亲人，硬是不方便。卖起炭来，一趟好几千，万是万都由管账的经手，我都替他不放心。"

郭宝怀看他二人，并无拒绝之意，又笑道："二位若肯去的话，我保证，白天三顿米饭，至少三天打回牙祭，干娘四季要穿的布衣服，我总负责任。"这条件越谈越优厚了，杨家妹把话听入了神，低着头，只把手去搓衣襟角。胡老太婆张着口笑得合不拢来。她拍了自己身上这件青布袄子笑道："还说啥子，里面三新，都不是你送的？"郭宝怀道："干爹没有问题吗？"他又一拍膀子道："你怕我不会晓得安逸？就是啰！帮你忙的！让你再发财嘛！"

杨家妹听他们的交涉似乎成功了，便望了胡瓦匠道："好安逸，你们进城去耍，我郎个做？"郭宝怀笑道："我也欢迎你去呀。南岸有个妇女补习学校，每天晚上可以读两点钟书。"说到这里，他改了川音道："皮鞋穿起，书包提起，头发烫起，阴丹大褂穿起，硬是个女学生喀，要不要得？"老太婆见她笑得低了头，只把手搓衣襟，便将手一拍她肩膀道："你怕她不想？"郭宝怀道："干娘，不说笑话，我白挣几十万家产，就是一个人。你们若肯去帮忙的话，我算有了个家，我也高兴的。不过杨家妹的事，还要和她娘家说好。她娘家不是要她回去，另说人家吗？"杨家妹抬起头来，正了脸色道："回娘家，没得郎个撇脱。吃娘家吃红薯稀饭，吃大麦面饼，我才不回去。"胡瓦匠道："你怕她不晓得。她不跟了发几十万大财的哥哥进城里去耍，要回家打猪草吃红薯稀饭？"郭老板笑了，杨家妹也笑了。

郭宝怀这二十万元家产的炫耀，把胡瓦匠一家人都震骇到了。的确，在民国二十九年，二十万是个吓人的数目。不到一个月，胡瓦匠在郭家炭行里实行管账，老太婆给他管理家务，杨家妹没有任何事物，也没有任何身份，就在郭家寄居。但在炭行里还不到一个礼拜，乡下穿的衣服已完全脱除，城里少女穿的时兴衣服已披上了她的身体。她已知道线袜子落伍，换了长筒丝袜。头发也烫成当年流行的飞机式。邻居们猜着，这是胡家的姑娘，是郭老板的新太太，甚至也就这样称呼了。又是一个星期，这称呼成了现实，炭行的楼上裱糊了一间雪白的新房，安置了新式木器家具。杨家妹长得本有几分姿色，而年岁又很轻，换上了城里摩登装束，竟是一个十分漂亮的少妇。郭宝怀有了商业，有了家，更有了一位十分漂亮的太太。他真是志得意满，而经营生意的兴趣，也加倍地发达。

这个时候，后方已十分感到汽油的缺乏，一部分长途汽车已改用烧木炭。郭宝怀凭了他的努力，和两三处运输机关做成了包办供给木炭的生意。两个月内，他由二十多万的资本再翻两次身，翻到将近六十万。物价继续地涨，他的资本也继续地涨。他料着百万家财乃是转眼间事。这就不肯把香巢筑在炭行楼上了。在上龙门靠附近的山头上，是英美大使馆。当日本还不敢和英美翻脸的时候，英美使馆所在地已默许了不轰炸。有些过分敏感的人就以为这里是安全区。郭宝怀和几个朋友合伙，在这山脚下买下了七八亩地皮，盖了几幢小洋房。那个时候，盖一幢别致的小洋房，不过万元上下，他是太优为之了。除了屋子里布置一切是现代化，就在屋子外，筑了个深五丈、长八丈的防空洞。洞是在整个山石凹了过去的。上面的山石有几十丈高，任何炸弹不能摇撼，那是太保险了。

郭宝怀所以要这样做，也有他的理由，他似为冬季过去，雾没有了，敌人的轰炸就跟着开始。有了这多的钱，有了年轻美貌的太太，在轰炸时期大可以搬到乡下去享福。可是自和汽车公司订立合同以来，炭生意每月有几十万的成交，抛弃了是太可惜了，而且你不做，别人抢着做，放下以后，下半年再想拉回来，是太不容易的。同时，城里头认识了许多下江商人，百货店搭得有股份；下江饭馆，也搭得有股份；最近有爿绸缎店开张，也加入了十万元股本，已被公推为副经理。这是个相当大的生意，当副经理的人，不能不常到字号里照应照应。这样就绝不能下乡下。在各种考虑之下，求进城做生意方便，而生命又得着安全，就只有在外使馆附近建家筑洞了。他这个布置，是他更努力做生意的表示，他也就继续地发财。

到了春季，果然不负他所望，家财将近百万。他终是半日在南岸，半日在重庆，到重庆的时候，就在绸缎店里执行副经理的职务。其间已经过若干次空袭，在城南岸，当然是藏在家里私有的坚固防空洞。在城里就只有躲公共洞子了，这洞子到店里有两三条街，人既多，洞上的石层，并不怎样地厚，也不算是保险，因此，他在警报告挂了一个红球，预告有空袭可能的时候，他就立刻跑到河旁，坐船过江，回家去躲好洞子。预先警报和紧急警报可能有一小时以上的时间，他由店里渡江回家总是来得及的。

他也就是为了这一缘故，增加一层烦恼。那为什么呢？就是他每次过江，在轮渡口总挤得头破血出。有时根本挤不上去，就坐了木划子过江。川江水溜，木划子都是大的，可以载四五十人。在空袭的时候，渡江的人一巢蜂地向上拥，可以装到六七十人。那船舷靠水，只有两三寸，人站在船舱里肩背相叠，动也动不得。有三四个人动船就动。曾为这个原因，翻过几口船。郭老板想到过江是为了安全，岂可找这不安全的路线？自己有的是钱，有钱就可以买到安全。于是在江边码头上，包好了一条船，供给这条船的全月收入。而外，还有个特别奖励，每跑一次空袭，给船夫一次小费。这就好了，每到红球挂后，那包租的木船已在一个固定的地方等候。上船就走，除了他没有第二个乘客。这就什么都不必担忧了。

每个黄昏时候，郭宝怀由城里回来都在屋后山坡人行路上散步。重庆的夏季是很热的，而且是长期热。不到了黄昏时节，也没有出来散步的可能。因此每天这黄昏的散步，是他最喜欢而不可少的一课。山后的人行道恰藏在西边山峰的脚下，太阳到了下午就晒不着。沿着人行路外有几片庄稼地，带着一条小水沟。有人在这里开辟了农场，半条山麓有一里路长，都栽了新树，满眼全是绿的。这截路是石板面改的，非常平整，谷口里偶然送过来两阵山风，吹到人身上很是清爽。他带着那位新夫人杨家妹在这里散步，倒是人生一乐。

一日六七点钟的时候，满谷全是阴沉的，他夫妻两人又在石板路上走着，有个穿五层旧白布短衣裤的人，手里拿了竹根手杖和蓝布旅行袋，站着叹了一声。看时，正是帮助自己发迹的那位同学赵子同。便上前握着手道："老兄，好吗？这半年多以来，我要去看你，总是没有工夫，真对不住。"赵子同道："接得你的两封信，并蒙你加倍又加倍地还我那些款子。"郭宝怀道："这事不足挂齿。来，我介绍介绍，这是我内人。"说着，引杨家妹和他相见，他看这位新夫人不过十六七岁，年纪是太轻了。穿着黑拷绸的夏季无袖长衫，越显出皮肤雪白。头上的烫发梳了两个燕子尾的小辫，胸前挂个茉莉球，光着白腿，穿了透凉白漆皮鞋。足指露在鞋尖外，指甲都涂了蔻丹呢。只看这二层，就知道半年前，冒风雨来求助的穷小子已成了另一种人。便道："郭兄的环境很好了，恭喜恭喜。府上住在什么地方？改日我来相访。"郭宝怀道："什么改日，今天遇到，不能轻易放过，一定请到我家宽住几天。"说着，就把他的旅行袋接过向家里引来。

赵子同自也想看看他的家，便随了去。到他家，见是一幢上下五开间的洋房。主人将客引到客厅里坐着，见这里面有两套藤制的仿沙发，有立体式的新桌椅，墙上也配着字书，在墙角的茶几上还安置了一架电扇。这个时候，重庆的电扇不但是成了奢侈品，根本也就很难买到。平常的住家人家，家里会有这种设备，那生活是可知的。赵子同在走进他家以后就有了这个观念。他立刻也就想到和新朋友来往那原是无须介意的。穷朋友突然变了阔朋友，第一是人家怕泄露秘密，第二也有借钱找事的嫌疑，于是，在主人敬过一遍茶烟之后，就起身告辞。郭宝怀哪里肯答应，笑道："莫非老兄看我有点儿办法，疑心不认识老朋友了。我还不是那样容易忘记交情的人，不是你那三十元的资本我哪有今日，我正有许多事情和你长谈请教，怎么住不下去，你也在我家住过这个暑假，现在放了假，在学校里不是没有事吗？而且我还有一点儿意思，于今是商人世界，你教书又吃苦又费力，什么意思，你也来和我合作吧。"赵子同进城来，本是看朋友，想点儿新办法，听了主人这样的话，也就只好留下来了。

客人在此地一直住了三天，知道了许多新路途，而且知道郭宝怀误打误撞的，已发财百万元，他想着若是用点儿脑筋，自己也未尝不可发财，有了郭宝怀这么一个有资本的人帮忙，也不致没有本钱。这三天内，郭家一切战时物质的享受，和主人翁一切战时生意经的渲染，他的意志也就动摇了。结果，主人答应借一万元给他做资本。而且还和他拟好了一个计划，莫如到疏建区去开一爿杂货店。这种店的货有钱大办，无钱小办，可以自由，而且愿意把货卖出去，不愁卖不掉。不卖出去，困久了，就会涨价，自是合算。此外还有一样好处，杂货店买进什么货都没有囤货的嫌疑。赵子同想着也是，便道："我有两家远亲，住在歌乐山，那是个成立不久的疏建区，而且又在成渝公路上，交通便利，我且到那里去探探形势，看看可不可以开店。"郭宝怀道："那地方我到过，附近有的是大小公馆，这生意发展得开，我一定帮你的忙，明天上午一路过江，我叫店夫给你买好了公共汽车票子，到时，你拿票子上车，川资我也会给你预备好，一切不用费神。"赵子同也觉得这是个翻身机会，只有向主人道谢，无不乐从。

到了次日早上七点钟，郭宝怀要乘天凉进城，开过早点儿就和赵子同起身，那新夫人杨家妹是一天一件衣服，早装穿着带红色小朵海棠花的白洋纱长衫，撑着后方流行的白花小纸伞，送到下坡的山口。她向丈夫道："今天天气好，怕有空袭，你小心。"郭宝怀笑道："不要紧，我有包船。一挂球我就到江边坐船回来。"杨家妹道："那就好，我胆子小，你不回来，我没有主意。"郭宝怀说是一定回来，走到山脚下，回头看去，杨家妹还在山坡上招着手。

这两人过江到了绸布庄里，郭宝怀就差店夫去排班买公共汽车票。赵子同看看人家的生意发达，也生了不少的欣羡。可是不到十一点钟，街上一阵人声纷乱，说是挂了球了。郭宝怀话不说，拉着赵子同的手道："走吧。"赵先生始终住在乡下，还没有经过城里的空袭滋味。他出得门来，见街上的人像潮浪一般，分途跑着。各家店铺关窗的关窗，上门的上门，忙着一团。他本来不怕，看了这情形倒有些着慌。郭宝怀更是一声不响，肋下夹个大皮包低了头走。他跟在他后面，横穿过两条下坡的小巷，就到了江边。在离渡口约莫是小半里路的所在，是河街后面的水巷口子。在半环石头码头下，正舶着小木船。船夫站在船头上向岸边招着手道："郭经理，郭经理，我们早在这里等着了。"

郭宝怀一脸惶恐紧张的样子，到这时才平和了一些。立刻拉着赵先生的手向船上拥挤了去。便是那些摆渡的木船也是人上登人，整整地拥满了一船向江心开着。赵子同摇摇头道："这太危险，与其这样冒险过江，那还不如在重庆找个洞子躲着安全得多呢。"郭宝怀笑道："所以我不打别的主意，干脆包了这只船，那种挤法我老早就不赞成了。"赵子同笑道："岂但是你，我也不赞成。不过，人人不像你大老板，拿得出这些包船的钱。"郭宝怀听了这话，很有点儿得色。坐在船舱板上，昂起头来，望着江面上的天空，因道："这也并不是我的浪费，人生在世，还有比性命要紧的吗？性命不能得全，要钱有什么用？实不相瞒，我现在正在学花钱，能花钱，才能够挣钱呢。"说着，打了个哈哈。

　　在郭老板得意的情绪下，这只只载着两位乘客的渡船很快地渡过了长江，他平安地到家，也才是刚刚放了空袭警报。杨家妹换了一件颜色深厚的衣服站在门口等着，手里还提了个箱子呢。郭宝怀抢上前两步，握了她的手笑道："我说我会回来的吧！我晓得，你会在门口等着的，我不回来岂不把你急坏了。"杨家妹见他携了手来加以安慰，越发撒起娇来，望了他点着头道："你若不回来，二天我就要渡过江。你说你做生意要紧，还是我要紧吗？"郭宝怀笑道："当然是你要紧了。"赵子同站在一旁看着，倒不好说什么。这个时候，邻居们三三五五拥抢着进洞子，还有心情做这种安闲的表示。杨家妹见赵子同呆望着，便道："走吧，我们进洞子去。赵先生是生地方，我们先去给人家找好位子。"郭宝怀连说是是，才牵着新夫人的手，向赵先生点头引路。

　　他们和重庆隔一条江，又在中立国的使馆旁边，加之自筑的防空洞十分坚固，因之他们在洞子里避难，倒是相当宽心的。解除警报以后，赵子同又受着主人招待一宿。晚间乘凉，还是谈着到歌乐山去做生意的事，宾主都觉得办法不错。次日早上，赵子同再过江，再预备买去歌乐山的汽车票，不料到十一点钟附近，警报又来了。郭宝怀讶然害怕，又惦记着家里那位年轻太太，还是坐了自己的包船回家。赵子同始终和他一路，还是在他家里寄宿。

　　到了第三日，依然是个好晴天，郭宝怀便和他商量着，每日都是上午来警报，上午过江去什么也不能办，等下午解除了警报再过江去吧。

赵子同也感到来去奔波讨厌，也就接受了他这个办法。他们在客厅里谈话，这个新夫人杨家妹也始终相陪。因为她对于这个大晴天，非常害怕，有了警报，她就没有了主意，她根本反对郭宝怀再过江去。这时听到他们下午还是要走，便道："去啥子吗？担惊受怕还不是为了几个钱。房里有的住，饭有的吃，衣服也有的穿。还要些啥子？天天躲警报，我也懒得在这里住，我要下乡去。你不去，我一个人也去。到雾天还早得很，我熬不过。"郭宝怀笑道："我心里一句话你说出来了。我有这个意思，还没有和你说呢。今天下午，我进城一趟，把银行里那二十万现款拿回来，从明天起，我就不过江了。让我用几天工夫，在乡下找个安全地方，舒舒服服过着，一来躲警报，二来避暑，你说好不好？"

杨家妹虽然年轻，她可晓得钱是好东西。听说丈夫是去提二十万款子回来，这是当年一个极大的数目，便笑道："也好，多带些钱到乡下去用。但是有了警报，你就要回来，我一个人躲洞子害怕。"郭宝怀道："这不用你说，我比你还挂心呢。"说着，就向赵子同笑道："她太年轻，我不能不处处照应着她。"赵子同笑道："新婚燕尔，这也难怪，为了免除嫂夫人挂心，你等阴雨天再去取款不更妥当吗？"他道："但是我为了取钱来，好早下乡呀。"赵子同不知道他是取什么款子，涉及有钱朋友的经济问题，自也就不再提了。

说也奇怪，这虽是晴天，上午并没有警报，到了下午两点钟，赵郭二人又一同地过江。郭老板怕到银行晚了会提不到存款，登岸以后，就直奔银行。赵子同做生意的计划必求实现，也就直奔公共汽车站排班买票。可是因为空袭的关系，下乡的人太多，他排班一点多钟，还没有买到票子。看看到了五点钟，街上一阵纷乱，车站上的人也扯脚就跑作鸟兽散。在汽车站斜对过的高岗上，就是警报台，向那里看时，一个丁字形的旗杆还挂上三个极大的红灯笼。这种表示，当年在大后方，是报告有被空袭的可能，这不是警报。但挂了一个红球不加上一个的日子很少，而加到两个红球，就是放警报了。赵子同很知道这种情形。一来城里地形生疏，不知道到哪里去躲避好，二来自己没有身份证，就是有洞子也不能进去，唯一路子，还是赶到江边，搭上郭宝怀的包船，再回南岸。事到了这时，也不容许他有片刻的犹豫，提起脚来，就向江边跑。

好在这是走熟了的路，不用考虑，径直就奔江边。

重庆是个山城，那江岸和江水的距离，总是几十尺。他们走的这条路线是望龙门。江岸到水边，于今是缆车码头，好像在山上望山脚。赵子同奔到这里，自然是首先看那郭宝怀的木船是不是等着？他直走到石砌的高坡上，斜着向下面江边看去，早见一只木船，两个船夫撑着，已离开江滩。那种船像只平底鞋一样，是没有船篷的，因此可以看到船舱中只坐了一个人。谁能在大家拼命抢渡的时候，单坐了一只船过江，那当然是郭宝怀了。于是抬起手来招着，大声喊叫等我一等。当然，那江面上的人，不理会有人在高高的码头上喊叫。而且又是那么巧，就是这个时候，那报警器在半空里呜呜地惨叫，那声音更不会让江面上听到。赵先生知道绝望了，这就赶快地跑下坡去，直奔到水边江滩上，打算抢上过江的公共渡船。江边的船已全数走开，赶不上渡船的人，又纷纷地向坡上跑，另去找防空所在。

赵子同站在江边，不觉呆了。这身后是十丈上下的一堵高坡，石块砌得陡，石壁上倒有两个流水眼，约莫小桌面大。所站的是四五丈宽一片沙滩。再前面就是水了。他想着，不必再跑，敌机临头，就向沟眼里钻一钻吧。是死是活，只好碰运气了。这样他倒定了神。看那江上，这只站满了人的渡船，乱抢着过渡，大半面江都散布了船，郭宝怀坐的那只船也看得清楚，过了江的三分之二，他只有欣慕郭老板有钱，能搭船避难了。

就在这时，上游一只小火轮开足了马力，向下游冲来。轮船的面前，白浪翻着雪塑也似的花，可知其势之猛。在轮船头的左侧面，有只过江的渡轮，横着尾巴，相随不远。那下水船突然一转头，向右偏过，正好对了郭宝怀乘坐的那只包船。赵子同远远地看到了，喊了一声糟了。这句话冲口而出，还不曾完毕，早是看到这轮船的船头对着这小木船的尾巴一撞。这小船真来了个浪里翻身，船上三个人全落入江里，那小轮船似乎没有看到这件事，依然破浪而去。赵子同站在江面，相距得太远，看不清那江面的情形，除了那木船是船肚子朝天，有一片影子而外，那三人怎么样了，无从知道。这又是警报当中，江面上不但没有人去施救，而且也没有人理会。他看了周围，江边上人全去躲警报去了，找一个同情落水的人也没有。这样他只有急促地叹了几声气，怔怔地望了一江茫茫的黄水，把放了警报的情形也忘了。

约莫是半小时以后，太阳已在江的上游落到山后面去了，西半边天全是红霞，映着滚滚的江浪，翻动着红光。对岸的南山，半面有青隐隐的烟雾色，天气已宣告傍晚了。接着，江岸上也零落地有人行动。警报的恐怖也渐渐地松懈。直到一小时余，并没有发出紧急警报，慢慢看到对面的南山，全成了青影，天上张开灰色的幕，有零碎的黑点发出，一切还是照常。后来看到对岸有几点灯光闪动，天空里就放出了长声音的解除警报了。赵子同没有渡江，也就没有遭到过空袭，过江的郭老板多此一举，却是送了命了。他待在江边上走不动，也不知怎么是好。

赵子同呆站久了，终于想出了个主意，先向水上警报所打听打听，他们防空去了，并不知道这事。立刻坐夜间轮渡过江，向码头上打听打听也不知道这事，最后，他就决定向郭宝怀家里去打听打听，他有一个幻想，希望在江边看到被撞翻的那只木船，并不是郭老板坐的那只船。可是到了郭家的门口，已听到屋子里一片哭声。走到他家里，认得那个划船的船夫，正和杨家妹叙述着翻船的事，他是落水以后，游泳着在南岸登陆的。不但是郭宝怀落水了，他有一个伙计也落水了。他们知道的，郭经理是一个人上船，带了一只小皮箱，上船就催了快开船，并没有多说别的话。

在这里听船夫叙述的，还有胡瓦匠夫妇，他们除了可惜着这个人，还可惜着那只皮箱，他们估计，提来现款二十万钞票就在那箱子里。赵子同进得门来问过船夫之后，也把自己的经过说了一遍。事已至此，还有什么法子挽救，当晚且住在他家商议，清理郭宝怀的资产和打捞尸首，但议到资产的事，胡瓦匠很不愿意赵子同多事，因之打捞尸首的事也不和他商量。赵子同身上只有几十元川资，什么也不能帮助人家，次晨起来，拜别了胡瓦匠，到香纸店里买了两叠纸钱、一束信香，走到江边对水焚化了，向江心鞠了三个躬，呆站了几分钟，擦擦眼睛，无精打采地走向学校去。这样，他不但不想做生意，而且也不想到歌乐山去看亲戚了，他就书了这么一张近乎迷信的格言，贴在卧室的墙壁上。这格言是："死生有命，富贵在天。"

这个刺激给予赵子同不小，就稳定了岗位，始终在中学里教书。

一晃就是几年，抗战的胜利已慢慢接近。心里是感动得多了，教书有闲，也就和朋友坐坐小茶馆，剥四两花生来吃。是个细雨天，正和两个同事坐在小茶馆里看报，讨论日本哪日无条件投降。茶馆里茶房问他道："赵先生，楼上小房间里，有个女客打听你。"赵子同道："很少女人和我往还啊。"茶房道："她病了。我说你在楼下吃茶，她请你上去一趟。"赵子同道："她姓什么？"茶房道："她说姓李。"赵子同道："我不认得这种人啊，管他呢，我就去看看吧。"他走上楼来，这女人是住在当年招待郭宝怀的屋子里。那屋子里依然只摆了一张床、一床被，半垫半盖着一位二十来岁的少妇。她将一个布包袱做了枕头，披了满脸的乱发。床面前放了个方凳子，凳子上放把茶壶。这个人是个卧病的样子，是谁呢？这屋子小，是不能容纳两个人的。他站在房门外怔了一怔。那少妇道："赵先生你不认得我，我娘家姓杨，嫁过郭宝怀。"赵子同道："是嫂子，怎么这个样子？"她道："你坐下吧，我慢慢地告诉你。"

赵子同就搬了个凳子，坐在房门外，听她报告。她说："郭宝怀死后，资本都给人骗了，收不回来。不得已嫁了个姓李的，也是下江商人，做了两年生意，不大好，手上的钱都花光了，于是和胡瓦匠夫妇脱离了关系，炭行归姓胡的，房子归姓杨的，房子后来卖了，和姓李的同上昆明做生意。那姓李的本是有太太的，由沦陷区赶到昆明，大吵大闹，不能相容。好在自己很有点儿衣服首饰，就和姓李的脱开了，在昆明住了半年，就当了舞女，因为嫁姓李的以后，就学会了跳舞，上半年又嫁了个姓吴的，带回了重庆。他原来是想到重庆来开舞场的，不想到重庆以后，他大赌几场，把手上的钱都输个精光，还背了两万元的债，他逃跑了。我不好意思去找娘家人，原想找胡瓦匠的，他二人也是发不到财，前两年和人家打一场官司，失败了，夫妻二人先后死去。现在无依无靠，不知道哪里去好。在重庆旅馆里住了两个月，东西卖光了，一点儿没有出路，想起赵先生是个好人，当年肯搭救郭宝怀，今日一定能来救我，所以特来求救。不想过江遇到了雨，受了感冒，在这小客店里住了一天一夜了。"

赵子同对她脸上看看，见她面色惨白的带了灰色，肌肉非常地清瘦，两腮削着，嘴唇里露着牙齿缝，有一道道的黑痕。因道："嫂子，你大概吸大烟吧？要不然，你不会这样没办法呀。"她睡在枕头上默然了一会儿，踌躇着道："在昆明吸大烟是很普通的，我已经在戒烟了。"赵子同点了点头，看看她的颜色，又见被条外露出碎边花绸旗袍的衣襟，那衣襟快像抹布了。便问道："你找我救你，你打算走哪一条路呢？"她瞪着眼睛呆了一会儿才道："只要有日子过就行了。下江人也可以，年纪大的也可以。"赵子同这才明白了，原来她是想嫁人，嫁一个能供给她吃饭吸烟的人，就是她的职业。便叹道："这是郭宝怀害了你，也许你当年永远在乡下等着抗战的丈夫，不至于今天这样末路求人。"杨家妹无话说，躺着流了几点泪。

　　这日，赵子同仔细地问了她的意思，她还是想嫁一个有钱的商人，但位子高的公务员也可以，至于当姨太太，或者临时同居那倒在所不计，职业可不愿意找，也做不了什么职业。自己原有一项本领，当舞女，可是烟容满脸，重庆舞场老板都不肯要。赵子同听说啼笑皆非，觉得没有什么话可对她说的。且让她在小客店里休息了两天，代会了一切账目，另送川资五千元，请她回重庆。这时候的五千元，还不抵当年郭宝怀的三十元。但赵子同只有这个力量。杨家妹到过昆明，是见过钱的人，对这点儿小接济十分不满意。可是身上一空如洗，这五千元究竟可以回到重庆。再也不和赵子同说什么，立刻告辞。

　　这是一个春季的早上，气雾很大，白茫茫的一片罩了大地。在这大路头上，半个山头，一丛树林，在白云里头略略露出一些黑影子。再向前，就看不见了。地面上的人行石板路，由面前伸到云雾脚底下去。杨家妹踏着石板，向深雾里走。

　　赵子同站在小茶馆后面，望了她去的后影，不住叹气。旁边一个同事问道："这就是那位因发财落水而死的郭宝怀的太太吗？"赵子同道："可不是，她以为我朋友里还有第二个郭宝怀，托我和她做媒。"同事道："世上哪有许多便宜事呀？"赵子同道："她年轻，她长得好看，又会跳舞，也许能找着第二个郭宝怀。希望她在雾里走着，能回到重庆，不要迷了方向。我和这客店里的小房间一样，还是六年前的样子。他夫妻两人做过多少梦？世上紧守岗位的人，不求那冒险的乐园，他不会走入云雾里去失脚。你听，他在叫我们了。"说时，隔雾呜嘟嘟的，吹着上课号。

（原载 1947 年 5 月 11 日—8 月 13 日北平《新民报·画刊》）

人迹板桥霜

一、一层层地向上堆叠

到过四川的人都能了解蜀道难是怎么回事。纵然你是坐飞机到重庆的，你也能够领略蜀道难的滋味。唯一的例外，只有你由川外坐飞机到成都，到了成都以后，就始终不出那个周围数百里的"川西坝子"。若是住在重庆，你大可以不出市区一步，就会为了走路而皱眉。因为整个重庆市，就要经历重庆人所谓"爬坡"；这坡子，一爬就是二三百级呢。以重庆附近而言，能表现蜀道难一段路程的，要算重庆对岸海棠溪到黄桷垭的那条山路。由扬子江登了岸，立刻就爬坡，抬头看看树木森林的大山峰，高插在半天云里。若是雾季，这山峰永远是被黑雾所笼罩，或者短时间的白云封锁。而黄桷垭就在这山顶下。上山的人脚登着坡子，上了一百级，还有一百级，上了一千级，还有一千级，很少有十丈路的平路，让你喘一口气。不过这石级不是下江人理想的那样崎岖，它始终是七八尺宽的大石板，层层向上堆叠，在这上面发现了我们祖先建筑蜀道的伟大精神。你在坡子下层，仰着头向上看吧，挑担的、背背篼的、抬滑竿的、徒手走路的，也是一层层地向上堆叠。这无论是上山或下山，人在这路上，就是个堆叠的样子。石达开的诗说"万众梯山似病猿"，到了这里，的确就有这么一个情形。不过这仅是说蜀道难，而并不能包括蜀道奇。当走路的人，爬过上称十里下算五里的万级石坡，就到了黄桷垭这个镇市，这就让人大为惊异起来。

这里不但是平地，穿过了一条老街，这里却有一条马路，而且还停有汽车。乍见的人，没有能理解这个缘故的，这个高山顶上的平原，汽车是由哪里上来的呢？四川的山地，就是这样，山绝不是牵连不断，往往是爬上一层高峰之后，里面不是山，而是像陶渊明说的桃花源。眼前豁然开朗，村屋、水田、树林、沟渠，现出一座大平原。当然平原的那方面，还是一片大山。而翻过那重山，还有这样的平原，那是不成问题的。这些山有许多坝子，也就会有许多支峰与缺口。

二、一个苍白头发的老人

建筑公路的人，他们就利用了这种地势，将路线兜大圈子，可以把汽车送到山顶上来。但他们为什么要费这大的劲把汽车送到山顶上来呢？那就是为了黄桷垭这地方，在抗日战争时期，是个极大的疏散区，重庆当时的所谓人物在这里住家的很是不少。而且还有一家公使馆呢，不过既有大人物，也就有小公务员。因为大人物住到这里，虽然是有落难的意味存在其中，而他旧日的部下还是要跟着。这里还有一个特点，流浪到重庆的东北同胞喜欢在这里住。在黄桷垭路上走，常常可以听到东北口音的话。到过东北的人，在四川听到这种口音，就会联想到"九一八"。人家为了国家民族跑到这山城来，那真是走了不短的路程。所以就在这种口音里，发生了下面的悲喜剧。

林孟超教授是个五十将近的人。有一天为了到黄桷垭来寻访一位老友，特地由重庆起早过江，慢慢地来爬这个几千级的山坡。因为他坐不起滑竿，只凭了一根手杖协助了走，他就不能不把时间浪费了。每爬一段山坡，他就在路边找块石头坐着。坐个十来二十分钟，他又开始走上一段。歇着走着，约莫是费了两小时的工夫，他也就快把这段路程走完了。抬头仰看着缝里，已露出了若干人家的屋脊，站在路边上，他把敞开了胸襟的旧棉袍子索性脱了下来，搭在肩上，头上的旧呢帽子，他握在手上当扇子摇，张开了口，只管喘气。那胸脯还是不住地闪动着。他想着反正是到了，上去就是平地，不要在街上遇到朋友，还是面红耳赤，不如在这里休息得健旺了，然后再向上走。

主意打定了，四处张望一下，正是路边大松树下面，有一块平整干净的石头。他将帽子、袍子放在石头角上，然后掉转身向上下望着。两手叉住弯曲着的大腿，闲望着上山的人消遣。有个卖广柑的贩子扛了背篼在面前经过，这就把他叫住，买了几个橘子，慢慢地剥着吃。吃到第三个橘子的时候，有个苍白头发的老人，嘴上带着短胡子，肩上扛了一只米袋，一跛一跛，闪到了面前。他似乎筋疲力尽，已经到了不可忍受的阶段，歪歪倒倒地站住了脚，肩膀一斜，把米袋溜了下来，然后他伸直了腰，哎呀了一声。

三、不像是出洋一样吗

林孟超看时，这位老人约莫有六十以上的年纪。除了那尖削的脸上乱画着许多皱纹而外，在他那两面腮帮上，还有许多比胡子短的白胡桩子。那胡桩子毛刺刺的，正是现出这位老人的脂肪非常地缺乏。他身上穿一件灰短棉袍，已经打了好几个补丁。他也是敞着胸襟没有扣，露出里面的白布小褂子，已是变成灰色了。他在袖笼里抽出灰布手帕，伸到额头上乱擦着汗珠子。他见林先生只管看着他，他就耸着短胡子，嘻嘻地对人一笑，接着还点了个头。林孟超以为他是川人，就操着川音问道："老太爷，背着啥子家私？你太累了！"他对人家这份同情心，是欣然地接受，这就笑着点头道："多谢你先生关心，我背的是平价米。"林先生听他说话，是东北口音，倒不由得心里惊奇一下。问道："老先生，你是东北人啦？"老先生道："可不就是。你先生说话好像是河北？"林孟超道："我是江南人，不过在华北多年，口音大半是变了。你老先生是东北哪一省？"他道："黑龙江。到四川来还不像是出洋一样吗？"他说话时，表示着很深的感慨，不住地摇着头。同时，他把那只米袋移着靠近了山的斜坡，离开人行路是更远点儿，他也就坐在那米袋上了。

他坐下去的时候，好像是得着莫大的安慰，叹着一口气。那口气叹着有些吁喘的意味。他低了头，看到两只破鞋帮子，簇拥出了碎布片，将手在上面抚摸了几下。鞋子里并没有套袜子，露出他干瘦的脚背，有许多青筋怒冒了出来。这又证明这位老先生，皮肤下面紧连着的那也就是骨头。他抬起头来，看到林孟超兀自注意着他，便道："谁又干过这个，这不都是没有法子嘛！"他说时，见这位先生清瘦的面孔，虽然皮肤已是苍老了，然而并不粗糙，前额顶秃光了半边，两耳上稀疏的鬓发和后脑勺的长发都还不见白。便道："你先生在哪个机关里服务？我们现在都过的清苦的日子呀！"林孟超笑道："我还够不上公务员的生活，我是教书的。这日子，是教书的最为可怜。你老先生贵姓？也在机关里服务吗？"他摇摇头，道："不行了，抗战期间，要的是年轻力壮的人，我这六十五岁的老头子，能做什么事呢？"

四、你先生也是个斯文人

林孟超道："这平价米不是你的？"老先生道："是我大孩子的，他在一个小机关里做事，一个月可以分得几斗平价米。由重庆挑到黄桷垭来，你想那要多少力钱，我在家里，闲着也是闲着，这就分批地由城里向山上扛。本来我背斗把两斗米，倒也不在乎。只因上星期小病一程，到现在还没有恢复元气，所以扛了起来很是吃力。若是第二个儿子在这里就好了，他现时在部队里面，还在河南打仗呢。哦，你先生问我贵姓，我还没有答复你呢。我姓张，叫作舟。"林孟超道："张老先生，你这个举动，我以为你应当考虑考虑。你这么大年纪，为了省这几个力钱，把身体累坏了，那是太不值得的事。"张作舟两手拍着大腿，突然站了起来，然后摇了两摇头道："家家有本难念经，先生，这话是难说的。"说着干咳嗽了两声。林孟超听他嗓音非常地干燥，就把石板上的橘子拿起两枚，向他道："老先生，不要忙走，吃两个橘子润润嗓子吧。"他看着橘子失笑了一笑。然后说声多谢。林孟超站起来，将橘子塞到他手上，笑道："这是四川的特产，算得了什么。"老先生拿了橘子，只好又坐下来。剥着橘子和林孟超再闲谈了十来分钟。彼此的友谊那就觉得加深了。

林孟超看他吃第一个橘子的时候，把瓤分了三份，好几瓣一团，向嘴里一塞，只看到那腮上的胡楂子闪动了几下，一伸脖子就咽下去了。就在这一个动作上，可以知道他口渴得太厉害了。他在两个橘子吃完之后，站了起来，手提着米袋头子颠了两颠，那似乎感到很吃力。于是将身子蹲下去，将肩膀凑合着米袋，把米袋扛上了肩头。他缓缓地伸直腿来，把身子摇动了几下。然后偏过头来，向林孟超说声谢谢，就踏着石坡子向前走了。他每踏上一层坡子，身子都扭捏了几下，而且是每步一顿。约莫是走了四五十层坡子，他越走越缓，最后向路边大石头上一靠，人呆立着不动，垂着头，只管喘气。林孟超本来是跟在他后面向上走的。这就抢上前两步，走到他身边，郑重着脸色向他微笑道："张老先生，你不必这样苦挣了。交给我，让我给你扛上去吧。"张作舟喘吁吁地道："那……那怎样敢当？"说着，就向林孟超身上看看，又摇着头道："你先生也是个斯文人，怎样经受得了这个大袋子？"

五、这也值不得夸赞呀

林孟超笑道："有你老先生这个也字，那够了。那就是说，你原是斯文人。而且你还比我年纪大呢。不用客气，让我送你一程吧。你给我拿着长衣服。"说着，他脱下了身上那件夹袍子就塞到老人手上，提起他那只米袋子，拔步就向坡上走。老人虽然在后面追着，倒还是追不上。林孟超一直走到山上平地，方才停止了步子。在这街头上，有家小茶馆，那里坐了一位将近三十岁的女子，在屋檐下一张小桌子上，面前摆了一盏碗茶。看那情形是个等人的样子。见林孟超提了一只米袋扛在肩上抢步上街，这倒是个奇异的举动，不免对他行为更加一层注意。

林先生也知道自己的行动是足可引人注意的，也就不怪异人家看着了。他索性把米袋扛到小茶馆里屋檐下放着。他将身上穿的一件白布小褂抖了两抖汗，那位老先生也就跟着到了。他走到面前，接连向林先生拱了几下拳头道："你先生可说是见义勇为。哟！吴小姐，今天也回家来看看。"他说着话，对那位女子点了个头。又接着道："我来介绍介绍。不行，我还不知道这位先生贵姓呢？难得这位先生热心，看到我偌大年纪还扛了这袋米爬坡，他就挺身出来把米袋接过去了。我真感激不尽！"林孟超笑道："这也值不得夸赞呀。同是中国人，出点儿力气相助，这也无所谓吧？"吴小姐点点头道："你先生大概也是公务员吧？这是物伤其类。"说着她微微一笑。

林孟超在她一笑时，倒引起了个印象，见她穿了件蓝布长衫，干净得没有一点儿皱纹。头发梢上微微地烫了两寸。脸上并没有施脂粉，长圆的轮廓，白净平匀，没有一些皱纹，笑起来露出两排白牙齿，还不失掉老小姐的一份美丽。这个人好像是在什么地方见过的，却想不起来。他正是这样揣想着，可是他又恢复了两秒钟以前的记忆，人家不是正问着话吗，便笑着答道："我比公务员还短一级，是教书的。所谓穷教授是也。"吴小姐听说他是个大学教授，更引起了一番敬心，这就站了起来，向他点头道："那倒真是难得。我都替张先生谢谢你。"张作舟道："的确，这一点儿同情心是可以感谢的。你先生贵姓？"

六、要人家看到本来的面目

林孟超摇摇头笑道："不必告诉你了。我还为出这点儿力气示惠不成。倒是你老先生虽然上了坡，到了家还有多少路呢？"他道："这就不成问题了。上了街，随时可以遇见熟人。带个口信回去，小孩子们会拿一根竹竿来抬的。"林孟超取过老先生手里的衣服和手杖，向他拱了拱手道："那我就告别了。"他穿着衣服，和那吴小姐也点了个头，然后走去。

黄桷垭有新旧街道几条。旧街是石坡平面的窄街道，双方屋檐相挤。新街这在平面的马路上，新开的店铺都拥挤在那边。林孟超还是两年前到这地方来过的，马路边还没有建筑呢。就在这些山头上，有了这样宽敞马路，自己也觉得耳目一新。正自慢慢地走着，忽然路旁边有人叫了一声道："孟超兄真信人也，果然来了。"说着话，路边小茶馆里，出来一位穿旧西装的中年人，迎向前来和他握握手。林孟超笑道："老友都为着我的事操心，我怎么自己还能失约？你朱子经教授，也是位有名的信人啦！"于是二人进入茶馆，在一副座头上坐了。朱子经叫么师（茶房）泡了一盖碗沱茶，又在卖花生的小贩子篮子里，挑了半斤土产椒盐花生，抱了桌子角闲谈。

朱子经向他脸上看看，笑道："今天你且不忙去访我那个朋友。回头在理发店里刮个脸，今晚上，叫内人把你这件棉袍用烙铁烫平。明天早上我们同去。"林孟超笑道:"这就不对了。我们同人家交朋友,要相见以诚,要人家看到本来的面目。"朱子经道:"你这个交朋友跟平常不同呀。你是进一步要跟人家谈婚姻的呀。你首先给人家一个不整洁的印象,头一关就不能通过。"林孟超道:"人家要看我,我也得先看看人家。假如这位小姐本人,和相片上的影子并不是一样,我就不必去拜访了。"朱子经道;"这个我倒可以给你一点儿线索。在这马路进山口之处,那里有几幢老式屋子,叫松垭口,有个短墙围着的院子,门口有几棵橘子树和一丛小竹子,里面住着几户人家。这位小姐之家也住在那里。你不是见过相片了吗?我不骗你,那是前若干年的相片,现在人也许老一点儿了。但大概情形不变的,你只要肯起早,你一定可以看到她。她有个优良的嗜好,每日天一亮,她就起来打太极拳,你明天绝早去,看到那院子里有打太极拳的,那就是她了。"

七、正是她回家的日子

林孟超笑道:"那也好,我疑是一位老密斯,是逾龄的兵舰了。我先偷觑偷觑,做个初步的试探。老兄,当今之世,女择男,男也择女啦。"朱子经笑着点头,倒也赞成他这个说法。两人喝了一小时茶,朱先生把客引到他家里。他是由重庆疏散到这里来的,在一片"国难房子"村落里,分租了两间小屋子。这屋子是竹片夹壁,外糊黄泥石灰,屋上茅草盖顶。因为如此,屋子里的陈设也谈不到,不过是白木桌子、竹片椅子,外加两条小板凳。客人来了,还得临时用门板搭上一张铺。后面,一间屋子是卧室。前面这间屋子,却是上房、客堂、餐厅,无不包括齐全。

这朱先生又有三个孩子,由学校回来之后,也丛集在这屋子里。因之主人陪着闲谈一会儿,还是不免陪客出来散步。晚饭是邀客回家,在白木桌子上点了菜油灯来吃的。饭后,主人又陪着客人出来坐了两小时的夜茶馆。因为茶馆里有说书的,倒也不枯燥。这样,客人感到主人的苦心,就和主人相约:明日,自己要绝早起来,然后分别去访问疏散到这里来的几位亲友,请自去办公。什么时候回来不一定,请不必等候吃饭。主人以为他是要去相亲，自也听他的自由。把人引到家，安顿在前面屋子里搭的床铺安歇。而且将旧的热水瓶给灌好了三磅热水，脸盆、漱口盂也都放在手边。这个作风，自然是主人照顾周到，也可以说，主人表示不参加他明日天亮的相亲工作。林孟超对于主人这番意思非常地谅解。当晚上，又不免将那位小姐的相貌性情略谈了一谈。主人说："那位小姐姓李，现年二十九岁，在一个女子中学当国文教员。学校虽也在南岸，但为了黄桷垭的山路难走，每星期只在家中住两天。今天正是星期六，就是她回家的日子。"

林孟超问清楚了，安然入睡。但是不能忘了那位小姐天亮就打太极拳的事。他在睡梦中，听到了村子里的寒鸡乱啼，他就一个翻身坐了起来。桌上的菜油灯幸而还有豆大的一粒红焰，赶快下了床，将灯芯给剔大了。向窗子外探头看看，天色并没有光亮，也没有星点。但是他既然起床了，就不愿再睡下去，穿着衣服，漱洗一番，又喝了一杯开水。然后悄悄地打开门来。主人朱子经道："林兄，你这就走吗？太早一点儿吧？"林孟超道了声"打搅"就走出屋子来。

八、莫非这里就是松垭口

这时，天倒是亮了。不过下着很浓的雾，在十步之外，就迷糊着看不清一切。川东的雾分着两种，一种是白雾，一种是黑雾。黑雾的水分含得少，在冬天是整天的盘踞在空中，弄成天日无光的现象。但在地面上，却也是照样地行路。白雾却是水分含得非常的重，它不盘踞在空中，而降落在地上，仿佛是白云团结在眼前似的，几丈之外什么东西也看不见。今天早上下的也是白雾。林孟超出得门来，就在白茫茫的云雾里，根本也分不出东南西北，天气太早，又找不着人问路。若是走回去，人家夫妻正在睡早觉，未免惊吵了人家，只好挑了面前的大路走上街去。

到了街上，这就有人了。遇着了年纪大些的，和人家客气几句，打听松垭口的地方。那个人就说："这个地方最容易找。顺了下乡的马路，走到一座山迦口那就是了。"林孟超看看街上的店铺，在石雾里面兀自点着灯火，想必天色还没有大亮，赶着去看人家练太极拳，总算还没有过时候，他这已没有了什么考量，两只脚只管顺着面前的大路走去。在白雾里渐渐地发现人家少了，站着就定了一定神。雾这东西，正和云一样，有的地方浓而且厚，有的地方稀薄。他定神之处，正是雾流动着稀薄的空当。他看见面前大雾里，最近的一棵树轮廓全在，第二棵树，却是些模糊的影子，第三棵树那影子更淡薄，像是黄昏片月之下留下来的一片似有如无的阴影。在阴影之中，有几块立体形的黑影，那是几幢房屋。他心想，莫非这里就是松垭口？可是在房屋的后边，并看不到什么山峰，只是白雾茫茫，把天连成了一片。雾也像云头一样，卷着白纱似的团子，在人面前奔走。尤其是在人面前经过的雾团子，像是细雨烟子，冲到脸上，很有些寒气袭人。四川这个地方的冬天，很难见到冰雪。因之在阴历十一月间，还不会有霜风拂面这件事。林孟超鸡鸣而起，原是为了他的目的所在，刻不容缓地去找，这时赶到目的地，很不容易找到，那一鼓作气的心情未免和缓了下来。而心理上同时也有了其他的感觉，奇怪，今天颇是有点儿冷了。自己站定了脚，将两只手掌互相摩擦着，取一点儿暖气。

九、有一道红光在眼前展开

在雾里头，听到有扁担箩筐的摇曳声以及脚步声。慢慢地有人说话走到了面前。到了面前，把来人就看清楚了，一个挑着木柴棍子的，两个拿着空菜筐子的。他想到这提空菜筐子的，必然是附近人家的厨子，上市去买菜的。这些疏散村落里的人家，十之八九是公务员，其中自然也有用得起厨子的，他就猜着，这必是人家公馆里的厨子。便向来人点点头道："对不起你大哥，打搅你一下，我在大雾里迷了路。请问这到松垭口怎么走法？"这几句谦逊的话，让来人不能不站住了脚答复。他笑道："你先生要顺着这大马路走，转个圈子，就到了海棠溪（重庆对岸）了。我送你几步吧，你随我来！"林孟超道着谢，因道："大哥，你们怎么这么早就出来买菜呢？"说着话随着这几个人向回走。他道："我们公馆里，每日总要买四五斤肉，去晚了就买不到肉了。"林孟超道："你们主人是哪一界服务？"他道："公司里总经理。"另外一个买菜的笑道："现在不是做生意的人，哪里吃得起肉呢！"林孟超暗下叹口气，默然地走了两百步路，那个厨子就站住了，他向路边指着道："这里一条小路。顺了这路上的石板走，不要转弯，你看到有桥，就过桥，过了两道桥，那就是松垭口了。"

林孟超道着谢，就走上了小路。忽然眼前一亮，有一道红光在眼前展开。原来是白雾的空当里露出了青天，半空里稀薄的云雾里，微微透出了一颗鸡子黄色的太阳，于是眼面前的道路，也就看得很清楚了。这里一条人行土路，中间铺着一条石板，道路的两边全是水田。川省冬季的稻田，很可种杂粮，老是汪汪地储着一片白水。那白雾轻轻地吻着那稻田里的水，向下落着。在上面的雾，却像是拉开了舞台上的纱幕，很快地展开了面前的风景。面前可正是一支小山峰，背山面田，那里有见户人家。其中一家，三面短墙围着院子。只因距离还有大半里路，却不能十分看得清楚是些什么树。但在大致上，可以认清这是松垭口了。因为那屋子旁边，正拥出一丛竹子，便是朱子经说的记号。他认为目的地没有了错误，顺了路向前走，让他发现了今天是真冷。那路边两行草，上面抹了粉似的正染了一片很厚的霜。

十、因为我的老伙伴病了

在四川下雪不易，打霜也是不易。林孟超正是这样地注意着。面前有了一道山溪，那山溪由对面小缝里出来，屈曲着在高山下的水田中横过平原。两岸的青草纷披着向下垂去，那霜抹在上面，加重了草的弯垂程度。清水在溪底上流着，竟有一些烟子向上冒，那正是表示了空气的寒冷。跨着这溪的两岸，是两块木板子搭的小桥。这桥虽没有栏杆，可是桥两岸各有几棵小树，各各向溪头上笼罩着，也仿佛是座桥梁子似的。桥板上浓霜厚厚地铺了一层，丝毫痕迹没有，像是漆了一面白漆。林孟超是位喜好文学的先生，他对于这种景象倒有很深的感触，玩赏着不肯走过去，免得踏破了那板桥上的霜层美。

就在这时，桥那头来了个老头子，肩膀上扛着一个大包袱，缓步走了过来。他两只脚踏上桥板的时候，每一步都在霜桥印下一个长圆的痕迹。他忽然想起温庭筠的诗来："鸡声茅店月，人迹板桥霜。"那老人过了桥来，把包袱放在霜地上，向他点着头笑道："你先生怎么也到这里来了？"林孟超看清楚了他，那正是昨日扛米袋上山的张作舟。便笑道："幸会幸会，这样早，老先生就到重庆去吗？"他道："不，我到老场去。离这里七八里的地方有个镇市，叫作老场。每逢一四七赶场。实不相瞒，我今天去赶场做点儿生意。真是惭愧之至。"林孟超道："做生意也没有什么可惭愧的呀！"

张作舟道："我说这话有原因的。先生，我们很可怜啦。昨天我不是扛米回来了吗？我还不是救饿，我是治病。因为我的老伙伴病了，我的一个小孩子也病了。他们全是害着热带病，恶性疟疾。这个病不打针是不行的。纵然医生同情我们，号金全免了，出诊费也免了，针药钱不能不给。我正想把带回来的米卖了，把米价抵医药费。可是我的老婆说，她宁肯病死，也不能把全家人吃的米拿来治病。我那儿媳妇也相当孝顺，她说，把米卖掉一半，给婆婆打针，孩子呢？她背过江，找她丈夫去。我倒为她这点儿仁心所感动。我说，今天十二点钟前后，一定有办法，让她们等着，我半夜里起来，把我的一件破皮袍，还有两件夹衣，悄悄打了个包袱。因之绝早出来，打算赶场把它卖掉。"

林孟超道："老先生，你这是竭泽而渔的办法呀。夹衣要到明年春季穿，那还罢了。你偌大年纪，冷不得，四川的房子没有御寒的工具，你看今天这样浓厚的霜，你能这个日子去卖掉皮袍子吗？你身上这件棉袍非常地薄，恐怕不能过冬！"

十一、活画着一幅早行图

张作舟道："我们东北人，过惯了冰天雪地的日子，不怕冷。太阳出来了，我要赶路，再见吧！"说着提起包袱来，就要向肩上举着。林孟超看他脸上冷得有些发灰，而鼻孔里又向外透热气，便一伸手将他的包袱扯住，因正了颜色道："我还多你一回事，行不行？"张作舟道："先生，昨天的事情我是很感激你的，怎么说是多事呢？"林孟超点头道："这样说，那就好办了。你不用卖皮袍子，也不用卖米。今天十二点钟的时候，我引一位医生来，给老太太及孙少爷打针。这医生是我的朋友。"张作舟两手抱了拳，连拱了几下揖道："萍水相逢，怎敢一再打扰，连你贵姓我都没有打听呀。"林孟超道："这个不提。除非你疑心我是撒谎，我不敢勉强，不然的话，你回家去等我到十二点钟，我若不到，你再想别法。像我这样以教书为职业的人，当然也不会向你老人家开玩笑的。"张作舟听他这样说了，那就不能多有分辩，立刻拱手道："言重言重，但是我穷，你先生也不富，只要我还有东西可卖，我还是自食其力。我们邻居也是愿意帮忙的，我也谢绝了。"

说到这里，林孟超觉得是个机会，颇想问问张老先生是不是住在松垭口，有些什么邻居。就在这时，身后一阵脚步声，却是七八个人簇拥着一乘滑竿由那小山峰上下来，很快就到了面前。这位张先生似乎是惊弓之鸟，看到了，立刻放下包袱让到路旁边去，而且用手连连扯着林孟超的衣袖道："让开一点儿吧！"林孟超看到他这样，却也不解所以，就跟他站在一边。

那滑竿到了面前，看到滑竿上坐着一位面团团的男子。他身上簇拥着一件长毛海勃龙大衣，两手插在大衣袋里，将肩膀扛着。但他还是不肯闲着，正在和一位跟在滑竿后的人说话。他道："你们懂得什么？早起有早起的趣味。古人的诗说：'鸡声茅店月，人迹板桥霜。'这就活画着一幅早行图的样子来。你看，那木板桥上的霜，印着人脚迹，多么有味。"那抬滑竿的人，也正是听着主人翁的话入神。他正奇怪着，这赤脚草鞋走在霜桥上，实在是不好受，怎么会是有味的事呢？他这样想着，就忘了脚下的东西。张作舟只为闪避这群有钱人闪得太快，他的那包衣服，还放在桥头上不曾移走。照说，这木板桥是两块一尺多宽的木板子拼凑的，事实上是不会妨碍着别人的行路。只因为板桥上有霜，太阳出来了，霜就开始溶化着，桥板上是相当滑，前面那竿夫脚板向前一斜溜，就碰在那个包袱上，也幸亏是这包袱的抵挡，没把他滑下桥去。

十二、终年难遇的一件事

然而抬滑竿的人却不这样想，他把滑竿摇曳了两下，他觉得这事不妥，一定要受主人翁的指责，这就立刻有了个移祸江东的办法，大声道："好狗不挡路，这是哪个的包袱，放在桥头上，差一点儿把我们的滑竿摔到沟里去了！"张作舟站在路边，可没有说话。在滑竿旁边的护卫，他穿了一身青呢中山装，身体黑黑胖胖的，很是精神，这倒提起了兴致，抬起一只脚将皮鞋尖向包袱一踢，那包袱就像狮子滚绣球一样，滚到沟里去了。而且不斜不歪，正好落在水中央。林孟超看到了，也不由得哎呀了一声。但那群人并不理会，径直簇拥着滑竿走了。

张作舟跳下沟去，在水里抢着将包揪提起，那泥水像人流急促的眼泪似的，分着无数行向下直流。他脸上带了懊丧的样子，把包袱提到路上来放着，口里连说："完了，完了。"当时解开包袱来看时，那件大蒜瓣的老羊皮袍子，已湿了大半边。两行眼泪由老眼角上直流出来。林孟超向过去的那丛人看时，已经走过了小路，踏上公路了。对这位老先生看着，倒是老大地不忍。因道："老先生，你太好说话了，为什么不把那坐滑竿的抓住？"张作舟道："人家有钱有势，你没有看到那一大群人吗？我抓住他们，我不是自己找死？完了，完了，我的计划完了。"林孟超道："老先生，不要难过，你还是信我的话，回家去等着我。"张作舟手上提着那件打湿了水的皮袍子，不住地抖着，还是不住地说："完了，完了。"林孟超道："既是完了，你老先生还有什么法子呢？"张作舟抬起棉袍子袖口，揉了几下眼睛角，因道："好吧，我回去再想办法。"林孟超道："你不必另想办法，你府上在哪里？"

张作舟指了山路下那幢老式屋子。林孟超道："哈！你也住在那短墙的屋子里？"张作舟道："不，那屋子后边，不是有丛竹子吗？竹子下有几间茅竹屋，住了几户人家，我也住在那里。"林孟超道："你们邻居有一位李的吗？"张作舟道："有的。你先生认识？"林孟超很想问他李家有一位小姐吗？可是他不解何故，觉得这话有些不妥。因道："不认识。我有个朋友这样提到。这不去管他了，老先生尽管回去等着，我一定把那位先生请来。"他说时，那一轮红色的太阳已出土一丈多高。川东的雾季就是这样，越是白雾变成了云，越晴朗快。虽然这晴朗，至多不会超过十二小时，可是像眼前的大雾变成这样晴朗，那是终年难遇的一件事，他下意识地感觉到这是给自己的婚姻一个喜兆。只是要看看李小姐天亮打太极拳这个机会，那是没有了。

十三、这倒很有些画意

他向那短墙围着的屋子望了出神，张作舟倒误会了，因拱拱手道："你先生说的话，我接受了。我会在家里等着的。好在恶性疟疾也不是急症，我一定可以等。"林孟超看他老人万分为难的样子，越发加增了他那份同情心。又叮嘱了张老先生几句，转身走回原来的路，就为他请医生去了。到了这天的十一点多钟，他手里提了一个旧皮包，又到了这条路上。他顺着小路，走到那短墙围的屋子边，已看到那丛青竹子下，果然有几间草房。他正打算找个人，问问张老先生之家，却见山嘴上一片菜地里，有个破菜筐子放着，有个人弯着腰在筐子边。他就提了皮包向那人走了去，那人竟是知道他的来意的，提了破筐子很快地迎到了面前。

林孟超站着等他向前，两下相近，可看清楚了，那又是张作舟老先生，他已改变了服装，上身穿着青色毛绳褂，下身穿了条青呢裤子。在字面上看，这是很好的衣服。然而他那毛绳褂子，实在只是负有虚名，大部分都是蓝布和青布打的补丁。那条青呢裤子亦复如此，在两个膝盖上，用黑布补了两大块，像是象征着日本国徽，红太阳已变成了黑太阳。此外是裤岔里、裤脚上，全都有着补丁。他那个筐子里盛了半筐子带藤干的红薯，又乱头发似的堆了些在山地上拔的野葱，便道："老先生，你还自己到地里种菜啦？"张作舟叹口气道："你以为我有那闲情逸致种菜消遣，或者是想在这上面求利，其实都不是，只是买不起小菜罢了！"他说着话，向林孟超手上皮包看看。林孟超笑道："医生就来，请你把我先带到府上去。"张作舟又道谢了几声，就在前面引路。

到了草屋前面，看清楚了那屋子，乃是困难房子最下等的。那房子用歪斜的木柱，支瓜棚似的，搭起个屋架。架子中间，是单竹片的夹壁，上面薄薄地涂着带稻草的黄泥巴，都露了原形了。自然也有门窗，一切都是白木的架子，没有一点儿颜色涂染在上面。窗子只是几根直棍子拦着，用些破旧报纸糊了，门呢，因为大框是歪的，白木白板也歪倒着，要自然地掩闭，于是门上缚了根绳子，拴在夹壁柱子上。不必进去，林孟超就知道他们家里是什么情形了。不过门外倒也撑出了三尺宽的廊子，一排四根细如手臂的白木柱，支着草棚子，草变了灰色，在茅檐上挂绳子似的向下面飘荡着，这倒很有些画意。

十四、是我们的救星到了

因为是有画意，所以这茅檐外面的一带斜坡，张府上的人是完全利用了。在那地上种萝卜白菜，还有那老倭瓜的败藤，将歪倒的竹架子支着，那一切和这可怜的草屋相配。张作舟将客人引到屋子里，他一见心就软了。这是一隔两的前后间，屋子里并没有天花板，抬头就可以看到茅草屋的屋顶。屋子里凉气习习的，正面一张小竹架床，乱铺着一些破被絮，床上斜躺着一位老太太，将一床灰布被盖了上半截身子。她灰白色的头发盖着灰蜡似的瘦脸，上身穿的又是件灰布短袄子，一切的颜色都呈黯淡的。外屋一张竹架子的白板桌子和三个白木方凳子和几个坛罐，简单而又杂乱，因为桌上和地面上由盆儿碗儿，以至菜碟、木炭、书本、报纸、菜油灯盏无秩序地放着。

张作舟虽是把客引到了屋子里，他反是急了，将两手只管乱搓着，口里连连说："屋子太脏了，屋子太脏了。"床上那个老婆子也一翻身坐了起来，颤颤巍巍的手扶了竹床。张作舟从中介绍着，那就是他生病的老妻。林孟超道："老太太，你躺着吧，你是个生病的人。"老太太道："这个时候退了烧，不要紧的，我听说，你先生太热心，昨天给我们扛米，今天又给我们请医生。"她说着还是慢慢地躺下了。张作舟把屋角上的一张白木凳搬出来，请林孟超坐下，因道："我们少奶奶又出去了，家里没有预备茶水，大夫来了怎么办呢？"林孟超笑道："老先生，我对你实说了吧，我就是医生。我为什么又说是教书先生呢？因为我没有那些行医的工具，我只好在学校里担任功课。我并不瞎说，这里有我的身份证和行医执照，你拿去看看吧！"张作舟看了一看，因拱手道："原来是林先生，久仰久仰，我常在报纸上看到你论述医理的文章，有你光顾，那太好了，是我们的救星到了！"林孟超道："我必须交代清楚，在早上我为什么不说是医生呢？因为我没有医药，也没有工具，我不敢胡乱许愿，我只好说是和你去请医生。事实上我跑到重庆去，向一个朋友借这份东西。"说着，指了手提包，又道，"难得那位朋友帮忙，药和针全借来了。"张作舟枯瘦的脸色现出一番春色，连拱手道："你先生太热心了。"

十五、却有了个新发现

　　林孟超听他这话，又不觉看了他这屋子。他们家虽然是东倒西歪的泥夹壁，而在这夹壁上还张贴了一张东北地图。也不知道他们是在什么书上撕下来的书页。有好几张印着人相的铜版纸，将纸条粘住纸角，排列着贴在墙上。那些人相下面都注有字，概括地说一句，那全是东北名人。他就点点头道："张老先生，我们虽是初交，我已很知你的为人了。的确，我们是很苦闷的，我们不调换个作风，我们确是难有出头之日。但是，第一身体要紧，身体不康健，什么都是白说。现在我就看病。"那位斜躺在床铺的老太太就插言了。她道："我没什么要紧，这么大年纪了，死了也无所谓。还是请林先生先瞧瞧我那孙子吧！"张作舟正也和他的老伙伴思想一样，最惦记他们的孙子。早是随了这话，在里面屋子里抱着一个男孩子出来。那孩子有十岁以上了，个子差不多比他祖父小不多少。

　　林孟超笑道："张老先生，你放在那床铺上吧。"这老人将孩子放在他祖母身边躺着，还抱了两手在胸前，呆看着那张黄蜡塑的面孔。林孟超知道他们家里精神所寄托着的是些什么，于是仔仔细细地和这小病人检查过全体。他向二老道："你放心吧，这的确是疟疾，我这里把特效药注射下去，不会有多久的时候就好的。老太太，你也让我好好地给你诊诊。你孙少爷的病好了，当然你的病也就好了。我们是初交不是？

但是我决不能把话骗你，你固然是有病，也有心病，我现在可想一次把你的病解决下来。"他口里说着，手上是不停地工作，取出体温表来，和她试体温，挂着听诊器，和她听身上的症状，而且脸上老是笑，嘴里老是和缓地向下说。好在他提的皮包完全是和贫寒的病家打算的，煮药针的酒精固然带着，连火柴他也是由身上摸出来的。他和这个老小病人打完了针，算松了口气，扭转身来和张作舟说话时，却有了个新发现，就是在这屋子门口新站着一个女子，还没有开口呢，那女子却笑着和他点了个头。

十六、着实惊异了一下

林孟超认得这个女子，就是昨天在黄桷垭街口小茶馆里所遇到的吴小姐。他笑道："哦！吴小姐也住在这里，你们倒是邻居。"吴小姐道："你先生这份见义勇为的精神，真可佩服。我本来找着几颗奎宁丸，要送给老太太用的。恰好我走到窗子外边的时候，我就听到你先生自我介绍是位医生，这让我着实惊异了一下。于是我就没有进来，只在外面静观着这个奇妙的布局。"张作舟不等林孟超解释，就替他道："林先生不是不肯告诉我们姓名吗？那就正为了他不肯露他医学博士林孟超的字号。"

吴小姐对于张先生这番代人介绍医学博士林孟超七个字，有很大的惊动，眼睛很快地对这位医生看了一看，身子闪动着，还有个向后退步的样子。张作舟看到不解，正是瞪了两只大眼向她望着，打算要问出一句话来。所幸这吴小姐立刻省悟了，笑道："哦！是林博士，那是很负盛名的。不是今日一见，却不会相信林先生是这样俭朴的人。"林孟超道："吴小姐，你有所不知。我绝不是有意俭朴，我的医院和行医工具都在炮火下牺牲，我既不能开业行医，只是教教书而已。教书的人，在现在可以不俭朴吗？实不相瞒，当我在下江行医的时候，我也是相当奢侈的。现在没本领穿衣吃饭，就认没本领吧，不用说什么俭朴的好听话了。"

吴小姐抿嘴笑着点了几点头。林孟超说着话，看这屋子里来了两个

185

人，就没有坐的地方，似乎也不必过于留恋了。这就在皮包里拿出一小瓶丸药，数了几粒交给张作舟。因道："这是治疟疾的特效药，白的你们孙少爷一天吃三粒，黄的吃四粒。老太太呢，白的可以吃六粒，黄的吃一粒，我今天还不离开黄桷垭，明天一大早我还来一趟，你府上起来得有那样早吗？因为早晨九点钟以前我必须过江回重庆了。"

十七、我们主人是裴部长

张作舟道："你先生的好意，我们一切当然应该将就你。我反正是天不亮就醒的，我可以在门口等着你。"林孟超道："那倒不必了。你们山脚下的风景不错。也许我来的时候，要在那木桥旁边散步散步。我认为那一截小路是风景最好的地方了。"他说着话，忙于收拾皮包，倒也没注意别人留心着他这话的。他提着皮包，向大门口走去。张作舟全家，都在后面道谢。张作舟弯了腰两手抱了拳，一路拱手送到门外来。

刚出门不到十几步路，忽然有四个人由前面山坡下走了上来，其中三个人徒手，一个人扛着一乘空滑竿在肩上。当头一个人穿着西康呢的青制服，身体倒是十分健壮的。他老远地抬起一只手来，连连地招着道："在这里，在这里！"说着，直奔到林孟超面前来。林孟超没有料到来人是找他的，望了来人，倒不免愕然。那人点着头笑道："你先生不是贵姓林吗？我们主人，特意打发滑竿来，要请你先生去看病！"林孟超举着那手提皮包道："你知道我是医生，那还罢了。你怎么会知道我姓林呢？"那人道："我们主人为这事费大了事了。原来是亲自到重庆找刘先生的。刘先生说，林先生是专治心脏病的，而且林先生就在黄桷垭。我们问明了林先生是住在一位姓朱的人家，我们又问到了林先生到这地方看病来了。我们就追到了这里。"林孟超道："你们主人是谁？又是谁病了？你怎么知道我姓林？"那人道："那位朱先生把林先生什么样子、穿什么衣服都告诉我们了，所以我看见林先生就知道。我们主人是裴部长，是他太太害了心脏病。"林孟超对那个人周身上下看了一看，淡笑道："这位裴部长，不是胖胖的一张圆字脸，这两天穿着芝麻点子呢大衣吗？"那人说是。林孟超笑笑道："今天一大早，坐了滑竿过那道山下的木板桥，不是几乎滑到桥下去的吗？"

十八、为什么介绍这种人给我

那人听了，点头说是。林孟超道："桥头上有个包袱，被阁下当了皮球踢着，踢到桥下水里去的，那个包袱就是我的。那里面有一件皮袍子，两件夹衣全完了，我找你们找不着，不想你倒会来找我了！"那人听了这话，不由向林孟超望着，只是说对不起。林孟超手提了皮包，昂着头笑道："贵主人现在是刚卸了职的部长吧？就是在职，大概他也管不着医生。我告诉你，我行医是义务的，不要钱，有钱也请不到我。你有本领，把踢包袱的本领拿出来，踢我两脚，我就是不给你们这些作威作福的人治病！"他高了声说着，提了那皮包径直顺了山坡就向下走。把那几个来接医生的人，全都站着发了呆。自然，那位张作舟老先生站在大门外，眼见此事，比夏天吃了冰淇淋还要痛快，不住用手去摸他腮帮手上的胡桩子。还有在旁看热闹的吴小姐，听了张老先生的报告，代他委屈了一上午，这时也觉报复得很痛快，对于在场的人，全都看上了一眼。但那位仗义执言的林医生，他并没有什么感觉，顺了那条向黄桷垭的人行道，就这样走去了。

他到了街口上，那位朱子经先生坐在小茶馆门口的桌子上，正捧了盖碗，向大路头上出神。看到了林孟超，立刻起身迎上前，握着他的手笑道："看到了那个人没有？"林孟超望了他道："看到的，我着实教训了他几句。你做朋友的也不对，为什么介绍这种人给我？"朱子经向他望着，倒很吃惊的样子。问道："你在未见她以前，不也是心向往之的吗？你不是为了这事到黄桷垭来的吗？成就成，不成也不碍你的什么事。你疯了，无缘无故教训人家小姐一顿。"林孟超站着呆了五分钟，他忽然哈哈大笑，摇了头道："你说你的，我说我的，我们两人的话，完全错了。我说的是那位部长的部下英雄，就是早上在板桥上踢下张老头儿包袱的人。他要请我去给部长太太看病，那么能够。我们技术人才，就是这么一点儿拿把！"

十九、还是听其自然吧

林孟超说着，昂起头来摇了几下，表示那更为得意的样子。朱子经引了他在茶桌上就座，商谈之后，才知道始终没有看到那位李小姐。朱子经也踌躇起来了，向他道："也许是你运气不好，总碰不着，也许是你找错了方向，所以见不着那个人。我今天早上，还看到她由街上经过，买了东西回家去。今天中午，这是容易相遇的机会啊！"林孟超笑道："我今天中午，全副精神都在给穷人治病，就没有注意自己家去相亲的事了。"

朱子经笑道："你这些热心，我不能亏负你，一定要给你找成这个好对象的。由我眼光里看，这位李小姐就不错啊！"林孟超笑道："对于这个问题，我始终是迷惑的。但我还有一个机会，做最后的努力。明天上午，我再到松垭口去一趟，希望她明天早上可以出来打太极拳。"朱子经道："让我再和你努努力，万一你明天还是遇不着她，我约了她来吃小馆子，硬介绍着你和她会面，你看事情如何？"林孟超笑道："这抗战年头讨到老婆，也未必就是幸事，还是听其自然吧！"朱子经含着笑，继续劝他不要灰心，他除了在家中是妥为招待之外，自己是真的抽出工夫来，和他奔走了两小时。回来告诉林孟超，他许着明天一定请李小姐吃饭。而且证明李小姐确在松垭口家里没有去教书，可能明天早上，李小姐就在大路上打太极拳。林孟超听了这话，料着朱先生专诚约会，不会错的，也就安下了这颗心，静等明日早上到来。

这也许是西伯利亚的寒流跑了野马，这日晚上，温度仍然很低。林孟超这晚上在朱子经家睡着，又是提心吊胆地守着时间，而且有了经验，他已在朋友那里借了一只老怀表揣在衣袋里，听到外边村鸡三唱，他就掏出表来，在菜油灯下，看了一看，这已是早上六点半钟了。

二十、有个惊奇的发现

林孟超怕失掉天刚亮的那个好机会，立刻跳下床来穿衣服。主人翁朱子经在那边屋子里道："林兄时间还早啊！天气怪冷的！"林孟超道："你不用管我了。借了这个机会，我倒试试鸡声茅店月、人迹板桥霜的滋味，在四川人迹板桥霜这个滋味，那是不容易尝到的。"主人翁自知他的真意何在，只是隔了屋子嘻嘻地笑上一阵。林孟超还是像昨日一样，自行漱口洗脸完毕，悄悄地给主人带上房门，就走出来了。今天和昨天不同，空气里的水分更重，宿露已经下沉，虽是快天亮，半空里挂着镰刀似的月亮，几点火星像镀了银似的扣子，向人的眼睛射着青光。在这种星月之光下，觉得面前走的人行路，都有了银灰色。月亮不怎么大，而月色却是这样好，他倒也感到早起对人，果然是另有一种兴趣。

走着大半里路，天空已成了灰白色，星点是剩了两三枚，那弯月亮也慢慢减了光辉，那人行路两边的草皮，由银灰变成了白色。似乎把这淡黄色的大路镶了两条自己的边。林孟超顺着那条人行小路，径对了松垭口走去。走到那板桥边时，让他有个惊奇的发现，那桥面还是由浅霜敷了一层银粉。在一片白绒似的粉垫子上，有碗口大的五个字的痕迹。那字是行楷间半，写得清楚"人迹板桥霜"。同时，在桥那边草地上，发现很多的脚印。那脚印比较纤小，似乎是半大孩子的脚印，也可能是女子的脚印。猛看到"人迹板桥霜"这五个字，很疑是那位坐滑竿的部长，经过这里发了诗兴。然而细察不是，因为隔桥的脚印就是这一种。并没有滑竿夫草鞋印。而且那脚印并没有过桥，到了桥边就回去了，好像是专门题这五个字来的。林孟超出了一会儿神，但想到他是来给人治病的，他还是踏上了那霜桥，继续地前进。

二十一、我们是同行啊

四川的霜，究竟不是那么浓厚，这条小路上，霜是断断续续地铺着，人的脚印也就时隐时现。看到那些脚印，都是桥上所印那类纤小的。他这就发生了一点儿感想，觉得人的思想未尝不同。自己看到板桥上的霜层，想起了这句诗。坐滑竿的人同样想起这句诗。而今天更得了一位同调。他正这样地缓缓走着，到了那院墙外，在人家屋后竹林子里，有人迎了出来。这算是他踏过霜桥初次看到的一个人，而这人却是熟人，乃是两次遇到过的吴小姐。

　　她今天在蓝布大褂上罩了件红毛绳短衣，手上提了个旅行袋，像是出门的样子。林孟超点了头道："吴小姐早！"她站住脚，望了他道："林先生倒是真早，张家还没有起来呢！"林孟超道："没有关系。早上的空气很好，这里的风景也不坏，我就在这大路上散散步吧。吴小姐要过江去？我们还是同行啊！"吴小姐点了两点头道："可不是。不过林先生的行是医生，我是弄之乎者也的，离科学太远了。"他看了看道："吴小姐是教国文？现在学校里国文师资，倒反是缺乏了。"她道："我是在南岸一个私立中学教书，校长是我女大同学，勉强担任着。误人子弟罢了。"林孟超道："那是一个女子中学呀！"

　　吴小姐把手中的旅行袋放下来，抬手理了两下鬓发，把披在脸腮上的几根细发扶到耳朵后面去。她笑道："是个女子中学，林先生怎么猜着的呢？"他又放下了手上的行医皮包，将两手搓了几下，望着她道："我知道强华女子中学校长是方亚雄女士，她是女大毕业的。我们在南京的时候认识的，人的品性极好，学问也好。"吴小姐笑道："是吗？不过认真说起来，我们都是落伍的女子了。"林孟超道："贵校的老师，女性占多数吧？"她点点头道："大概是如此。"林孟超昂着头想了一想，问道："贵同事，有一位李小姐吗？"吴小姐听他问道这问话，好像有什么事触到她心里的病处，露着白牙齿一笑。

二十二、这人有趣得很

　　林孟超对于她这一笑，却不大理解，问道："没有一位李小姐吗？"她笑道："有的。你先生认识她？"林孟超道："不认识。不过我很愿意认识她，我在报上常常读到她的作品。她的散文好极了，有正确意义，而又是美丽的词句。她每一篇散文都是诗一样美。"吴小姐道："林先生也喜爱文学？"林孟超道："喜爱的。我是业余文学，正如别人业余弄无线电和照相一样。当然我搞不好。"吴小姐笑道："可不是？昨天林先生在那小桥上玩味着'人迹板桥霜'那句诗，把张老先生那件皮袍子牺牲了。"

林孟超笑道："吴小姐知道这件事？"她道："张先生都告诉我了。不过当林先生拒绝和那部长夫人去看病的举动，太痛快了。他们很少碰人家的钉子的。因为他们向来不求人，纵然求人，人家也不敢得罪他。"林孟超道："我昨天并没有在桥头上发诗兴，发诗兴的，正是那位裘部长，因为他和滑竿夫一谈诗，几乎摔下桥去，他的部下就迁怒到那桥头上的包袱了。奇怪，今天，有人在那桥板上，写了'人迹板桥霜'五个字。这人有兴趣得很，总不会是那部长吧？"吴小姐道："他坐轿子出门的人，哪会在霜桥上题字？凡是这样起早走路的人，都是清寒之士。你先生今天还要替人治病，过那霜桥吗？"林孟超道："不，有点儿事。"

吴小姐弯下腰去，提起了她的旅行袋。一面问道："林先生昨天那样早，也到这里来的。好大的雾呀，露中散步？"他道："不，我也有点儿事。"他说到这里，感到一点儿踌躇，将手抚摸了下巴。因见她有要走的样子，赔着笑脸道："吴小姐，我可以再向你打听打听那位李小姐吗？"她笑道："可以的，我们很熟。"林孟超道："听到说好像李小姐也住在这幢房子里？"吴小姐忍不住又笑了。点了两点头，她可没有正确的答复。

二十三、让我猜一猜吧

林孟超嘴里微微地吹了一口气，像是很踌躇的样子，然后微笑道："吴小姐很爽直的，而且又和李小姐交好甚厚……我想……"他吞吐着没有把话说出来，却是把一笑来接着语气。吴小姐笑道："林先生想要我介绍和李小姐见见？"林孟超点了点头，同时顿着脚，笑道："诗云，他人有心，予忖度之，小姐之谓也。"吴小姐吟吟地笑了，点头道："林先生对这位不出名的女作家倒是倾倒备至。不过，她可能到黄桷垭街上去了。你说那板桥上有人题着字，就会是这位小姐题的。这位小姐真也有点儿酸。"她笑着把眉毛扬起，似有其辞若有憾焉，其实乃深喜之的意思。林孟超过："不，我听说这位小姐很好，而且每日天不亮就起来打太极拳。这是锻炼身体的好事，那绝不是女秀才们所能办得到的。"

吴小姐听说，脸上放出不可遏止的笑容。她将提起来的旅行袋又放在地上了。这回旅行袋翻了个面，在那白布面上写着有"李记"两个黑字。林孟超对这两个字注视着，看吴小姐的面容又有喜色，便道："让我猜一猜吧，吴小姐这旅行袋可能就是那位李小姐的，你们的交情，已到共其有无了。"吴小姐道："不但如此。"她只说了四个字，却是笑着把头低了，把皮鞋尖拔着路上的浮土。林孟超看到她这样子，分明是难为情。为什么难为情？这却让人有些不解。当然也不便把话向下问，只好呆站着。吴小姐抬起头来，点着头笑道："好吧。我见了李小姐可以和你代达此意。我想她对林先生的为人，一定也很钦佩的！"说着，她第二次提起那个旅行袋子来；但她没还有立刻就走的意思，手提着旅行袋的拴绳微微地摇晃着。林孟超把话说到这里，觉得没有更重要的话了，只好也提起皮包来，点了头笑道："我这不打搅吴小姐吗？很耽误了你走路。"吴小姐先说了一声不客气，然后说句再见，笑嘻嘻点了个头，她自走了。

二十四、我真同情你们

林孟超站在这路头上，出了一会儿神，慢慢地向那山坡上走着。远远地看到山半腰间有个妇人，背着背篼下来。他想着，天气还早，也许张家人还没有起床，自己还是慢慢地走去。这个由山上下来的妇人，必然是本地人，等她下来，再向她打听李小姐的消息，看她所报告的又是怎么样。于是他就站定了。等那妇人走到身边，这可让他有个惊奇的发现。就是这妇人，穿了件旧蓝布大褂，罩着棉袍子，头发梳得清清楚楚的，将一根青布带子在头上围绕了个圈，分明又是劳动家里出来的。她身上背着的那个背篼，却和一般劳动男女所用的一样，总有大半身高，直径也有一尺开外，可是这背篼里面，只有半篼子乱柴根，仿佛是她的力气不够，只背了这些个。她手上还提了一捆野葱，是用野草缚着的。

林孟超对她注意着，还不曾问什么，她倒先开口了。她堆下满脸的笑容，点着头道："你是贵姓林吗，先生？"她说的是东北口音，绝非理想中的本地乡下女人。他答道："是的，你这位大嫂怎么认识我？"她道："我怎么不认识您，您是我的大恩人啦！昨天你给诊病的那位老太太，是我的婆婆。多谢您，我那孩子昨天晚上就退烧了。"林孟超听了这话，是很惊异了一下，望了她道："您是张太太？"她脸上发出了苦笑，点着头道："您别这样称呼，让我加倍惭愧。实不相瞒，家里买不起柴草，自己又得顾全公务员人家一点儿面子，我总是天不亮就出门上山，弄些干柴根回来烧。到了下午两个大一点儿的孩子回来了，就让他们上山，好在他们是小孩子，也无所谓体面不体面。"林孟超摇摇头道："我真同情你们。可是光同情你们有什么用呢？"张太太道："您帮我们的忙，那就太大了。连那位李小姐在旁边看着，都说林先生太好了。"林孟超忙问："李小姐？哪个李小姐？"

二十五、是花了很大的力量的

张太太道："是我们的邻居李乐天小姐，林先生不会认识她的，她是站在第三者的立场，而且彼此不认识，所以她的话是公正的。早上凉，别老站在外边说话了，请到家里坐吧。"林孟超正是急于要问李小姐的下落。张太太把话扯开了，心里也就想着，不要是人家已经知道自己是什么心事吧？那还是少开口的为妙。于是含了笑容，随着张太太到她的草棚子里去。

他的理想是错误了的。张家人不但起来了，而且今日屋子里扫得很干净，腾出了整个桌面，那桌面居然放了一把白瓷彩花茶壶，仅仅是茶壶口子打缺了一点儿而已，此外并无残破。壶边放有三只茶杯，两只是四川土瓷的，一只是玻璃杯子，同时放有一小盒黄河牌纸烟。纸烟到了黄河牌，这是当年大后方吸纸烟的一个警觉点儿，所谓人不到黄河心不死。但林孟超看到他们老太爷扛米，太太上山的实际情形，知道这盒黄河牌纸烟的贡献，是尽了很大的力量的。

那老先生张作舟听到屋子外的说话声，他已是在大门口站着等候，看到林孟超来了，就是深深地一鞠躬。这还不够，两手抱了拳头，不住地拱着揖，口里把普通感谢的名词全都使用完了。陪着客人进屋坐下。

林孟超对于这些表示，一面谦虚着，而他最大的安慰，还是一老一少两个病人，今天已经好得多了。他在主人殷勤招待之下，将两个病人诊看完毕，又给了些丸药。张作舟坐在旁边相陪，只是把眼光射在他身上，便是那位张太太将十指交叉着，双手垂在胸前，站在旁边，也是目光注视了这位客人，好像他翁媳两人，全有什么话要说，而又不敢说。

二十六、决不能半途而废

林孟超已明白他们的用意，因道："本来我打算今天来给你们再看一回病，就介绍刘大夫给你们看了。不过我仔细想着，让你们送这两个病人过江，在你们这种生活状况之下，恐怕是担任不了。接刘大夫到这里来吧，他是以行医为职业的人，你让他全尽义务，那也不怎么近人情。我今天过江去，明天晚上到黄桷垭住着，后天一大早再到府上来。为的是后天下午我还有课，我既答应给你们诊治了，我决不能半途而废。"张作舟站起来作了两个揖，笑道："那我们只有让孩子身体好了，多给你磕几个头吧！"张太太道："那真是谢谢。不过林先生一定明天晚上才能到黄桷垭来吗？"

林孟超对他翁媳两人的脸上看了一看，总觉得他们还有一点儿犹豫，便点点头道："我知道你们心里是怎样着急，不过我已拿准了病症，病人是慢慢可以好的。我说后天早上来，自然有我的把握。但是明天下午我能提早过江的话，也许明天晚上来。"张太太道："若是说赶着上课的话，那是不会误事的。我们这里李小姐，因为家里有事，没有在学校里住了，总是早出晚归。"张作舟道："林先生怎能和李小姐打比呢？李小姐的学校在江这边，她根本用不着过江，那要节省多少时间！"林孟超道："那李小姐天天到学校去？"他很惊讶地问出这句话来。张家人却是不解的，答应道："是的。"林孟超在人家答复之后，又觉得孟浪了。只好提起收拾过的皮包来，匆匆告辞。

他正在出门，有两个半大的男孩子站在路边，齐齐地和他鞠着躬。一个较大的男孩子，约莫是十四五岁，穿着一身半旧的灰布制服，赤脚草鞋，虽然是清苦的样子，却很有礼貌，笑着道："林先生，皮包交给我，我送你到黄桷垭。"张太太也出来了，她道："这是我的两个大的男孩子。林先生不必和他们客气。"

二十七、今天你如愿以偿了

林孟超看着他两人，黄黑的皮肤里撑出骨头来，摇摇头道："不必了，小兄弟们，你们不上学？"大男孩子道："先生为了不发平价米，今天罢课。"林孟超叹了口气道："先生饿着，你们学生也饿着。张太太，你这两个少爷都营养不足呀，应当给他们一点儿菠菜和肉类的东西吃吃。"他向张太太望着，忽然笑道："我此话不应该对你说，欠通得很！"张太太道："林先生太客气了，你是好意。不过我肯出点儿力气，我倒是有法子找一点儿肉的。"林孟超对这话没加以注意，只是对两个孩子谦逊着，不要他提皮包，让他们送到山坡自行走去。

到了黄桷垭街上，朱子经又在街口上老远地拦着，见了面先握着他的手笑道："今天你如愿以偿了！"林孟超道："这话怎么说？"朱子经道："我今天也起个早，在街上遇到李小姐。我硬了头皮向她直说，有一位林先生想来拜访，可以见吗？她说今天已经见过了。她说这话的时候，脸上有点儿红，分明是真话，你还赖什么？"林孟超道："我实在没有见过。我只见到一位吴小姐，是李小姐的同事，托她介绍我见李小姐，她已答应了。"朱子经笑道："吴小姐是什么样子？她是长圆的脸，长头发，后面卷着一排云钩，身上穿蓝布大褂，罩着绛色的毛绳小外套。说普通话，带些江苏口音，手上提只白色的旅行袋，上面有黑色'李记'二字。"林孟超道："对的，你也看见了。"朱子经两手一拍，哈哈大笑，问道："她对你态度如何？"林孟超道："倒是很客气的。"朱子经拍了他的肩膀笑道："你有眼不识泰山，那就是李乐天小姐。她本姓李，外婆家姓吴，舅舅没有儿女，外婆年纪又大了，她到外婆家来，就算是舅舅的女儿。为了讨长辈的欢喜，她喜欢人家叫她一声吴小姐。是我大意，没有把这点告诉你。那松垭口是她舅父家里。你仔细想想，有什么言语冒犯了李小姐没有？"

二十八、那是太够条件了

林孟超听了他的报告，大为吃惊，将手搔着头，笑道："这……这事真想不到。怪不得我看到吴小姐像在哪里见过，其实没有见过，就是看到你给我的那张相片。怪不得，怪不得，我每次提到李小姐，她就笑嘻嘻的，好像有点儿难为情，那是大有原因的。"朱子经道："你看这位小姐怎么样？符合你的要求吗？"林孟超道："那是太够条件了。她对我的印象，似乎也不坏。"说着也嘻嘻地笑了。但他右手提着皮包，左手还不住地搔着头。朱子经笑道："你原是想先去侦察她，结果却让她侦察了一个够，你是大大地失败。不过这失败，也许就是成功。她把你看够了。你若是不中她的意，她就不和你谈下去了。她既肯和你谈，而且印象还很好，这事就大有希望。"林孟超把皮包放在地上，两手只管互相搓揉着，口里向内吸着气，脸上表示了踌躇的样子，望了朱子经道："你看这事情怎么办？我倒不好意思再去见她了。怎么办？"他踌躇得厉害，两手就搓揉得更为紧张。

朱子经笑道："我本来就想邀着李小姐在街上吃顿小馆，也把你约了去。刚才遇到她曾向她做过提议，而且我还有正当的理由，我说小孩子想跟她补习功课，说是我太太动议，要面请她一次。可是我刚开口，她就明白了我的用意了。说是大家都很清苦，何必经过这一套手续。你的孩子要补习功课，随时可以办。你若真要请我，那我就拒绝了。你看，她把大门关得这样紧，我正发愁，次一步骤应当怎样地行动，原来她已把你考试了一个彻底，你还不知道呢。"说着又打了一个哈哈。林孟超笑道："被人考了去，这事的确有些尴尬。若是就这样算了，那多难为情。我们到茶馆去坐坐，把这事详细谈谈吧。"他们的身背后就是一爿茶馆，两个进去找副座头坐下，谈了两小时，觉得什么办法都有些难为情。

二十九、你父母的一番苦心

最后还是朱子经代他决定，明天早上到张家去看病，在路上截住她。这样不带形迹，也不会有第三者参与，那时见机行事，是否可以进一步谈谈就可决定了。林孟超虽然觉得和张家的约会有了出入，但是除了这个，也没有比较好的办法。他吃了些点心，立刻过江，赶回学校去上课。上课之后，再回到黄桷垭来。

林孟超这个学校，离重庆就有二十公里，虽然不断地有公共汽车来往，究是耽误时间，所以他到了黄桷垭街上的时候，已经是晚上了。他觉得朱子经也是一位穷苦朋友，常去打扰人家，那是不对的。因之他在街上小饭馆里吃了两碗面，方才向朱家去。在路上走的时候，前面有两个女人说话，一个是本地口音，一个是东北口音。那东北口音好像还很耳熟。听到她说："我不是给人帮工的女人，我也不要他的工钱，我每天十点钟以前准到，下午五点我得回来。"本地回音的女人说："那就是你刚才所说的，每天要让你的两个娃儿，在他公馆里吃顿晌午，你这是啥子意思？"

东北口音的女人说："那是做父母的一番苦心。据医生说，他们营养不足。其实不必医生说，就是我自己看着，也知道是营养不足的。他们大概有三个月没有见过荤油了。我凭了这手针线，我想给他们找补一些营养。我只在你们主人家吃一顿饭，又不要工钱。我保证我做的针线活儿绝不下裁缝，虽然给我们孩子一顿饭吃，你们主人也不吃亏。我知道你们主人家，天天大鱼大肉地吃，剩下的饭菜就不少，给我们孩子一点儿残汤剩菜，他又算得了什么呢？而且我做一天算一天，不做了就不吃。我若论月拿工钱，就怕给孩子们买不到几斤肉了。"

三十、风雪夜归人

林孟超仔细听着，竟是那位上山背柴的张太太，又要给人做针线，目的是给两个孩子找营养品。这分明是自己两句话引动她的。她这番苦

197

心实在可以同情。本想把张太太叫住，又怕人家不愿意，站在大路中间，倒是呆住了。吃过面之后，也觉得口渴，路旁有家大茶馆，就在茶馆门口挑了一副临街的座位，泡了一碗沱茶，独自地且喝且想心事。约莫有十分钟，刚才所听到的那位本地口音的妇人又说着话来了："我没有听说过，做活不要工钱要挣娘儿三个一顿饭吃。"有个男子接嘴说："你不能要她去，经理每天剩下来的菜饭我有用处。我们私下喂的两口猪，这几天正在长膘，要膘长得肥肥的，就要吃得好。加了三个人的话，加米也未加菜，那还是件小事，我们把剩下的菜饭喂猪的事，叫新来的人晓得了，主人怕不和我们扯皮！"

那两个人说话走近了，这里正是一丛小贩集合的地方，灯火照耀得四周通亮。这就在火光中看清楚了那两人，女的是四十开外的妇人，男的正是前天早上引路的那个男子。他曾夸过口说公馆里每天要买四五斤肉，这样看起来，这话是真的。可惜他们家里所剩余的菜还是喂猪，张家那两个营养不足的孩子却是没有份。这事真是叫人愤慨。

林孟超把茶喝够了，憋不住这一肚皮心事，就直奔朱子经家里去。老远看到他们家窗户里闪出光亮，就知道他们家还没有睡。正好邻近有狗叫着，朱子经家的大门闪开，主人翁手里提了一盏瓦檠油灯，把头低在灯面下，向这里看来，问道："是孟超兄吗？"林孟超笑道："劳你等门了。"朱子经笑道："柴门闻犬吠，风雪夜归人。"林孟超道："这不是归家，也没有风雪。"说着和主人一同进屋。女主人也在前屋灯下等候，笑道："我们林先生将来成了家，也住在我们这里，那就归家了。风雪四川是没有，可是冒夜归来的事，那就难免了。"

三十一、你就做个介绍人吧

林孟超放下他行医的皮包，拍着手道："我的事情实在没有办到，可是我意外所遇到的事情，就越来越多了。"因把今晚所遇张太太的故事说了一遍，并道："凭她那个资格，去给人家做针线女工，只要娘儿三个混一餐中饭吃，都难于实现，可叹。明天人家若把话回复她，拒绝她那个请求，她精神又要受一番打击了！"朱太太在小桌抽屉里，取出一个半空的纸烟盒来，抽出一支烟，向他递着，笑道："请坐，请坐，不用忙。林先生希望解决的事，我可以和你解决，而且给你一个莫大机会。"林孟超在菜油灯火上吸着烟问道："你这话怎么说？我不大明白。"

朱太太道："此地有位绅粮思想非常地开明，他就在离开这街上两三里路的地方，办了个女子合作社，他供给缝纫机和衣料，会针线的妇女到他那里去做工，他供你伙食，第一你不必为了每日的肚子发愁。做好了东西，拿到各合作社去卖，得了钱，他扣除你伙食费而外，劳资双方三七拆账。他的衣料不另算钱。这倒是件好事。我也是这合作社的社员之一，我可以介绍她去。"林孟超道："那你就做个介绍人吧，明天我告诉她，让她来找朱太太吧。"朱太太笑道："不，我的话还没有说明白，进这个合作社，只要两个社员介绍就可以。但是有件事，是介绍人所不能办的，就是必须找个保人，这个保人，我也物色好了，就是那位李小姐。你可以借了这个机会，托张太太给你介绍一下。"林孟超吸着烟沉思了几分钟，摇摆头道："这个不对。我保了，是张太太自己的事，我们不能指定教谁给她作保。就是可以指定，有要我们介绍的必要吗？"朱太太笑道："咳！你是太老实了。你不会对张太太说，希望她在教育界找位女同志作保吗？他自然会提到眼面前的李小姐，提到之后，你就可以说很钦佩李小姐，要和她见见了。见了之后，就让那位吴小姐不能不承认是李小姐。以后的事，恕我们不能和你计划，那就神而明之，存乎其人了。"

三十二、这条妙计完全是对了

林孟超说了句"那勉强得很"，但他也没有更细地解释，只有抽着烟嘻嘻地笑。在他不能想得更好的办法的时候，第二天早上，他还是到松垭口张家去诊病。但他因来往奔走，过于劳累，次日早上又是个大雾天，他没有赶上天亮起来，当他走到张家的时候，已是早上九点钟了。他给两个病人看完了病，就自动地向张作舟报告，说："有位朱太太愿介绍张太太到妇女合作社去工作，最好能找一位知名之士做个保人。这大有缘故，因为这位合作社的创办人希望和一些名人认识，而拉拢去做赞助人。"

张太太在一旁听到就点了头道："那太好了，这件事我但是做得过来，而且也适合我的脾味。这个保人就烦林先生担负一下，可以吗？"林孟超笑道："我当然乐于赞助。不过我既非知名之士，我也不是个女子。最好你找一位像女参议员、女律师，甚至女教员之类，也都无不可。我也不明白这里面有什么道理，但介绍人给我这样说过。"张作舟道："那倒现成，我们这里有位邻居吴小姐就是女教员，而且也是位女作家，可以说是知名之士了。"林孟超道："就是我见过的那位吴小姐？"他坐在桌子边喝茶，手捧了茶杯，偏着头，做个沉吟的样子。张作舟笑道："这事我应当加以说明，这位吴小姐就是在报上发表文章的李乐天李小姐。"林孟超道："哦！这，这，这就是李小姐。"他放下茶杯，突然地站起来，笑道："就是她，那我很佩服的，哪一天请张先生给我介绍介绍吧！"张作舟道："她今天上午就在家里没走，我去请她来吧。"说着，他起身走了。

林孟超心中暗喜，却觉得朱太太想的这条妙计完全是对了。他牵牵衣襟，摸摸头发，脸上放出庄重的样子，只是等李小姐来到。约莫是十五分钟之久，张作舟却是独自地来了。他脸上放出不自然的笑，对林孟超道："作保，她一口答应了。但是她身上有点儿不舒服，她说改日再见吧。"张太太道："现放着名医在这里，老爷子就引林先生给她去瞧瞧吧！"

三十三、此中有人呼之欲出

张作舟道："我是这样说了的。她说，小病不用瞧了，她不爱吃药。"林孟超听着，料定了是人家完全拒绝，便道："既是李小姐身体不舒服，就改日再见吧。"说着，他收拾了皮包就告辞而去。见到朱子经，他也只是说去晚了，李小姐已经上课去了，也不多说。不过他总疑心是自己过虑，又继续地向张家看了几次病。过了五六日，病人都好了，张作舟并没有提到过李小姐，自也不好意思再问。黄桷垭这个几千级的山坡，也爬得够了，继续地来，实在也没有那股勇气，把追求李小姐的事就丢到九霄云外。

他恢复了教书、坐小茶馆、看报的平常生活，约莫是相距了十天，在报纸副刊上，看到五个字特别射人眼睛的题目，乃是《人迹板桥霜》。再看下面作者的署名，恰又是那位李乐天小姐。连忙捧着报细看那文时，是一篇散文，约莫有两千字。这就从头至尾仔仔细细地看着。文字是写得不坏，觉得很有几段里面是"此中有人，呼之欲出"。于是看了再看。看了不够还放到小书桌上去，在那可注意的地方，用墨笔勾勒圈点出来。在这些勾勒圈点当中，有一段文字，尤其令人迷惑。那文字这样地说："我爱那桥上的一抹白霜，在一条人行路上，像是块玉板。但在这残风晓月之下，悄无人影之间，这玉板印下一行人的足印，实在让人看到有一种说不出来的清凄滋味。这是谁印下的足印，冲着这晓寒，冒着这宿雾，他是去求名，去求利？那是很平庸的行为。他是为人类服务的，他是为了去求知识，那就很可念了。甚至是他是去访他的朋友，也有些月夜访戴、程门立雪的清高意味，也是胜于求名求利的。我经过那霜桥，我曾踌躇着不肯放下脚去，免得再留下一行足印，更染污了那清白。然而我为了衣食，我不能不踏过这板桥，残破了那玉板。我曾很感慨地在板桥上写下'人迹板桥霜'五个字。我不知道那位踏霜的人是不是看到这五个字，假使他看到了，他会有些共鸣吗？这让我回忆到一件事。江南是冬季多霜的。我有一位女同学，她曾踏过我门前的溪桥，带着板桥上的清霜，走进我的竹篱笆门。她并无所求，她只听到说我由学校回家了，怕我早上又出门去，特意冒着晓寒来看我。这友谊是太深厚了，那真不是'桃花潭水三千尺'所可比拟的。我门前板桥霜上，朋友的足印，每行，每个，深深地印在我的心上。"

三十四、谁寄来这份报呢

林孟超把这段文字再看一遍，再想一遍。他觉得李乐天说的这位女友，和自己的行为是有点儿相仿佛。她这样赞赏她的女友，由于我也是冲寒冒雪去拜访她，应该不会讨厌吧？他伏在桌上看了这段文字不算，又躺在床上将报举起来看着。越看就觉得自己和文中人很接近，把他那颗寒冷了的心又重新燃烧起来。但要去生着这腔情火，却还不知道由何处下手。踌躇了两天，他忽然接到一封不带下款的平信，信封上字迹写得相当秀媚，分明是女人的手笔。赶快拆开信封来看，里面只是一份报纸，并没有书信。看那报时，就是前天登载《人迹板桥霜》散文的那一份。而且那报纸的副刊正折叠在正面。在李小姐散文周围用红笔圈了个大圈。不用说，这是怕自己见不着这份报，特意寄来看的。这是谁寄来这份报呢？知道这件事的，只有李小姐和朱子经两个人。这份报也只有朱子经和李小姐两人能寄来。但朱子经寄这份报来，他不必藏头露尾，简直说明原尾就是了。那未必定是李小姐寄来的。想到这里，再看看字的笔迹，又看看信封后的邮戳。恰好这邮戳印得非常清楚，乃是南岸龙门浩的地址。那里去李小姐教书的中学不远，不是李小姐寄来的是谁寄来的。今天正是礼拜六，下午无事，不管成败如何，今天应当再渡江到黄桷垭去碰机会一次。

他有了这个念头，就按捺不住，立刻换了件洗干净的蓝布大褂，跑到理发馆去理回头发，虽然只有十二点钟，但冬日天短，既要过江，又要爬黄桷垭那个大山坡，却是耽误不得。他料着这日星期六，过江的人一定很多，渡江很费时间，理发完毕，午饭也没有吃，一口气就直奔轮渡。直待过江到了海棠溪街上，在小面馆里吃了一碗面，看看只有一点半钟，方才安心地向爬坡的山路上走。

三十五、一个奇怪的消息

林孟超心里虽然有事，可是他所要知道的事情，并没有什么时间性，他还从容地迈着步子，每走四五十级坡子，就在路边找个地方休息一下。约莫是走了三分之二的路，在一边斜坡的松树下，找了一块干净的石头坐下，吹了一阵灰，方才将两手撑了大腿仰了脸向黄桷垭的山峰，缓缓地喘着气。忽然有个人在身后叫了一声"林先生"，他回头看时，斜对过的平坡上撑了个芦席棚子，声音就是在那棚子里发出来的。索性站起来看时，却是一位老人家站在那里，他面前摆了个摊子，摊子上是纸烟、糖果、花生、橘子，满满地摆着。那位老人家穿了件短棉袄，将一根腰带拦腰地束着，叉了两手，瞪了两眼向摊子上望着。

他突然地又吃了一惊，这正是那位东北籍公务员的老太爷张作舟。立刻迎上前去，向他点头道："老先生，你你……你？"他说不出所以来，对着摊子上的东西各看了一眼。张作舟将摊子上的纸烟拿起了一盒，抽出一支弯了腰向林孟超敬着，笑道："来一支，在这里休息休息吧。"这棚里倒是有两张方凳子，张先生就搬了一张，放到摊子外来，笑道："请坐！请坐！"林孟超坐下了，对着这棚子和摊子，都扫上了一眼。他取了摊子上的火柴擦着，点着了烟吸着，左手两指夹了嘴唇里的烟，右手两指捏了燃着的火柴，两眼望了它燃烧完毕，然后扔了。张作舟看他在揣想这个摊子，便拱了手笑道："林先生，你不要和我难过，我这叫塞翁失马，未始非福。我告诉你一个奇怪的消息，我们那孩子被机关当局免了职了。我们这一家也不能坐着等死，我们就出来摆摊子了。碰巧，我们买进来几条纸烟是涨价以前的事，这就小小赚了一笔钱了。"

三十六、十载寒窗不如一条扁担

张作舟笑了一笑，又接下去说："你必要问我们是哪里来的本钱，这又是一件想不到的事。是我们在沈阳的时候，有一位北京朋友，曾经赊过我们几担粮食，始终没有还钱。他老早到重庆来了，开一爿修理汽车行，专门收买和配售零件，发了大财。原来我们也不好意思去讨陈账，孩子丢了事了，只得托机关里一个司机和这位车行老板去告帮。他们是有买卖关系的，就送了我们三万元法币，算是还旧账。有了这三万元，我父子两人合作，孩子天天早上跑烟市，我在这里摆小摊子，我们少奶奶托你的福，进了合作社，家里吃闲饭的人就少了一半子。每天我父子两人薄利多卖，总也可以赚两三千元，从昨天起，我那孩子又多想了点儿办法，每天下午，由乡下背些红苕、素菜到城里去卖，晚上就住在同乡家里，第二天早上由烟市回来，更多赚他两三分利。只要勤快一点儿，比当公务员舒服多了！"

林孟超道："大家都说，十载寒窗不如一条扁担，你们这一着棋当然是对的。但是令郎为什么突然地被免职了呢？"张作舟道："我说了，塞翁失马，未始非福。你先不要生气，林先生在我们家门口不是见裴部长的勤务发过脾气吗？后来，裴部长的太太几乎死了。裴部长对林先生不去看病甚表遗憾，就把这笔账记在我们身上。我们孩子的主官，就是裴部长的妻舅，他把孩子叫去痛驾一顿，就把他免职了。幸是裴太太没死，若是死了，那还不得了呢！"林孟超站起来跳了脚道："那太岂有此理了！漫说我不去诊病，这是我的自由，重庆有的是医生，不能怪我。就是怪我，这和你张家何干？"张作舟摇摇手道："没事。我们这不很好吗？林先生口渴了，来两个橘子。"说着，这就挑了两个红而又大的橘子，塞到林孟超手上。

三十七、我们心上是松动多了

林孟超倒是口渴了，坐下来就剥着橘子吃，想到初会老先生的时候，也是在这路上两枚橘子订交，为日无多，他这环境就完全变了。他正沉沉地想着，张作舟自山坡路上招手道："他来了。"林孟超看时，一个中年男子，身穿灰布中山服，肩上用草绳子挂着一个竹背篼（稀孔之竹篓），走到面前来，那里面正是装了红苕和萝卜。张作舟笑道："这就是我孩子张实践。来，实践，谢谢林先生。"

那位改了行的公务员立刻蹲了身子，卸下背篼，抢上前一步，和他握着手，点了头道："林先生，你帮了我许多忙，我只有记在心上了。"林孟超见他长瘦的面孔上累得红红的，因道："张先生，我对你府上完全同情，你这样做实在是太辛苦了！"张实践又忙着敬烟送橘子，笑道："林先生，谢谢你的好意，但是我这很好。身体上疲劳点儿，我们心上是松动多了。我要赶进城，不能多陪。晚上请林先生在黄桷垭街上喝四两寡酒，我们可以长谈。"林孟超道："你是为生活而奋斗的人，你请便，长谈的时候还多着呢。你就不必回来了，你明天早上，不是还要跑烟市吗？"

张实践笑道："实不相瞒，我昨天下午又得了一条生财之路。就是每天下午贩百十份报带到黄桷垭街上来卖。那报馆的负责人答应每天提早给我二百份晚报，而且后收报费。报拿回来了，交给两个下学的孩子去卖，每份报可赚五元。每天可以多收入千把元，这岂不是好？"林孟超道："好是好，可是老兄未免太苦了。这一天上下几次黄桷垭山坡，那是太难受了！"说着话时，山坡路上正有几乘滑竿，抬着躺坐在滑竿上的人上山。前后两个轿夫面红耳赤，口里急喘着气。张实践就指着他们道："林先生，他们可要每日上下山十几趟呀！"

三十八、跑山路也可活动身体

林孟超点点头道："我无话可说，我只有钦佩。"这句话说得张氏父子两人，都在劳苦的面皮上，涌出不可遏止的笑容。在笑时，张实践忽想起了一件事，他向张作舟道："爸爸，吴小姐在街口上遇到我，她给我们家带来个信，希望你今天早点儿收摊子回家。"张作舟道："你在哪里看到吴小姐？"他道："她就在这街口上小茶馆喝茶，好像是等人的样子。"林孟超听到这个意外的报告，他犹如身上触了电一样，他没有考虑，便向他父子道："晚上再见吧，我有点儿急事要到街上去。"说着，两脚就开始登起坡子来。以前是走四五十级坡子必得休息一下，他现在不休息了。急走一阵，走得气喘如牛的时候，就放缓了步子走着，他始终没有个停留。一口气走到黄桷烟街的口上，老远地就伸长了脖子，向那小茶馆里看去。见一位穿蓝布长衫的女子，手捧了一份报，坐在茶馆的屋檐下一副座头上。桌头上放着一个白布旅行袋、一件绿色毛绳短外衣，那都是很眼熟的东西，那不是吴小姐是谁？

他站着定了一定神，慢慢把这口气和缓过来了，然后在衣服口袋里抽出手绢来，擦抹着额头上的汗，那吴小姐手上虽捧着报纸，眼光却在报纸的边缘上看着行人，她见林孟超走将过来，一手放下报纸，一手扶着桌沿微微站起，林孟超忙把头上帽子摘在手里，半鞠躬地情不自禁，脱口叫了一声："李小姐……"登时觉得不妥，至少在她没有直接承认姓李以前，还是称为吴小姐较为妥当，但是话出如风，无法收回，这就脸上现出局促不安的样子。可是吴小姐在他叫唤一声，话头接不下去的时候，赶忙微笑着道："请坐请坐，林先生倒是很爱郊外散步。"林孟超得着她这句话，便好接下去道："此地有几个好友，朱子经、张作舟，都可以古今上下，无话不谈，比在重庆往来的，除掉学校同事以外，不是官僚就是市侩，实在是连聊天的人都没有。并且跑点儿山路，也可以活动身体。"

三十九、清灵淡远，文如其人

吴小姐听了，又是微微一笑，这一笑态度非常自然，启发了林孟超的勇气。便道："我在重庆接着一封信，只有一张报纸，并没有信，报上一篇散文，我早经读了好多遍了，真是游夏不能赞一辞。"边说边在身上摸出信封和另外一张报纸，上面有密密层层的圈，放在桌上，又道："这封信，写得笔致娟秀，是谁的手笔呢？想找朱子经打破这个谜。"说时眼光直射着吴小姐。吴小姐道："关于我姓吴？姓李？以及我的家世，我想，朱子经、张作舟两位，不会不告诉林先生的，刚才叫我一声李小姐，林先生透着窘态，以后不可不必，简直地就叫我的名字乐天好了。"林孟超听着笑道："那么这封信也是李小姐寄的了，今天我到黄桷垭，是专为此信而来的。"眼光仍然注视着她，这位自认为李小姐的，非常大方地道："这不值得研究。我听朱子经夫妇两次向我露出口风，林先生的郊外旅行，似乎和我有些关系。"

林孟超正要答话，恰巧张作舟已把摊子收拾，正往茶馆里走来，便欠起身子，叫道："张老先生，这儿坐。"张作舟进来点头含笑坐下道："你们两位谈些什么？"林孟超道："我正在细细欣赏李小姐这篇散文。"便把密圈的报纸递了过去。张作舟看了题目道："这张报，我已在吴小姐家里借到拜读过了。真是清灵淡远，文如其人。这密圈是林先生加的？"李小姐正要谦虚，朱子经也打茶馆门前经过，林孟超招呼一声，李小姐也微笑点头，只有张作舟不认识，林孟超给他们介绍着，朱子经向张作舟道："虽然初次识荆，可是林兄常常提起，我久经心向往之。"说着，都坐了下来。

四十、老太爷发了急病

林孟超道："离此处不远，有家四川小馆子，只有两间矮屋，我吃过一回，还可对付，现在已快到晚餐时候，这就请三位去吃一顿家常便饭如何？"李小姐道："家外祖今天有点儿个寒热，我想早点儿回去看看，林先生的约会我心领吧。"张作舟道："上次我约吴小姐到舍间，请林先生替你治病，你谢绝不去，使我面上磨不开，你推说是怕吃药，现在吴老先生清恙，林先生可以手到病除，最好提早晚餐，饭后到府替吴老先生诊断一下。"林孟超道："粗枝大叶谈一谈，是未尝不可，若要诊断，我空着一双手，连听诊筒都没有带，实在无法应付。"张作舟道："中国旧医书，是望闻问切四个字，这一点，西医何尝做不到，不带器械，也还无碍。"李小姐道："家外祖望七之年，平常觉得左边身体有点儿麻木，大致是血压太高。"林孟超道："这很简单，只要把量血压的皮带管一量便得，可惜我没有带着。"说到此处，双手搓了一下。朱子经道："还是到川味香坐一下吧，你看这里茶馆的么师已经准备上门了。"

大家到了川味香，随便要了几样菜，吃着谈着，张作舟问李小姐道："你叫小儿约我早收摊子回家，可有什么事？"李小姐愣了一愣道："没有别的，我猜想林先生会来，希望老先生回来谈谈。"朱子经道："我们到李小姐府上，当作她的长辈面上喊她吴小姐，在外面，喊李小姐也未为不可，省得旁人听着奇怪，一会儿姓李，一会儿又姓吴。"一面对着旁边座上吃客，用眼光扫射一下。饭后时间还不过七点钟，朱子经提议："既然吴老先生身体不大健康，我们到他府上去问候好不好，况且还有现成的医生跟着。"说完对林孟超微笑。

李小姐当然欢迎，不多一段路，到了松垭口，李小姐道："我来引导。"举手敲门，出来一位老太太对李小姐道："怎么这晚才回来？老太爷发了急病，他说右边肚子疼得厉害，恐怕是盲肠炎。"李小姐一听，对三位客人道："先请宽坐一下，我去看看家外祖的病状。"急忙忙地走到左边的一间屋子。

四十一、非赶快开刀不可

那位老太太只认识张作舟，便向他点头招呼，让到书房里，这间书房一屋两用，平时读书学习，有客就做客厅。林孟超走进一看，是向南的一排五大间平房，虽是朴素，却收拾得净无纤尘，甚为整洁，两边书架上堆着新旧书籍，还夹着许多外国文的本子，靠墙的书桌上摊着鲁迅的《南腔北调集》，这在后方是难得买着的，林孟超一翻书面上，写着"乐天学习"四个字，正想细看架上的书，李小姐已经走进来，对着林孟超道："看情形，家外祖很像是盲肠炎，不晓得是慢性、急性？请林先生赶快诊断一下，感谢得很！"林孟超道："这是义不容辞，何必客气，万一是急性，必须要动手术，怎么办？"说时已跟在李小姐后面走入左边屋里。

吴老先生用几个枕头垫得很高地躺在床上，盖着一条棉被，旁边还有一位老太太。李小姐走到床边，轻轻地道："林先生来看看病情，可惜他未带器械。"吴老先生点点头道："听乐天说，林先生医道高明，费心得很。"林孟超道："一知半解，懂得点儿皮毛，请把右边衣服解开看是怎样。"李乐天赶忙去解开衣服，林孟超一看，腹部右边已经发红，便问道："老先生除感觉疼痛之外，还觉得肿胀？"吴老先生连连点头道："觉得觉得。"林孟超请李乐天将衣服棉被掀好，退到客厅，对李乐天道："确是急性盲肠炎，非赶快开刀不可，在哪里借一电话，请我的好友刘大夫坐汽车马上就来。重庆到黄桷垭，汽车可以摆渡，绕着公路走，不必爬山，不过时间不免慢一点儿。"李乐天道："电话有办法，请跟我来。"朱子经张作舟见有病人，当然坐不住，一道走出，告别而去。

四十二、向来不愿谈这一套

不多远有宅小洋房，李乐天敲门说明来意，引着林孟超打通电话，再回家里，隔了约莫一个钟头，门外汽车声响，这时李乐天已把吴老先生应用东西检点齐全，装在一个手提包里，等到刘大夫一到，和林孟超两边扶着吴老先生走上汽车，向重庆刘大夫医院出发。

这夜经过良好，林孟超因为帮同刘大夫施行手术，就借用别的病床胡乱一宿。吴老先生这一场病，倒给林孟超一个莫大机缘，每天都有和李乐天谈话的时间。有一天，林孟超想旁敲侧击地来试探一下，恰巧吴老先生正是熟睡，护士坐在近旁看书，林孟超对门内李乐天微微点头，李乐天走了出来，问有什么事？林孟超道："李小姐前天叫我问刘大夫，这回手术连住院费，大概有多少？我和他说了，他说，笑话，将来跟吴老先生做个学生好了，原来他是本地人，和老先生同乡，深知老先生的学问道德，十分敬佩，他绝对不肯收费，可是他很奇怪，李小姐或许是守独身主义？……"

一句话惹得李乐天赶忙拦住道："得了得了，说家外祖，不要牵涉到我。"林孟超道："那么李小姐是守独身主义？"李小姐道："什么守不守，我向来不愿谈这一套，我是自从出了大学的门，在同学里面，在朋友里面，始终遇不着志同道合的人，还谈什么婚姻？尤其是现在敌寇未降，我更有匈奴未减、何以家为的志愿，朱子经太太曾经对我提到林先生，我说林先生有话，何不当面说。"这时，瞟了林孟超一眼。他接着道："我听到匈奴未减、何以家为这两句话，使我又惭愧，又兴奋！我是反对繁文缛节的，订婚发帖，结婚再发帖，实为无聊，只求一个口头诺言，就是等过三年五载，也是情愿。"

四十三、做些为人民服务的工作

李小姐听着，半晌不语，却伸出手来，和林孟超紧紧一握，这一握，好比一诺千金，林孟超愉快的情绪不言可喻了。

吴老先生病愈出院，林孟超劝他以后不要终日伏案读书，要无事找事做，每天早晨也练太极拳，老先生对于打拳本来懂得，不过荒废已久，他想：医生不允许长时间地读书，岂不成了饱食终日，无所用心，刚巧张太太工作的合作社里，预备开办识字班，吴老先生自告奋勇，亲自编了一本应用千字文，都是切合实际、日常应用的字，以前他教过儿童识字，识一个字，把它拆开来，同时可以认得好几个字，譬如一个"椅"字，便成为木大可。李乐天晓得他教人识字，运用他早年用功的说文部首，变成通俗读物，是最新的教学方法，便每天晚上让他去教一小时，林孟超、朱子经当大学教授的，有时也都去听他的教识字的新法。

有一天，吴老先生下课回家，林孟超陪着步行回寓，一路谈着，林孟超道："我被老先生精神感召，觉得也应该在死板板地教书之外，做些为人民服务的工作。"吴老先生道："林先生你医道救人，还不是为人民服务。"林孟超道："不，我也想在此地，每天纯尽义务，替人看两小时的病。"吴老先生听着不住点头。果然不多时，他的义务诊疗所开办起来，报纸上当作新闻登出，连重庆都有人过江来请求治疗。

四十四、行万里路，胜读万卷书

林孟超是概不出诊，星期休息，每天只看两个钟头，在刘大夫那边借了一位护士帮忙。李乐天看着兴趣，向她教课的强华女中方校长建议，添办一个夜中学，兼办识字班，好在一切都是现成，因为夜中学男女兼收，曾经惹起顽固教育当局反对，要勒令取消，幸而方亚雄校长认识的人多，各方面替她疏通，终安然渡过难关，求学的人踊跃非凡，只嫌校舍容纳不下。这一来，吴老先生、林孟超和李乐天，三个人的精神上都有了寄托，不但不觉厌倦，真成了乐此不疲。

流光如矢，到了第二年的八月，美国向日本广岛投下了原子弹，苏联出兵东北，日寇关东军望风披靡，逼得日本天皇裕仁无条件投降。这消息到了重庆，整个山城掀起庆祝狂潮，只有吴老先生三人，觉得欣喜虽是可以欣喜，只是现当局处处不为人民着想，只处处高压着骑在人民的头上，就社会规律看，这局面是无疑地要转变环境的了。

林孟超凑着李乐天闲暇时候，悄悄地问她道："打算什么时候南归？我可有携手同行的希望？"李小姐望了他一眼道："一班自命要人的，都纷纷乘空飞去，称为天上人，好多人羡慕，我可一点儿也不眼热，况且学校九月一日就要开学，我更走不开，家外祖他是不愿离开重庆，我又不愿离开他。即使将来南归，一不乘飞机，二不乘船……"林孟超道："那倒要请问你怎样走法？"李乐天道："我自有走法，我有志愿，要走遍全中国，东北和西北，留待将来，西南方面，我想趁此机会，从重庆到昆明、贵州一路遵陆而行，好看看我们祖国河山的伟大。"林孟超道："这真是获我心，愿附骥尾。东北、西北，我在前十年都已到过，只是西南各省，还未观光，如果趁此机会旅行一次，岂不是行万里路，胜读万卷书。"李小姐道："你且莫欢喜，一切还要从长计议，第一关，是要家外祖二老的允许才行。"

四十五、这两桩都是真人真事

林孟超道："到今天，你也该直接痛快把我们的经过告诉他吧。依我想，或许不会反对，有一次，我和老先生谈到婚姻问题，他说反对恋爱自由，可是赞成婚姻自主，照这样说，他能同情我们的。"李乐天道："你这就十拿九稳？说桩故事给你听，他在五十岁那年，在上海硬给朋友拉去证婚，到了台上，放着两张结婚证书，等候宣读和用印，你猜他怎样处理？"林孟超道："当然是按照次序做。"李乐天道："你以为猜对了吗？这才不对呢，他捧着婚书，说道：'这两张纸，存心是预备夫妇不能和睦，相见法庭用的，喜幛上挂着许多百年好合的口彩，预祝新郎新娘做到这四个字，那么要此何用？请问我当场把它们撕了，有没有赞成的？'来宾之中也有反对这种婚礼的，大呼赞成！他果然把那两张证书撕成几片，一面笑着说，夫妇相对一鞠躬，礼成。跳下台去，当然，也有来宾说他做得过火的。"林孟超道："有趣有趣，并不过火，我也是反对这种不中不西的婚礼的，将来如有婚姻登记局，那才合理。"

李乐天道："老人家还有一件妙事，他有一位父执，见他五十无子，一定要送一个使女给他做妾，推辞不掉，接了过来，他胸有成竹。刚巧有位门生断弦，他对门生说是有个侄女，愿为执柯，就嫁了过去。隔了一年，他写信请这位父执吃汤饼酒，父执甚为高兴，一看使女倒还是使女，而且抱了一个玉雪可爱的婴孩，他却赶忙上前介绍着，这是某大学教授某君，一面指着女的，他们是一对贤伉俪。父执心中虽然不以为然，面子上却是皆大欢喜，后来背后批评他是'不近人情'。这两桩都是真人真事，或许你也听人谈过。"林孟超道："也曾略有所闻，不知道就是他老先生的妙事。纳妾本来是件罪恶，将来必定会消灭的，移花接木，加以穿插附会，倒可成一部戏剧。"

四十六、应当给你们贺喜

李乐天道："你要我把我们的事干脆地告诉他，实在没有勇气，说到自己身边上的事，他很欢喜跟你谈医道，还是找个适当时机，你自己对他说吧。"林孟超道："我写封信给他好不好？"李乐天道："不好，还是面谈的好。不过有一点你要注意，他是反对无后为大这套迂腐话的。他常说没有子孙，就没有子孙，毫无关系，什么承继，什么螟蛉，不但无聊，而且有害，害得家庭闹出许多纠纷。如果把男大当婚女大当嫁这些话对他说，倒没有什么妨碍。"林孟超道："这些我能应付。"

一天午后，吴老先生对林孟超问起他的家世，林孟超道："我老家在安徽，世代中医，从小跟先君学过一点儿医道，后来先君一定要我学西医才出国的。现在办义务诊疗所，重庆的西药还是昂贵，穷人负担不起，我打算诊察用西医方法，处方，除掉不可避免的西药之外，尽量地用中药。四川本是出产中药地方，道地药材为什么不用？"吴老先生道："这好极了，我早年也喜欢看点儿医书，中医书籍浩如烟海，可惜无人归纳整理起来，中国几千年来人的疾病，不都是靠着中医，话得说回来，中医只是看舌苔、切脉，就开方子，似乎不够，如果也用量体温、听胸肺，再开药方就更完美了。"林孟超道："我并且要把验痰、验血、验大小便也应用上去，只是西医开中国药方，这样做会受批评，不伦不类吗？"吴老先生道："不要紧，凭你的大名，尽管别开生面，为医学界开辟一条新道路。"林孟超道："中医只要有研究，那是还有它的前途，不会没埋的。我有一句话，常常到了口边，又咽了下去……"吴老先生道："我们忘年之交尽管直谈。"

四十七、破天荒的举动

林孟超道："令外孙女乐天小姐，老先生有无相攸之愿？"吴老先生道："这件事，请不必问我，要问她本人，我一向有个主张，是婚姻自主。"林孟超道："假如她和我已有婚姻之约，老先生是否赞同？"吴老先生站了起来哈哈大笑道："这样，我要忝居长辈了，应当给你们贺喜，哪有不赞同之理？"

这一笑的声音太大了，连隔着间屋子的老太太和李小姐都听见了，都走过来问吴老先生何事大乐。吴老先生一见李乐天，直呼恭喜恭喜。李乐天一目了然，老太太还不知究竟，吴老先生把方才和林孟超一番谈话再述一遍。老太太也道："那好极了！"可是吴老先生不愿他们就离开重庆，却又说不出口，只好转着弯儿说道："你们打算几时举行婚礼？是不是要做蜜月旅行？"李乐天道："暂时都谈不到。"说时，瞟了林孟超一眼。林孟超道："她在学校里，一时还找不着代课的人，我教课的地方，原来是在北平的，他们已经决定搬回北平，北平是我第二故乡，很想回去看看。"吴老先生道："那么总要先行婚礼再走。"

林孟超道："谈到婚礼，我向来主张越简单越好，最好是有合法机关登记。在这过渡期间，我有一个办法，两人合拍一张照相，亲笔签名及年月日，寄给几个极知己的朋友。一不收礼，二不宴客，只是通知一声，我们已于何时结婚，这种破天荒的举动会惊世骇俗吗？"吴老先生道："妙人妙事！我们做人，要有创造精神，而且要创造得入情入理。这种办法，同情同理。"

当下四人谈妥在一月一日举行婚礼，在婚礼以前，还是各守岗位去做事。世间的事往往有出人意料的。林孟超和李乐天都在静待佳期时候，突然间李乐天的一位老师，也是吴老先生的好友，在昆明当大学教授，被人加以迫害了。

四十八、实行了理想的结婚方式

消息传来，吴老先生跳将起来，要亲到昆明去慰问好友的家属，李乐天自告奋勇，代替老先生走一趟，况且也是她的师母，是应该去的，学校里由方校长兼代，林孟超因为预备结婚，已和刘大夫谈妥，义务诊疗所由刘大夫委托一个助手医师接办，他是随时可以离开重庆的，有这机会，便向吴老先生请求，陪着李小姐到昆明，吴老先生叫他亲自去商量。

林孟超心里盘算着，走到书房，向李乐天笑道："据我那边校长得到的消息，你的老师已经由几位好友办理善后，井井有条了，你去不过是慰问一番而已。"李乐天道："我去不过是安慰家外祖，省得他高年跋涉。"林孟超笑道："踽踽独行，不带个随员吗？"李乐天也笑道："我有什么资格带随员，开啥玩笑？"林孟超道："老母倚闾，将及十年之久，她老人家住在安徽乡间，你如果真打算从昆明陆路上启行南下，那可以走过我的老家的，我想趁此机会，陪你到昆明，自备资斧，当名随员，行吗？"李乐天道："但是我和家外祖说过，十天之内，必回重庆，到了昆明，就此南下，使他何以为情？"林孟超道："那么，趁今天晚上，你和两位老人家商量一下；万一不行，到了那时，你回重庆，我到安徽，见机行事。"李乐天点头道好。果然这夜经过李乐天情义兼至，说服了吴老先生，允许她和林孟超同到昆明，把事办妥以后，双双南归。

第二天一清早，林孟超就来探问消息，李乐天笑道："老人家究竟是开明之士，我只略略地提了两句，他就说你们尽管携手南行吧，明年春暖花香，也许我到南方来走一趟。你该怎样去向他道谢？"林孟超道："我这就去。"径直地走到吴老先生房内，一恭到地，吴老先生笑道："我已关照老妻，今天替你们饯行，其实是家常便饭，不邀外客了。"饭后，朱子经、张作舟都到吴家来探望送行，吴老先生张罗着，并且告诉他们，林孟超陪同前往，同时已订了婚，朱子经可算是个原媒，不以为意。张作舟是个顶老实的人，以为新奇，赶忙道贺。林李成行以后，

214

隔了约莫十天，重庆几个知己朋友都接到昆明发出的一封挂号信，拆开只有一张林、李合照的双人签名照片，实行林、孟超理想的结婚方式了。

（全文完）

（原载 1947 年 12 月 5 日至 1948 年 2 月 1 日
北平《新民报·画刊》）

三个时代

一、警棍之下

农商部街是一条比较整齐些的胡同。石渣路上，绿荫荫的一排大槐树映着两边人家的白粉墙，绿是绿，白是白，看起来，真有个意思。太阳正晒在树顶上，洒着满地的绿荫。

一副卖酸梅汤的担子正歇在绿荫里，前头是个木托子，放了许多小碗，架着一个珐琅瓷脸盆，盛着许多冰块；后头一只木桶，里面便盛了一坛子酸梅汤；中间放了一挑扁担，卖酸梅汤的扶着它，口里先说了一句"喝啦"，接上他唱起来道："桂花儿糖搁得多，又甜又凉又好喝。"唱完，他又补一句白："喝啦!"

拉洋车的张小三儿，刚由东城拉了一趟远买卖到这儿来，挣了五十个子；右手拖着车把，左手拉了一块蓝布手巾，擦抹头上的汗，慢慢地在树荫下走着。他听到卖酸梅汤的这种吆唤声，望着脸盆子里的冰块，亮晶晶的，觉得便有一股子凉气往嗓子眼里一钻，情不自禁地把车子一放，问道："一个子两碗不是？给我来一大枚，多搁冰。"卖酸梅汤上来，抓了几块碎冰放在碗里。张小三儿道："多来多来。"

卖酸梅汤的望了他一眼，淡笑着道："多来？冰也是本钱买来的。"他就把碗放在木托子上了。

张小三儿端起小碗，咕嘟咕嘟两声，不曾转气儿，把酸梅汤喝个干净，只剩了几块小冰在碗底上，索性将冰倒在嘴里，如嚼豆子一般咬着，将碗交给卖酸梅汤的去再舀。一直喝到第三碗的时候，路南一家大红门开了，出来七八岁的男孩子和一个二十多岁的太太，大概是闲着望街来了。

孩子一看见酸梅汤担子，就指手画脚地要买。那太太拉着孩子的手道："胡说！酸梅汤多脏，冰都是护城河里的。那里头屎尿全有，吃了你准拉稀。"说着将他向里一拉，砰的一声关上门了。

卖酸梅汤的道："脏？东兴楼的酒席宣统都吃，那雪藕鲜核桃仁碟子里的冰不是这个？不过用洋瓷碟子装着，就好看些罢了。"

张小三儿道："人有了钱，就会有这些讲究。酸梅汤哪天不喝几碗？我还活着，没拉稀拉死。拉死了倒也好，省得他妈的在世上活受罪。"说笑着又喝了一碗。在车上脚垫子下拿了两个大铜子向托子上一扔，拉了车子，慢慢又走着。他算着今天到车厂子里交了车分而外，还多个十吊八吊的，一天嚼裹够了，于是高着兴唱了起来道："正月探梅正月正，我带小妹去看灯。妹子呀，看灯是假的，看妹是真情……"

"青天白日，满胡同唱着这样伤风败俗的曲子，你想挨揍吗？"他抬头一看，原来是个岗上的警士恶狠狠地向着他说话。张小三儿低了头将车拉着，低了头缓缓地走，口里可就咕哝着道："这又碍着你什么事？拉车的都该死，高兴唱一两句都不行。"警士也明明听见他口里在反驳，只要他不唱了，也就不去理他。

张小三儿又拉远些了，他见对面来了一位同志，也是缓缓地拉着空车，便自言自语道："他妈的邪门儿！当巡警的，总是和拉洋车的过不去。"拉车的有这么一种爱交朋友爱成仇敌的怪脾气。大街上彼此拉着车，只要是同在一个车主之下，一面走着，一面大谈特谈，虽然喘着气、流着汗，也是有问必答。反之，或者谁碰了谁一下，或者谁碍了一点儿路线，马上用他们的上人以至于亲戚，拿来做对骂的交战品。

这个时候张小三儿骂巡警，那位拉空车的觉得是站在同一条战线上，便道："要不，人家怎么编上歌了哩：'小巡警一身青，不怕别的，就怕大兵。见了洋车你发狠，见了汽车你立正。'"

张小三儿道："不讲理的年头儿！有一天犯到老子手里……""啪！"洋车篷的后身挨了一警棍。警士一手抓住车子，一手举着警棍，对张小三儿的脊梁就是一棍。张小三儿身子一偏，瞪了警士一眼道："你干吗打人？"

警士又是一棍打来，骂道："你这班浑蛋！讲好话你不懂，就只有揍。"只这一阵工夫，大街上早围着一群人。警士抓着车子道："走，我们区子里去。"

张小三儿拉了车把，死也不放，可扭了脖子道："区子里去干吗？天下是你巡警的，打了人还要人上区子里去。就算我得罪了巡警老爷，大概也摊不上枪毙的罪。你妈……"

啪！巡警不用棍子了，左手一掌拍到张小三儿脸上，右手拿了警棍指着道："你敢开口伤人父母，我揍死你！"

张小三儿也觉得自己理亏了，黄脸半边变紫，说不出话来。看热闹的当中有爱管闲事的，就走上前来道："得啦，先生，他一个拉车的，你跟他一般见识？"

警士道："我并不要难为他。他在街上胡唱一气，我好话叫他别唱，他倒骂起我了。他开口就伤人的父母，这是诸位听到的。"看热闹的人，见有人已经出来劝解了，大家七嘴八舌也就劝解起来。于是警士放了手，将棍子敲了一下车扶手，喝道："滚你的吧！"

张小三儿拖着车子出了围城，口里依然骂道："倒他妈的穷霉！给这麻菇别扭了一阵。"他口里说着，可不像以前那样慢慢地走，一阵快跑，跑过去一大截路。他越走得远，骂得越厉害，一直等着有了雇车的主儿，为着买卖，才把这件事放下了。

二、为窝头牺牲

到了下午四点钟，张小三儿是交车的时候了，把车子送到车厂子里去，交了五十个子儿的车分，还剩下一百五十枚，也有铜子，也有铜子票，一齐揣在身上。拿五个大子买了一盒烟卷，嘴里衔着一根，挨着墙阴，一步慢似一步地走回去。

他家是个大杂院，统共十几间房，住了八家人家。这个大杂院的"大"字，不是赞这房屋大，乃是赞这院子大杂而特杂。这八家人家，除了三家拉车的而外，都是绱鞋匠、赶大车、捏糖人儿的一些小手艺买卖。

张小三儿一进院子，就见他媳妇张二嫂拿着肥皂脸盆，放在屋檐下一张方凳子上，那样子是打算洗脸。他走上前，一伸脚，凳子踢翻了，脸盆当的一声，泼了一地的水。张二嫂正要进屋子去拿白布手巾呢，一回头，顿着脚道："你抽风了吗！脸盆碍着你什么事？"

张小三儿将嘴上的烟卷抿着斜竖了起来，骂道："拉车的媳妇，买洋胰子洗脸，美个什么劲！我张小三儿不打虎（打虎，即以妻嫁人，然后席卷逃跑的骗局），用不着你这样苦捣饰。要不然，这胡同里哪个小白脸子好，你想勾引他？"

张二嫂是个黄色的柿子脸，脑后梳拖髻直拖到脖子上去，可是左右两边都有一大仔黄头发拖到耳朵边，身上一件蓝布褂子，像道袍一般，布不贴肉。伊头一摆，两仔乱发和拖髻都随着摇摆，将那只露出半截的黄蜡胳膊抬将起来，指点着道："张小三儿，你说的是人话吗？人穷水不穷，穷得脸都不该要吗？八个子儿买块糙胰子洗脸，这不算过分。你舍不得这几个子儿也成，往后我屎里抓一把，尿里抓一把，就这样做饭你吃。我告诉你，往后别这样发穷疯。老娘是骑驴子翻账本儿——走着瞧！"

张小三儿将嘴里烟卷向地下一扔，扑哧一声笑道："她倒拿矫。张小三儿不短这样一个巧媳妇。多咱发了财，咱们是……"砰的一声，屋子门关上了。

张二嫂在屋子里道："别进来了，发财去吧。"

张小三儿道："别闹！我得进去拿小衣换。我要到澡堂子里去洗个澡。"

张二嫂道："谁和你闹？你不到尿桶里去照照你的脸，你也配吗？"

张小三儿道："好！巡警瞧不起我罢了，我自家媳妇也瞧不起我。房子是老子租下的，房钱是老子出的，你凭什么关着门不让我进去？"说着，对门一脚，扑通一声踢开，跳了进去，对伊瞪着眼道："你吃老子的喝老子的，你敢和老子别扭？老子要揍你！反正拉洋车的都闹不过警察，大不了一块上区子里去。"他一路骂着，一路走了进来。只见靠墙的白炉火势正旺，上面的小铁锅盖着一层笼屉，锅里咕嘟的响声，冲出一阵阵的白汽，由这白汽里面，带着一股子窝头香，看这样子，锅里蒸着窝头准是快熟了。张小三儿肚子里正是饿得难受，一闻到了这种香味，禁不住就要流出口水来，于是走上前去一掀屉盖，只见热气弥漫中，笼屉里蒸着上十个拳头大的窝头，黄澄澄的，抹上一阵汽水，现着是蒸透了。在墙上筷子筒里抽了一双筷子，正待向笼屉里一插。

张二嫂抢了过来，将笼屉盖上，用手按着道："别忙。我问你，昨天你扔下钱买棒子面没有？"

张小三儿道："没有又怎么着？"

张二嫂道："这不结了？你说我吃你的、穿你的，这可见得我不是吃着你的。这是我在裁缝店里接着活做来的钱买的。你算吃我的了。我该怎么办？"

张小三儿道："你天天吃我的。我吃你一顿，也不算什么。"

张二嫂道："吃一顿？你算算，这十天吃我多少顿了？有钱你就上茶馆听说书的胡扯，回得家来，《薛仁贵征东》《黄天霸招亲》，还得学上三天三晚。二三十岁的人，还得要媳妇儿养活你啦。"伊啰里啰唆说上这一大段，手依然按着笼屉盖，不让张小三儿去掀开。张小三儿拿了一条矮凳子，向屁股下一塞，蹲着身子坐了下去，见张二嫂站在那里，两手抬起来去摸拢头上的乱发，把两只大袖子抬将起来，露出伊那两只大白乳，一哆噜地向下垂着，不觉扑哧一声笑了。张二嫂见他一笑，更有了门儿了，端着一把破藤椅子斜向他坐着，两手拿了衣襟下摆向上翻动着，当了扇子摇，越扇越高，衣摆翻上来，露出了肚脐眼。

张小三儿捡了一根取灯儿（火柴也），在地上乱画着，然后将取灯儿向伊身上抛了来，笑道："呔！咱们讲和了，成不成？窝头蒸透了，也该拿出来吃了。"

张二嫂见丈夫完全软化了，伊更是得劲，哼了一声道："窝头，那是老娘一个人吃的。"

张小三儿道："你真不给我吃，往后你别打算吃我的。"

张二嫂将衣襟当扇子，越扇得厉害，冷笑一声道："往后不打算吃你的。这就吓着我了？做官的爷们找不着，拉车的爷们也找不着吗？我一千个不给，一万个不给，你怎么着吧？"

张小三儿突然站起来道："你不给我吃就不成，杂种……"他话不曾说完，扯了张二嫂一只袖子就往旁边一拉，打算把伊拉开，就去抢那锅窝头。

张二嫂恰是不怕，两手张开，将路拦着，瞪了眼道："好杂种，你敢抢我的!"张小三儿见抢不着，伸开一掌，就向伊脸上打来。这一巴掌，犹之开动了话匣子的发条，伊立刻唯的一声哭将出来道："好小子!你打我，我不要命了!"一手抓住张小三儿的裤带，低了头向他肚子上撞将过来。张小三儿只一偏，伊摔了个四肢贴地，伊不起来了，在地下就打着滚，口里乱哭乱嚷道："我不活着了! 我不活着了! 救命啦救命啦!"这一嚷，全院子院邻都跑了来。大家早知道不过是为了几个窝头的事，劝的劝，拉的拉，把张小三儿拉着走了。

他身上还有一百五十个子，实在也不一定要吃几个窝头，自己上澡堂子里洗了个澡，到二荤铺里吃了一斤白面条子，肚子饱饱的，又上茶馆子里听书去。

晚上高高兴兴回来，见自己屋门倒关上，里面漆黑。推门进去，点灯一看，炕上扔下些碎东西，一只破木箱子倒在地上，小铺盖卷儿和好一点儿的东西全不见了。他的媳妇和那些东西一样，全不知道在哪儿。只有起祸的根苗那一屉子窝头和笼屉全放在桌上。张小三儿道："好货，她跑了! 她天天说不跟拉洋车的，倒是真话呢!"他一嚷，院邻又来了。大家纷乱了一阵子，四处找了一阵都没踪影。有人劝张小三儿到警区去报案。张小三儿道："警察总是和拉洋车的过不去。我能找出多大的理来? 他说我挣钱为什么不养媳妇。也许那歪货还跑出一档子理来。谁让我没能耐，当了胶皮团，媳妇跑了也是活该。我不找她了。"于是这几个窝头就牺牲了他一个媳妇。从这日起，他成了个鳏夫了。

三、天桥的演说家

张小三儿没了家小，他不但不感到什么寂寞，反而觉得自由，除了自己吃喝而外，并不用得挂念着家里。又是一天，拉了两笔好买卖，有了钱，不跑了，老早地交了车，便到天桥来溜达。天桥对于下等社会，是个扩大的百货商场与游戏场，可以说要什么有什么，遍处是破芦席棚子，遍处是尿臊屎臭，自然有许多人沉醉在那里。张小三儿也是个迷恋天桥的人，尤其是小马五的梆子花旦，他崇拜到二十四分。他一到天桥，打听得小马五今天唱《纺棉花》，好极了！赶紧向那芦席棚子舞台门口一跑。可是那里头的人正向外涌，说是放脚的地方都没有了。他挤进去看看，可不是。很无聊地走出来，也不知道向哪儿走去好，很不经意地走着，云里飞的相声、耍狗熊的一人班，都挤在人圈子里看了一看。偶然横过大街，只见一面小白旗在人头上飘荡，旗下便围着一丛人。张小三儿一想，这也许是个什么新鲜玩意儿，挤上前去看看吧。

他挤进了人丛，只见两个穿灰色制服的军人站在人中间，一个拿着旗，一个捧了两只胳膊，站在那里演说。说的时候，许多人跟着他笑。他二人身后还有一个大花子，那是老在街上碰见他要饭的。另外两个人，一个是十五六岁的小孩，一个是四五十岁的汉子，只瞧他身上穿的白褂子，没了两个半截袖，而且染着灰黑色，准是一个拉车的了。那几个人却是低了头一声不响，不像其余的人听得那样高兴。

那个演说的兵倒是不含糊，他带比带说，见张小三儿进来了，望了他一望，笑道："这又来一个，我猜也是没有闹儿的。你们没事的不用说。就是有事的，也没当兵这样快活，一天两操三堂课完了，咱们就是睡觉。做买卖、卖力气，都得愁今天饭钱哪儿出。当兵的没这回事，听了吹号就吃饭，走出来，坐电车不买票，坐火车也不买票。爱上哪儿上哪儿。没穿军衣，溜进戏馆子去，听蹭戏多么寒碜！穿了军衣，我们有优待座。咱听了几年戏，哪个名角儿没瞧过？可没花过一个大。说到逛窑子，哈哈……"

他说到这里，肩膀耸了一耸，眼角上的鱼尾纹一齐活动起来，表示他那一份得意，接着道："你说吧，头二三等哪家不能去？去了挑上一个姑娘，就是班子吧，喝香片茶、烟卷足抽足喝，给钱人家不敢要呢。那头等班子里的小姑娘，你们也在路上瞧过，她正眼儿瞧你一瞧吗？可是你一当了大兵，她就得伺候你。当兵的好处真说不尽啦！你别说怕打仗，不打仗，当兵的往哪儿去找出头年？你们没听见说吗？刘备是卖草鞋，张飞是卖肉的，关神爷还赶过大车啦！他们后来弄得哥为君来弟为

222

臣，不都是打仗打出来的吗？薛仁贵封到平辽王，听过戏的准知道，他不是大花子去投军吗？好汉不怕出身低，就瞧你怎么干。我们的师长，他就是当弟兄出身，现在什么威风：大洋楼、汽车、姨太太，你说哪一样没有？不打仗，哪里去抢功？男子汉大丈夫，怕什么死？人从出世的那一天，阎王爷就先定下了寿数。该活死不了，该死活不了。古言道得好：在劫的难逃。江山总是打出来的。老等着包角子（角读作饺）往嘴里跑，没那回事！你们想不想个出头年？要想出头年，就跟我当兵去，准没有错。若是做小买卖的，做一辈子小买卖。拉车的，拉一辈子洋车。花花世界什么没有份，那算白来一趟。我的话说完了，你们有干的没有？"

这句话说完，早有两个人从人丛走出来道："老总，我干。"

那兵笑道："得，你算懂事的。还有谁？"说着，他对人丛中用目光如扫射机开枪一般，射到了张小三儿身上。

张小三儿道："得，我也去。"说着，他走到那大兵面前，将两手搓了一搓，头左右望着，现出那不知如何是好的样子来。

那兵道："你先和他们坐在一处，待一会儿咱们一块儿走。"于是张小三儿加入了那低头听演说的几人之中。那兵笑嘻嘻地继续着演讲，他心里的乐处没有别人知道，因为假如人人是这样踊跃投军，他不难半天招一排人。这照他营里的规矩，他至少可以做一个排长了。

四、健儿的报复主义

从那天起，张小三儿就当了兵。当了兵之后，才知道不是预想着那么舒服的一件事。单说学开步走，就挨了二三十回揍。当年拉车，巡警揍起来，可以跑，可以回嘴；现在教操的班长排长，大耳刮子打来，身子都不许动一动。世界上儿子对老子，绝不能有那样恭顺。这为着什么？为着六块大洋一个月的饷。这六块大洋，本来是十块钱打折头算下来的，可是到了现在，连折头也发不下。张小三儿当了兵四个月，才得着两块大洋。一个月的收入，从前拉一天的车也就得着了。不过白坐电车、白听戏、白逛窑子，这倒是事实，都尝过几遍了。

这一天，是秋高气爽的一个好日子。军营里得着半天假，由排长带出去城，白逛三贝子花园。兴尽归来，大家白坐电车，由西直门直奔前门。但是电车到了农商部街口上发生了故障，突然停止了。花钱坐电车的只得认着晦气，这些八太爷可有点儿不耐烦，早有两个人打开窗户，探头向外看了来。只见街心围着一大群人，据看热闹的人说："四五个洋车夫一块儿打架，要打出人命了。"

军爷们一听，这不能怪电车司机生不开车，大家都跑下车来上前看去。只见三个巡警挤在一群打架人堆里，喝道："不许打，不许打！全上区里去！"一面说着，一面将警棍对纠缠不清的打架人敲上了几棍。

一个大兵骂道："他妈的！黑狗不讲理，干吗他也动手！"

张小三儿想起从前在农商部街挨警棍的事，立刻心里火星直冒，眼睛一瞪，骂道："他妈的！总跟拉车的过不去。好小子，你现在动一动大爷，大爷揍得你吃屎！"

那几个维持秩序的警士和这捍卫国家的兵士各干各的公事，谁也不会想到有什么仇恨，而且警士和军士又同是有枪阶级。不过警士的枪向来是不大朝着百姓放的，打枪还要让老总是能手，所以警士听到军士骂过去，照例忍耐着，只当没有听见，只拼命去把打架的车夫拉开，一路带上区里去。

张小三儿道："哎！巡警滚开点，别管拉车的事！他们打他们的架，与你什么相干？"

警士见他明叫出来了，这可不能再装麻糊，便道："我们维持地面，不能让他们在当街打架。我们办我们的公事，与各位什么相干？"

张小三儿道："揍你们这班浑蛋！让你瞧瞧胶皮团也不是好惹的。"张小三儿这一嚷不要紧，这一排兵士里面，有七八个是入过胶皮团的，齐齐地和了一声道："揍！"于是一拥而上，对那三个警士拳打脚踢，不问上中下，只管攻击过去。张小三儿更是打得巧，解下腰上的皮带，拿着一头，当着"甩头一子"，乱抽乱鞭。看的人退着远远的，都替警士担心，一些流氓和野孩子们却鼓了掌叫好。三个警士先还想回手，打算抓住一两个兵士，后来他们全排兵士一齐动员，三个人只得掉头就跑，人丛里落下两顶警帽也不顾了。张小三儿喘着气，系起了皮带子，在地上捡起一根警棍和一顶警帽，将棍子顶着警帽，高撑过了人头，张嘴哈哈大笑。

另一个兵抢了向地上一扔，笑道："别闹了，排长在骂了。"

张小三儿胸脯子一挺，一摆头道："兵没算白当，今天出了一口气。"将军帽取下，用手一抹头上的汗，然后再把军帽向脑袋顶上一磕，帽子前的遮日牌，鸭嘴儿向上，露出一大截额头，得意扬扬地归队了。

这事闹过以后，并没有影响，只次日报上有一条社会新闻，载着"几个穿灰布短衣的人，在农商部街口上与警察小有冲突，旋即平靖"，不但没载明哪部的兵士，连这个兵字都没载出。于是他们除了白逛花园、白坐电车之外，多一项白揍警士。

五、第二个仇人

张小三儿所以当兵，虽是为了想弄个出头年，其实还是让他媳妇张二嫂气的。张二嫂总是说："做官的爷们找不着，拉车的爷们还找不着吗？"张小三儿一想，咱又不认得字，又没钱，哪里去弄官做？这总算让他媳妇谅定了。后来一想，说书的说到薛仁贵也是个苦小子出身，我就不能学一学吗？要做官，除非是去当兵。这样一想，因之遇到了天桥招兵的演说家一劝，马上就投军了。投军以后，才知道要做官并不是一件容易事。为了要争这口气才来投军。不料投了军更不如从前。这都是为跑掉了那个媳妇弄成的，更恨着伊了。警士是张小三的仇人，让他揍了一顿，总算出了口气。第二个仇人，就是他的媳妇，也要找着伊饱打一顿子才好。但是自伊逃跑之后，就不知道伊隐藏到什么地方去了，如何可以找着伊。

光阴是很容易过，一转眼就是一年。这天张小三儿随着大军出发，他在辎重队中押了两大车行李，经过天桥出永定门，大车正走到天桥头，遇到第二个仇人了。伊现在不是从前那个样子了，头发梳得溜光，擦了一脸的白粉，身上穿了花布长旗袍，一摆一摆地在路边走着。伊身后跟着一个长衣的汉子，笑嘻嘻地同走。张二嫂不时地回转头来，只管和他说笑。张小三儿一见，恨不得拿起脊梁上背的枪，对着他们就是一枪，而且先把张二嫂打死，再打死跟着的那小子。可是前后都有军官，不但不敢放枪，也不敢走开了大队，只恶狠狠地望了张二嫂一眼。在他这样望着，张二嫂也望着他了，拉了那人的手，不知道低低地说了些什么，二人就在人堆里一钻，走了开去了。张小三儿心里恨极了：这小子脸子很熟，好像在哪里见过？是了！他是同胡同里那个李次长家里的听差，我媳妇和他洗过衣服，原来是他拐跑了。有一天犯到老子手里，老子总得把他枪毙！他一路想着，一路跟了大队走，不觉已是走出了永定门。

永定门外就是乡下，不算北京了。他长了三十多岁，不料离开北京城就是这样一副情形，再想这一次离开北京，就是跟随巡阅使去打仗，能回来不能回来也说不定呢。想到这里，少不得对身边的城墙，回转头来多看了几眼，只觉得心里有一件事怪舍不得似的。其实这城里由大总统以至于一百三十万的住民，都和他没什么关系，而且还有他的仇人和情敌呢！

六、张师长旧地重游

张小三儿离开了北京以后，东西南北四处奔走，打了不少次的仗。每打一次仗，张小三儿总高升一步。升到了连长，忽然经过一次变乱，就跳升了团长。做了团长以后，经过一次变乱，又跳升了师长。做到了师长，这就自由多了。这时他们的巡阅使驻节在北京。张小三儿有事到北京来请示，居然做了官回来了。回来之后，和朋友借一所房子住，一借就借到农商部街的一幢大房子。当他坐了汽车来看新居的时候，巧极了，就是当年喝酸梅汤地方的那个大红门。当年瞧着住在这里头的人，那一股子有钱的劲，真是讨厌！而今看起来，也不能算讨厌：有了钱不住好屋子，倒要住破屋子不成？

当天张小三儿看了屋子，认为满意，就搬了进来住。接着他在外省讨的两位姨太太也就跟着来了。这附近的警察区子为了保护国家干城起见，在张师长公馆门口，临时加了一个警岗，张小三儿无论一早出去或者深夜回来，甚至大风大雨的时候，总看到一个警士站在门外，而且还恭恭敬敬行个礼，心想：人家挣了我一个大吗？心里实在有些过不去，因之很想赏他几个钱，不过没有说出来罢了。这个日子，张小三儿已经不恨警察，觉得无论到什么地方，都靠了警察帮忙不少。只是他媳妇谅他不会做官，这个时候非找着伊，让伊瞧瞧不可！为了这个，自己坐着汽车，到原来的大杂院去看了一趟。

那些住家的，见一个武官带了四个挂盒子的卫兵走了进来，大家缩在屋子里，死也不敢出来。张小三儿站在院子里，详详细细地说明了来历。这才有个老绱鞋匠先在窗子眼里张望了个清楚，然后走出来，隔着张小三儿一丈多路，就站住了，笑着和他蹲了一蹲，笑道："想不到哇。张大人街坊都搬去了，只剩我一家是老人了。张司令，你还惦记着老街坊呀，真不错，我的张老爷！"

张小三儿道："你知道从前跟我的媳妇哪里去了吗？我……我想瞧瞧她。"

鞋匠道："张司令，你打算着怎么样呢？"

张小三儿道："我哇？哼！"

鞋子匠道："这两年我们都没有见过她呀。你想，她还能上这儿来吗？大人，喝碗水吧。"

张小三儿客气了两句，送了那老鞋匠二十块钱，也就走了。

七、你是一个好人

有一天，张小三儿上东车站送客，只见月台上围着一群人，挤上前一看，只见有两个警士用绳子拴着一男一女向外走，男的不认识，女的正是自己的媳妇儿张二嫂，不由心里一怔，想了一想，就叫跟随的马弁把一个警士叫过来，问："是什么犯人？"

警士道："这女人不是好东西，是拉车的张小三儿的媳妇。她背了丈夫逃跑，跟一个姓王的听差过了好几年，现在她又丢下姓王的，跟了姓范的跑。我们在站上看她两人鬼头鬼脑，情形可疑，一盘就盘问出来了。这样伤风败俗的事，我们自然要办她！师长，您有什么命令？"

张小三儿笑道："对了，我在哪里看见过你，想不起来，你从前在农商部站过岗吗？"

警士道："站过岗的。"

张小三儿笑道："老公事了。你巡警当的年数不少了，怎么不往上升一升呢？"

警士道："我太老实了，不会伺候上司。师长提拔提拔吧。"

张小三儿道："我提拔你。我现时就住在农商部街，你去找我，也许我能给你想点儿法子。你把这一对狗种送到警察厅去，你就可以来见我。"警士答应一个"是"，行着礼走了。

两个钟头以后，这警士到张公馆里来见张师长。张小三儿第一句便笑道："你认得我吗？"

警士立着正道："是，张师长。"

张小三儿笑道："大概你不认得了？你在农商部街揍过我。"警士吓了一跳。张小三儿道："不要紧，我也揍过你。你在车站上把那一男一女逮着了，我谢谢你。虽然你有点儿管闲事，这闲事管得好！"

警士道："师长，警士不敢管闲事。这样伤风败俗的人，在警察的责任上，是应当逮他们的。"

张小三儿哈哈笑道："有趣！你还没有忘了你那一套。你逮着他们，有什么好处没有？"

警士道："这不过我们责任上的事，没有什么好处。要不，我们一个月拿几块钱的薪水，干什么？"

张小三儿道："没有好处，你逮他们做什么？"

警士道："师长，这是我们责任上的事。"

张小三儿皱着眉道："你别谈什么责任，我不懂这个。你说个譬喻我听，究竟怎么回事？"

警士道："是。我们是为社会……不，譬如说吧，这个张二嫂背了她丈夫逃走，我们把她逮着，替她丈夫出了气。她丈夫愿意收回去，夫妻团圆……"

张小三儿道："哼！她丈夫绝不能那样不害臊。"

警士道："是，她丈夫不收回去。若是要告她的话，法庭上可以办

228

她的罪。这样一来，有那学不学好的娘们，就不敢胡作非为了。所以我们拿了百姓的钱，还是替百姓办了事。"

张小三儿道："对了，伤风败俗的事总得管。我现在明白了，你是个好人。我和你总监说，保你升巡长。"

八、不喝酸梅汤了

一个星期以后，那警士果然升了巡长了。他不知道张师长为什么这样提拔他，便抽着一点儿工夫，亲自到农商部街公馆里来拜谢张师长。这个时候又是五月天气，满胡同的槐树正长得绿油油的。太阳晒在树顶上，洒着满地的绿荫。一个卖酸梅汤的，在绿荫下挑起担子，向旁边小胡同里走了去。到了小胡同里一堵白粉墙下，又把担子歇了。白粉墙的里面是一所红楼，这红楼下面却是一架葡萄。葡萄架下，张小三儿的二姨太太摆了一张藤椅，正在乘凉呢。张小三儿穿了一身纺绸衣裤，也坐在一边，陪着姨太太说笑话。忽然一阵呼唤由墙外突起，那声音先道一句京白："喝啦。"接着唱道："桂花儿糖搁得多，又甜又凉又好喝。"末了再赘一句京白："喝啦。"二姨太太笑道："我听说北京的酸梅汤好喝，让我试一试。"

张小三儿笑道："北京出名的酸梅汤，不是门口卖的，是厂甸信远斋的。他们是头年煮了整大缸的，埋在土里过冬，夏天挖起来，一块钱可以买一小瓶子，你要喝，我叫人去买一瓶子来。门口卖的，哪能喝？不知把什么水煮的，搁的黑糖，冰块是冬天护城河里捞起来的。那里头屎尿全有，吃了准拉稀。"

说时，墙外又呼唤起来了："桂花儿糖搁得多，又甜又凉又好喝。"二姨太皱了眉道："我要睡一会儿，这声音老吆唤着，多么吵人！让他别吆唤行不行？"

张小三儿连忙叫老妈子到外面去说。老马告诉听差，听差告诉门房，门房告诉门口的岗警。岗警连同着那个来道谢的巡长，到小胡同里来，对那卖酸梅汤的道："喂，别在这里吆唤。张师长的卧房就在墙里头。"

卖酸梅汤的看到巡长巡警同来，还敢多说吗？挑着他的担子就走，口里叽咕着道："做官的总是和老百姓过不去，他睡觉的地方，吆唤都不许。这买卖不好做，我当兵去了！"

（原载 1931 年 6 月 10 日至 23 日，
上海《申报·本埠增刊》，共八节）

同 情 者

一、田歌声里

江南五月以后的天气，已经是热得不可当了，乡村的庄稼人却是正忙的时候，割了大麦，又开始插田。那些草木正也像庄稼人那样地兴奋，极力地向外发育。一个大平原上全是水田，秧针刺破了田里的水面，已经长得有一尺多长，人如在远处向平原上望着，便是遍地皆绿。平原的四周，除了远处一带青山而外，外面都是绿树围绕着。这并不是乡下人栽了树木来围住这水田，因为在平原上，散在四处的树木，无论是疏密，你无论在什么地方展望，总觉得你是站在一个适中的地点，四周的树以外，便是如圆罩罩下来的青天，便觉树是连锁起来的了。这是正午的时候，天空里泛上几片白云，更点缀得绿野明通。那绿水田里偶然飞出大的白鹭鸶来，这更有些诗境。

大概有人曾领略这大自然的美景吧，只听得一阵歌声从绿田中唱起，他唱的是："远望呀大姐呀一路行啦，脸上搽粉有半把斤啦，近看好像吊死鬼哟，远看呀好像狐狸精呀，狐狸精呀！险些吓掉才郎哥的魂啰！"

这个人唱得好像是十分高兴，唱完了一支歌，又再唱一支歌，那歌是："太阳下山啰洼里头呀鸟，姐在房里头洗……"

"嚇！老二，不要唱了，那边大路上，有女人走过去。"

"那要什么紧？无郎无姐不成歌。"

一个庄稼人手上拿了耘草的小镰刀，正在田里头耘草。一个由城里头回乡来的大学生，背了两只手，在田岸上和他说话。

庄稼人叫王老二，学生是孟国宝，他们是同村子的人。不过孟国宝一向在省城里读书，不大回家乡来，就是最近，也有三年不回来了，因为他是研究社会科学的人，感到近年中国农村经济崩溃，特意下乡来调查农村社会的状况，小昼如年，闲着无事，就走到田垄上来，看看庄稼人的工作情形。他听到王老二唱的歌，快要不大雅驯，所以把他的歌声打断了，便笑道："虽然是无郎无姐不成歌，可是要说郎说姐的话也很多，你何必唱那样不好听的？"

老二手里的镰刀在水泥里来去疏爬着，拨得那水哗啦作响，低了头喘着气，笑道："十支山歌九支荤，一支不荤也少正经。哪个不是这样唱？女人听到了就听到了吧，横直也不过是那么一档子事。"

孟国宝见他头上戴的小斗笠不能遮了后颈脖，却将一条很长的蓝布披在肩上，来挡在那强烈的日光，他露出一大截脊梁在外，皮肤晒得黄里泛黑，还抹上一层油，看去简直像牛皮一样。他上身受过锻炼，是不穿衣服的了，就是他的下身，一条蓝布裤子，将裤脚卷起来平了腿沟，设若去了那一副披的蓝布，他也就近于原始时代披树叶子的人了，便笑问道："老二，你热不热？"老二在身上脱下那副蓝布，将镰刀抛在水泥里伸直腰来，啊哟了一声，于是两手拧那蓝布上的汗，下雨般落到水里。

孟国宝有一句话还不曾说出来，却有一个妇人慢慢地走了过来。她手提了一把瓦茶壶，又是一根蒿子卷的绳子香，绕了个圈圈，套在壶嘴上，蒿子顶端兀自点着有股香味呢。这妇人太年轻了，也不过十六岁，不是她头上挽了个圆髻、鬓角上的毫毛都绞清了，认不出她是个妇人，因为乡村风俗，当处女的人是不开脸的。她穿了白布褂子、蓝布裤子，可是在褂子周身滚了蓝沿条，在裤脚上又滚了红沿条，虽是个乡下妇人，似乎也是个爱修饰的。她头发梳得溜光，在前额还梳了一道刘海发，圆圆的脸子、大大的黑眼睛、双眼皮、长睫毛，她脸上用不着再搽上胭脂粉，这就够美的了。她走近前来，并不曾留意到田岸上的人，但是当孟国宝向她周身打量时，她才有些不好意思低着头，倒退了两步。

王老二先开口，向她笑着道："你怎么这时才送茶来？我真渴得可以的了。"

那夫人才缓步上前，将瓦壶和蒿子香都交给他了，她低声道："你早点儿回去吃饭，不要又让我老等。"

王老二已是走上田岸来，笑道："今天不会让你久等了，又没有伴，我一个人在这里弄，不是孟先生站在这里和我谈天，我早就歇中伙了。"他说着话，将斜插在裤带上的旱烟袋取了下来，坐在田岸的草皮上，向孟国宝道："先生，你不坐下来抽袋烟？"

然而这个时候，孟国宝的眼光射在那妇人身上。乡下妇人虽不解得害臊，可也不解得招呼人，她低了头，将眼皮一撩，将身子侧着让开了人，悄悄地走。别地方的田歌正唱着："郎想姐来姐想郎，隔着篱笆暗思量。郎在篱笆外捆麦草，姐在篱笆里晒衣裳。你看我来我又看你，忘记灶上午饭香。"孟国宝正听得呆了，眼见那少妇顺着田岸，走上了大路。

王老二道："孟先生，你看些什么？"

孟国宝突然将身子一缩，笑道："我没有看什么，我听那布谷鸟叫得好听。"

王老二衔了旱烟袋，喷出几口烟来道："布谷鸟怎么叫法？"

孟国宝指着一丛绿树道："那不是鸟叫着？"果然，那树里头有一种鸟，用很坚脆的嗓子叫着四个字一句，每叫一回，上下两句，很像是说"割麦栽禾！割麦栽禾！"

王老二笑道："孟先生在城里住久了，将来真会把初长出来的大麦当作韭菜。这是割禾鸟呀，叫什么布谷鸟呢？"

孟国宝虽然被他奚落了两句，却没有那闲工夫和他辩驳，也只是笑着点点头而已。他过了许久，才问："刚才这一位……"

王老二显出那踌躇满志的样子，用手摸擦了大腿，衔着烟袋微笑道："这就是我烧锅的，新来不到两个月哩！"这乡下的人，丈夫称他的妻都叫烧锅的，妇女们自有了这样一个名词以来，也未曾有过什么异议，以为妻就是烧锅的，烧锅的就是妻。

孟国宝笑道："我们乡下人，这样说他的老婆，却是不大雅。"

王老二笑道："要依着城里人叫声我们太太吗？那岂不笑掉人的大牙？王老二也有了太太，你想那不是笑话吗？"于是孟国宝也笑了。

二、打麦场上

在王老二的大门口有一片打麦场，土地是用石碌滚得平平的、光光的，这是为了打麦之时，有碎粒落在地上，可以很容易地扫了起来。打麦场前方围了一排树，树外便是一个清水池塘。到了晚上，风由水面上吹来，很是凉爽，这里就是个绝好的乘凉之所。所以在太阳下了山以后，吃过了晚饭，王老二便提一桶热水，带着澡盆，在塘边一丛矮树下洗澡。洗完了澡，换上一条旧而又破的裤子，踏着一双破得只剩了半截的鞋，然后搬一座竹床横在风头上休息。换下来的裤子和剩水，自有他烧锅的去料理。

这一天晚上，有很大的月亮，照见打麦场上，犹如幕了一层薄雪。王老二的妻正提了水桶澡盆经过打麦场，向大门里面走去。恰是孟国宝由旁边走来，远远地叫了一声老二。王老二听到是孟先生的声音，他睡在竹床上，一个翻身跳了起来，便道："啊哟！孟先生，请坐请坐，难得来的贵客。"

孟国宝道："什么贵客？我家和你家还隔不到一百步路。"

王老二将手上的芭蕉扇扇了扇竹床，笑道："请坐请坐。"孟国宝说了句"不客气"，在竹床上坐了下来。王老二却对他妻道："快些烧水泡茶，炒一碟南瓜子来。"他妻却很响亮地答应了一个"哦"字。

王老二很客气，他怕两人坐在一张竹床上，热天有些不合宜，就在竹床对面一张石碌上坐着。孟国宝笑道："老二，刚才我看到你那位嫂夫人，和你端了澡盆提桶进去。这样看起来，不光是烧锅，还和你做杂事呢，你叫她作烧锅的，不是包括不全吗？"

王老二笑道："怎么白天说的话，孟先生还记得？"

孟国宝笑道："因为你和嫂夫人说话，也不叫她什么，只把话来说重一些，她就明白了。中国人真是奇怪，夫妻说话，彼此不叫名字，顶多就叫一个喂字。至亲者莫如夫妻、哥哥兄弟、姐姐嫂嫂，家庭之间，什么都能叫，为什么到了夫妻头上，倒称呼不得了？我因为这个，所以又想起日里的话来。"

王老二打了个哈哈，笑起来道："那是笑话了。难道说，我就烧锅的长，烧锅的短，这样地叫着她不成？"

说到这里，他的新媳妇正由大门里搬了个方凳子出来，听了这话，低低地骂道："你又胡说八道！"似乎她也很忌讳"烧锅的"这个名词。她只说了这几个字，悄悄地将那方凳子在竹床面前放着，接着就拿了瓦茶壶和两只饭碗来。

王老二起身斟了两碗茶，笑道："碗是不好，不过这茶叶倒是我在山里带来的一些谷雨尖子，在城里恐怕不容易买到。"

孟国宝端起碗来喝了一口，虽然茶里有点儿清香，然而碗里有些菜籽油味，不作声地就放下。王老二两手捧了那碗，如猴子盘桃一般，缩手缩脚地在那里喝得很有味。他媳妇又出来了，依然是不作声，将一碟新炒的南瓜子放在方凳子上。孟国宝看她像怕人又不像怕人，乡下妇人却另有一种风味。月光下见她换了件粗夏布褂子，高高地卷了两只袖子，耳朵的鬓发下倒插了三四朵乡下人叫着洗澡花的草茉莉。看她衣服上没有一点儿皱纹，似乎也是洗了澡之后新换的衣服了。她送过瓜子之后，便不再进大门去了，拿了她手上的蒲扇，将台阶上的灰土扇了几扇，也就在那台阶石上坐下。

孟国宝抓了瓜子嗑着，似乎在这里面，另感到一种香脆的趣味，很静默地在那里咀嚼着。在大家都沉寂的时候，可以听到王老二媳妇手里呼哩呼哩扇着扇子的声音。在那月色如银之下，虽看不到她的相貌如何，然而还可以看出她健强而不粗笨的身体。她似乎知道这位城里来的先生有些偷看她，有时用手摸摸头发，有时又用手扯扯衣襟。孟国宝终不便不开口了，便道："老二，你这个稻场，收拾得很干净呀！"

王老二道："这是我和赵小狗子共用的，我一个人哪用得着呀！"

孟国宝道："你这地方不错，在这村子里，可以不和别人混到一处。而且和那边大稻场只隔了一个菜园子，那边人说话，这里听得清清楚楚，也不寂寞。"

王老二道："在乡下住惯了的人，倒不怕什么冷淡的。孟先生，你在乡下住不惯吧？乡下可没有城里头那样好玩。"

孟国宝笑道："你也喜欢在城里住吗？"

王老二听了这话，不免引起了他对于城市的羡慕心，用手搔着头发道："自然哪！我就常对她说，我若是发了财，一定带她到省里去，看迎江寺那个大塔。"

孟国宝笑道："省城里好玩的地方也太多了，何止那一座塔？现在靠江岸又修了马路。"

王老二道："果然，我听说马路和平常的街道不同，是洋泥和石子铺成的，雨落到地上没有泥，风吹到地上不起灰，平得像桌面子一样。晚上路边电灯点了，地下掉了一根针都捡得起来。"

孟国宝道："可不是这样？"

王老二的妻就情不自禁地插了一句嘴问道："听说电灯不用油，也不用人点，天黑了自己会亮，天亮了自己会黑，那是什么缘故？岂不是一件宝贝？"

孟国宝本想笑起来，转念一想，若要笑，岂不得罪了她？就极力忍住了不曾作声。王老二道："你知道吗？那是神物。他们洋学堂里先生说了，这电灯里的火就是收得闪电娘娘的那阴阳二火。"

他妻道："呀！那还了得！神仙的东西都可以随便拿来用。"

孟国宝觉得这是个发言的机会了，便道："大嫂你哪里知道？神权时代的鬼话，现在都成了事实了。以前说神仙会腾云驾雾在天上飞，现在我们只要花几十块钱坐飞机，就可以腾云驾雾了。"

王老二的妻还不曾答言，王老二就插嘴道："孟先生，你怎么这样客气，叫她作大嫂？村子里人都叫她王二嫂，你也就叫她王二嫂得了。"

孟国宝笑道："老二，我可要驳你一句了。大嫂和二嫂有什么分别呢？"

王老二道："啊哟！我没有想到这一层。好像王二嫂就是她的名字，要叫大嫂，就抬举她了。"

孟国宝道："就叫大嫂，也是应当。你比我大好几岁，我们还不像兄弟一样吗？"

王老二听了这话，真不觉地由心眼里直喜欢出来，身子站了起来，啊哟了一声，继而想着，在月光下和人家和颜悦色的，人家也就未必看见，因之还是坐了下来，将手拍了大腿道："孟先生为人真好！"

孟国宝对于他的话是否已经听到却不得而知。因为这个时候，他心里想着，仅仅一个十六岁的新娘子，叫她一声大嫂，大概她有些不愿接受。然而这样一个女人，假使她不嫁王老二，还是在家里做个村姑姑的话，那真是一朵天然色彩的野花，然而可惜了……他如此想着，听到那豆架下的乱草里野虫唧唧地叫，水面上吹来的晚风由树叶子以至于地上的长草，都瑟瑟作声。恰是天上有一片白云，掩着月亮，地上浮起一层薄荫，这打麦场上便沉寂起来了。

三、一切不了解

孟国宝在沉静的环境里，只管嗑了瓜子想心事，不知不觉之间，已是把那一碟瓜子吃了个干净。时候大概是不短了，而且曾听到王二嫂打了两个呵欠。自己知道乡下人睡得早的，不要扰了人家不能睡觉，以至于人家不高兴，便站起来道："老二，多谢你的茶和瓜子，明天上午我来找你谈谈，你在家吗？"

王老二道："可以的，可以的，我早一点儿回来歇中伙就是了。"

孟国宝又道："王二嫂多谢，明天见。"王二嫂急切中答复不出什么话来，只是站着笑了一声，于是孟国宝很高兴地回去了。

他家里有父母，有哥嫂，有侄子之女，是个大家庭。父亲和哥哥每年将田里出产换来的钱拿给他去做学费，所希望的就是他将来可以做官，把门庭改换一下，这些钱自然地都回来了。现在他虽没有做官，然而他是一个大学生。这两年来，乡下的老绅士，是秀才举人出身的一齐打倒，以前秀才举人代乡下评断是非、做中做证的事，都改为由省里或南京、北京、上海回来的学生来办，换句话说，就是学生来做乡下绅士了。这样一来，孟国宝也就是个准绅士。而且孟国宝回来的时候，双路口镇上的乡自治会第三区，许多先生们都和他来往。这第三区便是个小县衙门，孟国宝和那些人都要好，可见他也就不同平常了。因之孟国宝的父亲孟二老爹，他大哥国器、二哥国华都十分地高兴。

国宝在王老二打麦场上乘凉，二老爹迎到门口，首先笑问道："你和王老二倒谈得那样好，那是个无用的人。"

孟国宝叹了一口气道："唉！他是一个被压迫者哟！"

二老爹是个念过几句旧书的人，这句话的意思倒是懂了，便道："并没有哪个欺侮他呀。"

孟国宝道："他不是自己没有田，种着人家的田吗？"

二老爹道："对了！他种了王子宝先生一担种、汪有道先生一担二斗种。"

孟国宝重声道："他是受大地主支配的人，岂不是一个被压迫者。"

二老爹对于这话，依然是不大明白。可是儿子是个大学生，他说的话多少有些理由，就不能再驳了，跟着他走进门里去。

门里是个四方天井，家里人都在那里坐着乘凉，见他进来，一律都站了起来。他母亲便迎上前笑道："今天晚上你还看书吗？我在你屋子里已经点了根蚊香，凉了一壶茶在桌上。"

孟国宝道："哟！桌上放有凉茶吗？我在桌上放了一本《经济学》。"

他母亲道："一本书泼一点儿水也不要紧，过一会子就干了。"

孟国宝道："怎样不要紧？那本书是八块钱买的。"

他这句话不要紧，在天井里的人，不约而同地啊哟了一声。他母亲道："这不贵似金子吗？现在乡下是五荒六月，稻也只卖四块钱一担，八块钱是两担稻，那还了得，这书还念得起呀？"

孟国宝听了母亲这话，心里非常之不高兴，一生气就进房去了。进房之后，果然桌子上油灯点着，茶壶凉着，桌子下一缕青烟，转着云头子，向上升腾着。桌子边放了一把青竹椅子，端端正正，擦得一点儿灰迹都没有。心里便想着，家里人对我总算不错，我常常想到，我家里也是个小资产阶级。叵是我家里若不是小资产阶级，哪有钱我念书，我也就不知道什么叫小资产阶级了。不过像我父亲这种人，思想总是顽固的，我说王老二是个被压迫者，他竟不以为然，以为他拣了人家两担多种，分得了一半稻吃就很好了。他不想那一年分给那坐享其成的大地主，很是冤枉哩。我父亲这种行为便可以代表小地主的意见，正好记上一笔。明天我可以找着王老二谈谈，看他们对于田东的言论如何。如此想着，在衣服口袋里，掏出那支价值十六元的自来水笔，又掏出一本日记本子，在上面写了一行道："地主之意，以为彼以资财购得之天地，给予佃户耕种，佃户理应分与出产物之一半，至于彼未尝致分毫之力量于耕种，则不问也。"在这段论文之后，自己又在日记本上列出几个问题来，预备明天去做和王老二谈话的资料。

他回家来，已经有了三天，这调查农村经济的工作，也就应该开始了。他拟过问题之后，又把带回来的基本社会科学书翻阅了几遍，做个学理上的参考，然后上床去睡觉。因为用脑过度神经起了反应，上床便梦到王老二家去。王二嫂泡着茶，炒了瓜子，格外地殷勤招待。他梦里所得的收获，实在比醒时优厚多了。

次日睡醒，一看手表，是九点钟，可是家里人吃过早饭，大哥二哥已经到田岸上去看人车水，大嫂二嫂在各人屋子里辑麻，母亲带了两个侄女上菜园摘菜，两个侄子上乡学读书去了。到了这太阳高照的时候，家里确实静悄悄的。他又得了一个感想，觉得自己家里虽是小资产阶级，却不是有闲阶级，乡下人大概很少是有闲阶级的。

他正如此想着，不知道怎样把家里人惊动了，于是大嫂伺候茶水，二嫂和他炒饭吃，母亲也得了消息，把衣橱下层藤簸箩里收藏的鸡蛋拿了两个出来，炒了给他做菜。孟国宝固然知道家里人对他很殷勤，然而这种殷勤有些过分，觉得是反让他感受一种不快。忽忽地吃了饭，看看太阳去正当中不远，这是乡下人所谓半上午，比钟点还要靠得住的，所以孟国宝也舍了他的钟表不看，只看那太阳的影子。这个时候，到了王老二约会的时候，于是整了一整衣服，用手摸了摸头发，自向王老二家来。

王老二口衔旱烟袋，正在大门口观望着，见孟国宝来了，连忙弯了腰道："孟先生来了，请里面坐。"

"你这种人先解放起。"

王老二口衔了烟袋，瞪了大眼睛，望着他道："什么盖房？我们种人家的田，自然有东家的房住，盖房做什么？我有钱也不盖房。俗言道得好：'与人不和，劝人养鸡；与人不睦，劝人做屋。'"

孟国宝不料他所谈的，却是相去得如此之远，便笑了一笑道："我不是那个意思。"说着，和他一同走进屋来。

王老二家是半瓦半草的五间屋子，正中的堂屋是茅草铺的屋顶，檐下的草头像琉璃灯的丝线绳子一般，这样的屋脊四周围绕着成了个等边四方形的五尺天井，自然似乎还嫌这天井大了，在屋角上挂了个大蜘蛛网。堂屋里一张二尺多高的桌子靠了黄土墙，桌上放了一把稻草捆的小扫帚。

王老二拿着将桌上一顿擦，笑道："孟先生！你宽坐一会儿，真对不住！"接着昂起头向屋子里道："这鸡也不管一管，屙了满桌子的屎。"

孟国宝看那桌上果然有几点湿的痕迹，自在桌子边抽出一条一尺高的小板凳来坐着，看了四周黄土的墙壁，叹了一口气道："老二，我很惭愧！"

王老二将旱烟袋头在桌沿上敲了两下，敲出烟灰来，偏了头，沉吟着，对他这句话似乎很吃惊的样子，望了他道："学生，你这是什么话？"

孟国宝道："你想啊！我穿得比你好，吃得比你好，我一点儿也不费力，你这一年苦到头，就是住这样的屋子。"

王老二哈哈大笑道："孟先生，你真是傻话了，你吃好的，穿好的，又不费力，那是你前世修的，你惭愧什么？"

孟国宝一想真糟！我无论说什么，他一切都不了解，然而这也不但是王老二，就是我家里的人也是如此，一个人要从事解放农工，真不是一件容易的事，先生在课堂里，只管劝我们由自己接近的解放起，我说怎样地解放呢？唉！他们一切都不了解叫我说什么？

四、双方倒也同情

孟国宝在几句谈话之后，他已知道由谈主义入手，王老二固然是不懂，就是文绉绉地把话深入浅出地说着，他也是不懂。这要知道他们的痛苦，不能用客观的办法来试探，干脆问着他，让他自己说，这话不要连着解讲，先等一等慢慢地再说。

王老二见他沉默着不作声，将旱烟袋嘴子捏在手心里捼搓了两下，在裤腰带上挂的槟榔荷包里掏出一撮黄烟丝，捺在烟袋头上，然后两手捧了烟袋杆，送到孟国宝面前笑道："抽一袋烟吧？"

孟国宝道："我不会这个。"

王老二笑道："你真是发财的人。"他却把烟嘴子塞到口里去，噗唧噗唧，自己吸了两口，然后喊道："拿个火来呀！客来了许久，茶烧好了没有？"他把嗓子提高了一些，脸又是朝着里的，当然，这是和他烧锅的说话，因为中国人是这样，一个大家庭里，男的高声，便是叫妻；女的高声，便是叫夫，这是百试百应的法子。

二嫂子就随着这种叫唤声走出来了，她一手捧了两个鸭蛋色的粗瓷碗，一手提了把高提梁儿的瓦壶，一脚跨出房门来，看到了孟国宝撩着眼睛皮，叫了一声"孟先生"，人倒反而向后退了两步。

王老二放下烟袋，接过茶壶茶碗，斟上了一遍茶。因为这矮桌子边，只有一条板凳，他却向后退着，靠了一个石磨架子上坐着，两手捧了那个粗瓷茶碗，如猴子捧桃一般，将嘴尖着，对了碗沿。孟国宝看他斟了一碗茶放在面前桌沿上，只看那茶的颜色，黄得像马尿一般，许多的茶末子在碗底铺上了一层，那茶倒是热腾腾的，向半空里冒着茶烟，用鼻子嗅那茶烟，还作青草气息，因看到王老二喝得那样有味，就也喝了一口，又涩又苦，似乎还带些卤味，立刻就把茶杯放了下来了。王老二倒看出来了，笑问道："这样的茶，你有些喝不惯吧？"

孟国宝笑道："有什么喝不惯，你也是个人，我也是个人，你们喝得惯，我也就喝得惯。"

这几句话，王老二倒是听懂了，便笑道："孟先生真好，一点儿也不托大。"

他说话时，王二嫂靠了通里面的门框站着，一只脚悬了起来架在门槛上，虽是低了头的，一双眼光却只管落在孟国宝身上。孟国宝偶然回了头来看她时，她的头更低着一些了。孟国宝初也不理会，向王老二道："不是我不托大，我是把事情想得开了，都是一个人，应该一样地穿衣服，一样地吃饭，那才是对的，可是天下事就不能那样，而且最不做事的人，最是吃好的穿好的。就譬如做庄稼的人吧，有的享福，有的吃苦，你是插别人家的田的，你应该知道，你们的田租和田东怎么样的

241

分法呢?"

王老二道:"孟先生几年不回来,难道这个都忘了吗?大概总是田东一半,我们一半。"

孟国宝道:"这就对了,你自己插田,人工不算而外,种子、牛、粪料、犁耙水车,哪一样不是本钱?插起田来,上面是太阳晒,下面是热水蒸,有虫防虫,无水车水,一粒汗珠子换出一粒稻米,多么辛苦。从三月忙起,好容易忙到八九月里,稻熟了,割了打了,一担一担地挑到家里,用篾围子圈上。于是乎东家来了,带了挑子,把围子里的稻子给你挑了一半去。你苦了个够,他风不吹、雨不湿的,分个现成。九月十月,你们也许还是光了两条腿,赤了一双脚,你们东家可是长袍子、短套子,鞋袜整齐,在村子里摇摆到镇上,镇上又摇摆到村子里来,你们见了他,老早地客客气气叫他一声东家老爷,他还是爱理不理的。你想,同时一个人,为什么这样不平等呢?"

王老二一只手扶了旱烟袋,一只手擦了脸笑道:"话怎么这样比得,那是人家的田呀。田给我们插了,难道就不要收租?"

孟国宝道:"当然的!他不能收租。他要收稻,就当自己去耕田,不耕田就不能收稻,这是天下的大道理。"

王老二笑道:"那岂不是反了?"

孟国宝将手按了膝盖,微昂了头叹了一口气道:"像你们这样的人,真是忠厚得可怜。被人压迫得惯了,有一天有不受压迫的机会,倒以为是要造反,这话从哪里说起?"

王老二道:"孟先生说得也有理,可是人家的田也是钱买的,又不是抢来的,为什么白给人种呢?"

孟国宝道:"怎么不是抢的?而且就是抢得你们的。好比你现在的东家,专靠你们这做佃户的,卖苦力和他种田,年年坐地收租,有了稻卖了钱,积攒得多了,就可以买田。钱是你们佃户和他挣的,自然田也是你们佃户给他买的,你们总是苦,他就越来越发财,所以我以为佃户给东家种的田,大可以拿了过来自种自食。"

他这一篇子大道理,王老二真是闻所未闻,虽然觉得奇怪,想着想着也有些道理。他心里倒有几点可研究之处,便是做田东的应当怎办，然而这理由可说不出来。他正踌躇着呢，王二嫂确实扑哧一声地笑了出来了。王老二道："你笑什么？"

王二嫂看了看孟国宝的脸色，低下头，又低了声音道："要是那么说，孟先生家里那么些个田，都给佃户收去了，那到哪儿去收租哇？"

孟国宝倒不考虑，挺了胸，就答复着道："自然都让佃户拿了去。"

王二嫂笑道："要是那样办，孟先生可就没有钱花了。"

王老二笑道："是呀！孟先生在省里读书，哪个月不由家里解一笔款子去，那款子呢，也是我们佃户的了。"

孟国宝一番好意，和王老二表示无限的同情，大大地和他说话，不料他不仅未能了解，倒反驳一句，自己正是坐地分财的人，这可怎样去答复人家？他顺手捞起桌上放下的那管旱烟袋，两手捧了转动着看了几遍，低了头可就想着，要用一句什么话来自圆其说呢？

王二嫂在一边早留意了，以为他是要吸旱烟呢，将手伸到衣袋里去摸索了一阵，摸出六七根红头火柴来，都放在桌上，笑道："你抽烟吧。"

孟国宝笑道："乡下人真是省俭，几根洋火都会这样像宝贝似的。大概城里人点一晚上的电灯，足够乡下人一辈子的洋火钱了。"

王二嫂拿了火柴过来之后，她就不曾退到门框边去，站在桌子的那边，手扶了矮桌子的一只角，向他笑道："昨天孟先生说城里的事，说得那样好玩。我听了还想听呢。"

孟国宝笑道："我在乡下还要住几天，晚上乘凉的时候，我就陪着你们谈谈。"

王老二放下茶碗，伸了一个懒腰，打着呵欠道："我还要去看看田沟里的水。"

孟国宝站起来笑道："是了，我有点儿糊涂，怎好正中午的要和你们来谈天，耽搁你的工夫呢？"说着，站起身来，就向门外走。

王二嫂由后面跟着走了两步，笑道："坐一会儿不要紧的，他到坂上去，我又不去。"

孟国宝已经走了，也不能再回去，又只好一直回家了。他行步顺了草塘的塘埂走着，塘埂上栽着梓树、杨圆柏枝之类。那树荫找到塘里，

243

可以看到一尺长的大青鱼在水里游泳，于是站在树下向水里出神，心里不在鱼，却在王二嫂，觉得乡下少妇又怕人又不怕人，又不大方又大方，别有一种风趣。王二嫂皮肤那样好，骨肉那样停匀，真不像是个乡下妇人，而且不像是王老二这种丈夫的妇人。我一见她，为什么有了一个好印象，我真不懂。哦！是了，她不有些像女一中的皇后商赛兰女士吗？对了，她那漆黑的眼珠、长睫毛都像。

正如此想着，只听到啪啪啪一阵很响的声音，由水面上传送了过来。抬头看时，塘对过一方洗衣石上跪着一个女人，手里拿了一个洗衣棒槌在衣服上打着。那正是王二嫂，不过她先穿的是老蓝布褂子，现在却穿的是白大布褂子了。

当孟国宝由这边看去的时候，她却停了衣服不捶，高声向这边道："孟先生你还没有走哇。"

孟国宝道："这塘里好大鱼，我越看越爱。"他说着话，怕路隔了远了有些听不清楚，于是走了回来，站在一棵杨树下，手扶了树干道："老二呢？"

二嫂道："他上坂去了。"她说着话，卷了两只袖子，由肘拐子以下的手臂都露了出来，那样肥厚结实，现出一种健康美来。她两手按着衣服在水里或石上，不停地搓挪着。

孟国宝道："二嫂你没有到过街上去过吗？"

王二嫂道："小时候镇上赛会，去过一回，现在也不记得了。"

孟国宝道："唉！乡下人真可怜，吃不着穿不着，花花世界也看不着。"他说时，手折了一枝柳条，就在一棵倒在水面的柳树兜上坐着，将柳条在水面上去涂拂。

王二嫂笑道："孟先生说话，总是可怜我们乡下人，你的良心很好。"

孟国宝笑道："我说了两天的话，二嫂算是和我表同情了。老二他还是不懂。"

王二嫂两手按了衣服，微昂着头，叹了一口气道："庄稼人，他又懂得什么？"说毕，唏唆唏唆，她低了头搓衣服去了。

五、东家老爹来了

这一场谈话，王二嫂也就觉得孟先生真是个同情的人，他说的话都有理。二人隔了一个塘角，就有一句没一句向下谈着。后来有两个牵牛的孩子，将牛牵到塘边来喝水。孟国宝不便往下说，就起身走了。

到了这天晚上，又来继续着说城里的事情。他说到绸缎店，料子能堆得像山一样，卖胭脂花粉的店，过它的大门口都是香的。戏园子里唱戏一定带布景，唱到有山的时候，台上真有山，唱到有水的时候，台上真有水。王二嫂真个越听越有味，又到夜深方散。孟国宝次日上午起来，还不曾吃饭，就将在城里带回来送人的剩余礼物拣了几样，用手绢包着提着，向王老二家送来。

刚走到门口，只见王二嫂手提了一只宰割好了的鸡，要向塘边走去。看到了孟国宝就笑着叫了一声孟先生，扶了路旁一枝树站着，向他微笑着。

孟国宝无甚可说的，只有那样一句敷衍话："老二在家吗？"

王二嫂道："东家老爹来了，他在堂屋里陪着呢。我想把鸡收拾好了，就叫他去请孟先生来吃晚饭的，巧是孟先生就来了。我炒了瓜子，烧了热茶，你请到里面坐。"

他听说王老二在陪东家老爹，就有些不愿进去，可是转念一想，自己是来调查农村经济状况的，参与着东家和佃户这一个谈话，多少也许可以得到材料，便向王二嫂笑道："我这里有点儿小东西，送给二嫂用，请你不必说我送的，就说是我母亲送你的吧。"

王二嫂红着脸把东西接过去了，低了头道："这可多谢呀。"她的眼睛虽不能隔了手巾包向里看，可是鼻子里早就闻到一种化妆品的香味，这实在是自己屡次梦想不能得到的东西，现在居然得着了。满意之余，不觉又向孟国宝笑了一笑。

他知道王老二在家里，也不便和人家妇人多说话，也只是笑了一笑，立刻就走到门框下，向里叫道："老二在家吗？"

王老二迎了出来，他走路似乎都规矩了好些，悄悄地走近来，向他点着头道："东家老爹来了，他说一会儿去请你，你倒来了，请里面坐吧。"

孟国宝走进来已经看到了那个东家老爹了。他约莫有五十来岁的光景，嘴上留了一丛漆黑的胡子，尖尖的脸上那肌肉都向下沉着，在这点上表示出来他的严肃。他穿了一身白布褂裤，不带黄土痕迹，就是白布袜子、双梁头鞋，也不带上一点儿灰尘。在他的褂子底摆下，垂出一截蓝色的线裤带来。他褂子胸襟的纽襻上，挂了一个垂绿穗子的眼镜盒子，手上拿了一柄一尺多长的白纸折扇，闲坐在一条板凳上。看见人来，他就连忙将身站起。王老二说到他是由省城里回来的大学生，那东家老爹脸上似乎吃了一惊的神气，立刻握了扇子，两手相拱连道久仰。在一旁，另外有个庄稼人带了一挑竹笋来，一根宽扁担架在簸箩上，他就把那个当了板凳。王老二和孟国宝斟了一杯茶，让他靠了小桌子坐下。

大家先闲谈了几句，那东家就谈到租稻上来，向孟国宝道："孟先生，你府上也是收租的人，收租的苦处你也自然知道。这几年除了银钱粮米要预缴之外，又是什么加一捐，又是什么摊销七厘公债、六厘公债，一年真要出去不少的钱。本来照现在的田价合算起来，收租也不过是四五厘息，再要出那些花销，收租的人简直是白过一年。现在一千块钱买的田，只好收十四五担租稻，稻就算五块钱一担，也不过值六七十块钱。我们若是拿钱去放债，人家红契抱了白契做抵押，还要出周年二分利呢。按照一千块钱算，那就是每年二百元了，种田的人，他只说出了人工、种子，他就不和东家想想。"

孟国宝笑道："既然如此，做东家的人，为什么不把田变卖了去放债呢？"

东家道："这个算盘，本来人人想得通的，不过放债总是浮财，买田却是下了万年基业。"

孟国宝笑道："这是做东家的人愿意只收四五分利，那就难怪佃户的了。"

那东家一想：这小子什么意思，倒去和佃户帮忙？于是将扇子展开来，在胸前不住地招展着。

孟国宝看他那样子自然也是不高兴，便想着王老二对于东家老爹那样恭敬，自己替人家把东家得罪了，那可是不大好，便笑道："假如我自己有钱，我一定做放账的生意，不买田。"

东家听了这话，脸上才有了笑容，便道："像你学生在城里住家的人，有钱可以存到钱庄银行里去，又何必放债呢？"

他两人在这里谈话，王老二却不便搭腔，只是和那个坐在扁担上的人，问问他们别个庄子上闹虫灾不闹虫灾，西乡去过没有，今春哪边芥麦菜籽收成不错。看着桌上的烟丝完了，又到里面抓一把来；茶干了，又拿瓦壶去重泡一壶。然后他就请孟国宝陪着东家老爹，又出去把村上的左右邻居请了几位来。

孟国宝见人多了，自溜出堂屋来，绕到后面菜园子里来换换浊气。他站在北瓜架下见黄土墙的窗户里面，正是人家的厨房，王二嫂在灶上灶下不住地转着，脸红红的，汗珠子由她的头发上直流下来。只看那早上的水蒸气结成一片白雾，还是突突向上冒着，这就可以知道人是怎样的忙，便笑道："今天可把二嫂子忙坏了。"

她忽然听到窗户外有人说话，一看是孟先生，便笑道："东家老爹来了，那总是应该忙的。"说话时她的眼乌珠子在长的睫毛里一转，又低了头。孟国宝看她有些不好意思的样子，自不便在这里站着，转身就要走。王二嫂却赶过来，站在窗户口上，向他笑着低声道："孟先生。"孟国宝走过来时，她却伸手在衣袋里抓了一把北瓜子出来，放在窗户台上，笑道："外头人多，瓜子一定吃完了。"她说毕，一低头钻到灶下烧火去了。孟国宝便站在瓜棚下慢慢地嗑瓜子。

六、孟三先生好吗

太阳快要落山的时候，王二嫂已经把饭菜做好了。王老二专在邻居家背了一张大桌子、四条板凳来，在堂屋中间放下，摆上杯筷，恭恭敬敬地向东家笑道："你老爹上座。"东家向大家虚谦了一句就坐下了。孟国宝心里想着：做东家的人却是这样托大，吃过了饭，我一定要责骂他几句。于是经大家的推举，自己很委屈地在二席坐下。

247

王老二用瓦壶斟了一遍酒，便用大瓦盘子向桌上送着菜。第一盘子白切鸡，第二盘子腊肉，第三盘子薯粉丸子，第四盘子粉丝，第五盘子豆腐，第六盘子煮鱼。乡下人吃一样夸一样，都说二嫂只十七岁的人，能做出六大扁来，了不得。这时王二嫂站在房门口，用一块白布手巾擦了额头上的汗，向大桌上道："东家老爹，多喝一盅，买不到新鲜肉，鱼倒是他在塘里新打起来的。"

东家看了她那小巧的身材，也笑了，便道："二嫂子，你家还有腊肉，你真会过日子。"

二嫂道："这是我娘家送来的一刀腊肉，我自己舍不得吃，待东家老爹了。"大家都笑着说，二嫂子待东家太好了，东家老爹一定在租稻账上看松些，于是都笑了，东家却不作声。

吃过了饭，擦抹了桌子，东家在篾笋里取出一本账簿，当众翻了一翻，然后向王老二道："老二，去年的租稻账挨到今年这时候未算账，总对得你住吧？你还欠着四担五斗稻呢。这五斗稻不用人说，我推让了，还有这四担，你愿意折钱呢？你愿意给我稻？"

王老二上了一旱烟斗烟丝，靠阶檐旁的风车站了，很懊丧的样子，慢吞吞地道："向东家老爹求个情吧，去年那种年成，哪个地方也不能收十成租。"

东家道："依你说，难道这四担多稻，我全让了。"说时，他将账簿又翻了一下，当是审查的样子，摇了头道："不行！我哪一个庄子也没有让过这多。"于是这些吃了饭的人都有做中的义务，都来相劝着。

孟国宝在大家议论之后，他就插嘴道："我父亲也是收租的人，我不偏了哪边，说句公道话。去年八九月新稻登场的时候，只卖三四块钱一担。东家来挑稻，佃户有稻。今年四月以后，稻卖到五六块钱一担，而且佃户家里的稻早也就变卖了，这个时候要挑稻，佃户自然是没有。要折钱，比起去秋来，一比每担稻佃户要吃两块多钱的亏，人家种田的人如何受得了？"

东家红了脸道："据孟先生说，倒好像是做东家的人有心拖到这个日子来结账了。可不知去年秋天，我就催他起，老不结清，我有什么法子，再不结清，新稻又要出来了。"

王老二道："哪里是我不结清，就是去年给的那些租稻，我已经赔了，东家还要我哪里拿得出来呢？"

孟国宝道："老二，你也有不是，去秋你把稻给完了，就该声明一句，不能再给稻了。若是单对东家声明了，那也不行，因为你说对东家声明了，东家倒说你没有声明，那还是不明白。你应该把这话到区里报告一下。现在区里的先生都是青年学生，一定能讲公道话的。"他这样说着，句句是告诉王老二，可是他的嗓音很大，分明都是告诉那东家听的。

这位东家老爷原来也是个绅士，因为现在乡自治区的权已经移到新派少年绅士手上去了，他一点儿联络没有。去年为了一件小事，被区里捉住重罚一顿，而且对区里各位先生还送了一笔重礼。他这才知道新派人要起钱来，比老派还要厉害，对自治区里的人简直不敢惹了。现在孟国宝又提起了区里的话，他可有些害怕，因之就不敢再说强话，就把共饭的人拉过一个来，请他转圜。说好说歹，规定了王老二再补两担稻，没有稻就折十块钱。这是王老二喜出望外的事，全答应了，因为他料着至少也要出二十块钱呢。

这一场交涉完了之后，各人散去，孟国宝也告辞了。王老二帮着二嫂在厨房里洗碗锅，看到窗户台上还有一二十粒瓜子，便问道："这是哪个留下的瓜子？"

老二倒是一句无心的话，二嫂子脸却红起来了，她道："你说是哪个留下的呢？厨房里也不会有第二个人。你这人说话真是不中听。"

王老二笑道："这也犯不上生气。"他说着，就陪着她洗刷碗盏，后又打扫地面。可是他想到刚才一句话把烧锅的得罪了，若是老不理会她，她又要生气了，便无话找话地向二嫂子道："喂！你看孟三先生好吗？"他这句话，自己是随便地说了出来，王二嫂听到，心里却扑通地跳了一下，红了脸却不能做事。王老二哪里知道这里面另有原因，依然跟着向下说："孟三先生真好，往年东家来算账，许多中人七嘴八舌的，总说不下来什么。今年孟三先生磨下情面来，三言两语地就说掉一大半的租稻。他说和我们种田的人同情，我以先不相信，于今看起来，人家可是实在的话。"

他这样解释了一遍，王二嫂才明白了他的意思，很随便地道："他也不过一时高兴罢了。"

王老二道："你不要瞎说，人家倒是心眼子和我要好，你不见这两天晚上，他总和我谈到半夜走吗？"王二嫂却不答言。

七、烧锅的不见了

孟国宝真是王老二的知己，王老二总也算能知道孟国宝的，果然像他的话，这天晚上，孟国宝又到打麦场上来和王老二谈天来了。王老二问他什么时候到省里去呢，他却犹豫了一会子，笑道："那没有一定，也许住十天半个月，也许住三五天就走。"

王二嫂在一边却插言道："三先生难得回来的，怎么不多玩几天呢？"

孟国宝道："我本来就在这两三天要走的，因为有点儿心事，打算过几天再说。"

王老二笑道："孟三先生有心事，什么事呢？"

孟国宝道："我们的心事，你们插田的人怎么会知道呢？"

王老二笑着打了一个哈哈道："对了，你们读书的人，心事不过在书本上，我们庄稼人哪里会知道呢？"他如此说着，王二嫂坐在一边，却不作声，只有那芭蕉叶扇子噼噼啪啪地在身上扑蚊子声。

许久的时间，孟国宝却笑了道："其实我在书本子上的心事，倒不会和你谈，那要说起来，你更不懂了。你们喜欢听我说城里头繁华的情形，我也很喜欢你们说庄稼人的经验，所以我们都谈得来。"

王老二道："她本来要回娘家去一趟的，因为贪着听三先生说话，也没有去呢。"

孟国宝顿了一顿才道："原来如此，那我不走以前，总来谈谈。"

王老二道："城里人总是很讨厌乡下人的，像孟三先生这种人，真是难得。"

孟国宝故意高了声道："难道城里的人都是好的，乡下人都是坏的吗？乡下人都是本色，若是好起来，比城里人还要好十倍呢。譬如古来那个最美的西施，她就是乡下人。"

王老二笑道："我不是说女人。"

孟国宝道："我也不过是把女人打比。好像一盆鲜花，在乡下种在菜地里，大粪瓢浇着，谁看得起它。若是一天搬到城里去，用瓷盆子栽了，花架子架起来，那岂不是一件宝贝，唉！乡下？乡下糟蹋多少东西。老二，你是个聪明人，一定懂得我这话。"

王老二笑道："呵呵！我聪明人，我由哪里聪明得起来？"

在一边久寂寞了的王二嫂，这时却扑哧一声笑了。孟国宝听得这种笑声，他的心里好像是无线电收音机受了感应，荡漾了一下。大家说话说到北斗星在树顶上，方始散了。

第二日上午，王老二工作去了，孟国宝却到他家来找他谈话，虽没有找着他，却和王二嫂子谈到太阳快落山才走。第二天，又是这样。

到了第三天，王二嫂子收拾一包东西回娘家去了。她由婆家到娘家有十五里路之遥，王老二打算用小车推她去，她说不必，慢慢走去，有半天也到家了。王老二以为她是好意，却也没有留意。可是自这天起，孟国宝也就不到他家来谈天，后来才知道上省去了。

过了四天，王二嫂子还不曾回家来，王老二就自己推了一辆小车到岳家去接她。到岳家一问，她却不曾回家。王老二初还不相信，后来一问全村子里人，都说不曾见她，他这才明白，烧锅的不见了。烧锅的向来不曾有什么邪心，也不曾和什么男人有好意，怎么不见了？这真是奇怪。他想起烧锅的那鹅蛋脸子、长睫毛、黑眼睛、乌头发、面粉团子的手臂，实在舍不得，回家以后，痛哭了两场。有人也疑心是孟三先生拐跑了，但是仔细想起来，可不像，其一，三先生最怜惜庄稼人的，而且更可怜王老二。其二，他街城里的洋学生，怎么会拐乡下人，而且是有夫之妇。其三，他和王二嫂子没有一点儿勾搭的事情让人看见，王二嫂又不是三岁两岁的小孩子，三言两语就跟人跑了。这都不像，就不能指实是孟三先生拐跑了。王老二也说："孟三先生说过，和我最同情，不会拐我女人的。就是拐了，我一个乡下人，敢到城里去找他吗？若要打官司，我父亲为了打一场官司，打得家产精光，我也不干。"他有了这样的表示，这事就算麻糊过去了。

不过一月之后，有人和他编了一支田歌，那田歌是：

　　十六岁烧锅的会当家，城里先生看上了她。城里头佳人是胭脂粉啦，乡下的俏佳人她是水桃花哟！水桃花呀，好让城里的才郎摘一把哟！乡下人折花呀粗泥里归，城里人折花花瓶里插呀。这花不是凡间种，怎样好叫她配冬瓜呀？配冬瓜呀，这是一场大笑话呀！

　　碧绿的平板上，秧都长到二尺开外，长出稻穗子了。王老二依然天天在田里工作，可是没有人送茶烟火，也不能唱歌。人家唱歌，他只是呆呆地听着。乡下人不可怜他，而且又唱歌讽刺他。表同情的，只有一个孟三先生，又走了，茫茫宇宙，谁是王老二的同情者呢？

（原载于 1932 年 12 月 11 日至 1933 年 1 月 14 日
上海《申报·本埠增刊》）

图书在版编目（CIP）数据

雾中花／张恨水著. — 北京：中国文史出版
社，2018.5

（民国通俗小说典藏文库·张恨水卷）

ISBN 978-7-5034-9999-9

Ⅰ. ①雾… Ⅱ. ①张… Ⅲ. ①中篇小说-小说集-中
国-现代②短篇小说-小说集-中国-现代 Ⅳ. ①I246.7

中国版本图书馆 CIP 数据核字（2018）第 010345 号

责任编辑：卢祥秋

整　理：澎　湃

出版发行：**中国文史出版社**

网　　址：http://www.chinawenshi.net

社　　址：北京市西城区太平桥大街 23 号　邮编：100811

电　　话：010-66173572　66168268　66192736（发行部）

传　　真：010-66192703

印　　装：廊坊市海涛印刷有限公司

经　　销：全国新华书店

开　　本：720×1020　1/16

印　　张：16.75　　字数：258 千字

版　　次：2018 年 5 月第 1 版

印　　次：2018 年 5 月第 1 次印刷

定　　价：49.80 元